James Lee Burke

ZEIT DER ERNTE

Roman

Aus dem Amerikanischen
von Daniel Müller

WILHELM HEYNE VERLAG
MÜNCHEN

Die Originalausgabe erschien 1971 unter dem Titel
LAY DOWN MY SWORD & SHIELD
The Countryman Press, Inc., Woodstock

*Der Verlag weist ausdrücklich darauf hin, dass im
Text enthaltene externe Links vom Verlag nur bis zum Zeitpunkt
der Buchveröffentlichung eingesehen werden konnten.
Auf spätere Veränderungen hat der Verlag keinerlei Einfluss.
Eine Haftung des Verlags ist daher ausgeschlossen.*

Unter www.heyne-hardcore.de
finden Sie das komplette Hardcore-Programm,
den monatlichen Newsletter sowie
alles rund um das Hardcore-Universum.

Weitere News unter
www.heyne-hardcore.de/facebook

Verlagsgruppe Random House FSC® N001967

Copyright © 1971 by James Lee Burke
Copyright © 2017 der deutschsprachigen Ausgabe
by Wilhelm Heyne Verlag, München,
in der Verlagsgruppe Random House GmbH
Redaktion: Thomas Brill
Umschlaggestaltung: Johannes Wiebel | punchdesign, München
Umschlagabbildung: Johannes Wiebel
unter Verwendung von Motiven von Shutterstock
(argus, CatonPhoto, Paul B. Moore, solarbird, Deyan Georgiev)
Gesetzt aus der Adobe Garamond Pro
Druck und Bindung: GGP Media GmbH, Pößneck
Printed in Germany

ISBN: 978-3-453-27101-2

www.heyne-hardcore.de

*Dieses Buch widme ich meinem Vater,
James L. Burke Sr.,
der mich die guten Dinge des Lebens lehrte.*

Kapitel 1

Vor fast neunzig Jahren, während der Sutton-Taylor-Fehde, versenkte John Wesley Hardin ein halbes Dutzend .44er Kugeln in einem Verandapfosten des Hauses, das ich heute bewohne. Damals lebte hier mein Großvater, Old Hack, der mir später auch die Geschichte von jenem Aufeinandertreffen mit dem Outlaw erzählte: Hardin war zu Ohren gekommen, dass Hack ihn ins Gefängnis werfen wollte, sollte er sich jemals wieder in DeWitt County blicken lassen, und so ritt Hardin sturzbetrunken und über Nacht den weiten Weg von San Antonio nach DeWitt zum Haus von Old Hack. Als Hardin auf dem Hof eintraf, war die Sonne gerade aufgegangen, und es regnete leicht. Sein schwarzer Anzug war von Matsch, Pferdeschweiß und Whiskeyflecken beschmutzt, am Sattelknauf hatte er mit einem Lederriemen eine Flinte festgezurrt, und in seiner Hand hielt er einen Navy-Colt, den Hahn bereits gespannt.

»Hey, Hack! Komm raus. Und wag es ja nicht, deine Lincoln-Nigger mitzubringen, sonst knall ich die gleich mit ab.«

Dazu muss gesagt werden, dass mein Großvater als Sheriff und Friedensrichter von der Regierung der Reconstruction-Ära dazu verdonnert worden war, zwei schwarze Unionssoldaten als Deputy Sheriffs zu beschäftigen, und dass unter den zweiundvierzig Männern, die Hardin im Laufe seiner Karriere unter die Erde brachte, viele Schwarze waren. Diese hasste er ebenso leidenschaftlich wie Gesetzeshüter und Carpetbaggers – die Nordstaatler, die nach dem Sezessionskrieg in den Süden kamen, um sich dort zu bereichern.

Hardins Gesicht war rot vom Alkohol, seine Augen geweitet, als er auf die Veranda feuerte. Durch die Lautstärke der Schüsse verängstigt, scheute sein Pferd, bäumte sich auf und versuchte seitlich auszubrechen. Als sich das Tier in seiner Not im Kreis zu drehen begann, schlug Hardin ihm mit der Pistole auf den Schädel und schoss weiter. Feuerstöße und schwarzer Qualm stoben aus der Mündung des Revolvers, bis die Trommel leer war. Alle sechs Schüsse trafen den Pfeiler in der Mitte der Veranda und bildeten eine makellose senkrechte Linie.

Hack war an diesem Morgen schon sehr früh auf den Beinen, da eine seiner Stuten gerade ein Fohlen gebar. Als er Wes Hardin durch das Scheunenfenster auf seinem Hof erblickte, zog er die Winchester aus dem Sattelholster an der Wand und wartete, bis Hardin die Trommel seines Revolvers geleert hatte. Bekleidet mit einem Pyjamaoberteil, das er in die Hose gesteckt hatte, und die Hände bis zu den Ellbogen voller Blut und Schleim, trat er hinaus auf den Hof und lud die Winchester durch. Als Hardin hinter sich das Ladegeräusch des Unterhebelrepetierers hörte, fuhr er im Sattel herum.

»Du gottverdammter Scheißkerl«, sagte Hack. »Besser, du lässt die Finger von der Flinte, oder ich verpass dir ein zweites Arschloch.«

Hardin stützte die Hand mit dem Revolver auf seinem Oberschenkel ab und wendete sein Pferd.

»Schleichst dich also von hinten ran, was?«, sagte er. »Los, hol deine Pistole und lass mich nachladen. Dann bezahl ich deine Nigger-Deputys auch dafür, dass sie dich verbuddeln.«

»Hab ich nicht gesagt, du sollst dich von DeWitt fernhalten? Stattdessen tauchst du hier auf, schießt meine Veranda entzwei und verscheuchst mit deiner Ballerei höchstwahrscheinlich die Hälfte meiner Mexikaner«, sagte Hack. »Aber ich verrat dir was: Ich werde dich in Ketten legen, dich ins Gefängnis werfen und dir in meinem Gerichtssaal wegen versuchten Angriffs auf einen Gesetzeshüter den Prozess machen. Und jetzt runter vom Gaul!«

Hardin starrte Hack an. Sein Killerblick wirkte so versteinert und entschlossen, als würde er in eine Flamme stieren. Dann zog er seine Stiefel aus den Steigbügeln, presste dem Pferd die Sporen in die Seiten und beugte sich nach vorn, hinunter zum Hals des Tieres, wo er sich an der Mähne festhielt, als das Pferd in Richtung Tor preschte. Ohne zu zögern sprang Hack nach vorn, riss die Winchester mit beiden Armen in die Höhe und rammte sie Hardin gegen den Schädel. Der Outlaw kippte aus dem Sattel und landete im Dreck. An seinem Haaransatz klaffte nun eine gut acht Zentimeter lange Wunde. Als er aufzustehen versuchte, trat Hack ihm zwei Mal ins Gesicht und warf ihn anschließend auf die Ladefläche eines Gemüsekarrens. Dort legte er Hardin Handschellen an, wickelte eine Eisenkette um dessen Körper und nagelte die Kettenenden am Boden des Pferdewagens fest.

Und so landete John Wesley Hardin im Gefängnis von DeWitt County, Texas. Nach dieser Geschichte legte er sich zwar nie wieder mit Hackberry an, sehr wohl aber mit einer Reihe anderer Gesetzeshüter, von denen allerdings keiner in der Lage war, Hardin Paroli zu bieten. Erst 1895 traf der Outlaw in einem Saloon in El Paso auf seinen Meister, einen Mann namens John Selman, der ihm eine Kugel in den Schädel jagte.

Es war ein heißer, windstiller Julitag. Ich stand auf der Veranda, an den Pfeiler mit den sechs verwitterten Einschusslöchern gelehnt, und schaute hinüber zu Old Hacks weißem Grabstein unter den Sumpfeichen des Familienfriedhofs der Hollands. Reglos hingen die von Staub überzogenen Blätter an den Bäumen, und das Laubdach warf in der Hitze gesprenkelte Schatten auf die Grabsteine. Auf dem Friedhof waren mehrere Generationen meiner Familie begraben. Zum einen lag dort Son Holland, ein Mann aus den Bergen von Tennessee, der 1835 aus den Cumberlands in den Süden gekommen war und in der Schlacht von San Jacinto für die Unabhängigkeit von Texas gekämpft hatte. Er war mit Sam Houston befreundet gewesen und hatte nach dem Krieg tausendzweihundert Morgen Land von der Republik Texas erhalten. Er verstarb altersbedingt, als er gerade Pferde für die Konföderierten beschlagnahmte. Auf dem Friedhof lagen auch die beiden älteren Brüder von Hack, die mit der texanischen Kavallerie unter General Hood in die Schlacht von Atlanta gezogen waren, außerdem mein Großonkel Tip, der beim ersten Viehtrieb auf dem Chisholm Trail dabei gewesen war und eine Indianersquaw geheiratet hatte. Daneben ruhten Sidney Holland, ein Baptistenprediger und Alkoholiker, der stets zwei Revolver und eine Derringer bei sich getragen und sechs Männer getötet hatte; Winfro Holland, der während der Sutton-Taylor-Fehde in einem Bordell ermordet und anschließend von einer Bande betrunkener Cowboys hinter ein Pferd gebunden und vor dem Laufhaus durch den Dreck geschleift worden war; Jefferson Holland, der nach zwei Jahren Business College in Austin der Meinung gewesen war, er könnte mit der King Ranch und der XIT Ranch auf dem Viehmarkt konkurrieren, und als Resultat sechshundert Morgen Land der Familie Holland eingebüßt hatte; und Sam Holland, mein Vater und Old Hackberrys Sohn – ein kultivierter Mann mit einem rheumatischen Herzen, der als Südstaatenhistoriker an der University of Texas gelehrt hatte, später während des New Deal Kongressabgeordneter geworden war und schließlich Selbstmord beging.

Hinter dem Friedhof flachten die grünen Hügel zu einem Fluss hin ab, der jahreszeitlich bedingt braun gefärbt war und wenig Wasser trug. An den Uferböschungen wuchsen Schwarz- und Virginia-Eichen sowie Mesquitesträucher. Auf den umliegenden Feldern blühten in schnurgerade angelegten Reihen mit gleichmäßigen Abständen die Baumwollpflanzen, während die Tomaten angesichts der frühen Sommerschauer schon jetzt prall und rot an den Stauden hingen. Die Sonnenstrahlen glitzerten auf den Rotorblättern der durch die Windstille paralysierten Western-Windräder, und durch das Hitzeflimmern sahen die Behausungen der mexikanischen Farmarbeiter, größtenteils einfache Häuser mit waagerechten Holzverschalungen oder Schindelfassaden, in der Ferne aus wie flachgedrückte Streichholzschachteln. Die Kolbenstangen meiner beiden Ölförderpumpen hoben und senkten sich monoton im Takt. Aufgrund der niedrigen Temperatur im Inneren der Rohre tropfte Kondensflüssigkeit von den Förderköpfen herab, und hin und wieder kroch mir der abscheuliche Geruch des Rohgases in die Nase. Die Bohrlöcher befanden sich in der Mitte eines Baumwollfeldes. Die Bohrtürme waren schon längst demontiert, die Baumwollpflanzen um die Förderköpfe herum mit chirurgischer Präzision in Quadratform zurückgeschnitten, was für mich schon immer wie eine Art Ehrfurchtsbezeugung der Landschaft gegenüber der texanischen Ölindustrie gewirkt hatte.

Der Zufahrtsweg zum Haus war mit weißem Kies bedeckt, auf den angrenzenden Flächen wuchs Hundszahngras. Weiße Holzzäune säumten den Kiesweg und die Straße, wo mein Grundstück endete. Der Rasen war frisch gemäht und wurde täglich von einem Schwarzen gewässert, den meine Frau mit der Pflege der Rosengärten beauftragt hatte. Neben der Veranda wuchsen auf beiden Seiten Magnolien- und Orangenbäume. Das Hauptgebäude war 1876 von Old Hack errichtet worden. Er hatte dabei die Holzstämme von Son Hollands ursprünglicher Hütte verbaut, die sich nun in unseren Küchenwänden befanden, und im Grunde hatte sich seit jener Zeit wenig verändert. Meine Frau hatte im ersten Stockwerk eine mit Rankgittern begrenzte, überdachte Veranda anlegen lassen, die nun großen Tontöpfen mit Farnpflanzen Platz bot, und eine mit Fliegengittern geschützte Seitenveranda, auf der wir an warmen Sommerabenden für gewöhnlich diniert und Eistee genossen hatten. Nachdem wir dazu übergegangen waren, unsere Mahlzeiten getrennt voneinander einzunehmen, wurde die Veranda im Erdgeschoss zur Cocktailbar für ihre Gartengesellschaften umfunktioniert, bei denen ein professioneller Barkeeper in weißem Jackett Eis schabte und Mint Juleps für die Gäste bereitete, meist Mitglieder von gemeinnützigen Organisationen wie den Daughters of the Confederacy, der Junior League und des Texas Democratic Women's Club.

Trotz der sonntäglichen Gartengesellschaften, bei denen ehrenamtlich engagierte Frauen mit stechendem Blick und eisgekühlten Drinks auf dem Rasen schwatzten, trotz der mit Rosen bepflanzten weißen Kästen und der Klimaanlagen in den Fenstern war es immer noch das Haus von Old Hack, und manchmal, wenn ich nachts allein in der Bibliothek saß, schien das Gebäude, von seiner brummigen Gegenwart erfüllt, zu ächzen.

Ich nehme an, dass ich mich deshalb in diesem Haus schon immer eher als Gast und nicht wie sein Besitzer gefühlt habe. Ich mochte zwar Old Hacks Namen geerbt haben, das Revolverhelden-Gen der Hollands jedoch war nicht an mich weitergegeben worden. Während des Koreakrieges war ich Navy-Sanitäter und verteilte drei Monate lang Penicillin-Pillen gegen Tripper an unsere Jungs in Seoul, bevor man mich an die Front versetzte. Dort dauerte es allerdings nur sechs Tage, bis mir die Chinesen zwei Beinschüsse verpassten und mich gefangen nahmen. Man kann also mit Fug und Recht behaupten, dass mein einziger Versuch, Hacks schießwütigem Vermächtnis gerecht zu werden, gehörig in die Hose ging. Stattdessen saß ich zweiunddreißig Monate in drei unterschiedlichen Kriegsgefangenenlagern ein. Über den Fronteinsatz, die Verwundung, die Auszeichnung mit dem Purple Heart und meine Zeugenaussage vor dem Militärgericht, wo man einem Überläufer den Prozess machte, werde ich später berichten, denn all diese Details spielten eine nicht unwichtige Rolle für meine Kandidatur als Kongresskandidat der Demokraten.

Ich zündete mir eine Zigarre an und ging den gleißend weißen Kiesweg hinunter zu der Eiche, unter der mein Wagen stand. Erst eine halbe Stunde zuvor hatte ich geduscht und mir frische Sachen angezogen. Doch kaum war ich in Bewegung, fühlte sich das Hemd auf meiner Haut schon wieder feucht an, und die Sonnenstrahlen knallten wie die Flamme eines Schweißbrenners gegen die dunklen Gläser meiner Sonnenbrille. Ich ließ mich in den Ledersitz des Cadillacs sinken und schaltete die Zündung und die Klimaanlage ein. Muffig warme Luft strömte durch die Lüftungsöffnungen, und einen Moment lang konnte ich den konzentrierten Geruch der Ölquellen riechen – einen Geruch, der einen monatlichen Scheck von Texaco, Inc. in Höhe von viertausend Dollar verhieß. Ich drückte den Automatikhebel in die L-Stellung, trat langsam aufs Gaspedal und spürte die vibrierende Kraft von dreihundertfünfzig Pferdestärken durch die Sohlen meiner Stiefel aufsteigen. Kieselsteine klackten gegen Kotflügel und Bodenblech, dann holperte der Wagen über das Viehgitter auf die Straße, wo ich das Gaspedal durchtrat und dem Surren der Reifen auf dem weichen Asphalt lauschte. Aus den Augenwinkeln sah ich die weißen Weidezäune am Straßenrand vorbeihuschen, deren Latten durch den Luftzug knackten wie brechende Zweige. Mit drei Fingern am Lenkrad und neunzig Meilen pro Stunde auf dem Tacho steuerte ich den Wagen an Schlaglöchern und Bodenwellen vorbei, während ich auf die Zigarre biss und zu den Schatten auf den Feldern hinausschaute, die sich, wie so häufig, wenn ich nach San Antonio oder Houston fuhr, ein Rennen mit mir zu liefern schienen. Ich war diese Strecke schon oft gefahren; einige Male auch mitten in der Nacht, volltrunken und mit Tempo einhundertzwanzig Meilen pro Stunden, während die Hillbilly- und Gospel-Musik eines in Del Rio ansässigen Senders aus den Lautsprechern plärrte. Am Morgen danach war ich meist schweißgebadet in einem elenden Whiskey-Kater versunken: Gelbe Blitze zuckten hinter meinen Augen, und ich sah den Cadillac, wie er eine klaffende Lücke in den weißen Zaun riss und sich im Feld überschlug, und dann sah ich mich selbst, von schwarzem Blut überströmt, gefangen zwischen Lenkrad und eingedrücktem Dach.

Nüchtern allerdings hatte ich beim Fahren das Gefühl, etwas Magisches in den Händen zu halten und von einer luftgekühlten Allmacht aus Stahl und Blech umgeben zu sein, wenn der lange Rahmen des Wagens die Straße unter sich verschlang.

Als ich mich dem kleinen Städtchen Yoakum näherte, schraubte ich den Deckel meines Flachmanns ab und genehmigte mir einen Schluck. Weiße Ranchhäuser und Scheunen zogen an mir vorbei, ebenso die dazugehörigen Baumwollfelder und Weiden, auf denen Rinder und Pferde standen und, hin und wieder, auch eine einsame Eiche. Die Sonnenstrahlen wurden von der Motorhaube wie weiße Blitze reflektiert, und vor mir schien die Straße in der Hitze zu zerfließen. Eine leichte Brise war aufgekommen, und Staubteufel begannen an den trockenen Rändern der Maisfelder zu tanzen. Auf einem Hügel setzten sich die Rotorblätter eines Western-Windrades in Bewegung, und kurz darauf rauschte das Wasser in einem langen, weißen Strahl aus der windbetriebenen Pumpe in eine Viehtränke. Am Stadtrand von Yoakum kam ich an den Behausungen der Schwarzen und Mexikaner vorbei, die, obwohl teilweise in unterschiedlichen Jahrzehnten erbaut, alle gleich aussahen. Die Fassaden waren allesamt grau und verwittert, die Veranden größtenteils baufällig, auf die Dächer hatten die Bewohner Fetzen aus Teerpappe genagelt, und vor den Häusern tollten dreckige Kinder in zugemüllten Gärten zwischen kaputtem Spielzeug, alten Kabel- und Drahtknäueln, leeren Bleichmittelkartons und überfüllten Mülltonnen. Hinter den Häusern sah es nicht anders aus: Zwischen alten Autos, deren verrostete Motoren und demolierte Windschutzscheiben von Spinnweben überzogen waren, wucherte das Unkraut, an den Wäscheleinen baumelten abgetragene Overalls und Jeanshemden, und die Büsche und Sträucher, die im Schotterbett der nahe gelegenen Eisenbahnschienen wuchsen, waren schwarz vom Dreck der vorbeifahrenden Züge.

Ich nahm noch einen Schluck aus dem Flachmann und legte ihn zurück ins Handschuhfach. Es war Samstag, und auf den Straßen der Kleinstadt herrschte reger Verkehr. Rancher und Farmer waren unterwegs, ebenso Frauen in bunten Baumwollkleidern, mexikanische und schwarze Feldarbeiter, Pick-up-Trucks und ramponierte Autos. An den Straßenecken lungerten junge Burschen herum. Sie trugen lackierte Strohhüte und Jeanshosen, die mit so viel Stärke behandelt waren, dass sie wie aus Pappe schienen. Auf der Hauptstraße lugten aus den hohen Bordsteinen immer noch die Halteringe zum Festmachen der Pferde hervor, und der Gehweg vor den Ladenfronten war von einer Anfang des Jahrhunderts errichteten Holzkolonnade überdacht. Alte Männer mit schmalen, sonnenverbrannten Gesichtern, weißen Hemden und vorgebundenen Fliegen saßen im Schatten, spuckten den Saft ihres Kautabaks auf den Boden und schauten dem Treiben zu. Am Ende der Straße befand sich das Gefängnis von Yoakum, ein teils aus Holzstämmen, teils aus verputzten Ziegelsteinwänden bestehender Bau, in den mein Großvater einst Wes Hardin gesperrt hatte. Es stand etwas zurückgesetzt, auf einem von Unkraut überwucherten Grundstück. Das Dach und eine Seitenwand waren bereits eingestürzt, und die Trümmer, hauptsächlich zerbrochene Holzbalken und Ziegelsteine, hatte man auf einem Haufen zusammengekehrt. Vor den Gitterstangen der Zellentüren lagen die Scherben von im jugendlichen Übermut zerschlagenen Bierflaschen, in den Ecken die benutzten Verhütungsmittel nächtlicher Besucher. An einer der Wände war immer noch die Inschrift zu lesen, die ein Insasse dort 1880 mit einem Nagel in den Putz gekratzt hatte: *J. W. Hardin wird Hack Holland zu Niggerfutter verarbeiten.*

Oft schon hatte ich mich gefragt, ob Old Hack sich damals wohl Sorgen über Vergeltungsaktionen machte. Schließlich hätte Hardin aus dem Gefängnis ausbrechen oder dessen Verwandte ihm mit einer Schrotflinte auflauern können. So wie es aussah, hatte Old Hack aber vor nichts und niemandem Angst gehabt, denn als Hardin nach vierzehn Jahren aus dem Gefängnis kam, schickte Hack ihm ein Telegramm mit folgendem Wortlaut: *Deine Cousins sagen, du würdest mich immer noch umlegen wollen. Falls dem so ist, schicke ich dir gern ein Zugticket nach San Antonio, und wir regeln die Sache kurz am Bahnhof.*

Während meines Jurastudiums an der Baylor University nutzte ich einen von Hacks .44er Colts als Briefbeschwerer. Das Metall hatte seine Brünierung verloren, und die Mahagonigriffe wiesen bereits Risse auf. Federn und Hahn funktionierten aber noch tadellos, sodass sich die schwere Trommel geschmeidig in die korrekte Position drehte, wenn ich den Hahn spannte. Als ich später zusammen mit meinem Bruder eine Kanzlei in Austin eröffnete, bekam der Colt einen Platz an der Bürowand, wo er neben einem Bild aus dem Jahr 1925 hing, das Hack, bereits gealtert und mit langen weißen Haaren, an der Seite meines Strohhut tragenden Vaters zeigte. Ebenfalls an der Wand hingen mein gerahmtes Juradiplom und meine Mitgliedsurkunde der akademischen Ehrengesellschaft Phi Beta Kappa. Der Revolver und Hacks zerfurchtes Gesicht dominierten jedoch das Büro.

Als ich San Antonio kurz vor zwei Uhr erreichte, lag die Temperatur bei achtunddreißig Grad Celsius. Steif und starr zeichnete sich die Skyline gegen die flimmernde Hitze ab. Auf den Bergen über der Stadt konnte ich die Behausungen der wohlhabenden Bevölkerung sehen: weiße, stuckverzierte Häuser, mit roten Ziegeln gedeckte Dächer, Terrassengärten, in denen Seidenbäume wuchsen. Mein Weg führte mich durch das mexikanische Viertel, wo Secondhandläden, Baptistenmissionen, Kreditbanken und Pfandleihen die Häuserblocks dominierten. Drahtige Pachucos mit eng zulaufenden Hosen, an den Ärmelenden zugeknöpften, braunen Hemden und öligen Schmalztollen standen träge vor den Billardhallen und Weinbars herum.

Ich bog auf den Parkplatz des Mission Motel – ein dreckigweißes Gebäude, dessen Architektur dem Alamo nachempfunden war. Fenster und Türen waren mit Bögen verziert, die straßenseitige Außenmauer mit kleinen Glockentürmen bestückt. Im Innenhof hatten sich die Architekten an einer Art Patio versucht, in dem angeschlagene Tontöpfe mit abgestorbenen Pflanzen vor dem Eingang der Rezeption standen. Die Pflastersteine hatten sich durch den Regen abgesenkt, und Unkraut wucherte aus den Fugen. Ich nahm ein Zimmer, das ich schon von früheren Aufenthalten kannte: Die Wände waren mit Gips verputzt und in senfgelber Farbe gestrichen, das Doppelbett verfügte über einen elektrischen Vibrationsmechanismus, der nach Münzeinwurf Massagen verabreichte, der Teppich war abgewetzt. Auf der Kommode standen zwei Gläser mit dicken Böden und ein Kübel mit Eiswürfeln. Ich entfernte das Siegel der Jack-Daniel's-Flasche, schüttete ein paar Eiswürfel in eins der Gläser und füllte es bis zur Hälfte mit Whiskey. Dann setzte ich mich auf die Bettkante, zündete mir eine Zigarre an und trank ungefähr fünf Minuten lang mit langsamen Schlucken. Durch die zugezogenen roten Fenstervorhänge konnte ich die heißen Umrisse der Sonne am Himmel erkennen. Ich leerte das Glas und genehmigte mir noch eins. Dann spürte ich langsam, wie mich die Wirkung des Whiskeys erfasste. Ich hatte schon immer gern getrunken, und der beste Moment dabei war für mich stets der gewesen, wenn man merkte, dass man gleich betrunken sein würde – dieser klare Moment, dominiert von einem Gefühl der Kontrolle und geschärften Sinne, wenn sich mit einem Mal alle Türen in deinem Oberstübchen öffnen und sämtliche Geheimnisse in simple Gleichungen verwandeln.

Ich wählte eine Nummer, die in keinem Telefonbuch zu finden war. Vor drei Jahren hatte ich sie von R. C. Richardson bekommen, einem Ölunternehmer aus Dallas, den ich vor dem Gefängnis bewahrt hatte, nachdem er sich staatliche Agrarsubventionen in Höhe von fünfzigtausend Dollar erschlichen hatte. Nach dem Prozess war er in unser Büro gekommen, hatte sich über meinen Schreibtisch gelehnt, wobei sein riesiger Bauch über seinen Cowboygürtel quoll, und mir einen Scheck über zehntausend Dollar ausgeschrieben. Zum Abschied reichte er mir seine Visitenkarte, mit der besagten Nummer auf der Rückseite.

»Ich weiß nicht, ob ihr Anwaltstypen auf mexikanisches Chili steht. Falls ja, werden Sie weit und breit kein besseres als das hier finden«, sagte er.

Er war ungehobelt und vulgär, aber er hatte recht: Es war einer der besten Callgirl-Services in ganz Texas – teuer, erlesen und professionell. Ich hatte immer den Verdacht, dass das Geld und die Organisation hinter dem Service von der Mafia in Galveston stammten, denn weder die Mädchen noch die

Frau am Telefon schienen sich große Sorgen darüber zu machen, dass der Kunde ein Cop sein könnte.

Die Disponentin klang wie die Sprecherin eines Benachrichtigungsdienstes: kein Tonfall, kein Akzent, keinerlei Satzmelodie. Es war praktisch unmöglich, ihre Stimme einer bestimmten Region zuzuordnen oder mit denen von anderen Menschen zu vergleichen. Eine Zeit lang versuchte ich mir vorzustellen, wie sie wohl aussehen mochte. Sie musste die Bestellungen von unzähligen Männern entgegengenommen haben; Anrufe aus Motelzimmern oder menschenleeren Häusern, vorgetragen mit nervösen, von Alkohol belegten Stimmen, in denen Verlegenheit und Lust ebenso mitschwangen wie die Angst vor einer Zurückweisung. Ich fragte mich, ob diese zahllosen Geständnisse männlicher Sehnsucht und Schwäche für sie bestürzende Einblicke in die Welt der ehrbaren Bürger darstellten oder ob sie eine stumpfsinnige Arbeitsdrohne war, die nicht weiter darüber nachdachte. Ich mochte einfach nicht glauben, dass am anderen Ende der Leitung eine übergewichtige, blondierte Puffmutter mit Glasringen an den Fingern saß – was angesichts der mechanischen Stimme am Telefon eine viel zu menschliche Vorstellung war. Irgendwann kam ich zu der Überzeugung, dass es sich um eine herzlose, asexuelle, alte Jungfer handelte, klapperdürr und blass, die durch ihre Fähigkeit, das Sexleben anderer manipulieren zu können, ohne selbst daran teilnehmen zu müssen, still und heimlich ein von Zynismus dominiertes Gefühl der Macht entwickelt hatte.

Wie immer war sie sehr diskret und subtil, als sie mich indirekt danach fragte, was für eine Art Mädchen und welche Leistungen ich wünschte. Und wie immer gab ich den Namen an, mit dem ich mich schon an der Motelrezeption eingeschrieben hatte – R. C. Richardson.

Ich legte den Hörer auf und schenkte mir einen weiteren Whiskey mit Eis ein. Dreißig Minuten später kam das Mädchen in einem Taxi. Sie war Mexikanerin, groß gewachsen, gut und teuer gekleidet, und ihr Gang hatte eine gewisse Anmut. Das schwarze Haar hing über ihren Schultern, und ihre relativ helle Gesichtshaut war bis auf zwei kleine Narben in der Wange perfekt. Sie hatte hohe Brüste und Schultern, unter ihrem kurzen Rock zeichneten sich zwei wohlgeformte Beine ab. Als sie mich anlächelte, sah ich, dass ihr ein Backenzahn fehlte.

»Magst du einen Whiskey, vielleicht mit etwas Wasser?«, fragte ich.

»Dafür ist es mir gerade zu heiß. Außerdem soll ich an den Nachmittagen sowieso nicht trinken.« Sie setzte sich auf einen Stuhl, zog eine Zigarette aus ihrer Handtasche und zündete sie an.

»Egal. Trink trotzdem einen mit.« Ich goss etwas Whiskey in das zweite Glas.

»Auch wenn Sie mir einen Drink ausgeben, gibt's bei mir nur das, was Sie bezahlen, Mr. Richardson.«

»R. C. In Dallas nennen mich die Leute einfach nur R. C. Meinen Nachnamen kannst du dir für einen Besuch im Petroleum Club aufheben, da gilt er nämlich mehr als eine Diners-Club-Karte.«

»Ich glaube nicht, dass Sie auf Ihre Kosten kommen, wenn Sie so weitertrinken«, sagte sie.

»Abwarten. Normalerweise werde ich nämlich zum Stier, wenn ich was intus habe.«

Ich stand auf, band mir den Schlips ab und zog mein Hemd aus. In meinem Schädel brummte der Whiskey.

»Besser, Sie bezahlen mich, bevor wir anfangen«, sagte sie, nahm einen Zug von der Zigarette und schaute geradeaus.

Mein weißes Leinenjackett hing über der Stuhllehne. Ich zog das Portemonnaie aus der Innentasche, zählte fünfundsiebzig Dollar ab und legte die Scheine auf die Kommode.

»Kann es sein, dass ein paar Leute bei deinem Verein aus Galveston kommen?«, fragte ich.

»Über solche Dinge werden wir nicht informiert.«

»Du wirst doch bestimmt mal den ein oder anderen von den Strippenziehern kennengelernt haben, oder? Du weißt schon, Kerle italienischer Herkunft mit Sonnenbrillen und Maßanzügen?«

»Unser Date dauert genau zwei Stunden, Mr. Richardson.«

»Nimm dir was zu trinken. Was ist eigentlich mit der Frau am Telefon? Wurde die in ihrem Leben schon mal flachgelegt?«

Das Mädchen legte die Zigarette auf der Kommodenkante ab. Sie schlüpfte aus ihren Schuhen und rollte ihre Strumpfhose herunter. Ich nahm einen tiefen Schluck aus meinem Glas.

»Vielleicht ist's ja auch die Großmutter von Lucky Luciano, die den Qualm eines Joints in den Hörer haucht«, sagte ich.

»Sie haben nicht oft die Chance, sich mit anderen Leuten zu unterhalten, oder?«

Sie stand auf, schlang ihre Arme um meinen Hals und presste mit einer kraftvollen Bewegung ihren Bauch nach vorn. Ich konnte das Parfüm in ihrem Haar riechen. Sie ließ ihre Hand meinen Rücken hinuntergleiten und biss mir mit geschlossenen Augen leicht auf die Lippe.

»Wollen wir nicht langsam anfangen?«, sagte sie.

Ich küsste sie auf den Mund und konnte den Whiskey in meinem Atem schmecken.

»Warum genehmigst du dir nicht erst mal einen Drink?«, sagte ich. »Ich mag's nicht, wenn eine Frau verkrampft und wimmernd unter mir liegt, nur weil ich einen Jack Daniel's hatte und sie nicht.«

»Verheiratet, stimmt's?« Sie lächelte und schob ihre Finger unter meinen Gürtel.

»Ich hab einfach nicht sonderlich viel Spaß mit Frauen, die so aussehen, als hätten sie Schmerzen, wenn man sich auf sie legt. Kommt wahrscheinlich von den guten Manieren, die man als Richardson so an sich hat.«

»Muss eigenartig sein, mit Ihnen zusammenzuleben.«

»Kannst es ja beizeiten mal ausprobieren.«

Sie drückte ihren Bauch wieder nach vorn, löste die Umarmung und zog ihre restlichen Sachen aus. Sie hatte einen wundervollen Körper; einen Körper, wie man ihn nur selten bei einer Professionellen zu sehen bekommt. Ihre hohen Brüste waren straff, ihre Beine lang und braun vom Sonnenbaden am Swimmingpool irgendeines Gangsters, die Pobacken blass in der Bikinizone; der Bauch war flach, in Form gehalten von fünfundzwanzig oder mehr Sit-ups pro Tag, die Innenseite ihres Oberschenkels mit einer kleinen Tätowierung verziert, dem Pachuco-Kreuz mit drei Streifen.

Ich zog Hose und Unterhose aus, legte sie auf dem Stuhl ab, nahm die Zigarre vom Aschenbecher und schaute in den länglichen Spiegel an der Badezimmertür. Mit mittlerweile fünfunddreißig hatte ich gute fünfzehn Pfund zugenommen, seit ich im zweiten Studienjahr im Baseballteam der Baylor University gepitcht hatte. Über den Oberschenkeln hatte ich etwas Fett angesetzt, die Venen in meinen Beinen zeichneten sich lilafarben unter der Haut ab, und mein Haar war am Scheitelansatz etwas dünner geworden. Ansonsten war ich aber immer noch so fit und drahtig wie damals, als ich fast jedes Team in der Southwestern Conference nach Hause geschickt hatte. Keine Spur von Fett an Brust oder Bauch, und die Rückseite meines linken Oberarms war immer noch so muskelbepackt, wie man es von jemandem erwartet, der den Schlagmännern zwei Jahre lang einen Carl-Hubbell-Screwball nach dem nächsten servierte. Meine Schultern waren etwas nach vorn gebeugt, aber ich brachte es ohne Schuhe immer noch auf eins sechsundneunzig, und die vereinzelten grauen Ansätze in meinem sandblonden Haar verliehen mir eher Reife und Erfahrung, als dass sie mich alt machten. Dann waren da noch meine Kriegsverletzungen: zwei kreisförmige Narben von weißer Farbe an beiden Unterschenkeln, die eine schräg nach unten verlaufende Linie bildeten.

Wir trieben es eine Stunde lang und legten nur Pausen ein, damit ich mir noch ein Glas einschenken konnte. Mein Kopf schwamm im Whiskey, mein Herz hämmerte, und meine Haut fühlte sich heiß an. Der Fußboden neigte sich, als ich zur Flasche auf der Kommode ging, meine Atemzüge wurden heftiger und kratzten in meiner Kehle. Wir gingen alle Positionen durch, die sie kannte, probierten alle Experimente aus, die mir einfielen, und stellten im Grunde die Fantasien masturbierender Teenager nach. Sie vermochte es, Leidenschaft vorzutäuschen, ohne dass es offensichtlich gekünstelt wirkte, und wusste ganz genau, wann es an der Zeit war, den Körper anzuspannen oder die Beine zu spreizen. Nach dem dritten Mal, als ich schon dachte, dass wir fertig wären, beugte sie sich über mich, küsste mich und benutzte ihre Hände, bis ich bereit war, wieder in sie einzudringen. Sie fühlte sich weich und straff im Inneren an und hatte ganz offensichtlich noch nicht allzu viele Jahre im Geschäft hinter sich. Sie stützte sich auf ihre Ellbogen, sodass ihre Brüste vor meinem Gesicht hingen, spannte die Muskeln in ihrem Bauch an und drehte bei jeder unserer rhythmischen Bewegungen einen ihrer Oberschenkel zur Seite. Schon bald spürte ich, wie sich etwas in mir aufbaute und an Kraft gewann. Wie ein großer Felsbrocken rollte es einen Hügel hinab, erst langsam, dann immer schneller, und schoss schließlich über die Kante eines Canyons hinweg, um außerhalb meines Körpers zu explodieren und mir den leeren Frieden eines Opiumtraums zu schenken.

Völlig erschöpft fiel ich in einen whiskeygetränkten Stupor. Der in der Luft tanzende Staub sah in den durch die Vorhänge einfallenden Sonnenstrahlen aus wie sich windende Mehlwürmer. Das Mädchen erhob sich und zog sich an. Ein paar Augenblicke später hörte ich, wie sie die Tür zuzog. Trotz Klimaanlage schwitzte ich heftig. Ich schob den Kopf über die Bettkante und hoffte, auf diese Weise das sich drehende Zimmer zum Stillstand bringen zu können. Als ich die Augen schloss, zuckten farbige Blitze hinter meinen Lidern, und das Echo der Obszönitäten, die ich dem Mädchen zugeraunt hatte, als der Felsbrocken den Hügel hinuntergerollt war, erfüllte meinen Schädel. Meine Kehle und mein Mund waren trocken vom Whiskey und den angestrengten Atemstößen, die Gefäße in meinem Kopf geweitet vom Alkohol. Am liebsten wäre ich unter die Dusche gekrochen, um unter dem Brausekopf darauf zu warten, dass das kalte Wasser die Hitze aus meinem Körper spülen würde. Stattdessen rutschte ich noch tiefer in das Delirium ... und dann begann der Traum.

Ich hatte viele Träume über meine Zeit in Korea. Manchmal hob ich ein Grab im gefrorenen Boden aus, während Unteroffizier Tien Kwong mit hasserfüllten Augen über mir stand und mir in unregelmäßigen Abständen den kurzen Lauf seiner Maschinenpistole in den Nacken rammte. Dann gab es Tage, an denen mich Kwong in das Verhörzimmer des

Obersts brachte, wo ich auf einem Stuhl Platz nahm und so lange schweigend vor mich hinstarrte, bis Kwong meinen Hinterkopf packte, sein Knie in mein Gesicht rammte und mir dabei die Nase brach. Manchmal war ich auch allein, nackt im Zentrum des Lagers, wo wir uns einmal pro Woche unter einem Wasserhahn waschen und die Läuse aus unserer Kleidung spülen durften. Und jedes Mal, wenn ich zum Wasserhahn ging und das verrostete Ventil aufdrehte, fiel mein Blick auf die ins Metall gestanzten Worte: *Manufactured in Akron, Ohio.*

Dieses Mal jedoch trug mich der Traum an einen ganz besonderen Ort; den Ort, an dem mein sechstägiger Einsatz an der Frontlinie geendet hatte – die »Schießbude«.

Am Nachmittag war noch alles ruhig gewesen. Wir hatten Stellung in einem trockenen Bewässerungsgraben bezogen. Vor uns lagen Reisfelder, die in zwei Meilen Entfernung von den kahlen, durch Artilleriebeschuss zerlöcherten Ausläufern eines Gebirges abgelöst wurden. Im Zwielicht konnte ich die zerborstenen Bäume und die von unseren 105-mm-Haubitzen gerissenen Krater ausmachen, ebenso einen von unseren Napalmbomben schwarz gefärbten Hügel. Wir hatten zwar gehört, dass die 1. Marineinfanteriedivision am Chosin-Reservoir auf ein paar Chinesen getroffen war, aber unser Gebiet galt offiziell als sicher. Einerseits hätten unsere Gegner zwei Meilen offenes Gelände zu überqueren, um uns zu erreichen. Andererseits hatten wir unseren Verteidigungsring mit Stolperdraht und Minen gesichert, was allerdings als übertriebene Maßnahme angesehen wurde, da die Nordkoreaner in den Bergen nicht genügend Truppen für einen Frontalangriff hatten. Um halb acht gingen die Suchscheinwerfer an und beleuchteten die Reisfelder und die zerschossenen Hügel. Unmittelbar danach begannen die Signalhörner mit ihrer nächtlichen Beschallung, und über die Megafone wurden Tiraden gegen den amerikanischen Imperialismus verlesen. Die Kombination aus kakophonischem Hall und dem unnatürlich weißen Licht, das die Berge und die Furchen der Reisfelder bestrahlte, wirkte wie das audiovisuelle Experiment eines geistesgestörten Professors auf der Mondoberfläche. Manchmal vergaßen die Nordkoreaner, die Nadel von der Schallplatte zu heben, ein Kratzen, ungefähr so angenehm wie Fingernägel auf einer Schiefertafel, hallte aus den Bergen. Hin und wieder veränderten die Suchscheinwerfer ihre Ausrichtung, fuhren kurz über den Himmel und die Wolken und beleuchteten in der Ferne einen weiteren, von braunen Löchern überzogenen Hügel.

Ich saß mit dem Rücken gegen die Grabenwand gelehnt und versuchte zu schlafen. Die Decke, in die ich mich gehüllt hatte, fühlte sich in der Kälte allerdings wie eine Metalloberfläche an, außerdem schmerzten meine in feuchten Stiefeln steckenden Füße. Ich war am Nachmittag beim Überqueren eines Reisfeldes nass geworden, und mittlerweile hatten sich kleine Eisklumpen in meiner klammen Uniform gebildet. Selbst als ich die Wollmütze unter meinem Helm so tief wie möglich ins Gesicht zog, fühlten sich meine Ohren aufgrund der Kälte immer noch an, als hätte jemand mit einer Holzleiste auf sie eingeschlagen. In der Ferne hörte ich, wie einer unserer Panzer eine Straße entlangrumpelte. Dann begann ein Maschinengewehr mit Kaliber .30 an unserer rechten Flanke zu feuern. »Was macht das verdammte Arschloch da?«, presste der Corporal neben mir hervor, ein Hillbilly aus dem Norden von Alabama. Der Mann war groß gewachsen und hatte sich eine Decke über den Helm gezogen und am rechten Zeigefinger die Kuppe seines Handschuhs abgeschnitten. Ich hatte ein Codein-Fläschchen im Gepäck und holte es heraus, um mir einen Schluck zu genehmigen. Das Zeug schmeckte nicht so gut wie Whiskey, aber es wärmte definitiv besser als eine dieser Dosen mit Brennpaste. Das .30er MG gab einen Moment lang Ruhe, begann danach aber wieder längere Salven abzufeuern. Kurz darauf knatterte ein leichtes Maschinengewehr los, wahrscheinlich ein Browning Automatic Rifle, abgekürzt B. A. R., unter das sich das unregelmäßige Knallen von Kleinwaffen mischte. »Was zum Teufel ist da los?«, brummte der Corporal. Er richtete sich auf und kniete nun im Graben, sein M1 Carbine fest mit den Händen umschlossen. Plötzlich explodierten Leuchtgeschosse im Himmel, und über den Feldern begannen weiße Halos zu flackern. Im künstlichen Licht schien das Gesicht des Corporals blass wie Kerzenwachs, seine Lippen waren schmal und weiß.

Die ersten Mörsergranaten schlugen vor unseren Ziehharmonika-Stacheldrahtrollen ein und ließen die Minen detonieren, die wir vorher ausgelegt hatten. Gelbe und orangefarbene Flammen schossen empor und katapultierten Dreck und zerfetzten Stacheldraht in die Höhe. Dann betäubte ein Donnerdröhnen meine Ohren, das sich anfühlte, als rasten zwei Güterzüge zusammen. Ich spürte den heißen Luftzug des explosionsbedingten Vakuums, und im nächsten Moment brach die Grabenwand über mir zusammen und knallte mit der Wucht eines Vorschlaghammers gegen meinen Kopf. Die Erdmassen rammten mir die Kante des Helms in die Nase, was für eine ordentliche Platzwunde sorgte, und ich konnte sofort das Blut schmecken, das über meinen Mund lief. Irgendwo zwischen den umherfliegenden Felsbrocken und Erdklumpen, dem Donner der Granateinschläge und dem brummenden Beben unter meinen Füßen hörte ich einen Marine schreien. Es war nur ein lang gezogenes Wort, geschrien von einer Stimme, die aus einem Verbrennungsofen emporzusteigen schien: »DOOOOOOOOOOC!«

Ich setzte mich in Bewegung und kroch auf allen vieren den Boden des Grabens entlang. Doch plötzlich änderten die Chinesen die Ausrichtung ihrer Geschütze und konzentrierten das Feuer auf das Zentrum unserer Linie.

Bis dahin hatte ich immer geglaubt, dass, sollte ich mir jemals eine Kugel einfangen, es als Konsequenz einer von mir gefällten Entscheidung geschehen würde. Ich würde dran glauben müssen, weil ich selbst gehandelt hatte, und ganz egal, wie gedankenlos oder unbesonnen diese Tat auch sein mochte, besäße ich auf diese Weise noch ein wie auch immer geartetes Mitspracherecht bei meinem Tod. Auf dem Boden des Grabens dämmerte mir nun langsam, dass ich stattdessen inmitten eines Feuersturms sterben würde. In dieser Situation den eigenen Tod abwenden zu wollen war so aussichtslos, wie vor der niederfahrenden Faust Gottes zu fliehen. Die Granaten schlugen in unregelmäßigen Abständen im Graben ein und katapultierten Männer, Waffen und Ausrüstung in alle Himmelsrichtungen. Mit einem Mal erstarrte der Corporal neben mir in einer Explosion aus Licht und Erde. Er hatte Mund und Augen weit aufgerissen, sein Helm war löchrig, von Granatsplittern zerrissen. Wie in Zeitlupe schien er sich in einer Pirouettenbewegung zu drehen, das gesamte Gewicht seines massigen Körpers auf nur einen Fuß gelagert, und fiel mit dem Rücken zuerst auf mich. Das Blut quoll unter seiner Wollmütze hervor und lief ihm dünn wie Bindfäden über das Gesicht. Er öffnete und schloss den Mund, und seine mit weißem Speichel belegte Zunge formte einen feuchten, saugenden Laut. Er hustete noch einmal leise und tief in seiner Kehle. Dann fixierten seine Augen eines der am Himmel brennenden Leuchtgeschosse und hörten auf, sich zu bewegen.

Wenig später verstummte der Feuersturm. Zu plötzlich und zu rasch eigentlich, denn man sollte meinen, dass ein derart intensives und mörderisches Ding nicht einfach so endet, sondern sich aus seiner eigenen kataklystischen Kraft speist und bis in alle Ewigkeit fortwährt. Ich schob den Corporal zur Seite und merkte in der Stille (oder dem, was ich für Stille hielt, denn links und rechts erfüllte das Knattern automatischer Waffen immer noch die Luft), wie meine Ohren klingelten. Der zerfetzte Helm rollte vom Kopf des Corporals. Auf seiner Schädeldecke klaffte eine lange Wunde, die aussah wie von einem Skalpell gezogen. Auf dem Boden des Grabens lagen die Toten in unnatürlichen Positionen verstreut. Einige von ihnen waren zur Hälfte unter den eingestürzten Grabenwänden verschüttet, ihre Körper verdreht, ihre Gliedmaßen abgeknickt, als wären sie vom Himmel gestürzt. Die Gesichter der Verwundeten waren aschfahl, gezeichnet von Schock und Gehirnerschütterungen. Etwas weiter hinten im Graben schrie ein Mann.

»Sind Sie verletzt, Doc?«, fragte mich der First Lieutenant. Er trug sein Carbine in der rechten Hand, sein linker Arm baumelte reglos an der Seite herunter.

»Nein. Alles in Ordnung.« Unsere Stimmen klangen in meinen Ohren wie die von zwei weit entfernten Männern.

»Bereiten Sie alles für die Evakuierung der Verwundeten vor. Unserer rechten Flanke wird gerade der Arsch aufgerissen. In fünf Minuten sollen wir Artillerieunterstützung bekommen, und dann ziehen wir uns zurück.«

»Sie bluten ziemlich stark, Lieutenant.«
»Helfen Sie so vielen auf die Beine, wie Sie können. Gleich wimmelt es hier von Schlitzaugen.«

Die versprochene Deckung durch unsere Artillerie blieb aus. Fünfzehn Minuten später wurden wir überrannt. Unsere automatischen Waffen mähten Hunderte der über die Reisfelder auf uns zustürmenden Chinesen nieder, und wir schaufelten Schnee auf die glühenden Läufe unserer MGs, damit sie nicht überhitzten. Der Boden des Grabens war von Patronenhülsen und leeren Munitionskisten bedeckt. Auf den Feldern lagen die Toten in Zickzack-Reihen, so weit das Auge reichte. Wie Wellen stürmten die Gegner in unsere Richtung. Kaum waren die einen gefallen, folgten ihnen schon die nächsten nach. Daraufhin setzten die Signalhörner wieder ein, und Stielhandgranaten zerrissen unseren Stacheldraht. Jedes Mal, wenn eine unserer Waffen nachgeladen werden musste oder ein Marine zu Boden ging, rückten sie näher an unseren Graben heran. Unser einziger Panzer stand hinter uns, lichterloh in Flammen, unser Lieutenant hatte einen Schuss in den Mund abgekommen, und alle unsere Unteroffiziere waren tot. Nachdem wir die letzten Patronen verschossen hatten, schien unser Alamo gekommen, und wir pflanzten die Bajonette auf unsere Gewehrläufe. Dann brach eine neue Welle chinesischer Angreifer über uns hinweg.

Sie liefen am Graben entlang und feuerten aus nächster Nähe mit ihren Maschinenpistolen auf uns hinab. Erfüllt von einem hysterischen Gefühl der Erleichterung, den Frontalangriff überlebt zu haben, schossen sie auf die Toten ebenso wie auf die Lebenden. Ihre Waffen waren nicht für zielgenaues Schießen ausgelegt, auf ein paar Meter Entfernung jedoch pumpten sie im Handumdrehen ein komplettes Trommelmagazin in ihre Gegner. Schließlich kam der Moment, in dem ich, zum ersten Mal in meinem Leben, vor dem Feind davonlief. Ich ließ die Bahre mit dem verwundeten Marine fallen und rannte los, sprang über Leichen und Munitionskisten, verbogene Bazookas und gefechtsunfähige Maschinengewehre hinweg, vorbei an unserem Lieutenant, der Blut und Zähne auf seinen Mantel spuckte, und dann tauchte plötzlich ein Junge über mir am Grabenrand auf, ein Chinese in Stoffschuhen und Watteuniform, höchstens siebzehn Jahre alt, mit einem schmalen, gelben, von Kälte und Frost gezeichneten Gesicht. Ich erinnere mich noch daran, dass ich meine Arme ausstreckte, um Kopf und Brustkorb vor den Kugeln zu schützen. Doch das erwies sich als unnötig, denn der Bursche war ein derart schlechter Schütze, dass er nur meine Beine und die auch nur unterhalb der Knie erwischte. Wie Eiszapfen durchbohrten die Kugeln meine Glieder, und ich stürzte zu Boden, als hätte mir ein Clown in einer Slapstick-Nummer gegen die Schienbeine getreten.

An dieser Stelle endete mein durch Jack Daniel's und sexuelle Erschöpfung bedingter Ausflug nach Korea. Ich wachte um halb sieben auf, schwitzend und mit einem dicken Schädel. Eine halbe Stunde lang saß ich in der gekachelten Dusche, ließ kaltes Wasser auf mich herabregnen und kaute auf einer nicht angezündeten Zigarre herum. Die weißen Dellen in meinen Schienbeinen fühlten sich unter dem Druck meines Daumens an wie Gummi.

Kapitel 2

Das Shamrock Hilton in Houston wimmelte in dieser Nacht von Demokraten. Aus ganz Texas waren sie angereist, fast siebenhundert an der Zahl, aus Loyalität zur Partei. Unter ihnen die Söhne und Töchter der vergessenen Kriege, das texanische Parteikomitee, die Schwergewichte vom Gewerkschafts-Dachverband AFL-CIO, die Freibetragslobbyisten (die sich für den Erhalt der großzügigen Sonderabschreibungen der Erdölindustrie einsetzten), manikürte Zeitungsverleger, aalglatte Public-Relations-Typen, Millionärsfrauen in Nobelkleidern von Neiman Marcus mit Piney-Woods-Akzent, junge Anwälte mit politischen Ambitionen (ein jeder von ihnen ausgestattet mit einem wachen Auge, einem festen Handschlag und einem nach Rasierwasser riechenden Kastenkinn à la Fearless Fosdick), die Zehnprozenter (die selbst bei den skrupellosesten Finanztricksereien stets eine Gebühr von zehn Prozent einstrichen), die Neureichen, die ihren Kindern Studienplätze am Randolph-Macon College kauften, die Rancher, die mit beiden Augen auf Agrarsubventionen schielten, einige nur leidlich gesellschaftsfähige Mafia-Typen aus Galveston, verschiedenste Fußsoldaten, Laufburschen und Jasager aus Lyndons Entourage, drei texasstämmige Hollywood-Filmstars, ein Astronaut, ein kriegsversehrter General im Rollstuhl von der Veteranenorganisation des Spanisch-Amerikanischen Krieges, ein saufender Baseballspieler, der mal für die Houston Buffaloes gepitcht hatte und danach zu den Cardinals aufgestiegen war, ein paar teure Prostituierte, ein Air-Force-General, der dank seines Eifers beim Brandbombenangriff auf Dresden eines Tages sehr wahrscheinlich mit einer Fußnote in die Militärgeschichtsbücher einging, und US-Senator Allen B. Dowling.

Für die Strecke von San Antonio hatte ich nur zweieinhalb Stunden gebraucht. Das Gaspedal bis aufs Bodenblech durchgetreten, war ich wie ein blauer Blitz durch Kleinstädte und Farmsiedlungen geschossen, wo betrunkene Cowboys mit einem Bier in der Hand vor den Saloons gesessen und mir ungläubig hinterhergestarrt hatten.

Ich bog in die weiße, halbkreisförmig angelegte Zufahrt zum Shamrock ein und wartete am Ende einer Autoschlange auf die Bande uniformierter schwarzer Hotelpagen, die mein Gepäck und auch meinen Cadillac übernehmen und mich keine Tür allein öffnen lassen würden. Sie verrichteten ihre Arbeit mit flinken, routinierten Handgriffen, sodass man sich fast wie auf einem Fließband vorkam. Ihre Zähne waren weiß, ihre Gesichter schwarz und freundlich, und sie wirkten unterwürfig und doch voller Selbstvertrauen in ihre Effizienz. Ich hatte das Gefühl, dass sie uns allen nur zu gern die Kehlen durchgeschnitten hätten. Sie erinnerten mich an die schwarzen Truppen in Korea, wenn sie mit Mr. Skins, einem weißen Offizier, zu tun hatten. Sie waren in der Lage, ihre Aufgaben derart exzellent zu erledigen, dass sie Auszeichnungen und Orden verdient hätten. Gleichzeitig beleidigten sie ihre Vorgesetzten und lachten ihnen ins Gesicht, und taten doch nichts, wofür ein Offizier sie hätte rügen können, ohne sich lächerlich zu machen.

Ich ließ den Cadillac bis vor die Glastüren am Eingang rollen. Als der Wagen stand, zog einer der schwarzen Hotelpagen die Tür für mich auf, ein anderer setzte sich auf den Fahrersitz, ein dritter holte mein Gepäck aus dem Kofferraum. Ich gab jedem einen Dollarschein – nicht ohne das dumme Gefühl einer unnatürlichen Situation, wie beim Bezahlen eines Schuhputzjungen – und folgte dem dritten Pagen ins Hotel. Während ich die Bewegung der grauen Uniform auf seinem Rücken und die darunter verborgenen festen Muskelstränge beobachtete, ging mir eine Frage durch den Kopf: Würdest du mir wirklich gern eine Rasierklinge über die Halsschlagader ziehen, du entwurzelter Nachfahre von Ham, der du deines kulturellen Erbes beraubt und auf ein südtexanisches Baumwollfeld verfrachtet wurdest, um dort als ungebildeter und linkischer Landarbeiter zu schuften und dich mit den deinen, eine Generation nach der anderen, auf einem Stück Pachtland abzuplacken? Ja, ich schätze schon, dass du das tun würdest. Alles, was es braucht, ist die saubere, scharfe Klinge eines Rasiermessers, mit der du mir behutsam die Blutgefäße öffnest.

Ich war immer noch ordentlich benebelt vom Jack Daniel's, dem mexikanischen Mädchen und dem Traum. Gut möglich, dass meine sonderbaren Einblicke in die Gedankenwelt des schwarzen Mannes vor mir ihren Ursprung in dieser Benommenheit hatten.

An der Rezeption nannte ich meinen Namen, woraufhin mir mitgeteilt wurde, dass meine Frau die Suite im zehnten Stock bezogen hatte. Sie war gestern schon zusammen mit meinem Bruder Bailey in Houston angekommen, pünktlich zum Beginn der Parteiversammlung. Eigentlich waren wir heute zum Mittag auf der Terrasse verabredet gewesen, um mit ein paar von den Freibetragslobbyisten zu speisen, die bereitwillig Unmengen in die Karrieren von jungen Kongressabgeordneten investierten. Mein einziger Pflichttermin, die

Rede auf der Parteiversammlung, war allerdings erst für zehn Uhr abends angesetzt, und ehrlich gesagt war ich nicht in der Verfassung für einen ganzen Tag voller oberflächlicher Konversationen, rassistischer Witze und kühler Gin-Cocktails am Swimmingpool gewesen, wo gepuderte Ölbaroninnen in den mittleren Jahren mir Banalitäten zuflüsterten, die sich wie Glassplitter in meinen Gehörgängen anfühlten. Ich hatte all diese Menschen vorher schon einmal getroffen, in Dallas, Austin, Fort Worth und El Paso – und sie waren sich stets treu, unterschieden sich nur minimal, unabhängig von Ort oder Anlass. Die Männer trugen Western-Anzüge von Oshman, halbhohe Stiefel, Diamantenringe von Zale, die an ihren fetten Fingern reichlich deplatziert wirkten, dazu Schnürsenkelkrawatten oder sportliche Hemden ohne Binder, die die Aufmerksamkeit von ihren unsteten Augen und den geplatzten Venen auf ihren Wangen ablenkten. Über Finanzen sprachen sie mit einer bedachten Gleichgültigkeit, aber ich wusste, dass es ihnen bei diesem Thema im Schritt kribbelte. Ihre Frauen mochten mich, weil ich jung und gut aussehend war, Erfolg als Anwalt hatte und mit einem dezenten Teint von meinen Partien auf angesagten Tennisplätzen glänzte. Es kostete mich einige Anstrengung, den guten Gesprächspartner zu mimen und vergnügt und unbeschwert die Eiswürfel in meinem Glas klimpern zu lassen, während sie mir von den trivialen Details ihres faden Alltags berichteten. In diesen Situationen profitierte ich von meiner Selbstdisziplin, denn ich wusste immer genau, was ich meinem inneren Schutzpanzer zutrauen konnte und wann es an der Zeit war, mich zu entschuldigen und zu verschwinden.

Außerdem brauchte ich diese Leute nicht, um in meinem Wahlkreis als Kongressabgeordneter gewählt zu werden. Der

Name Holland und die Reputation meines Vaters reichten aus, um fast jedem Mitglied unserer Familie ein politisches Amt zu sichern, wenn es das nur wollte. Zudem erinnerten sich die Leute noch an den Kriegsheimkehrer Hackberry Holland: ein verwundeter US-Navy-Sanitäter in Tropenuniform, ein ehemaliger Kriegsgefangener mit Gehstock, der zweiunddreißig Monate lang der Gehirnwäsche in chinesischen Kriegsgefangenenlagern widerstanden hatte, während andere US-Soldaten Geständnisse unterzeichneten, Mitgefangene anschwärzten und zum Feind überliefen.

Nicht unerheblich war in diesem Zusammenhang auch die Tatsache, dass mein republikanischer Konkurrent ein zwielichtiger Rassist war, der auch im Geschäftsleben verschrobene Ansichten vertrat und sein Versicherungsunternehmen in den Bankrott getrieben hatte. Im Laufe der Jahre war er Mitglied einer Reihe rassistischer Organisationen gewesen: der John Birch Society, der Paul Revere Society, der Independent Million, der White Citizens League, der Dixiecrat Party. Der Mann war ein gemeiner und widerwärtiger Trunkenbold, ein Tyrann gegenüber seiner Frau und seinen Kindern, und ehrlich gesagt war mir unklar, warum die Republikaner ihn überhaupt aufgestellt hatten. Wahrscheinlich hatte es damit zu tun, dass er jederzeit große Summen von Männern seines Schlages einwerben konnte und die Republikaner seit der Reconstruction-Ära ohnehin keine Wahl in DeWitt gewonnen hatten.

Verisa hatte eine Fünfzimmer-Suite genommen, inklusive Cocktailbar, Hochflorteppich, Ölgemälden an den Wänden, Gummibäumen in Pflanztöpfen und einem Balkon mit Aussicht auf den Swimmingpool des Hotels. Der Hotelpage stellte meinen Koffer ab und schloss die Tür hinter mir. Ich konnte die Wut in Verisas Augen sehen. Sie hatte ein weißes

Abendkleid an und saß mit eng übereinandergeschlagenen Beinen auf der Couch. Die Spitze eines ihrer High Heels zeigte auf den Kaffeetisch. Ihr rotbraunes Haar hatte durch das viele Bürsten und Kämmen einen metallischen Glanz, ihre Haut wirkte blutarm und glatt wie Marmor. Wäre ich etwas näher an sie herangetreten, hätte ich die Parfümtropfen hinter ihren Ohren riechen können, ebenso die gepuderten Brüste, den leichten Gin-Geschmack in ihrem Atem und einen Hauch ihrer Weiblichkeit. Sie warf mir einen kurzen Blick zu, wandte ihre Augen wieder von mir ab und zündete sich eine Zigarette an. Die Spitze ihres Schuhs schnellte nach vorn und traf eine handgeschnitzte Verzierung an der Seite des Tisches. Sie war gut darin, ihre Wut zu kontrollieren. Gelernt hatte sie das auf dem Randolph-Macon College. Und durch das Zusammenleben mit mir. Sie konnte rasenden Ärger in heißer Zigarettenasche aufgehen lassen, auf eine Handvoll am Rande einer Cocktailparty gezischte Wörter reduzieren oder in einem hitzigen Ausbruch nach der Heimkehr ausleben. Der Tritt gegen den Couchtisch jedoch fühlte sich an, als hätte sie mich direkt zwischen den Beinen erwischt – eine Revanche für sieben Ehejahre und zahllose zerbrochene Mädchenträume; für die Demütigung, die sie empfand, wenn ich Ölfeldarbeiter oder Soldaten aus Fort Sam Houston in den Country Club schleppte; für die mitternächtlich im Rausch offenbarten Schuldgefühle aus dem Koreakrieg. Gleichzeitig war es auch eine Art Vergeltung für den stoischen Zustand aussichtsloser Resignation, in den sie sich geflüchtet hatte, für die sozialen Enttäuschungen und die zermürbende Ungewissheit, ob sie nun die Frau eines texanischen Kongressabgeordneten (und möglicherweise späteren Senators) werden und einen Platz an der reich gedeckten Tafel der Macht erhalten würde – einer Macht, die weit über all das hinausging, was man mit Geld kaufen oder zerstören konnte.

»Ist dir denn wirklich alles scheißegal, Hack?«, sagte sie leise, den Blick immer noch geradeaus gerichtet.

»Was habe ich verpasst?«

»Einen Tag voller Entschuldigungen für die Abwesenheit meines Ehemannes. Ehrlich gesagt, habe ich genug davon.«

»Ein Mittagessen am Pool mit der Aristokratie von Dallas? Das stelle ich mir nicht sonderlich schrecklich vor.«

»Ich bin nicht gerade zum Scherzen aufgelegt, Hack. Mir Entschuldigungen aus den Rippen zu leiern und für dich zu lügen macht mir keinen besonders großen Spaß. Und ohne Begleitung drei Stunden mit unzivilisierten Geschäftsleuten am Tisch zu sitzen auch nicht.«

»Aber das sind doch die kultivierten Jungs mit dem vielen Geld. Die Kerle ölen die Räder der Maschinerie und sorgen dafür, dass Frankenstein rundläuft.«

Ich ging zur Bar und schenkte mir einen doppelten Whiskey über ein paar Eiswürfeln ein. Der Drink legte sich sanft über die Reste meines Nachmittagsrausches und machte mich noch gelassener in diesem Gefühl der sexuellen Überlegenheit, das ich nach dem Herumhuren stets Verisa gegenüber empfand.

»Ich weiß zwar nicht genau, wo du gewesen bist, aber ich tippe mal auf eine deiner Motelnummern mit irgend so einem billigen Bauernflittchen.«

»Ich musste zu einem Treffen mit R. C. Richardson nach Austin.«

»Wie viel zahlst du denen eigentlich? Machen sie's dir auch französisch? So nennt man das doch in diesem Gewerbe, oder?«

»Ja, so nennt man das wohl.«

»Das müssen wirklich reizende Mädchen sein. Bekommst du sonst noch irgendwelche Sonderwünsche von denen erfüllt?«

»Noch mal: Ich war bei R. C. Der verrückte Hund überlegt momentan tatsächlich, sich ein Patent auf die Maul- und Klauenseuche ausstellen zu lassen. Allein mit den Verträgen für Vietnam würde er Millionen machen.«

»Deine *Freundinnen* haben wahrscheinlich auch die eine oder andere Seuche.«

»Lass es lieber, Verisa.«

»Ach, so ist das? Ich soll dich also besser nicht darauf ansprechen, wie? Stattdessen darf ich den ganzen Tag mit Leuten plaudern, die auf Zahnstochern herumkauen, und soll dich anschließend freudig an der Tür empfangen, wenn du gerade von einem Fick-Ausflug zu einer deiner mexikanischen Huren wiederkommst?«

Die Präzision ihrer Worte ließ etwas in mir zusammenzucken. Ich schenkte mir noch mal nach.

»Ich wette, du bist schon öfter mit mir ins Bett gestiegen, ohne zu wissen, ob du dich bei einer deiner Huren angesteckt hast«, sagte sie.

Es war so weit. Sie begann die Daumenschrauben anzuziehen.

»Willst du vielleicht einen Drink? Ich werde mich jetzt umziehen.«

»Oh mein Gott, dann hast du es also wirklich getan«, sagte sie und bedeckte ihren Mund mit den Fingern.

»So etwas habe ich nie getan.«

»Ach was. Wahrscheinlich erinnerst du dich einfach nur nicht mehr daran. Schließlich muss man zwei Wochen warten, um sicher zu sein.«

»Du solltest dich nicht so gehen lassen.« Aber sie hatte recht. Ich erinnerte mich nicht mehr.

»Das ist mal einem Mädchen auf dem College passiert, einem dummen Ding, das es auf den Rücksitzen fremder Autos mit Matrosen und Marines getrieben hat. Nie im Leben hätte ich mir träumen lassen, dass es einem auch mit dem eigenen Ehemann widerfahren kann.«

»Du redest dich vorsätzlich in Rage«, sagte ich.

»Eigentlich wundert es mich, dass du mir nicht gleich irgendwelche Antibiotika verabreicht hast.«

Ich mixte ihr einen Drink, gab einen Spritzer Zitrone hinzu und stellte ihn vor ihr auf den Tisch.

»Es tut mir leid, dass dich der heutige Tag so mitgenommen hat«, sagte ich. »Ich dachte, Bailey würde dich zum Lunch begleiten, wenn ich es nicht rechtzeitig schaffe.«

»Sag mir, ob du mir das wirklich angetan hast.«

»Pass auf, ich verstehe, dass du einen beschissenen Tag hattest. Ich hätte hier sein müssen, um mit diesen Mistkerlen zu Mittag zu essen, oder ich hätte Bailey anrufen sollen, damit er sich um dich kümmert«, sagte ich. »Ich werde mich jetzt umziehen. Wir müssen in ein paar Minuten runtergehen.«

»Du musst eine ganz besondere Uhr haben. Immer wenn du mit dem Rücken zur Wand stehst, sagt sie dir, dass es Zeit ist, irgendwohin zu gehen.«

»Dein Drink wird dir guttun.«

»Warum trinkst du ihn nicht selbst? Er wird dich vor Charme sprühen lassen«, sagte sie.

»Du hast ein Talent dafür, es in kürzester Zeit auf die Spitze zu treiben.«

»Vielleicht mache ich ja so lange weiter, bis du nicht mehr weißt, wo dir der Kopf steht.«

»Lohnt das denn den Aufwand? Wenn dir was daran liegt, gewonnen zu haben, dann fühl dich meinetwegen ruhig als Siegerin. Vielleicht willst du mir ja auch nur sagen, dass ich dir den Hintern küssen und um Vergebung bitten soll.«

»Das hast du ja auch schon ohne Grund für eine Entschuldigung getan. Ein Psychoanalytiker hätte seine wahre Freude an dir.«

»Ich möchte jetzt keine möglicherweise peinlichen Details ausgraben, aber wenn ich mich recht erinnere, hast du jede Sekunde davon genossen.«

»Ja, ich erinnere mich noch gut an diese reizenden Momente. Du hast all die Sauereien mit mir angestellt, die sie dir in den japanischen Puffs beigebracht haben, und nebenbei über zwei Jungs schwadroniert, die in einem chinesischen Gefangenenlager draufgegangen sind.«

»Besser, du machst jetzt langsam den Schnabel zu.«

»Wie hieß der Junge aus San Angelo noch mal? Und der schwarze Sergeant aus Georgia?«

»Tu lieber, was ich dir sage!«

»Das sind doch nur ein paar kleine Erinnerungen, die du unbedingt mit mir teilen musstest. Wie war das noch gleich? Man hat sie in eine Latrine geworfen, nicht wahr? Um mit deinen Worten zu sprechen: amerikanischer Dünger für die koreanischen Reisfelder.«

»Hör auf damit, Verisa, oder ich vergesse meine Manieren.«

»Willst du mich jetzt etwa schlagen? Das wäre wirklich das i-Tüpfelchen auf meinem Tag.«

»Gönn mir einfach eine Verschnaufpause.«

»Du kannst mich jetzt nicht hängenlassen, Hack. Wenn du uns diese Chance versaust, lasse ich mich scheiden und hole mir das Haus vor Gericht. Und dann zahle ich es dir auf die passendste Art und Weise heim, die ich mir vorstellen kann, und lass euren Familienfriedhof zubetonieren.«

Ich griff mir die Whiskeyflasche und mein Glas von der Bar, ging ins Schlafzimmer und warf die Tür hinter mir zu. Ich spürte, wie die Wut in meinem Kopf pulsierte und die Venen in meinem Hals anschwollen. Eigentlich wurde ich nur selten ärgerlich. Dieses Mal jedoch hatte sie mich dort erwischt, wo es wehtat, und mit ihren Krallen ein gutes Stück aus meinem Inneren gerissen. Ich nahm zwei Züge aus der Flasche und begann mich umzuziehen. Ich schaute in den Spiegel, mein Gesicht war glühend rot. Dann schleuderte ich meine Hose gegen die Wand und riss mir das Hemd vom Leib, sodass die Knöpfe über den Boden rollten. Nur in Unterwäsche stand ich da und gönnte mir noch einen Drink, dieses Mal mit gemäßigteren Schlucken. Der Whiskey breitete sich in mir aus, und ich spürte einen Schweißtropfen von meiner Augenbraue hinablaufen. *Ruhig bleiben, Junge, ganz ruhig bleiben,* dachte ich. *Der Lone Ranger verliert niemals die Fassung. Er gibt einfach dem Sheriff eine Silberkugel und lässt sich von Tonto einen Drink mixen.*

Dieses Mal war Verisa von ihrer üblichen Linie abgewichen. Es schien, als hätte sie den Tag damit zugebracht, einen ganzen Handkoffer voll chirurgischer Instrumente zusammenzusammeln, um abends das Messer an meinen lebenswichtigen Organen anzusetzen. Ehrlich gesagt, wusste ich nicht mal, ob ich ihr die Sache übelnehmen oder ihr dafür Anerkennung zollen sollte. In der Vergangenheit hatte sie ihre Empörung meist lautlos in einer Spritze aufgezogen, um die Nadel später in eine besonders empfindliche Stelle zu stoßen. Wenn ich dem sensiblen Teil ihres Seelenlebens etwas ganz besonders Schmerzvolles angetan hatte, revanchierte sie sich, indem sie just im Moment meines lähmenden Höhepunktes schlaff und gleichgültig unter mir zusammensackte und die Arme hinter dem Kopf auf dem Kissen verschränkte.

Ich gönnte mir noch einen kleinen Drink; gerade genug, um meinen Gaumen zu benetzen. Dann putzte ich mir die Zähne, nahm drei Aspirin und zwei Vitamintabletten und gurgelte mit Listerine, um den Whiskey-Atem loszuwerden. Ich zog ein italienisches Seidenhemd an, band eine dunkle Krawatte um, schlüpfte in einen bügelfrischen Anzug, polierte meine Schuhe mit einem feuchten Handtuch, zündete mir eine Zigarre an und blies den Qualm gegen den Spiegel. *Alles in Ordnung, Mann mit der Maske,* dachte ich.

Ich hörte, wie Verisa die Zimmertür öffnete, dann die Stimmen von Bailey und Senator Dowling.

»Hack«, sagte Verisa und trommelte leise mit den Fingernägeln gegen die Tür. Ich wusste, dass sie bereits die Wandlung zur vergnügten Ehefrau eines Kongresskandidaten vollzogen hatte. Es war erstaunlich, wie schnell sie dazu in der Lage war.

Ich öffnete die Tür, trat aus dem Schlafzimmer und schüttelte die Hand des Senators.

»Wie geht's Ihnen, Hack?«, sagte er mit einem vergnügten Ausdruck in seinem kernigen Gesicht. Er war fünfundfünfzig Jahre alt, aber sein Griff war noch immer fest, sein Handgelenk kraftvoll. Er war gute fünfzehn Zentimeter kleiner als ich, aber kräftig gebaut. Seine Schultern waren gerade aufgerichtet, das weiße Haar trug er kurz geschoren. Seine Augen strahlten im Blau einer Schweißbrennerflamme, lebhaft und undurchdringbar. Ein Blick aus seinem selbstbewussten Gesicht reichte, und sein Gegenüber wusste, dass der Mangel an Körpergröße keinen Nachteil für diesen Mann darstellte.

Er hatte den kleinen, harten Brustkorb eines Berufssoldaten, und sein maßgeschneiderter Anzug war glatt, ohne Falten oder Wölbungen. Er trug Zahnprothesen, durch die ein leichtes Lispeln in seinen texanischen Akzent kroch. Davon abgesehen, war er in makelloser Verfassung.

Senator Dowling war es gelungen, über die Amtszeit von fünf Regierungen hinweg ein einflussreicher Südstaatenpolitiker zu bleiben. Im Laufe der Jahre hatte er auf vielen verschiedenen Seiten gestanden und war stets mit dem Gewinnerteam vom Platz gegangen. Und genau darin lag seine besondere Begabung: Er erkannte den kommenden Wandel bereits lange bevor andere überhaupt daran dachten.

Ein Agrarkonzern aus Südwesttexas mit einer Betriebsfläche von einer Million Morgen hatte ihn 1940 in den Kongress gehievt, wofür sich Dowling in den folgenden zwei Jahren bedankte, indem er umfangreiche Agrarsubventionen für ausgedörrte Anbauflächen unterstützte, auf denen nichts angebaut wurde. Danach vertrat er die Interessen der Erdölkonzerne und der großen Versorgungsunternehmen und kümmerte sich um Firmen aus den in Houston und Dallas ansässigen Branchen, die Kartellverfahren am Hals hatten. Anfänglich vermittelte er seiner Wählerschaft den Eindruck, ein Befürworter der Rassentrennung zu sein. Als jedoch die Zeit der Kennedy-Regierung gekommen war, unterstützte er eines der ersten Bürgerrechtsgesetze. Nebenbei erwarb er eine dreitausend Morgen große Ranch im Texas Hill Country nördlich von Austin sowie Anteile an jedem texanischen Unternehmen, das Verträge mit dem Verteidigungsministerium hatte.

»Gut, danke der Nachfrage, Senator. Wie ist es Ihnen ergangen?«, fragte ich.

»Auch gut. Ich war auf der Ranch, ein wenig ausspannen, bevor die Kampagne beginnt. Sie wissen schon, Fischen, Tennisspielen und solche Sachen.«

»Hack, möchtest du dem Senator nicht einen Drink anbieten?«, sagte Verisa.

»Danke sehr, Verisa. Ein einfacher Whiskey-Soda wäre wunderbar«, sagte er.

»Sie sollten sich mal die Barsche in Hacks Teichen ansehen«, sagte Bailey, der auf einem der hohen Barstühle saß, den Arm nach hinten über die Lehne gelegt. *Ach, Bailey, mein Bester,* dachte ich. Er schaffte es immer wieder, zur rechten Zeit mit einem nichtigen Kommentar zu glänzen. Vom Aussehen her hätte man ihn gut und gern für meinen Zwilling halten können, allerdings war er fünf Jahre älter und fünfzehn Pfund schwerer als ich, mit Falten auf Stirn und Hals. Er war ein praktisch veranlagter Mann, der sich ständig über die falschen Dinge Sorgen machte.

»Ich hatte gehofft, heute schon etwas früher mit Ihnen sprechen zu können«, sagte der Senator und strahlte mich dabei mit seinen acetylenflammenblauen Augen an.

»Ich musste noch nach Austin, zu einem Termin mit einem Mandanten«, sagte ich. »Vielleicht können wir uns nach meiner Rede unterhalten.«

»Verisa meinte, dass Sie anschließend ein paar Leute zu einer Cocktailparty in Ihre Suite einladen wollen. Ich würde lieber unter vier Augen mit Ihnen sprechen.«

»Hack, wir sind doch morgen zum Frühstück in den River Oaks Country Club eingeladen«, sagte Bailey. »Vielleicht möchte sich der Senator zu uns gesellen. Dann kannst du dich ungestört mit ihm unterhalten, und anschließend spielen wir einige Runden Doppel.«

»Hört sich gut an«, sagte der Senator. »Ich würde gern ein paar Sätze gegen einen ehemaligen Baylor-Pitcher spielen.«

Verdammter Scheißkerl, dachte ich.

»Hat mein Konkurrent etwa seine abgerissene Gefolgschaft mobilisiert?«

»Oh nein, nein. Ich glaube nicht, dass wir uns sonderlich lange mit diesem Gentleman aufhalten müssen.« Ein Lächeln erstrahlte auf seinem kernigen Gesicht. »Ich wollte einige Sachen mit Ihnen besprechen, die Sie später in Washington erwarten. Als ich das erste Mal in den Kongress gewählt wurde, hat mir Ihr Vater viel geholfen. Damals lernte ich, was es heißt, einen erfahrenen Freund an der Seite zu haben.«

Ich reichte ihm seinen Highball, den gewünschten einfachen Whiskey-Soda. In Sachen Alkohol war der Senator ein eher vorsichtiger Mann, und ich wusste, dass er das Glas nicht austrinken würde.

»Das weiß ich zu schätzen, Senator. Allerdings bin ich nicht sicher, wie viel mir mein Baylor-Arm auf dem Tennisplatz nutzen wird«, sagte ich und presste innerlich die Zahnreihen aufeinander.

»Hack ist heute Abend sehr auf Defensive eingestellt«, sagte Verisa.

»Sollte er auch«, sagte der Senator, und als er daraufhin lächelte, nahmen seine Augen einen tieferen Blauton an.

»Mein Aufschlag ist ziemlich schwach, aber am Netz werde ich zum Tier«, sagte ich. »Meine Handgelenke sind vom Baseball trainiert. Damit schieße ich Tennisbälle durch Betonmauern.«

»Besser, wir gehen bald nach unten«, sagte Bailey. Sein Gesicht war ausdruckslos, aber die nervös an der Hose nestelnden Finger verrieten sein Unbehagen.

»Ich glaube nicht, dass unser Publikum einfach so verschwindet«, sagte der Senator. »Für gewöhnlich warten diese Leute genauso geduldig, wie es manchmal auch ein US-Senator tun muss.«

Das tut mir jetzt aber leid, du Mistkerl, dachte ich. *Wenn du glaubst, ich würde deshalb in Sack und Asche gehen, hast du dich geschnitten.* Ich legte meine Zigarre auf dem Aschenbecher ab, nahm mir ein Glas und füllte es anderthalb Finger hoch mit Jack Daniel's. Niemand redete. Baileys Gesichtszüge spannten sich an, und Verisa schaute mit leicht gespitzten Lippen abwartend zu mir, aber ich hielt stand. Ich nahm einen Schluck und zog an der Zigarre, als würde mich das ins Stocken gekommene Gespräch nichts angehen.

»Wollen Sie morgen mit uns zum Country Club rausfahren?«, fragte Bailey.

»Danke für das Angebot, aber ich denke, dass ich auch allein den Weg finde. Außerdem habe ich gehört, dass Hack so fährt, als wollte er A. J. Foyt in die Werkstattgrube zurückschicken«, sagte der Senator.

»Ich würde niemals versuchen, einen Jungen aus Texas bei seinem eigenen Spiel zu schlagen, Senator.«

»Kommt auf die Art des Spiels an, würde ich sagen«, erwiderte er mit einem Grinsen.

»Bei meinem Spiel habe ich eigentlich noch jeden unverrichteter Dinge nach Hause geschickt.«

»Ich erinnere mich, Hack. Ich habe Sie zwei Mal pitchen sehen. Aber wenn ich mich recht erinnere, hatten Sie stets ein wenig Probleme mit linkshändigen Schlagmännern.«

»Nun, niemand ist perfekt.«

Er nahm einen kleinen Schluck aus seinem Glas und stellte es zurück auf die Bar. Der Ausdruck in seinem Gesicht war selbstsicher und vergnügt. Dann schaute er beiläufig auf die Uhr. »Bailey hat wahrscheinlich recht, wir sollten wirklich langsam nach unten gehen. Ich werde später noch mal für ein paar Minuten vorbeischauen und Hallo zu Ihren Gästen sagen.« Er legte seine Hand auf meinen Rücken. »Und morgen schauen wir mal, was für ein Tennisspiel wir zustande bringen.«

Ich sah, wie sich Verisas Gesicht entspannte und Bailey mit derart steifen Bewegungen aufstand, dass man meinen konnte, irgendjemand hätte ihn gerade vom elektrischen Stuhl losgebunden. Ich holte die Ledermappe mit der maschinengeschriebenen Rede aus meinem Koffer, und wir gingen wie eine liebenswürdige, vierköpfige Familie den Korridor entlang zum Aufzug.

Die Tische im Shamrock Room waren alle besetzt. Das Silberbesteck, das Kristallgeschirr und die weißen Tischdecken strahlten ebenso im sanften Licht der Deckenbeleuchtung wie die paillettenbesetzten Abendkleider und die Weinkaraffen. Als der Senator aufs Podium trat und mich vorstellte, verstummten die Gäste, und ein kultivierter Ausdruck legte sich auf ihre Gesichter. Selbst die fetten Typen von den Ölkonzernen mit ihren Schnürsenkelkrawatten und Cowboystiefeln verstummten und schauten respektvoll zum Podium auf. Ich nahm meine inhaltsleere Rede zur Hand, las zwanzig Minuten vom Blatt und erhielt dafür volle dreizehn Minuten Applaus von den Anwesenden. Immer wenn ich während meines Vortrags auf eine vage formulierte Schlussfolgerung zusteuerte, die in Wirklichkeit nichts weiter als eine belanglose Nichtigkeit war, konnte ich sehen, wie ihre Blicke aufmerksamer wurden und ihre Köpfe in ein leichtes Nicken verfielen, als würde sich ihr ganz privater Ärger über die Nation, die Regierung, das Universum oder ihr eigenes Leben in meinen leeren Aussagen widerspiegeln. Und dann klatschten sie. Sie hatten einen flammenden Fürsprecher für ihre Anliegen gefunden, einen Repräsentanten all der empörten Good Guys. In meinem angetrunkenen Zustand war ich zu selbstzentriert, um mir der Dummheit meiner Rede bewusst zu sein, und nach einer Weile hatte ich sogar den Eindruck, meine Worte hätten irgendeine Bedeutung. Als ich fertig war, erhoben sie sich. Ich schüttelte Dutzende Hände, erwiderte die Komplimente mit dem zurückhaltenden Lächeln des braven Burschen vom Land und lud die Hälfte der Anwesenden zu Verisas Cocktailparty ein.

Die Party war in jeder Hinsicht ein Erfolg. Verisa verwandelte sich in die strahlende Ehefrau eines Kongresskandidaten und umgarnte die verschiedenen Gästegrüppchen mit distanzierter Heiterkeit. Die Society-Redakteurinnen von der *Houston Post* und dem *Chronicle* waren sich am nächsten Tag einig, dass Mrs. Holland seit langer Zeit eine der bezauberndsten Gastgeberinnen in der texanischen Politik war. Ich für meinen Teil war in der Lage, einen Doubleheader aus dem Abend zu machen, denn ich schaffte es tatsächlich, mich zum zweiten Mal an diesem Tag zu betrinken. Jedes Mal, wenn ich in Richtung der schwarzen Kellner blickte, drückte mir einer von ihnen ein neues Glas Whiskey in die Hand. Zwei Stunden später begann Mr. Hyde durch die Gänge meines Gehirns zu poltern und allerlei Obszönitäten von sich zu geben. Gegen Mitternacht waren so viele Menschen in der Suite, dass die Klimaanlage den Zigarrenqualm nicht mehr bewältigen konnte, und die Hotelgäste in den Stockwerken unter und über uns beschwerten sich wegen des Lärms. Menschen, die ich noch nie zuvor gesehen hatte, leerten drei Kisten Bourbon und Scotch, vertilgten am Büfett Speisen im Wert von vierhundert Dollar, brannten mit ihren Zigarren Löcher in den Teppich, führten dreißigminütige Ferngespräche über den Apparat unserer Suite und warfen Gläser und Flaschen von der Terrasse in den Swimmingpool. Irgendwann schob jemand den General aus dem Spanisch-Amerikanischen Krieg ins Zimmer, der daraufhin mit faltig zerknautschter Miene in der Ecke saß und ungläubig auf das Chaos starrte, bis ein Weltkriegsveteran sich erbarmte und den Alten für ein paar Runden auf den Korridor karrte. Ich hatte mich in ein Gespräch mit dem saufenden Baseball-Pitcher über sogenannte Beanballs vertieft – gezielte Würfe auf den Körper des gegnerischen Schlagmannes. Nachdem sich eine der Society-Redakteurinnen im Bad übergeben hatte, musste sie von Verisa ins Bett verfrachtet werden, während sich der Feuerbomber von Dresden am Reißverschluss des Abendkleides einer Dame zu schaffen machte.

Ich beleidigte den Astronauten und seine Frau, die freundlicherweise fünf Minuten warteten, bevor sie verschwanden. Dann warfen zwei der schwarzen Barkeeper das Handtuch, nachdem ein Ölbroker sie mit einer rassistischen Bemerkung beleidigt hatte. Ich stellte mich hinter den nun unbemannten Tresen, schüttete den restlichen Bourbon, Gin und Scotch in eine Punchschüssel und bestand anschließend darauf, dass alle Anwesenden von meiner Mixtur probierten. Das Resultat: vier weitere Personen nicht ansprechbar auf dem Boden, eine verstopfte Toilette und die allgemeine Forderung, das Restaurant zu öffnen und Steak mit Spiegeleiern zu servieren. Jemand brachte einen Hillbilly-Sänger in die Suite, der Verisa einen unsittlichen Antrag machte, und der Air-Force-General urinierte nach sechs Gläsern aus der Punchschüssel vom Balkon. Gegen vier Uhr war die Suite vollkommen ruiniert. Sämtliche Möbelstücke waren entweder von Brandlöchern übersät oder in Einzelteile zerlegt, der Boden voller Zigarrenstummel und Zigarettenkippen, die Verandatür hing schief in den Angeln, die Pflanzentöpfe lagen umgestoßen am Boden, und der Stecker des Mixerkabels war nach einem Kurzschluss mit der Steckdose verschmolzen. Später erhielt ich vom Shamrock Hilton eine Reparaturrechnung über achthundert Dollar, die ich mit freundlichen Grüßen an das in Austin ansässige Parteikomitee weiterleitete.

Um fünf Uhr früh schleppten sich die letzten Gäste aus der Tür. Verisa nahm ihre zusammenhangslos dahingestammelten Komplimente entgegen und lud sie ein, uns doch mal auf der Ranch zu besuchen. Sie strahlte immer noch, auch durch ihre Erschöpfung hindurch. Ich legte mich neben die Society-Redakteurin aufs Bett, und als die Morgendämmerung am Horizont erschien und mit ihrem grauen Licht die Suite erhellte, drehte sie den Kopf zu mir, den Mund weit geöffnet und schnarchend, ihr Gesicht oval und weiß. *Schlaf wohl, süße Desdemona, schlaf wohl,* dachte ich und sank einmal mehr in die Welt von Mr. Hyde hinab.

Ein heißer, blauer Himmel strahlte über den frisch abgekreideten Sandplätzen im Country Club. Ich saß mit Bailey im Schatten einiger Bäume, an einem Tisch mit Marmorplatte, und trank von einem Glas mit Tomatensaft und Wodka, während Verisa und der Senator den Ball über das Netz jagten. Hinter den Tennisplätzen zersplitterten die Sonnenstrahlen auf der Wasseroberfläche eines Swimmingpools, Kinder in tropfenden Badehosen standen am Sprungturm Schlange. In der Ferne wand sich das glatte Grün des Golfplatzes zwischen Eichenbäumen hindurch, und die Sandbunker wirkten im Licht der Sonne wie gemahlenes weißes Kristall. Mein Kater war schrecklich. Ich schwitzte ohne Unterlass, zitterte innerlich wie eine Stimmgabel, wenn die falsche Note erklingt. An einer Seite meines Kopfes spürte ich einen Druck wie von einem zu engen Stirnband. Tennisshorts und Polohemd klebten auf meiner Haut, dabei hatte ich den Platz noch nicht einmal betreten, und der Wodka wollte einfach keine Wirkung zeigen. Bailey schwadronierte weiter über unsere Kanzlei in Austin, über mein unregelmäßiges Erscheinen in selbiger und mein barsches Verhalten dem Senator gegenüber. Seine Worte fühlten sich wie Porzellanscherben in meinem Kopf an, und er sprach, als befände er sich in einer komplett anderen Situation. Hin und wieder schaute er mir in die Augen, sein Gesicht ernst und voll der naiven Unschuld eines enthaltsamen Menschen, der einen Mann mit quälendem Kater belehrt. Ich zündete mir eine Zigarre an, bestellte mir noch eine Bloody Mary und versuchte, mich auf das Tennisspiel zu konzentrieren.

»Es ist Wahnsinn, was du dir antust«, sagte er. »An drei von sieben Tagen hast du einen Kater, dann schleppst du dich mit zitternden Fingern in den Gerichtssaal, und in der Zwischenzeit müssen andere Leute deine Scherben zusammenfegen.«

»Du musst meine Scherben zusammenfegen, Bailey?«

»Was denkst du denn, was ich gestern gemacht habe? Allein letzte Nacht hast du in nur fünfzehn Minuten ein halbes Dutzend Gäste beleidigt.«

»Und ich dachte schon, ich hätte nur den Astronauten erwischt.« Mit dem Ärmel wischte ich mir den Schweiß von der Stirn und kippte den Inhalt des Glases hinunter.

»Willst du dich schon wieder besaufen?«

»Wenn das Gespräch so weitergeht, bleibt mir ja nichts anderes übrig.«

»In ein paar Monaten schon kannst du im Amt sein. Der jüngste Kongressabgeordnete im ganzen Bundesstaat! Nach ein oder zwei Amtszeiten kannst du in Texas tun und lassen, was du willst.«

»Das weiß ich alles bereits.«

»Warum verhältst du dich dann nicht langsam mal wie ein Mensch mit mehr als zwei Gehirnzellen?«

Ich hielt mein Glas hoch und nickte dem Kellner zu.

»Dein Benehmen ist für viele Menschen in deiner Umgebung unzumutbar«, sagte Bailey.

»Halt einfach mal für fünf Minuten die Klappe oder scher dich zum Teufel, verdammt!«

»Du kannst ruhig wütend auf mich werden. Recht habe ich trotzdem.«

»Bailey, bitte, lass mich für ein paar Minuten allein, okay?«

»Siehst du eigentlich, was der Alkohol mit dir anstellt?«

»Spring in den Pool oder lauf den Golfbällen hinterher, wenn du magst. Glaub mir, Brüderchen, du stehst mir gerade bis hier oben.«

Er erhob sich, sein Gesichtsausdruck beleidigt und ärgerlich zugleich, und stampfte über den frisch gemähten Rasen in Richtung Clubhaus. Ich wusste, in einer halben Stunde würde er wieder auftauchen, als wäre nichts geschehen, um mich kurze Zeit später mit derselben Leier zu nerven. Bailey war ein guter Kerl, aber irgendwie auch unbelehrbar.

Der Senator flitzte über den Platz wie ein zwanzig Jahre jüngerer Mann, und er machte eine gute Figur dabei, das musste man ihm lassen. Das Haar auf seiner Brust und seinen massigen, muskulösen Schultern glänzte vor Schweiß, und wenn er den Ball über das Netz schlug, war von diesem nicht viel mehr als ein weißer Strich zu sehen. Für einen Mann seiner Größe hatte er einen knackigen Aufschlag, seine Rückhand war präzise und kraftvoll. Er besaß ein gutes Auge für das Spielfeld, und meist flogen seine Bälle so flach über das Netz, dass sie nach dem Aufsetzen nur noch sehr schwer zu erreichen waren. Verisa war eine gute Tennisspielerin, aber er besiegte sie problemlos in zwei Sätzen. Der Senator war ein Kämpfer, er liebte den Wettbewerb. Wenn er das Spielfeld betrat, legte der Gentleman in ihm eine Pause ein.

Nach dem Match kamen sie zu mir an den Tisch, und der Kellner servierte uns geschälte Garnelen auf Eis zum Mittag. Es folgte eine Stunde mit Ratschlägen. Der Senator sprach über meinen Wahlkampf, das kommende Jahr als Kongressabgeordneter und die Spenden verschiedener Ölfirmen, insgesamt fünfundsechzigtausend Dollar, die Bailey auf einem Sonderkonto in Austin deponiert hatte. Dann riet er mir indirekt, aber mit Nachdruck, öffentliche Äußerungen zum Thema Bürgerrechte zu unterlassen, zumindest in Texas, und mich nicht zu sehr bei der arbeitenden Bevölkerung anzubiedern, da mir deren Stimmen als Demokrat ohnehin schon sicher waren. Ich nickte und versuchte, beim Zuhören ein möglichst intelligentes Gesicht zu machen. Mein Kater allerdings wollte nicht lockerlassen, und so wirkten viele seiner Sätze für mich einfach nur zusammenhangslos. Tatsächlich aber ging es dem Senator nicht um die Besonderheiten der texanischen Lokalpolitik. Er wollte, dass ich Buße für mein Verhalten am Vortag tat, und mein Zustand – eine durch den Kater hervorgerufene mentale Verkrüppelung – kam ihm dabei mehr als gelegen.

»Nächste Woche wollte ich ins Walter-Reed-Militärkrankenhaus fahren und dort verwundete Vietnamveteranen besuchen«, sagte er. »Ich denke, es wäre eine gute Idee, wenn Sie mich begleiten.«

»Wie kommen Sie darauf?«

»Nun, Sie wurden selbst im Koreakrieg verwundet. Die Jungs hören sicher gern, dass es Kongressabgeordnete gibt, die ihre Situation aus eigener Erfahrung heraus verstehen.«

»Ich fürchte, ich habe genug Armeekrankenhäuser von innen gesehen, Senator«, sagte ich.

»Es wird nur eine Stunde dauern. Sie sind am selben Abend wieder zu Hause.«

»Trotzdem. Ich denke, ich verzichte lieber.«

»Fahr doch ruhig mit, Hack. Bailey wird das Büro hüten«, sagte Verisa.

»Nein, ich …«

»So ein Ausflug würde dir sicher guttun«, sagte Bailey. »Genieß es.« Er war vom Clubhaus zurückgekehrt, mit frischer Energie und entschlossener als zuvor.

»Ich habe 1953 zwei Monate lang in einem Armeekrankenhaus gelegen, und ehrlich gesagt …« Ich lächelte so freundlich, wie es mir in diesem Moment möglich war.

»Aber das ist die Art Publicity, die Sie brauchen, Hack«, sagte der Senator.

Ach, scheiß drauf, dachte ich. »In Ordnung, Senator. Ich komme gern mit.«

Wir beendeten das Mittagessen und gingen auf den Platz für ein Doppelmatch; Verisa und ich gegen den Senator und Bailey. Nach ein paar Bällen schon lief mir der Schweiß in Strömen über Gesicht und Brust. Mein Timing war schlecht, meine Bewegungen unkoordiniert, und ich drosch den Großteil meiner Aufschläge ins Netz. Mein Schädel hämmerte von der Hitze und der Anstrengung. Die Luft schien so feucht, dass sie sich wie Wasserdampf auf meiner Haut anfühlte. Wäre Bailey nicht so ein schlechter Spieler gewesen, hätten wir den Satz null zu sechs verloren. Es war Verisas Verdienst, dass wir nur mit einem Spiel hinten lagen. Irgendwie war ich sogar stolz auf sie. In ihrem kurzen weißen Tennisröckchen und der Kappe mit dem grünen Schirm war sie das entzückendste Ding auf der gesamten Tennisanlage. Ihre Beine und Schultern waren von Sommersprossen überzogen, ihr rotbraunes Haar glänzte nass in ihrem Nacken, und wenn sie sich beim Aufschlag nach vorn beugte, konnte man einen phänomenalen Blick auf ihr reizendes Hinterteil erhaschen.

Als es fünf zu vier stand, ging es um die Entscheidung, und ich wollte den Senator wirklich gern schlagen. Er spielte selbstbewusst und kontrollierte die Grundlinie mit geschmeidigen Vor- und Rückhänden. In seinen dichten Augenbrauen glänzte der Schweiß, und jedes Mal, wenn er mir den Ball vor die Fußspitzen donnerte, blitzte eine niederträchtige Freude in seinen blauen Augen auf.

Die eigentliche Revanche des Senators für die Ärgernisse des Vortages sollte mir jedoch noch bevorstehen. Wir hatten Aufschlag, ich stand am Netz, Verisa servierte. Bailey spielte den Ball in einem hohen Lob zurück. Ich schraubte mich nach oben und schmetterte die Filzkugel mit all der Kraft meiner Schulter in Richtung des Senators. Eigentlich hätte der Punkt damit beendet und der Satz unentschieden stehen sollen, aber der Senator erwischte den Ball mit einer kurzen Vorhandbewegung und feuerte ihn mit mörderischer Geschwindigkeit zurück, direkt in mein Gesicht. Meine Sonnenbrille krachte auf den Boden und zerbrach, meine Augen begannen ohne Unterlass zu tränen, und ich spürte, wie das Blut aus meiner Nase schoss. Durch den Schleier der Tränen hindurch konnte ich sehen, wie er eiligen Schrittes auf mich zukam. Sein Gesicht war von Besorgnis gezeichnet, seine Augen aber zeugten von Triumph.

Kurz danach fuhr uns Verisa zurück zum Hotel, während ich mir ein blutbeflecktes, mit Eiswürfeln gefülltes Handtuch auf die Nase presste. Der Nasenrücken war schon geschwollen, und ein widerlicher Geschmack machte sich in meinem Rachen breit. Ich lehnte meinen Kopf zurück gegen den Sitz und schaute mit einem Auge aus dem Fenster auf den dichten Verkehr von South Main. Ein paar Minuten zuvor hatte sich der Senator mit empathischen Worten auf dem Tennisplatz entschuldigt, dann war ein Tennisprofi mit einem Erste-Hilfe-Koffer gekommen und hatte versucht, mir Wattebällchen in die Nase zu stecken, während der schwarze Kellner noch eine Bloody Mary auf unseren Tisch stellte und wieder verschwand. Jetzt saß Bailey auf dem Rücksitz und schlug vor, zum Röntgen ins Krankenhaus zu fahren.

»Denkst du, sie ist gebrochen?«, sagte Verisa.

»Nein, er hat sie mir nur ein wenig plattgedrückt. Als Warnung«, sagte ich mit näselnder und durch das Handtuch gedämpfter Stimme.

»Es war ein Unfall«, sagte Bailey. »Du hast ihm den Ball direkt auf den Körper gespielt.«

»So blauäugig kannst selbst du nicht sein. Könntest du bitte aufhören, hier den Pfadfinder zu geben, zumindest bis wir im Hotel angekommen sind?«, sagte ich. »Der Kerl wollte mir den verdammten Kopf abreißen.«

»Das ist pure Kater-Paranoia.«

»Ach, jetzt komm mir doch nicht mit dem Mist«, sagte ich. »Wie viele Senatoren verbringen ihre Zeit damit, einen fünfunddreißigjährigen Anwalt beim Aufbau seiner politischen Karriere zu unterstützen?«

»Du erkennst einen Mistkerl selbst dann nicht, wenn er direkt vor dir steht, oder?«

»Ich glaube, du konstruierst dir da irgendwas zusammen, damit es in deine abwegige Sicht der Dinge passt.«

»Und ich glaube, dass du ein echter Amateur bist, Bailey. Du solltest langsam lernen, diese raffinierte Boshaftigkeit in anderen Menschen zu erkennen.«

»Das ist doch albern.«

»Pass auf, Brüderchen: Mir ist es egal, wenn du mit den naiven Kulleraugen der kleinen Waise Annie auf die Welt schauen willst. Ich habe im Moment einfach das Gefühl, dass mir jemand in den Kopf geschissen hat. Außerdem ist meine Nase voller Blut. Und wenn du jetzt nicht langsam den Schnabel hältst, rufe ich den Senator vom Hotel aus an und geige ihm mal gehörig die Meinung.«

»Fahr lieber erst mal zum Herman Hospital, Verisa«, sagte Bailey.

»Ich hatte schon mal eine gebrochene Nase und weiß, wie sich so etwas anfühlt. Halt einfach nur für ein paar Blocks die Klappe, okay?«

»Dann rufe ich den Hotelarzt auf unser Zimmer«, sagte Verisa.

»Mach dir keine Mühe«, sagte ich. »Ich fahre heute Nachmittag noch runter ins Valley. Sobald ich sechs Aspirin und einen doppelten Jack Daniel's runterkriege, mache ich mich auf den Weg.«

»Ist das dein Ernst? Du fährst ins Valley?«, sagte Verisa und drehte mit einer scharfen Bewegung den Kopf zu mir.

»Ich habe einen Brief von einem Kameraden erhalten, einem Mexikaner, mit dem ich in Korea war. Er hatte irgendwelchen Ärger wegen dieser Farmarbeitergewerkschaft. Jetzt sitzt er im County-Gefängnis und hat eine fünfjährige Haftstrafe aufgebrummt bekommen.«

»Und was soll *ich* in der Zwischenzeit tun?«, sagte sie.

»Fahr mit Bailey nach Hause oder buch dir einen Flug. Du magst es doch eh nicht, mit mir im Auto zu fahren.«

»Dann bleibt es also an mir hängen, der Hotelleitung den Zustand der Suite zu erklären, oder wie?«, sagte sie. »Würde mich nicht wundern, wenn das Zimmermädchen auf dem Absatz kehrtgemacht hat und hysterisch schreiend den Flur runtergerannt ist.«

»Mach dir keine Gedanken um diese Leute. Wir haben den Schaden nicht verursacht. Die Hotelleitung weiß genau, was auf sie zukommt, wenn sie eine Parteiversammlung ausrichtet. Ganz besonders, wenn es sich um eine derart durchgeknallte Bande handelt.«

»Reizend von dir, mich mit diesem Schlamassel alleinzulassen.«

»Schon gut. Ich spreche mit dem Hotelmanager, wenn ich zum Wagen gehe. Am besten, ich tropfe ihm erst seinen Schreibtisch voller Blut, erkläre ihm freundlich die Situation und sage ihm zum Schluss, dass er sich verdammt noch mal zum Teufel scheren soll.«

»Mach, was du willst, Hack«, sagte sie. »Fahr ins Valley, besauf dich eine Woche lang, such dir ein süßes Zwei-Dollar-Flittchen auf der anderen Seite der Grenze und gib dich deinen widerwärtigen Obsessionen hin.«

Sie bog in die Hotelzufahrt ein. Als wir unter dem Vordach anhielten, trat ein Portier vom Fußweg auf die Fahrbahn. Ich wischte mir das feuchte Handtuch über das Gesicht.

»Ich muss mit diesem Mann sprechen. Er war mir ein guter Freund, als ich an die Front kam«, sagte ich. »Mein Gott, ich hatte so viel Angst damals, dass ich noch nicht mal ein Pflaster auf eine Schürfwunde kleben konnte.«

»Sprich einfach nicht drüber«, sagte sie. »Setz dich ins Auto, fahr los und vergiss alles um dich herum. So funktionierst du am besten.«

»Jetzt hör mir mal kurz zu. Glaubst du vielleicht, es macht mir Spaß, bei achtunddreißig Grad mit einem Kater und einer blutigen Nase dreihundert Meilen mit dem Auto zu fahren? Dieser Mann wurde wegen einer Rangelei in einer Streikpostenkette zu fünf Jahren verurteilt. Er hat keinen Cent in der Tasche und findet keinen weißen Anwalt, der Berufung für ihn einlegen könnte. Ab nächster Woche wird er auf der Gefängnisfarm Baumwollpflanzen verziehen, und dann kann ich nichts mehr für ihn tun.«

»Wir können doch die ACLU anrufen, die Amerikanische Bürgerrechtsunion. Dann müsstest du nicht gleich heute da runterfahren«, sagte Bailey.

»Nein, fahr ruhig, Hack«, sagte Verisa. »Es wäre auch zu schrecklich für dich, einmal die Scherben des Vortages zusammenzukehren, ohne ein neues Abenteuer zu beginnen.«

»Okay, vergiss es. Du willst es nicht verstehen«, sagte ich. »In ein paar Minuten mache ich mich auf den Weg, danach kannst du zur Ranch zurückkehren und den Töchtern der Amerikanischen Revolution Cocktails servieren. Nächste Woche fahren wir dann alle schön ins Walter Reed zum Händeschütteln bei den Kriegskrüppeln. Eigentlich sollten sämtliche Sightseeing-Touren einen Halt bei einem dieser Veteranenheime einlegen. Da kann man sich mit den rollstuhlfahrenden Matschbirnen unterhalten und die Kerle mit den weggeschossenen Gesichtern treffen. Ich sage dir, das ist wirklich eine tolle Erfahrung.«

Bailey zündete sich auf dem Rücksitz seine Pfeife an. Verisas Augen glänzten vor Wut, als der Portier um das Auto herum zur Fahrertür ging. Ich kurbelte das Fenster herunter und ließ die Eiswürfel im Handtuch auf den Beton fallen.

In der Lobby starrten mich die Leute an, während ich, das Handtuch unter die Nase gepresst, zum Aufzug ging. Ich trug immer noch meine Tennishose, die Sportschuhe und ein Sakko über dem blutbespritzten Polohemd. Links und rechts von mir gingen Verisa und Bailey mit versteinerten Mienen. Oben in der Suite duschte ich erst mal, zog eine cremefarbene Hose und ein weiches, braunes Hemd an, bestellte eine Flasche Jack Daniel's von der Bar und schluckte ein halbes Dutzend Aspirin. Durch die Badezimmertür konnte ich hören, wie Verisa einen Nachmittagsflug nach San Antonio buchte. Ich schaute in den Spiegel. Beim Anblick meiner geschwollenen Nase, der leicht aufgeplusterten Lippe und meiner käsigen Gesichtsfarbe entschied ich mich, die Doppelbesäufnisse in Zukunft mir überlegenen Linkshändern und trinkfesten Spitzen-Pitchern vom Schlag eines Grover Alexander zu überlassen. Der Hotelpage brachte die Flasche. Ich schenkte mir einen Drink ein und drückte den Koffer zu. Dann trat ich an Verisa heran, um mit ihr zu sprechen, aber sie hatte sich eine Zigarette angesteckt und starrte geistesabwesend durch die kaputten Verandatüren auf die in der Ferne auf- und abfahrenden Kolbenstangen der Ölpumpen.

Kapitel 3

Die Abendsonne strahlte rot auf die Hügel hinter dem Rio Grande herab, der an einigen Stellen fast ausgetrocknet war. Das Wasser schlängelte sich an ausgebleichten Sandbänken vorbei und hatte im Licht der Dämmerung eine scharlachrote Farbe angenommen. Auf der anderen Seite, in Mexiko, säumten Lehmhütten und Holzbehausungen das Ufer, und hoch oben am Himmel zogen Truthahngeier ihre Kreise. Ich schaltete die Klimaanlage aus, rollte die Fenster herunter und ließ die warme Luft durchs Wageninnere strömen. Im ersten Windstoß schon konnte ich den süßlich-reifen Duft des gesamten Tals riechen: die Zitrushaine, die Felder mit Tomaten und Wassermelonen, die Reihen mit Baumwollpflanzen und Mais, den Dung, die blauen Wiesenlupinen auf den Weiden. In der Höhe drehten sich die Western-Windräder, und das Vieh trottete gemächlich zu den Tränken. Ein einzelner Wolkenstreifen hatte sich vor die Sonne geschoben, die jetzt, da sie in die Berge tauchte, anzuschwellen schien. Die Stämme der Bäume, zum größten Teil waren es Nagel- und Schwarzeichen, wurden dunkler, und dann begann der untere Rand des Himmels wie von einer Flamme erfasst zu glühen.

Ich hatte mich während der langen Fahrt einigermaßen von meinem Kater erholen können und spürte am Ende der Strecke eine gleichgültige Gelassenheit in mir, wie bei einem Todeskandidaten, dem man gerade unerwarteterweise das Leben verlängert hatte. Es folgte ein kühler Moment der Reflexion, und ich fing an zu grübeln. Warum trank ich bei offiziellen Auftritten stets doppelt so viel wie sonst üblich? Warum war ich nach Houston gefahren, wenn meine Rede vor ein paar Hundert unkultivierten Ölbaronen ohnehin wenig mit meiner eigentlichen Wahl zu tun hatte? Warum war ich überhaupt in die Politik gegangen und in die Welt des Senators Allen B. Dowling eingetaucht?

Die Antworten auf die ersten beiden Fragen konnte ich mir denken, aber mit Ausnahme der Feststellung, dass ich nicht noch einmal eine alkoholbedingte Niederlage auf dem Tennisplatz einstecken wollte, brachten sie keinerlei Konsequenzen mit sich. Die Antwort auf die dritte Frage hingegen fraß sich durch meine Weichteile und blieb wie ein hässlicher schwarzer Diamant mit scharfen Kanten an einem gut beleuchteten Ort im Zentrum meiner Gedanken liegen. Tief in meinem Inneren – versteckt unter dem Zynismus, dem Abscheu gegenüber Ikonen und Statuen, den Beleidigungen, die ich den Country-Club-Damen und dem Astronauten an den Kopf geworfen hatte – wollte ich teilhaben an der Macht an der Spitze.

Ich versuchte mir einzureden, dass mein Motiv darin bestünde, an der Wiedergutmachung von Verisas zerstörten Träumen zu arbeiten. Oder mit den Leistungen meines Vaters als Anwalt und Kongressabgeordneter gleichzuziehen. Oder mir zu beweisen, dass ich einfach ein zynischer Kerl war, der diesen Job mindestens genauso gut machen konnte wie irgendwelche dahergelaufenen Befürworter der Rassentrennung. Im schlimmsten Fall war ich ein Pragmatiker, der wusste, wie viel Geld bei den Deals zwischen Erdölkonzernen und Vertretern der Bundesregierung zu machen war. Aber an den Kanten des schwarzen Diamanten klebte verkrustetes Blut, und ich wusste, dass ich die gleiche Schwäche wie Verisa und der Senator hatte: Ich wollte Macht, die damit einhergehende Anerkennung der Massen und den kleinen Schlüssel, der mir die Türen zur komplexen Welt dieser Macht eröffnete, in meiner Westentasche.

Ich trat aufs Gaspedal und raste durch die flachen Hügel in Richtung Pueblo Verde. Der Abend begann sich abzukühlen, der Himmel tauchte in ein dunkles Lila, und die Sonne konzentrierte ihre letzten Kräfte in einem kleinen Punkt, der wie ein Lagerfeuer am Horizont erstrahlte. Ich machte mir nicht viel aus diesen Momenten der Selbstreflexion. Sie suchten mich oft am Ende eines Katers heim, und ich hatte schon vor langer Zeit gelernt, dass Einsamkeit und Grübeleien dieser Art nirgendwohin führten, außer zum Käfig von Mr. Hyde. Jeder Gefängniswärter wusste, dass Insassen sich lieber mit einem Stück Gartenschlauch verprügeln ließen, als in Einzelhaft zu gehen, wo die Dämonen aus ihrem Winterschlaf erwachten und vor Jahren vergessene Stimmen durch lange Tunnel hallten. Auch die Nordkoreaner und die Chinesen kannten diesen Trick. Gebrochene Nasen, zerquetschte Fingerspitzen oder Scheinexekutionen durch die Maschinenpistole von Unteroffizier Tien Kwong waren lange nicht so effektiv wie sechs Wochen in einem Erdloch mit einem Eisengitter über dem Kopf. Dort konntest du grübeln; über deine Schuld, deine vergessenen Sünden, deine Unzulänglichkeiten als Mann, deine Feigheit auf dem Schlachtfeld, wo du aus Angst um das eigene Leben verwundete Kameraden liegen gelassen hast, oder deinen Hass auf einen todgeweihten Australier, der stets die größte Portion Reis in der Hütte bekam. Oder man spähte durch die Schlitze im Eisengitter zu dem chinesischen Posten hinauf, der dich beobachtete, wenn du wie ein Hund in eine Ecke gekrochen warst, um dich über einen Helm zu kauern und deine Notdurft zu verrichten.

Sokrates und sein Palaver von Reflexion und Selbsterkenntnis waren nichts weiter als ein Riesenhaufen Scheiße. Der Mann hatte ganz offensichtlich weder in Einzelhaft gesessen, bevor er den Schierlingsbecher an seine Lippen führte, noch war er an einem klaren Sommerabend mit Mr. Hyde auf dem Beifahrersitz durch Südtexas gefahren.

Die Hauptstraße in Pueblo Verde war fast vollkommen leer, und die Holzrahmenhäuser entlang der hohen Bürgersteige lagen im Dunkeln. Vor einer Bierkneipe standen ein paar alte Autos und Pick-ups. Über der ramponierten Fliegengittertür des Lokals strahlte in Neonfarben eine von einer Schicht toter Insekten überzogene Leuchtreklame. In der Ruhe des Sonntagabends konnte ich die Hillbilly-Musik aus der Jukebox hören und auch das Gelächter von einem halben Dutzend Highschoolkids, die unter den Eichenbäumen am Courthouse Square Zigaretten rauchten.

Das Hotel des Städtchens befand sich in einem zweistöckigen Holzhaus mit Gitterwerkveranda. Von der Fassade blätterte bereits die Farbe ab, und die Buchstaben auf dem verwitterten Schild mit der Aufschrift »ROOMS FOR GUESTS« waren verblasst. In der kleinen Lobby – wo in einer Ecke ein billiges TV-Gerät und in der anderen verwelkte Blumen in Ramschladen-Vasen standen – roch es nach Staub und alter Tapete. Während ich mich am Empfang in das Gästeregister eintrug, schaute der Rezeptionist über meine Schulter hinweg zu meinem vor der Tür geparkten Cadillac. Ich spürte, wie sein interessierter Blick die Seite meines Gesichts musterte.

»Könnten Sie mich morgen um sieben Uhr wecken?«, fragte ich.

»Dann machen Sie sich schon sehr früh wieder auf den Weg?«

»Nein, ich bleibe in der Stadt.«

»Ach so ...« Die Augen in seinem schmalen, grauen Gesicht schauten mir nach, als ich dem schwarzen Hotelangestellten, der meine Tasche trug, zur Treppe folgte.

Von meinem Zimmer aus konnte ich die Straße überblicken und die Bäume auf dem Rasen vor dem Gerichtsgebäude sehen. Ich schickte den Schwarzen los, um mir sechs Flaschen Jax aus der Kneipe zu holen, zog mein Hemd aus und schaltete den Deckenventilator mit seinen Rotorblättern aus Holz an. Es war sehr wahrscheinlich schon zu spät für einen Besuch im Gefängnis, und außerdem war ich zu erschöpft für Diskussionen mit den Cops der Nachtschicht. Ich setzte mich in einen Korbsessel, legte die Füße auf die Fensterbank und hebelte mit meinem Taschenmesser den Kronkorken von einer der Bierflaschen. Der Schaum quoll über den Rand und lief mir kalt über die Brust. Ich setzte die Flasche an und trank sie in einem Zug aus. Noch immer konnte ich die Vibrationen meines Wagens spüren, wie er über den Highway hinwegdonnerte, während links und rechts Mesquitesträucher und Schwarzeichen vorbeiflogen. Ich trank noch zwei Bier und genoss einen kühlen Schluck nach dem anderen. Eine Brise wehte durch das geöffnete Fenster und trug von irgendwoher unter den dunklen Hügeln das Echo eines pfeifenden Zuges heran. Ich schlief im Stuhl ein, eine halb volle Flasche gegen meinen nackten Bauch gedrückt.

Zuerst spürte ich nur die wiegenden Bewegungen des Güterwaggons und das Rattern der Räder, als sie über die Weichen liefen. Dann hörte ich meine eigene Stimme, laut und eindringlich, wie sie mich mahnte, aufzuwachen, bevor es losging. Aber entweder war es schon zu spät dafür, oder mein inneres Alter Ego war unfähig, den Aus-Schalter zu betätigen. Kurz darauf sah ich die abgehärmten Gesichter der anderen Männer in dem Güterwaggon. Draußen trieb der Wind den Schnee fast parallel zum Boden durch die Nacht, und auf den Brettern des Waggons hatte sich eine Eisschicht gebildet. Einige Männer hatten ihre Stiefel an die Chinesen abgeben müssen. Ihre Füße zeigten erste Erfrierungssymptome und begannen sich zu verfärben. Am nächsten Morgen hatte ihre Haut einen hässlichen, von Lila durchzogenen Gelbton angenommen, und die angeschwollenen Zehen hingen wie Ballons an ihren Füßen. Ich sah einen Griechen, der auf seine Füße urinierte, sie anschließend abtrocknete und sorgfältig mit seinem Schal umwickelte. Die Wunden an meinen Beinen pulsierten mit jeder Bewegung des Waggons. Das Blut war in meine Socken gelaufen und gefroren. Aber ich hatte Glück gehabt. Bevor die Chinesen uns in den Zug verfrachteten, hatten sie die Verwundeten aussortiert und mit Maschinenpistolen niedergestreckt. Wahrscheinlich wäre auch ich erschossen worden, wenn ich mich nicht hinter zwei Marines verbergen und so unbemerkt in der Schlange nach vorn hätte humpeln können. Als der Wachposten die Schiebetür des Waggons zuschlug und verriegelte, warf ich noch einen Blick auf die im Schnee liegenden Leichen der Männer, die noch kurz zuvor um ihr Leben gebettelt hatten, als man sie vor die Mündungen der Maschinenpistolen stieß. Ihre von Unglaube und Entsetzen gekennzeichneten Münder und Augen waren weit aufgerissen, und ihr Haar war vom Schnee so weiß wie das von Greisen.

Während der folgenden fünfzehn Stunden hielt der Zug drei Mal. Bei den Stopps wurden die Schiebetüren der Waggons aufgezogen, worauf hysterische Schreie auf Englisch und Chinesisch und das Knattern der Maschinenpistolen folgten. Immer wenn der Zug an Tempo verlor, schrumpften wir zu einer Gemeinschaft der Furcht zusammen, und ein jeder von uns lauschte starr vor Angst dem langsamer werdenden Rattern der Räder auf den Schienen. Irgendwann standen wir auf einem Rangiergleis und hörten, wie mehrere Wachen draußen im Schnee zu unserem Waggon stapften. Sie unterhielten sich eine Weile und lachten. Dann zog einer von ihnen den Riegel an der Schiebetür auf. Versteinert starrte ich in die Augen des Griechen, der auf seine Füße uriniert hatte, und für einen kurzen Moment erkannte ich mich selbst in seinem von rasender, verzweifelter Angst erfüllten Gesicht. Nur ein paar Meter entfernt rauschte ein anderer Zug vorbei, und das Pfeifen der Lokomotive gellte in unseren Ohren. Mit einem Ruck, der uns wie Dominosteine ineinanderfallen ließ, setzte sich unser Waggon plötzlich in Bewegung. Wir hörten, wie der Riegel wieder vorgeschoben wurde und die Wachen zum Dienstwaggon rannten.

Am Morgen war der Boden unseres Waggons mit Exkrementen und Urin besudelt. Da wir kein Wasser hatten, traten ein paar Männer mit ihren Stiefeln etwas Eis vom Boden los, legten die Stücke in einen Helm und hielten ein Dutzend Feuerzeuge darunter. Es schmeckte nach Getreidehülsen, Schweiß und Viehdung. Draußen hatte das Schneetreiben aufgehört, und die Sonne schien durch die Ritzen der Bretterwände. Das Licht fiel in Streifen über unsere Körper, und der Gestank aus der Ecke wurde immer unerträglicher. Ich selbst hatte es in der Nacht nicht geschafft aufzustehen, um mich zu erleichtern, und musste stattdessen den warmen Urin über meine Oberschenkel laufen lassen. Mein Gestank ekelte mich an, und ich fragte mich, ob die Juden, als man sie in die Todeslager nach Osteuropa gekarrt hatte, auch diesen Selbsthass und diesen zynischen Ekel vor sich selbst und ihren von Exkrementen besudelten Körpern empfanden, oder ob sie versucht hatten, die Bretter aus den Wänden der Waggons zu reißen, um wenigstens einem SS-Mann die Kehle zerquetschen zu können. Mein Gefühl sagte mir, dass sie in den Tod gegangen waren wie erschöpfte Menschen, die vor einem Kinofilm Schlange stehen, den niemand sehen will – angewidert von sich selbst und der menschlichen Existenz, ihre nackten Körper bereits umgeben vom aurenhaften Glanz der Toten.

Als ich am nächsten Morgen erwachte, erwarteten mich ein heißer Tag und ein dunkler Fleck warmen Biers in meinem Schoß. Draußen wässerten zwei Schwarze den Rasen vor dem Gerichtsgebäude. Die beiden waren Trusties – vertrauenswürdige Gefängnisinsassen, die für unbezahlte Arbeitseinsätze gewisse Privilegien genossen – und trugen Jeanshemden mit einem in den Stoff gebleichten »P« auf dem Rücken. Das nasse Gras glänzte im Sonnenlicht, und die Schatten der Eichen auf den Gehwegplatten sahen aus wie schwere Blutergüsse. Am Rand des Platzes gab es einen Obst- und Gemüsemarkt, wo mit Pfeilern aufgespannte Planen die Körbe mit den Früchten vor der Sonne schützten und mexikanische Farmarbeiter Cantaloupe- und Rattlesnake-Melonen von den Pritschenwagen abluden. Der Himmel strahlte in einem klaren Blau, und in einiger Entfernung glitten die Schatten rosafarbener Wolken über die Hügel.

Ich zog meinen Leinenanzug an, dazu ein blaues Seidenhemd, und ging die Hauptstraße hinunter zu einem Café. Nach einem Frühstücks-Steak mit zwei Spiegeleiern obendrauf gönnte ich mir eine Zigarre und einen Kaffee, bis das Gerichtsgebäude öffnete. Obwohl man die Julihitze bereits spüren konnte, war es ein wunderschöner Morgen. Die Obstplantagen am Fuß der Berge strahlten in grünen und goldenen Farbtönen, und die Nachwirkungen meines Whiskey-Wochenendes schienen überstanden. Eigentlich hatte ich keine Lust auf einen Besuch im Gefängnis. Die meisten Menschen glauben, das Leben eines Strafverteidigers wäre eine romantische Angelegenheit voller Abenteuer, dabei ist es im besten Fall eine eher schäbige Beschäftigung. Ich hatte noch nie viel Gefallen am Umgang mit Redneck-Cops, Kautionsagenten und County-Richtern ohne Uniabschluss gefunden, und um zwei Uhr morgens mit zukünftigen Mandanten in der Ausnüchterungszelle zu plauschen war auch nicht mein Fall.

Ich überquerte die Straße zum Gericht und ging zum Büro des Sheriffs, das sich im hinteren Teil des Gebäudes befand. Am Eingang des Büros stand eine Glasvitrine zum Gedenken an die beiden Weltkriege und den Koreakrieg. Sie war mit allerlei Plunder gefüllt: deutsche Stahlhelme, Bajonette, ein Mauser-Gewehr ohne Schloss, eine Medaille der American Legion, Trinkflaschen, ein Maschinengewehr Kaliber 0.30 mit explodiertem Lauf und ein Signalhorn der chinesischen Armee. Drinnen saß ein Deputy in khakifarbener Uniform an einem Schreibtisch aus Armeebeständen und füllte mit einem kurzen Bleistift Formulare aus. Er war groß gewachsen, schlank und hatte einen kurzen Bürstenschnitt. Seine glänzende Kopfhaut war etwas blass, wahrscheinlich weil er in der Sonne einen Hut trug. Seine Finger umklammerten verkrampft den Bleistift, während er mit Druckbuchstaben die Formblätter ausfüllte. Sein Hemd schien feucht im Schulterbereich, seine langen Arme waren sonnengebräunt und von Venen überzogen.

»Wie kann ich helfen?«, sagte er, ohne aufzuschauen.

»Ich würde gern mit Arturo Gomez sprechen.«

Er legte den Bleistift beiseite und sah zu mir auf. Seine grünen, mit gelben Flecken durchsetzten Augen wirkten gleichgültig, sein Gesicht ausdruckslos.

»Wer sind Sie?«

»Mein Name ist Hackberry Holland. Ich bin Anwalt.«

»Aber Sie sind nicht der Anwalt von Gomez.«

»Wir sind befreundet, haben uns bei der Armee kennengelernt.«

»Tja, Besuchszeit ist erst um zwei.«

»Ich muss heute noch nach Austin zurück. Es wäre wirklich nett, wenn ich jetzt ein paar Minuten mit ihm sprechen könnte.«

Der Deputy ließ den Bleistift auf dem Tisch kreiseln. An seinem Arm traten harte Muskelstränge hervor.

»Arbeiten Sie mit diesen mexikanischen Gewerkschaftsleuten zusammen?«

»Nein.«

»Und Sie sind von Austin hier runtergefahren, nur um einen Freund im Knast zu besuchen?«

»Korrekt.«

»Wird ihm auch nichts nützen. Mittwoch kommt er auf die Gefängnisfarm, und ich schätze mal, dass ein paar seiner Mitstreiter ihm da bald Gesellschaft leisten werden.«

»Über diese Sachen weiß ich nichts.« Ich lehnte mich nach vorn, aschte in den Spucknapf und wartete darauf, dass der

Deputy seine Rede abspulte – eine Rede für Auswärtige, oberschlaue Anwälte sowie Nigger- und Mexen-Freunde, die er schon vor langer Zeit vorbereitet hatte.

»Machen Sie daraus, was Sie wollen, Mr. Holland, aber ich sage Ihnen, diese Mexikaner wurden von ortsfremden Rädelsführern angestachelt. Auf dem Feld können sie gut verdienen, wenn sie anständig arbeiten, aber stattdessen besaufen die sich in einer Tour oder rennen zum Sozialamt.« Seine gelb gescheckten Augen fixierten mein Gesicht. »Diese Gewerkschaftsleute setzen den Wetbacks Flöhe ins Ohr, erzählen ihnen, dass sie doppelt so viel Lohn kriegen, wenn sie die Ernte boykottieren. Einfach die Baumwolle und die Grapefruits auf den Feldern verrotten lassen, und schon klingelt's in der Kasse. Die Leute hier in der Gegend haben mächtig die Schnauze voll davon, und eigentlich ist's ein Wunder, dass nicht schon ein paar von diesen California-Mexen hinter ein Auto gebunden und durch den Ort geschleift wurden.«

»Wie ich schon sagte, im Moment vertrete ich niemanden.«

»Ist zwar gegen die Regeln, aber ich bring Sie gleich zu Gomez. Ich dachte nur, Sie sollten wissen, dass sich diese Leute ihre Probleme selbst einbrocken.«

Ich folgte ihm die Treppe hinunter in das Kellergeschoss des Gebäudes. Die harten Kanten an seinem Körper, die hochgerollten Ärmel seines Khakihemdes und der wutrote Hals erinnerten mich an die Marine-Corps-Ausbilder, die ich kennengelernt hatte, die Schinder von Parris Island – Menschen, die sich hingebungsvoll einer abartig vereinfachten Sicht der Dinge verschrieben, die irgendjemand anders für sie erschaffen hatte.

Das Kellergeschoss des Gerichtsgebäudes, in dem das Gefängnis untergebracht war, bestand aus großen Kalksteinblöcken, ungleichmäßig zurechtgesägt und mit Mörtel aneinandergefügt. Der Korridor, von dem die Zellen abgingen, wurde von zwei Glühbirnen erhellt, die blank in den Fassungen an der Decke steckten. Die Zellen selbst waren durch Eisentüren gesichert und wirkten wie in den Kalkstein gehauene Höhlen. Die Wände waren feucht, und die Luft stank nach Desinfektionsmittel, Insektiziden, Urin und Zigarettenqualm. Die Eisentüren der Einzelzellen waren an der oberen Kante mit Luftlöchern versehen, und in der Mitte gab es einen Schlitz mit daran anschließender Abstellfläche für das Essenstablett. Der Korridor endete vor einem großen Raum mit zwei breiten Gittertüren, die sich wie Torflügel öffnen ließen. Auf dem Stein darüber stand in weißen abgewetzten Buchstaben »Negro Male«. In der Dunkelheit hinter den Gitterstäben leuchteten die glimmenden Enden handgerollter Zigaretten, und ein muffiger Geruch nach altem Schweiß und billigem Wein hing in der Luft. An der Wand des Korridors befand sich ein Käfig aus Maschendraht, darin standen zwei Holzstühle und ein kleiner Tisch. Der Deputy schloss den Käfig auf und öffnete die Tür.

»Warten Sie hier. Ich bringe Ihnen Gomez her«, sagte er. Dann ging er den Korridor zurück, schob den Riegel an einer der Zellen beiseite und zog mit beiden Händen die Eisentür auf.

Mit stark kontrahierten Pupillen trat Art aus der Zelle. Die Häftlingsjeans, die er trug, war ihm zu groß und seine Haare so lang gewachsen, dass sie ihm über die Ohren hingen. Er hatte keine Schuhe an, sein Hemd war aufgeknöpft, seine Hose ebenfalls, und sein dünner Körper schien gekrümmt, als würde das Gewicht der Decke auf ihm lasten. Er hatte eine Zigarette im Mund, eingeklemmt in einer Zahnlücke, und an seinem äußeren Augenwinkel prangte eine spinnennetzförmige Narbe. Seine Haut war knastbleich und an den Händen mit Tätowierungen überzogen – Pachuco-Motive, die aussahen, als hätte man sie ihm gerade eben erst mit lila glänzender Tinte in die Haut geritzt. Das letzte Mal hatte ich ihn vor fünf Jahren gesehen, während der Tomatenernte in DeWitt County. Seit jener Zeit schien alles, was ihn einst ausgemacht hatte, geschrumpft zu sein. Er wirkte in sich zurückgezogen, hart und spröde wie Knochen. Der Deputy drückte die Tür hinter uns zu und drehte den Schlüssel im Schloss.

»Zehn Minuten«, sagte er und machte sich auf den Weg zurück in sein Büro. Sein rasierter Schädel glänzte unter dem Licht der Glühbirnen.

»Na, wie steht's, Hack? Hast du dir das auch gut überlegt? Könnte ein Spiel mit dem Feuer werden«, sagte Art und lächelte. Er hatte die Zigarette immer noch in der Zahnlücke eingeklemmt, und seine langen Finger lagen gespreizt auf dem Tisch.

»Wie zur Hölle hast du es geschafft, bei einem Streikposten einzufahren und wegen tätlichem Angriff angeklagt zu werden?«

»Was passiert ist und wofür ich angeklagt wurde, sind zwei Paar Stiefel. Die Texas Ranger sind auf unsere Streikposten losgegangen, weil sie der Meinung waren, dass wir den vorgeschriebenen Abstand von fünfzehn Metern nicht eingehalten haben. Sie haben ein paar von unseren Leuten umgehauen, und als ich mich deswegen aufregte, sind sie auf mich drauf. Dabei hab ich so einen fetten Mistkerl umgeschubst, aber als der wieder stand, hat er mich mit seinem Knüppel windelweich geprügelt. Ich sag dir, das sind richtig finstere Gesellen, wenn sie durchdrehen. Ich sehe immer noch den

Kerl über mir, wie er auf mich eindrischt. Dem sind echt die Augen aus dem Schädel gequollen. Muss lange Zeit keinen Dampf mehr abgelassen haben, der Scheißer.«

»Was hat dein Anwalt unternommen?«

»Der wurde mir vom Gericht zugewiesen. Er stammt aus diesem County hier und wollte, dass ich auf schuldig plädiere. Ich hab ihm gesagt, dass er sich das abschminken kann. Daraufhin hat er drei Tage lang auf seiner Pfeife rumgekaut, genau einen Zeugen ins Kreuzverhör genommen, und am Ende, als der Richter mir fünf Jahre aufgebrummt hatte, hat er mir die Hand geschüttelt«, sagte Art und machte eine Pause. »Pass auf, Hack, ich weiß, dass ich dich hier um einen ziemlich großen Gefallen bitte, aber ich kann nicht in den Knast gehen. Unsere Gewerkschaft hat nur eine Chance, wenn wir nicht gespalten werden. In Austin haben wir schon einige Leute auf unserer Seite, und auch hier haben ein paar von den Einheimischen genug Bammel vor den Chicano-Wählern, dass sie einlenken werden, wenn wir am Ball bleiben. Dummerweise ist unsere Gewerkschaft gerade komplett blank, und ich habe draußen nur eine Handvoll Kids, um die Streikposten und Proteste zu organisieren, während ich im Knast bin. Ich sag's dir so, wie es ist, Mann: Ich habe keinen Bock, fünf Jahre abzubrummen. Vier Cent am Tag, um die Hacke auf den Baumwollfeldern der Gefängnisfarm zu schwingen, ist kein wirklich guter Lohn.« Er lächelte noch einmal, nahm die Zigarette aus dem Mund und drückte sie unter dem Tisch aus.

»Verstehe. Ich werde versuchen, Berufung einzulegen. Das braucht Zeit, aber mit etwas Glück kann ich dich vielleicht auf Kaution rausholen.«

Er zog eine neue Zigarette aus seiner Hemdtasche, riss ein Streichholz an seinem Daumennagel an und hielt es an den

Glimmstängel. Die vernarbte Haut um sein Auge glänzte gelb im Licht des Zündholzes. »Vor einem Jahr noch war ich Feuer und Flamme für die Sache, Hack, bereit, mit einem Messer zwischen den Zähnen den Berg hinaufzustürmen. Das war der alte Corporal Gomez, der mit dem Flammenwerfer im Anschlag zu allem entschlossen aus dem Schützengraben springt. Ich hatte mich sogar darauf eingestellt, für die Gewerkschaft in den Knast zu gehen und dort unsere Botschaft zu verbreiten, aber die drei Monate in diesem Loch haben Spuren hinterlassen, Mann. Der Höhepunkt meines Tages ist die Essensausgabe, wenn der Hundesohn von Wärter mir einen Teller mit Maisgrütze und ein paar gebratenen Scheiben Fleischwurst durch den Schlitz schiebt und ich Hallo zu seinen Fingernägeln sagen kann.«

»Aber du weißt schon, dass das, was ihr tut, eigentlich Wahnsinn ist, oder?«

»Warum? Weil wir die Schnauze voll davon haben, wie Abschaum behandelt zu werden?«

»Die Leute in dieser Gegend leben seit hundertfünfzig Jahren so«, sagte ich. »Mit Protestschildern wirst du da wenig erreichen.«

Sein Gesichtsausdruck verhärtete sich, und seine gelb verfärbten Finger quetschten die Zigarette zusammen.

»Yeah, hast recht. Schon viel zu lange lassen wir uns jeden möglichen Scheiß von diesen Leuten gefallen. Aber damit ist jetzt Schluss. Wir sind den Anglos zahlenmäßig überlegen, und außerdem gehörte uns dieses Land, bevor die ihre weißen Ärsche draufgepflanzt haben.«

»Historische Ungerechtigkeiten lassen sich nicht in der Gegenwart korrigieren. Das Einzige, was du damit erreichst, ist, deine Leute zur Schlachtbank zu führen.«

»Dein Universitätsgeschwafel kannst du dir sparen. Das ändert nichts an der Tatsache, dass wir beim Baumwollpflücken nur sechs beschissene Cent je Pfund von euch kriegen. Hast du mal als Erntehelfer gearbeitet? Spätestens zur Mittagszeit fühlt sich dein Rücken an, als würde er in Flammen stehen. Nachts musst du auf dem Fußboden pennen, damit sich deine Wirbelsäule wieder geradebiegt. Aber ihr Anglos seid natürlich alle unschuldig und habt obendrein auf alles eine Antwort parat. Zur Weihnachtszeit marschiert ihr dann los, verteilt Obstkörbe an die Nigger und die Tortillafresser und klopft euch die nächsten zwölf Monate gegenseitig auf die Schultern, was für feine Christenmenschen ihr doch seid.«

Er zog an seiner Zigarette und schob sich die langen schwarzen Haare aus dem Gesicht. Dann starrte er auf den Tisch und blies den Zigarettenqualm durch den schmalen Spalt zwischen seinen Lippen. »Okay, Mann, tut mir leid. Weißt du, ich sitz den ganzen Tag in meiner Zelle und denke nach. Außer dem Schließer krieg ich keine Menschenseele zu sehen. Sieht so aus, als hätte ich dich gerade zu meiner Dartscheibe gemacht.«

»Vergiss es«, sagte ich.

»Tu mir den Gefallen und schau dir unsere Gewerkschaft richtig an, bevor du alles schlechtredest.«

»Okay, mach ich.«

»Vielleicht sind wir ja doch nicht nur eine Bande aufgeblasener Nigger und einfältiger Mexen.«

»Der Deputy wird gleich zurück sein.«

»Vor dem Wichser musst du dich in Acht nehmen. Neulich hat einer von den Schwarzen auf Alkoholentzug gezappelt und geschrien. Der Deputy ist rein in die Zelle und hat dem armen Kerl den Schädel eingetreten. Der Kerl ist bei der

John Birch Society oder so was, hundertpro. Die Jungs hier sagen, dass er wegen schlechten Betragens aus der Armee geflogen ist. Hat wohl im Militärknast jemanden zum Krüppel geschlagen.«

»Okay, noch ein paar Fragen, bevor er zurückkommt. Gab es Mexikaner in der Jury?«

»In was für einer Welt lebst du, Mann?«

»Gut, dann können wir im Berufungsantrag die Auswahl der Geschworenen kritisieren. Eigentlich würde ich die Sache ja lieber an der Anklage selbst festmachen, aber das sehen wir noch. Auf jeden Fall muss ich mir ein Transkript vom Verfahren besorgen und mit deinem Anwalt reden.«

»Zeitverschwendung. Ich hätte bei lebendigem Leib verbrennen können, und es wäre dem Kerl egal gewesen. Ist ein kleiner Fettwanst mit Glatze, der sich seinen Arsch auf einer Farm mit fünfhundert Morgen bester Schwarzerde breitsitzt. Der glaubt ernsthaft, dass sie mir in Korea das Gehirn gewaschen haben. Als ich ihn darum bat, Berufung einzulegen, hat er nur auf seiner Pfeife herumgekaut und einen fahren lassen.«

»Wie heißt er?«

»Cecil Wayne Posey. Hat sein Büro direkt auf der anderen Straßenseite.«

»Warum hast du mir nicht schon vor dem Verfahren geschrieben?«

»Ich bettle alte Freunde nicht gern um einen Gefallen an.«

»Na ja, eins steht mal fest: Einen noch beschisseneren Zeitpunkt, um den Ersatz-Pitcher aufs Feld zu schicken, hättest du dir nicht aussuchen können.«

»Du bist ein guter Kerl, Hack. Und ich vertraue deinem Wurfarm voll und ganz.«

Ich hörte, wie die Tür an der Treppe ins Schloss fiel und der Deputy mit seinen schweren Schuhen den Steinkorridor entlangging.

»Ich komme morgen wieder«, sagte ich. »Soll ich dir was mitbringen?«

»Nicht nötig. Pass auf dich auf, wenn du in der Stadt unterwegs bist. Die Leute hier sind mächtig angepisst. Wenn die rauskriegen, dass du für ein Gewerkschaftsmitglied arbeitest, wird dir auch dein Südstaatenakzent nicht viel nützen.«

»Ich glaube nicht, dass sie sich an einen Kongresskandidaten heranwagen.«

»Ich mein's ernst, Hack. Die geben einen Scheiß drauf, wer du bist. Wir haben den Leuten hier mit einem Golfschuh auf die Eier getreten, und jetzt sind sie stinksauer. Seit den Zwanzigerjahren hat man in dieser Gegend nichts mehr vom Klan gehört, aber letzte Woche brannte auf einmal ein Kreuz in der Mitte vom Fluss. Besser, du hältst den Kopf unten, Kumpel.« Art zündete sich am Stummel seiner alten Zigarette eine neue an.

»Bis morgen«, sagte ich, als der Deputy den Käfig aufschloss.

»Ja, mach's gut, Kumpel.«

Ich sah ihm nach, schaute auf die schwarzen Sohlen seiner nackten Füße, als er in die Zelle zurückgebracht wurde. Nachdem der Deputy die Tür hinter Art zugeschlagen und den Riegel vorgeschoben hatte, sah er mit festem Blick zu mir. Ich riss die Plastikfolie von einer Zigarre, biss das Ende ab und spuckte es auf den Boden. Ich konnte spüren, wie der Deputy mich durch den Maschendraht hindurch mit bohrenden Augen anstarrte. Er steckte eine Hand in die Hosentasche und klimperte mit seinem Kleingeld.

»Wollen Sie sich heute noch in Bewegung setzen, Mr. Holland?«, sagte er.

Oben an der Bürotür stand eine junge Frau, die Schulter gegen die Wand gelehnt und eine Stange Zigaretten in der Hand. Sie trug Sandalen, eine ausgeblichene Bluejeans, eine braune Bluse, die sie unter der Brust zusammengeknotet hatte, und eine große, bernsteinfarbene Sonnenbrille. Kreolen schmückten ihre Ohren, und um ihren Hals lag eine Kette mit Indianerperlen. Ihre Haut war braun, ihr Körper geschmeidig und entspannt und ihr lockiges braunes Haar an den Spitzen von der Sonne verbrannt. Ihre Augen wirkten gleichgültig, als sie mich und den Deputy durch die Gläser ihrer Brille ansah.

»Würden Sie die hier bitte Art Gomez geben?«, sagte sie. Ihre Stimme klang flach und reserviert.

Der Deputy nahm die Zigaretten, ohne zu antworten, und ließ sie in der Schreibtischschublade verschwinden. Er setzte sich auf seinen Stuhl, zog ein Taschenmesser hervor, beugte sich über den Papierkorb und spitzte mit der Klinge den Bleistift an. Ich wusste, dass jede seiner Handbewegungen wie ein Messerstich gegen die Einschränkungen seines Jobs und die ihm aufgezwungene Selbstbeherrschung im Umgang mit einem Hippiemädchen und einem neunmalklugen Anwalt war. Er beugte sich über ein Formular zur Protokollierung von Verkehrswidrigkeiten auf seinem Schreibtisch und begann, die leeren Kästchen auszufüllen, als wären wir nicht anwesend. Den Bleistift presste er dabei so heftig aufs Papier, dass sich seine Fingerknöchel weiß färbten.

Die junge Frau drehte sich um und lief zum Ausgang des Gebäudes. Über ihrer Bluejeans war ein dünner Streifen blasser Haut zu sehen, und ihr Hinterteil wiegte beim Gehen in einem natürlichen und unbeschwerten Rhythmus hin und her, um den sie sicher viele Frauen beneideten. Alles an ihr schien geschmeidig, und ihre Bewegungen strahlten eine kühle Unbekümmertheit aus, die Kerlen wie mir an irgendeiner entlegenen Stelle in der Tiefe unserer Gedanken Unbehagen bereitete.

»Hallo«, sagte ich.

Als sie sich umdrehte und mich ansah, stand sie vor dem Ausgang und war eingehüllt von dem gelben Licht, das von draußen hereinströmte. Sie trug kein Make-up, und in dem schwarzen Schatten, der sich über ihr Gesicht gelegt hatte, sah sie aus wie eine Nonne in der Kirche, die ich gerade beim Gebet unterbrochen hatte.

»Ich nehme an, Sie gehören zu Arts Gewerkschaft. Mein Name ist Hack Holland. Ich arbeite gerade an einem Berufungsantrag, um Art aus dem Gefängnis zu holen.«

Sie regte sich nicht und blieb im Licht stehen.

»Ich würde gern mit ein paar Leuten von Ihrer Gewerkschaft sprechen«, sagte ich.

»Wozu?«

»Nun, ich kenne niemanden in dieser Stadt und könnte ein bisschen Hilfe gebrauchen.«

»Wir können nichts für Sie tun.«

»Warum lassen Sie mich das nicht selbst entscheiden?«

»Sie verschwenden Ihre Zeit, Mann.«

»Wissen Sie, ich würde Art gern noch im nächsten Lichtjahr aus dem Knast holen, aber wenn ich mir die Sachlage ansehe, kann ich weder von seinem Anwalt noch vom Gericht oder den Justizangestellten großartige Unterstützung erwarten. Sicherlich kann ich noch ein paar Tage in der Stadt herumirren und mich mit Leuten wie dem Deputy oder den Cowboys in der Bar über den Fall unterhalten ... oder ich spreche mit Leuten, die mir erzählen, was wirklich passiert ist.«

»Wir haben schon erzählt, wie es abgelaufen ist.«

»Sie haben es im Gerichtssaal einer Kleinstadt erzählt, vor einer Jury, die befangen war. Ich werde den Fall vor das Berufungsgericht in Austin bringen.«

»Woher kennen Sie Art überhaupt?«

»Wir waren zusammen in Korea.«

»Sie können ihm nicht helfen. Die ACLU hat schon andere Fälle von uns in Austin verhandeln lassen.«

»Vielleicht bin ich ja ein besserer Anwalt«, sagte ich.

»Glauben Sie mir, Mann, was Sie da vorhaben, wird in die Hose gehen.«

»Tja, dann bleibt mir wohl nichts anderes übrig, als laut *Banzai* zu schreien und mit wehenden Fahnen unterzugehen.«

»Gibt es keine einfachere Art, Ihre Schulden aus Armeezeiten zu begleichen?«

»Ich war Navy-Sanitäter, und ich habe all meine Kriegsschulden beglichen, bevor ich aus dem Dienst entlassen wurde.«

Sie drehte sich um und ging hinaus in die Sonne.

»Soll ich Sie ein Stück mitnehmen?«, sagte ich.

»Ich gehe zu Fuß.«

»Wollen Sie sich wirklich die Chance entgehen lassen, vom größten Verkehrssünder in ganz Texas mitgenommen zu werden?«, sagte ich. »Außerdem brauche ich jemanden, der mir den Weg erklärt.«

»Wenn Sie Art helfen wollen, halten Sie sich besser vom Gewerkschaftsquartier fern.«

»Jetzt tun Sie mal nicht so, als würden wir im Zuchthaus landen, nur weil ich Sie heimbringe.«

Wir gingen den im Schatten der Eichenbäume liegenden Bürgersteig am Gerichtsgebäude entlang zu meinem Auto. Die Sonne stand mittlerweile hoch am Himmel. Der aufgeheizte Teer fühlte sich weich unter unseren Füßen an, und auf dem asphaltierten Gehweg vor dem Hotel flimmerte die Hitze.

Wir fuhren in ein am Rand der Stadt liegendes Viertel, das hauptsächlich von Schwarzen und Mexikanern bewohnt wurde. Die unbefestigten Straßen waren von der Sonne ausgedörrt und hart wie Stein. Staubwolken stiegen hinter meinem Wagen auf. Die ungestrichenen Holzhäuser am Straßenrand schienen in unmöglichen Winkeln ineinandergeschoben, die Straßengräben waren voller Müll, und hinter den Gebäuden standen aus ausrangierten Brettern, Cola-Werbeschildern und Teerpappe zusammengezimmerte Toilettenhäuschen.

»Wenn ich Sie abgesetzt habe, muss ich erst mal mit Arts Anwalt sprechen. Aber ich komme später noch mal vorbei«, sagte ich.

»Ich dachte, Sie erwarten sich keine Hilfe von Arts Anwalt.«

»Tue ich auch nicht. Vielleicht kann ich aber einen inkompetenten Verteidiger als Grund für eine Berufung benutzen.«

Sie zog eine Schachtel Zigaretten aus der Tasche ihrer Bluejeans und zündete sich eine an. Als sie das Päckchen wieder in die Tasche steckte, linste ich zu ihr hinüber und erhaschte einen Blick auf die glatten Kurven ihrer Brüste.

»Sie sind sich wohl ziemlich sicher, dass ich den Fall nur verlieren kann, oder?«, sagte ich.

»Na ja, vor allem bin ich mir sicher, dass Sie nicht sonderlich viel über das County wissen, in dem Sie hier arbeiten.«

»Wenn ich das richtig überblicke, habt ihr's mit ein paar Baumwollfarmern zu tun, die keine Gewerkschaftstarife zahlen wollen, und seid dabei auf eine Handvoll Wochenend-Klansmen und einen Deputy Sheriff gestoßen, der sehr wahrscheinlich genauso viele Gehirnzellen wie ein Maultier hat. Das hört sich nicht schön an, ändert aber nichts an den Gesetzen oder am gerichtlichen Prozedere.«

»Wow, tolle Rede auf das Rechtssystem. Sie müssen einer von diesen Anwälten sein, die mit der *National Review* oder irgendeinem anderen erzkonservativen Schmierblatt zwischen den Zähnen in den Gerichtssaal marschieren.«

»Tatsache ist, dass ich seit acht Jahren praktiziere und noch nicht besonders viele Fälle verloren habe.«

»Aber mit gewerkschaftlich organisierten Farmarbeitern haben Sie noch nicht sonderlich viel zu tun gehabt, oder?«

»Ich bin in Texas geboren, und ehrlich gesagt glaube ich nicht, dass dieser Fall mich mit neuen Erkenntnissen über diesen Landstrich überraschen wird.«

»Sie scheinen nicht zu begreifen, dass die Regeln Ihrer Gerichtssäle nicht für uns gelten. Die Geschworenen haben Art nach einer Beratungszeit von gerade mal fünfzehn Minuten schuldig gesprochen. Später meinte der Obmann, es hätte so lange gedauert, weil jemand losgegangen war, um kalte Getränke zu holen.«

»Verstehe. Solche Sachen kann ich gut in der Berufung verwenden.«

»Sie verstehen überhaupt nichts, Mann. Wenn Sie ihm wirklich helfen wollen, sollten Sie zuallererst mal dieses abziehbildhafte Anwaltsgehabe ablegen und die Welt so sehen, wie sie ist«, sagte sie.

»Sie wissen wirklich, wie man jemandem einheizt, was?«

»Ich erkläre Ihnen bloß ein paar Sachen über den Rucksack, den Sie sich gerade auf die Schultern laden wollen.«

»Sie sind wirklich tough.«

»Ist der Spruch in der Heimfahrt inbegriffen, oder muss ich den bezahlen?« Die Sonnenstrahlen glänzten auf den verbrannten Spitzen ihrer Haare. Sie rauchte und hatte den Arm nach hinten auf die Lehne gelegt, sodass die weiße Haut am Ansatz ihres Busens zu sehen war.

»Sie stammen nicht aus Texas, oder? Was treiben Sie eigentlich hier unten?«

»Was soll das? Wollen Sie als Nächstes vielleicht meine Ausweispapiere kontrollieren?«

»War nur eine Frage.«

»Hätte ich gewusst, dass ich hier verhört werde, wäre ich nicht eingestiegen.«

»Sie haben recht. Vielleicht sollte ich einfach meine Chauffeursmütze aufsetzen. Dann können Sie hinten Platz nehmen, und ich kurble die Glasscheibe hoch, damit Sie Ihre Ruhe haben.«

»Ich war Doktorandin, Fachbereich Sozialarbeit, in Berkeley. Irgendwann hatte ich es satt, abstrakte Essays über hungernde Menschen zu schreiben, hab mich der Third World Liberation Front angeschlossen und bin hier runter in Ihr wundervolles Texas gekommen.«

Der Wagen erwischte ein Schlagloch, und ich spürte, wie die Stoßdämpfer durchschlugen. Der Staub war so schwer, dass er mittlerweile durch die Klimaanlage ins Wageninnere kroch. Draußen rannten zwei schwarze Kinder am Rand eines

Grabens entlang und bewarfen einen räudigen Hund mit Steinen. Die Straße endete in einer Sackgasse vor einem umfunktionierten Gemischtwarenladen. Über der Eingangstür hing ein Schild mit der Aufschrift »UNITED FARM WORKERS, LOCAL 476«. Die gelben Schaufenster waren von einem Schmutzfilm überzogen und wiesen Einschusslöcher in Luftgewehrkalibergröße auf. Um die verrotteten Bretter der Fassade auszubessern, hatte man kurzerhand Verkleidungsstreifen in Steinoptik darübergenagelt. Die Stufen zur Veranda waren durchgebogen, unter eine Seite des Gebäudes hatte man Hohlblocksteine geschoben, um ein weiteres Absacken zu verhindern, und um ein Haar hätte ich mir eingebildet, das Summen der Fliegenschwärme am Plumpsklo hinter dem Haus hören zu können. Auf der Veranda saß ein ungefähr neunzehnjähriger Bursche, barfuß und ohne Hemd, und spielte auf einer zwölfsaitigen Gibson.

»Sie brauchen gar nicht mit der Stirn zu runzeln«, sagte sie. »Wir können von Glück reden, dass wir in dieser Stadt überhaupt irgendwas mieten konnten.«

»Ich habe gar nichts gesagt.«

»Man konnte die Zahnräder in Ihrem Schädel klicken hören, als Sie das Haus angesehen haben. Passt nicht mit den Hygienevorstellungen der Mittelklasse zusammen, schon klar. Sind es mal keine grünen Rasenflächen und roten Ziegelsteine, stellen sich bei euch Typen sofort die Nackenhaare auf.«

»Das ist ein Haufen gequirlte Scheiße.«

»Auch gut. Danke fürs Mitnehmen.«

Sie schlug die Beifahrertür zu und ging den staubigen Weg zum Eingang des Gebäudes entlang. Ich schaute ihr nach, und als sie die Treppe zur Veranda emporstieg, warf ich einen Blick auf ihre Hüften und ihre strammen Oberschenkel.

Dann wendete ich den Cadillac und fuhr zurück ins Zentrum.

Im Büro von Cecil Wayne Posey teilte mir dessen Juniorpartner mit, dass ich Mr. Posey zu Hause auf seiner Ranch antreffen würde. Als ich dort ankam, stellte ich fest, dass der Boden tatsächlich feinste Schwarzerde war, auf der Baumwolle, Mais und Orangenbäume angebaut wurden. Ein Dutzend mexikanischer und schwarzer Farmarbeiter verzogen gerade die Baumwollpflanzen, und zwischen den Virginia-Eichen auf den flachen Hügeln grasten die Pferde. Das große einstöckige Haus hatte eine weiß gestrichene Fassade und eine breite, mit Fliegengittern geschützte Veranda. Die Zufahrtsstraße war von Pappeln gesäumt, und hinter dem Haus befanden sich zwei große rote Scheunen mit Blitzableitern und Wetterfahnen auf den Dächern. Ein Windrad pumpte Wasser in eine Tränke, neben einem Traktorschuppen lagen Stacheldrahtrollen und aufgeschichtete Zedernholzpfeiler.

Als ich von meinem Wagen zum Haus ging, hörte ich einen Specht gegen einen toten Ast hämmern. Ich trat auf die Veranda, und Mr. Posey erhob sich aus seinem runden Korbstuhl. Er schüttelte mir die Hand. Seine Haut fühlte sich weich und wabbelig an, sein Bauch hing ihm über die Hose. Sein Kopf war bis auf ein paar kurze graue Haare komplett kahl, seine Augen ohne Farbe, seine Stimme klang monoton und weich. In gewisser Weise erinnerte er mich an die Miniaturversion eines hochkant gestellten weißen Wals. Als er sich wieder setzte, zeichneten sich die Konturen seiner Taschenuhr wie ein harter runder Keks gegen den Stoff seiner Hose ab.

Ein schwarzes Hausmädchen in spitzengesäumter Schürze servierte uns Eistee mit Minzezweigen und Zitronenscheiben auf einem silbernen Tablett. Vorsichtig lenkte ich das Gespräch auf die Tatsache, dass Mr. Posey in Arts Fall keine Berufung eingelegt hatte. Ich fragte nach dem Grund und wusste doch, dass meine Fragen, und eigentlich sogar meine bloße Anwesenheit, einem Verstoß gegen die Berufsethik gleichkamen. Indirekt unterstellte ich Mr. Posey nämlich mit meinem Besuch, Arts Fall nachlässig behandelt zu haben, aber in seinen Augen war zu keinem Zeitpunkt der Ausdruck des Beleidigten auszumachen. Wenn sein Ton oder die Blässe um seinen Mund herum mir etwas mitteilen wollten, dann ganz gewiss nur, dass ich ein idealistischer junger Anwalt war, der sich gerade in einen aussichtslosen Fall stürzte. Er trank von seinem Eistee, das Gesicht tief über das Glas gebeugt, und für einen Moment verlieh das Getränk seinen Lippen etwas Farbe.

»Ich war der Meinung, dass es keine ausreichende Grundlage für eine Berufung gab, Mr. Holland«, sagte er. »Ich empfahl Gomez am Anfang des Verfahrens, sich mit der Aussicht auf eine milde Strafe schuldig zu bekennen, aber das lehnte er ab. Ich glaube nicht, dass ein Berufungsgericht den Fall eines Mannes wieder aufrollen wird, der durch die Aussagen von vier Texas Rangern und zwei zivilen Zeugen verurteilt wurde. Bevor man Art in die Schranken wies – und das ist der wesentliche und unabänderliche Fakt dieses Falls –, hatte er einen Beamten zwei Mal geschlagen.«

»Wer waren diese Zeugen?«

»Zwei beim County angestellte Arbeiter, die mit einer Planiermaschine am Straßenrand arbeiteten, als Gomez festgenommen wurde.«

Ich schaute ihn skeptisch an.

»Hatten Sie den Eindruck, dass es sich bei diesen Männern um objektive Zeugen handelte?«, sagte ich.

»Die beiden hatten nichts mit dem Konflikt oder dem Streik an sich zu tun und berichteten lediglich, was sie sahen.«

»Wenn ich richtig informiert bin, hat ein Großteil der Streikposten auch ausgesagt.«

»Ja, aber leider hatten viele dieser Leute in anderen Fällen schon vor dem örtlichen Gericht erscheinen müssen, und ich fürchte, ihre Aussagen waren den Geschworenen nur allzu bekannt. Ein junger Mann zum Beispiel sagte auf Nachfrage des Bezirksstaatsanwaltes aus, dass er zwar gute dreihundert Meter vom Ort der Festnahme entfernt war, aber ganz sicher gesehen hätte, dass Art den Beamten nicht geschlagen hat. Es ist schwierig, ein Urteil bei einer derartigen Beweislage anzufechten.«

Er beugte das Gesicht wieder tief über das Glas. Ein Schweißtropfen rollte ihm erst über die Stirn und anschließend seine fette Wange hinab. Er rückte sein Gesäß im Korbsessel zurecht und schlug ein Bein über das andere. Seine breiten, wabbeligen Oberschenkel spannten den Stoff der Hose so sehr, dass die Bügelfalte verschwand.

»Art ist seit einem Jahr mit dem Aufbau einer Farmarbeitergewerkschaft in diesem County beschäftigt. Glauben Sie nicht, dass einige der Geschworenen eine vorgefasste Meinung über ihn hatten?«

»Selbst wenn das der Fall gewesen sein sollte, hatte das nichts mit dem Verfahren zu tun. Er wurde wegen tätlichem Angriff auf einen Texas Ranger angeklagt und nicht wegen seiner Arbeit in einer mexikanischen Gewerkschaft.«

Ich bat Mr. Posey um ein Streichholz und zündete mir eine Zigarre an. Und während ich ihn durch die aufsteigende Flamme und den Rauchwirbel musterte, fragte ich mich, ob er sich seiner Verantwortungslosigkeit bewusst gewesen war, als er zuließ, dass sein Mandant – in einem Verfahren, das die Erstsemester jeder x-beliebigen Jurafakultät als lächerlich abgetan hätten – zu fünf Jahren Zuchthaus verurteilt wurde.

Er steckte sich seine leere Pfeife zwischen die Zahnreihen, sog mit einem nassen Rasseln am Mundstück und drückte einen leisen Furz in den Sessel. Ich trank meinen Eistee aus, schüttelte ihm die Hand und bedankte mich für seine Hilfe. Dann ging ich auf dem Kiesweg zurück zu meinem Wagen unter den Bäumen. Hinter mir hörte ich, wie der Schnappriegel der Fliegengittertür auf der Veranda einrastete.

Ich fuhr in die Stadt zurück, aß im Café zu Mittag und trank dazu zwei Bier. Danach verbrachte ich eine Stunde im Büro des Gerichtsschreibers, wo mir eine in die Jahre gekommene Sekretärin das Verhandlungsprotokoll kopierte. Die Fenster waren zwar geöffnet, aber es wehte kein Lüftchen ins Büro, und auch die Ventilatoren bliesen nur warme Luft durch den Raum. Schnell waren die Gläser meiner Sonnenbrille von einem feuchten Film überzogen. Irgendwann kam der Deputy Sheriff herein und legte einen Stapel ausgefüllter Formulare auf dem Schreibtisch der Sekretärin ab. Als er an mir vorbei zur Tür ging, starrte er mich an, ohne aber etwas zu sagen.

Den Rest des Nachmittags verbrachte ich in meinem Hotelzimmer, wo ich die Füße auf die Fensterbank legte und an einem Whiskey mit Eis nippte, während ich das Verhandlungsprotokoll las. Die Fliegen brummten monoton in der Stille, und gelegentlich drang Hillbilly-Musik durch die geöffnete Tür der Bierkneipe. Auf der anderen Seite des Platzes brannte die Sonne in schrägem Winkel auf die Wassermelonen und die Cantaloupes an den Marktständen hinunter.

Das Transkript war ein ungeheuerliches Dokument. Die darin protokollierte Verhandlung schien wie ein Flickenteppich, zusammengeschustert aus nicht zueinanderpassenden Fetzen eines absurden Drehbuchs über Rechtsverfahren. Die Verteidigung hatte alle Geschworenen auf Anhieb akzeptiert, die befragten Texas Ranger widersprachen einander, ein Baptistenpastor sagte aus, dass viele der Gewerkschaftsmitglieder Kommunisten waren, und zwei County-Angestellte bezeugten, den Angriff eines Mexikaners auf einen Ranger gesehen zu haben, obwohl sie sich zur fraglichen Zeit zum Mittagessen in ihren Pick-up zurückgezogen hatten, der eine halbe Meile vom Tatort entfernt geparkt war. Die drei Zeugen der Verteidigung wurden vom Bezirksstaatsanwalt durch den Fleischwolf gedreht. Man entlockte ihnen Aussagen, mit denen sie ihre eigene Glaubwürdigkeit untergruben, drängte sie zu stotternd vorgetragenen Eingeständnissen über revolutionäre Aktivitäten und bezeichnete sie sechzehn Mal als *auswärtige Rädelsführer*.

Und Cecil Wayne Posey? Legte nicht einmal Einspruch ein. Normalerweise hätten zwei beliebige Seiten aus einem derart tragikomischen Bericht ein Berufungsverfahren gerechtfertigt. Nach texanischem Gesetz allerdings musste der Antrag auf Berufung im Gericht des ursprünglichen Verhandlungsortes eingereicht werden, und zwar innerhalb von zehn Tagen nach Urteilsverkündung, sofern nicht gewichtige Gründe für eine Verlängerung dieser Frist vorlagen. Aber da Mr. Posey sich geweigert hatte, Revision einzulegen, war diese Frist verstrichen und die Vollstreckung der Gefängnisstrafe quasi garantiert. Mir blieb nichts anderes übrig, als den ganzen Prozess vor einem Berufungsgericht in Austin wieder aufzurollen.

Draußen dämmerte es. Ich warf das Verhandlungsprotokoll in meinen Koffer, nahm ein kaltes Bad, rasierte mich und nippte dabei gelegentlich an dem Whiskeyglas, das ich auf der Toilette abgestellt hatte. Eine meiner Grundregeln lautete, systeminhärente Unzulänglichkeiten nicht zu berichtigen. In diesem Fall jedoch spielte ich mit dem Gedanken, der Anwaltskammer von Texas einen Brief über Mr. Posey zu schreiben. *Jawohl, Mr. Posey verdient eine offizielle Anerkennung für seine Arbeit,* dachte ich, während ich die Rasierklinge in einem sauberen Strich durch den Schaum auf meiner Wange zog.

Ich aß ein Steak zum Abendessen und fuhr anschließend zurück zum Gewerkschaftshaus im mexikanischen Viertel. Im Westen waren Gewitterwolken und Wetterleuchten zu sehen, dann zuckte ein Blitz über den Horizont, und ein trockener Donner krachte in der Ferne. Die Luft schmeckte nach Messing. Einige Anwohner hatten die unbefestigte Straße mit Gartenschläuchen besprenkelt, damit die durchfahrenden Fahrzeuge den Staub nicht so sehr aufwirbelten. In den Bäumen saßen die Zikaden und erfüllten die Abendluft mit ihren lärmenden Zirpgesängen, während die Glühwürmchen wie kleine Fackeln durch die dichter werdende Dämmerung schwirrten. Drüben im alten Mexiko, auf der anderen Seite des Flusses, flackerten die Kochfeuer zwischen den Lehmhütten am Ufer, und hoch oben im Himmel, gefangen in den letzten Strahlen des Abendrots, glitt ein Truthahngeier ohne Flügelschlag durch die Luft und sah dabei aus wie ein schwarzer Kratzer auf einem Grund aus Zinn.

Ich parkte den Wagen vor dem Gewerkschaftshaus und folgte dem Pfad zur Holztreppe. Der Junge mit der zwölfsaitigen Gibson saß immer noch auf der Veranda, neben ihm stand eine Zweiliter-Flasche mit billigem Wein. Seine nackten Füße waren von einer Staubschicht überzogen, Tattoos zierten seine Arme. Er hatte drei Fingerpicks aus Metall aufgesteckt und spielte Gitarre, ohne mich anzusehen.

»Sie ist drin, Mann«, sagte er.

»Muss man bei euch anklopfen, oder soll ich einfach reingehen?«

»Tu's einfach.«

Ich klopfte gegen die Fliegengittertür und wartete. Aus dem hinteren Teil des Gebäudes drangen Geräusche von klapperndem Geschirr nach vorn.

»Hey, Rie«, rief der Junge über seine Schulter hinweg ins Haus. »Der Typ ist wieder da.«

Einen Moment später kam mir die junge Frau durch den Flur entgegen. Ihre Unterarme waren bis zu den Ellbogen hinauf nass, und unter der wasserbespritzten Bluse drückte ihr Busen gegen den Stoff.

»Mann, Sie wollen uns wirklich gern kennenlernen, oder?«, sagte sie und drückte das Fliegengitter mit der Rückseite ihres Handgelenks auf.

»Erst dachte ich an einen Fernsehabend in der Hotellobby, aber dann habe ich mich doch dagegen entschieden.«

»Kommen Sie mit in die Küche. Ich muss noch das Geschirr abwaschen.«

Drinnen, im großen Vorderzimmer, hing eine vergilbte, von Schimmel und altem Leim überzogene Blumenmustertapete in Streifen von der Wand. Über die freiliegenden Bretter hatte man Protestschilder der United Farm Workers, Untergrund-Zeitungen und Pop-Art-Poster von Che Guevara und Lyndon B. Johnson als Motorradrowdy gepinnt. Auf der Theke des ehemaligen Lebensmittelladens lag eine Schaufensterpuppe mit einer leeren Weinflasche auf dem Bauch. Ein

Windspiel aus Bierflaschenhälsen klimperte im Luftstrom eines Schwenkventilators, dessen Rotorblätter bei jeder Umdrehung gegen das Schutzgitter schlugen. Von der Decke hing eine einzelne Glühbirne herunter, die den ganzen Raum in ein hartes, gelbes Licht tauchte.

Ich folgte ihr durch den Flur in die Küche. Ihre braunen Hüften bewegten sich mit einer fließenden Geschmeidigkeit, wie Wasser in einem Fluss. In der Küche standen zwei junge Mädchen, ein Collegestudent und ein Schwarzer. Sie kratzten Essensreste in eine Mülltonne und spülten das Geschirr unter dem Wasserstrahl einer gusseisernen Pumpe. Durch das Fenster konnte ich sehen, wie die letzten Strahlen der roten Sonne auf eine Sandbank im Rio Grande fielen.

»Wir hatten heute die Nachbarschaft zum Abendessen zu Gast«, sagte das Mädchen aus Berkeley. »Im Eisschrank sind noch Tortillas und Bohnen. Sie können sich aber auch ein Geschirrhandtuch schnappen.«

»Habt ihr ein Anschreibekonto im Supermarkt?«

»Die mexikanischen Gemüsehändler geben uns die Sachen, die vom Vortag übrig geblieben sind«, sagte sie.

»Wenn ich ein Glas bekommen könnte, würde ich vorerst bei Whiskey mit Wasser bleiben«, sagte ich und zog den silberfarbenen Flachmann aus meiner Sakkotasche.

»Wie Sie wollen«, sagte sie.

Ich bot den anderen den Flachmann an.

»Feiner Zug, Bruder«, sagte der Schwarze. Er nahm eine Blechtasse aus dem Regal und hielt sie mir hin. Die faltige Haut auf seinem kahlen Schädel und das runde, schwarze Gesicht glänzten im Halbdunkel. Ihm fehlten vier der vorderen Zähne, das restliche Gebiss hatte der Dip-Kautabak gelb gefärbt. Ich goss einen Schuss Whiskey in seine Tasse und ließ etwas Wasser aus dem Hahn in mein Glas laufen. Als ich ansetzte, konnte ich den Rost schmecken.

»Na, dann erzählen Sie mal. Was genau wollen Sie über die United Farm Workers wissen?«, sagte die junge Frau.

»Nichts eigentlich. Ich habe heute Nachmittag das Verhandlungsprotokoll gelesen und mich mit Mr. Posey unterhalten. Das Urteil wird in der Berufung nicht bestehen.«

Der Schwarze lachte hinter seiner Tasse. Der Collegestudent stand von der Mülltonne auf und schaute mich an, als wäre ich gerade durch ein Loch in der Decke hereingeschwebt.

»Glaubst du das wirklich?«, fragte der Schwarze. Er lächelte immer noch.

»Ja.«

»Und Sie tischen uns hier keinen Bullshit auf?«, sagte der Collegestudent. »Das ist Ihr voller Ernst, oder wie?« Er trug eine Bluejeans und ein verschlissenes, gelb-weißes T-Shirt der University of Texas.

»So sieht's aus, Kumpel«, sagte ich.

Der Schwarze lachte noch einmal und machte sich wieder daran, die Teller sauber zu kratzen. Die beiden Mädchen lächelten ebenfalls.

»Raus mit der Sprache, Mann! Für wen arbeiten Sie?«, sagte der Junge.

»Judge Roy Bean. Normalerweise sitze ich in einem Autoschlauch und paddele für ihn den Pecos River hoch und runter.«

»Kein Grund, gleich beleidigt zu sein«, sagte das Mädchen aus Berkeley.

»Seh ich vielleicht aus wie der Komiker vom Dienst, oder was soll dieses Gefrage?«, sagte ich.

Sie trocknete ihre Hände an einem Handtuch ab und nahm eine Flasche Jax aus dem Eisschrank. »Kommen Sie, wir gehen nach vorn.«

»Hier will dir keiner das Leben schwer machen, Mann. Eigentlich sind wir ein ganz netter Haufen«, sagte der Schwarze und grinste mich mit seinen gelb verfärbten Stumpen an.

Im Vorderzimmer setzte sich das Mädchen auf einen Stuhl mit gerader Lehne. Sie zog ein Bein hoch auf die Sitzfläche, legte ihren Arm auf dem Knie ab und nahm einen Schluck aus der Flasche. An der Wand hinter ihr hing ein Poster, auf dem ein stilisierter Vogel mit ausgebreiteten Schwingen abgebildet war, darunter stand das Wort »HUELGA«.

»Der Junge und die beiden Mädchen sind erst seit Kurzem dabei. Sie wissen nicht, ob Sie sie für blöd verkaufen oder ein von ihren Eltern angeheuerter Privatdetektiv sind«, sagte sie. »Der Schwarze hingegen ist schon seit Ewigkeiten in der Bewegung, seit den Tagen der Progressive Labor Party. Und er hat schon zu viel großspuriges Anwaltsgequatsche über Berufungsverfahren gehört.«

»Ich schätze mal, ich habe einfach was dagegen, dass irgendwelche Leute ihre Probleme auf mich abwälzen.«

»Ich habe Sie davor gewarnt, hierherzukommen.«

»Stimmt. Vielleicht hätte ich doch lieber meinen Stahlhelm aufsetzen und die Flakweste anziehen sollen.«

»Im Grunde wollen die Ihnen nichts Böses. Es sind gute Menschen.«

»Und ich bin von Natur aus paranoid und misstrauisch.«

»Das gehört auch zu diesem Mittelklassesyndrom. Geht quasi Hand in Hand mit der überzogenen Hygiene und dem Ideal von roten Ziegeldächern und grünem Rasen im Vorgarten.«

»Richtig miese Partie, in die Art mich hier eingewechselt hat. Die Mischung aus Cecil Wayne Posey, diesem Deputy und Ihrem Haufen hier fühlt sich an, als würde ich drei Meter vor der Homeplate stehen, King Kong als Schlagmann vor mir haben und mit einem lahmen Arm pitchen müssen.«

Sie setzte die Flasche ab und lachte. Ihre mandelförmigen Augen waren auf einmal voller Licht. Dann wischte sie mit zwei Fingern den Schaum an ihrem Mundwinkel weg.

»Vielleicht wäre es besser gewesen, wenn ich hier heute Abend als einer der Marx Brothers aufgetreten wäre«, sagte ich. »Dann hätte ich euch mit einer Tortenschlacht amüsieren können, anstatt mich als Anwalt für einen der Euren lächerlich zu machen.«

Ich leerte mein Glas. Der Drink schmeckte nach Mineralien und Rost und fühlte sich an wie der letzte Trunk eines Gladiators.

»Sie sind schon ein komischer Kauz«, sagte sie.

Ich schenkte nach, einen kleinen Schuss nur, der die orangefarbenen Flecken auf dem Boden des Glases bedeckte, und kippte den Drink runter. Der rauchige, holzkohlegefilterte Geschmack des unverdünnten Jack Daniel's, der seinen Ursprung in den Kalksteinquellen und den Schobern aus Walnussbaumholz auf den Getreidefeldern von Tennessee hatte, rollte leicht wie warme Luft meinen Rachen hinunter, und im nächsten Moment spürte ich, dass die gelbe Warnleuchte hinter meiner Stirn zu blinken begonnen hatte.

»Ja, ich bin eine wandelnde Freakshow. Nächstes Mal komme ich mit der ganzen Truppe: Trompete spielende Seerobben, Affen auf Einrädern, Jonglierkünstler, Clowns mit explodierenden Unterhosen.«

»Wow, jetzt zeigen Sie wohl Ihr wahres Gesicht?«, sagte sie. In ihren feuchten Augen glänzte das gebrochene Licht.

»Das gibt's auch gratis zur Heimfahrt dazu.« Ich schüttete den restlichen Whiskey ins Glas. »Los, lassen Sie uns was trinken.«

»Was machen Sie eigentlich, wenn Sie nicht gerade alte Kameraden aus dem Koreakrieg verteidigen?«, fragte sie.

»Ich arbeite für die Jungs mit den dicken Konten, hauptsächlich Mandanten vom Schlage eines Billie Sol Estes, die mit Klagen gegen ihre Ölunternehmen kämpfen oder die Regierung beschuppt haben. Nebenberuflich kandidiere ich für einen Sitz im Kongress.«

»Jetzt veralbern Sie mich aber.«

»Besorgen Sie sich den *Austin American* vom fünften November. Das Lächeln auf der Titelseite gehört mir.«

»Wenn das nicht frei erfunden ist, müssen Sie ein ungewöhnlicher Mensch sein.«

»Wollen Sie mir damit sagen, dass Sie mich doch für einen Komiker halten?«, sagte ich.

»Was erwarten Sie denn? Sie tauchen hier wie aus dem Nichts auf und kommen rüber wie eine Mischung aus H. L. Hunt und W. C. Fields.«

»Tja, ich bin eine bunte Mischung, zusammengesetzt aus ausgemusterten Teilen.« Als ich mein Glas leerte, schaltete die blinkende Warnleuchte in meinem Kopf von Gelb auf Rot.

»Jetzt mal im Ernst, warum sind Sie heute Abend hergekommen?«

»Hab ich doch schon gesagt. Fernsehbilder lassen die Blutgefäße in meinen Augen explodieren.«

Der Schwarze, die beiden Mädchen und der Collegestudent kamen aus der Küche.

»Da ist jemand, der nichts gegen einen Drink einzuwenden hätte«, sagte ich.

»Du kannst Gedanken lesen, Mann«, sagte der Schwarze.

»Wie wär's mit einer Kiste Jax und einer Flasche Jack Daniel's?« Ich zog einen Zwanziger aus meinem Portemonnaie.

»Heute Abend wollten noch ein paar Leute vorbeikommen«, sagte er.

»Dann hol am besten zwei Kisten. Kannst auch mein Auto nehmen.«

»Nicht nötig. Der Laden ist am Ende der Straße. Hinterm Steuer von deinem Cadillac würde ich ohnehin sofort wegen Autodiebstahl einfahren.«

Er nahm den Zwanziger und steckte ihn in die Tasche seines Jeanshemdes. »Aber wehe, du drückst mir nachher Trinkgeld in die Hand«, sagte er.

»Heute nicht. Hab meinen Pflanzerhut im Auto gelassen.«

Er lachte. Das Strahlen in seinem runden, schwarzen Gesicht und den braunen Augen zeugte von guter Laune. »Du bist in Ordnung, Mann«, sagte er und ging mit dem Collegestudenten durch die Fliegengittertür hinaus.

»Machen Sie das immer, wenn Sie an einem Fall arbeiten?«, fragte das Mädchen.

»Nein, normalerweise trinke ich nicht mit Leuten, die ich über die Arbeit kennenlerne. Die meisten sind nämlich vom Schlag eines R. C. Richardson und verkehren im Dallas Petroleum Club. Leute, die gern Gläser durch die Gegend werfen, von Hotelbalkons pinkeln und unter dem Tisch die Kellnerinnen befummeln. R. C. Richardson ist allerdings ein ganz besonderes Exemplar. In den letzten fünfzehn Jahren hat er den Staat Texas und die Bundesregierung um fast eine Million Dollar beschuppt. Für gewöhnlich trägt er gelbe

Cowboystiefel, Schnürsenkelkrawatte und eine gestreifte Westernhose mit handgefertigtem Ledergürtel, der aber von seiner Hundert-Pfund-Plauze verdeckt wird. Drei Tage die Woche ist er bei den Kiwanis, den Rotariern oder in der Handelskammer zum Mittagessen zu Gast, wo er sich zwischen kräftigen Rülpsern jede Menge Würstchen mit Sauerkraut reinschaufelt. Am Ende der Veranstaltung erhebt er sich wie ein guter Patriot und Ehrenmann, legt die Hand aufs Herz und betet mit den anderen den Treueschwur auf Flagge und Nation runter. Es mag sich nicht so anhören, aber der Kerl hat Klasse. Die anderen seiner Sorte machen nämlich einen Hehl aus ihren nebulösen Deals und ihrer begrenzten Weltsicht. Denen fehlt dieses unbefangene Gespür für Vulgarität.«

»Hört sich nach einem interessanten Arbeitgeber an«, sagte sie.

»Haben Sie vielleicht noch ein Bier im Eisschrank?«

»Ist das letzte, aber hier, nehmen Sie ruhig meins.«

»Ich soll einer Frau das letzte Bier wegtrinken? Das wären aber wirklich schlechte Manieren.«

»Sie sind echt von einem anderen Stern.«

Ich spürte, wie der Whiskey meine Hände und mein Gesicht zum Kribbeln brachte und mir den Schweiß auf die Stirn trieb.

»Wie heißen Sie eigentlich?« Ich zog eine Zigarre aus der Tasche und biss das Ende ab.

»Rie Velasquez.«

»Mexikanerin sind Sie aber nicht.«

»Nein.«

»Was dann?« Ich streckte meinen Arm aus und nahm ihr die Bierflasche aus der Hand.

»Mein Vater war Spanier. Er kam während des Spanischen Bürgerkrieges hier rüber.«

Ich nahm einen Schluck, und das Bier legte sich über den herben Geschmack des Whiskeys und den Zigarrenqualm in meinem Rachen.

»Nur logisch, dass Sie bei der Third World Liberation Army eingestiegen sind, der Benzin-und-Dynamit-Gang.«

»Sie sollten auf einen anderen Whiskey umsteigen.«

»Hab ich etwa unrecht? Die haben doch letztes Jahr ein paar Collegegebäude abgefackelt, oder nicht?«

»Finden Sie nicht, dass sich das reichlich dämlich anhört?«

»Bullshit. Zehn von diesen Typen könnten in vierundzwanzig Stunden eine ganze Stadt dem Erdboden gleichmachen.«

Sie zog die Zigarettenschachtel aus der Tasche ihrer Bluejeans hervor und steckte sich eine an. Als sie an der Zigarette zog, quetschten ihre Lippen den Filter des Glimmstängels zusammen.

»Wissen Sie denn überhaupt, wie unsere Agenda aussieht? Kerosingetränkte Lumpen und Benzinkanister werden Sie jedenfalls nicht unter unserer Veranda entdecken«, sagte sie.

»Aber wegen euren Touristenbroschüren und den landschaftlichen Reizen der texanischen Wüste sind wir bestimmt auch nicht gekommen.«

»Dieses Gefasel von Revolution nehme ich euch einfach nicht ab.«

»Warum informieren Sie sich nicht erst mal über die United Farm Workers? Diese Leute haben nichts mit Revolution am Hut, sondern einfach nur genug davon, auf den Feldern wie Sklaven zu schuften.«

»Jawolla!«, rief der Schwarze, als er die Fliegengittertür auftrat und mit einer Kiste Bier auf der einen Schulter und einem in Zeitungspapier eingeschlagenen Eisblock auf der anderen hereinmarschierte. »Mann, jetzt kann's losgehen. Spodiodi und Bier ohne Ende! Heute Abend lassen wir nichts anbrennen, Brüder.«

Der Collegestudent schleppte eine zweite Kiste Bier herein. Ihm folgte der Junge mit der Gitarre, der bereits das schwarze Plastiksiegel der Jack-Daniel's-Flasche aufgeschnitten hatte. Sie stellten die Kisten auf dem alten Lebensmitteltresen ab. Der Schwarze zerhackte das Eis mit einem Fleischerbeil und verteilte es auf den Flaschen. Dann öffnete er das erste Bier, indem er den Kronkorken gegen die Tresenkante drückte und rasch mit der flachen Hand von oben auf die Flasche schlug. Der weiße Schaum strömte ihm über die Finger und tropfte auf den Boden. Schnell presste er seine Lippen auf den Hals der Flasche und trank, bis sie fast leer war. Das Bier strömte an seinem Kinn hinunter und lief in das schwarze Haar auf seiner Brust.

»Beim lieben Gott im Himmel, das ist wirklich unschlagbar«, sagte er.

Ich nahm den Jack Daniel's und schenkte mir drei Finger hoch Whiskey in mein Glas ein.

»Damit rammst du dir Nägel durch die Magenwand. Besser, du spülst mit einem Bier nach«, sagte der Schwarze. Er nahm eine Flasche, schlug den Kronkorken am Tresen ab und reichte sie mir.

»Hab gehört, mit dem Ding hier lassen sich Handverletzungen vermeiden«, sagte Rie und warf dem Collegebubi einen Flaschenöffner zu.

Dann kamen acht mexikanische Feldarbeiter durch die Tür marschiert, hintereinander, als hätten sie an einer Haltestelle Schlange gestanden und würden nun in den Bus einsteigen. Sie trugen abgewetzte Jeanskleidung und Overalls, dazu Strohhüte und Arbeitsschuhe, und obwohl sie dicke Bäuche hatten, waren sie eher dünn und von kleiner, gebeugter Statur. Tätowierte Pachuco-Kreuze schmückten ihre Haut, um ihre Hälse hingen Ketten mit Anhängern von Heiligenfiguren. Die von der Sonne fast schwarz gebrannte Haut der Männer war bei vielen von Narben gezeichnet, einigen fehlten Finger. Ihre ausgebeulten Hosen hingen am Gesäß nach unten, und ihr schwarzes Indianerhaar war angefeuchtet und streng nach hinten gekämmt.

Sie hatten eine kleine Flasche Old Stag und einen großen Milchkanister mit Brombeerwein dabei. Der Schwarze begann, das Jax auszuteilen, und eine Stunde später war der Raum von Mariachi-Liedern und Apachenschreien erfüllt.

»Gib mir mal die Gitarre, Kumpel«, sagte ich zu dem Jungen von der Veranda. Er saß auf dem Fußboden, mit dem Rücken gegen die Wand gelehnt, und hatte ein Glas mit einem Wein-Whiskey-Mix zwischen seine Beine gestellt. Sein Gesicht war käsig, und seine Augen schienen mich nicht fixieren zu können. Ich legte mir den Gurt der Zwölfsaitigen über die Schulter und versuchte mich an »Wreck Of The Old '97«, aber meine Finger fühlten sich an, als hätte mir jemand eine Nähnadel samt Bindfaden durch die Fingerknöchel gestoßen. Dann spielte ich »The Wildwood Flower« und »John Hardy«, was auch nicht besser klappte. Bei jedem neuen Versuch schlug ich falsche Noten an und landete wieder und wieder im falschen Bund. Ich nahm ein paar Züge von einer Zigarette, die irgendjemand auf den Aschenbecher gelegt hatte, leerte mein Glas und spielte ein einfaches Stück von Jimmie Rodgers, das ich mit sechzehn Jahren gelernt hatte. Es klang grauenvoll, sodass ich die Gitarre bald zwischen den leeren Bierflaschen auf dem Tresen abstellte.

»Ich wette, Sie spielen ganz gut, wenn Sie nüchtern sind«, sagte Rie. Sie saß neben mir auf einem Stuhl und hatte ein Glas Wein in der Hand. Ihre Beine hatte sie übereinandergeschlagen. Beim Anblick ihres flachen Bauches und des weißen Hautstreifens über ihrer Bluejeans spürte ich, wie etwas in mir nach unten sackte.

»Geben Sie mir eine Stunde, und ich zupf Ihnen ›Boil Them Cabbage Down‹«, sagte ich.

»Besser morgen.«

»Morgen früh marschiere ich hier im Stechschritt raus, schwing mich in meinen Cadillac und trete das Gaspedal durch, bis der Highway qualmt.« Irgendjemand drückte mir die Whiskeyflasche in die Hand. Ich nahm zwei große Schlucke und spülte mit Bier nach.

»Sieht ganz so aus, als müssten Sie ein paar finstere Dämonen ertränken«, sagte Rie.

»Nein, ich hab's mit Mr. Hyde zu tun. Seit fast fünfzehn Jahren schon sitzt mir der Mistkerl auf der Pelle. Wenn er sich wie ein richtiges Arschloch aufführt, schraube ich mir für gewöhnlich den Kopf ab und tauche ihn ein paar Mal in den Rio Grande.«

»Was Sie nicht sagen. Wie wär's, wenn Sie sich jetzt wieder ein bisschen zusammennehmen?«, sagte sie.

»Und ich dachte, Sie wären eine von der entspannten Sorte. Stattdessen starren Sie mich jetzt mit den besorgten Augen einer reformierten Baptistin an.«

»Ich glaube, Sie sind wahnsinnig.«

»Sie sollten mich mal sehen, wenn ich stockbesoffen mit John Wesley Hardin die Straßen von Yoakum unsicher mache. Ich hinter dem Steuer des Cadillacs, er vorn auf der Motorhaube, in jeder Hand einen Revolver, und dann ballert er sämtliche Parkuhren und Ampellichter am Straßenrand kaputt.«

Die Party wurde lauter. Als Bier, Whiskey und Wein aufgebraucht waren, drückte ich einem der mexikanischen Erntehelfer noch einen Zwanziger in die Hand, um Nachschub aus der Kneipe zu besorgen. Die Gitarre wanderte von einem zum anderen und landete schließlich, absolut verstimmt und mit zwei gerissenen Saiten, in der Ecke. Irgendjemand schlug einen Wettbewerb im Messerwerfen vor, und kurz darauf flogen die Klingen durch die Luft: Zwei Bowie-Messer, ein welliges Stilett, mein Taschenmesser, eine Handaxt, ein Brotschneidemesser und ein Fleischerbeil rasten in die Wand, bis die Bretter zerbarsten und auf der Außenseite zu Boden fielen.

Langsam begann der Raum vor meinen Augen zu schwanken und wurde zunehmend unschärfer. Ich rauchte derweil den Stumpen einer Zigarre, die ich erst ein paar Minuten zuvor unter meiner Stiefelsohle zerrieben hatte.

»Spodiodi, Mann! Alles andere ist kalter Kaffee«, sagte der Schwarze zu mir. »Und wenn ich dir einen Rat geben darf: Du musst die Schlangen wieder ins Körbchen packen.« Seine Augen waren rot, sein Atem sauer vom Wein.

»Mit Schlangen habe ich nichts zu schaffen.«

»Die Schlangen in deinem Kopf, Mann. Ich schau dich an und hör die Viecher zischen.«

Ich wusste, dass ich eine Antwort für ihn hatte, aber ich konnte die Worte nicht aus meinen von Echos und Lichtblitzen vernebelten Gedanken heraufbefördern.

»Los, wir gehen runter zum Fluss. Hier ist es ja heißer als in einem Ziegelbrennofen«, sagte ich.

»Ist wegen all dem Mais«, sagte der Schwarze.

»Kommen Sie schon, Rie. Judge Roy Bean hält Hof auf

seinem Autoreifenschlauch«, sagte ich, nahm ihre Hand und zog sie vom Stuhl hoch.

»Hey, Mann«, sagte sie.

In der einen Hand hielt ich die Whiskeyflasche, mit der anderen zog ich sie hinter mir her durch den Flur und die Küche ins Freie. Der Schwarze stopfte sich ein halbes Dutzend Flaschen in die Hosentaschen, nahm noch zwei Bier in die Hände und folgte uns.

Wir gingen die kahle Böschung zum Flussufer hinunter. Der Mond stand voll und weiß wie Elfenbein an einem windstillen Himmel. Im Fluss lag ein bis zur Hälfte versenktes Ford Coupé, die Karosserie verrostet, die Scheiben herausgeschlagen. Das Wasser wirbelte durch das scheibenlose Heckfenster und strömte über die Sitzlehnen und das Lenkrad hinweg. Der Mond spiegelte sich auf der gekräuselten Oberfläche des braunen Stroms, und ich konnte die Rücken der Knochenhechte sehen, wie sie nahe den Sandbänken nach oben kamen. Hinter uns war immer noch der Gesang der mexikanischen Erntehelfer zu hören. Der Schwarze leerte sein Bier und warf die Flasche in hohem Bogen über den Fluss.

»Jawolla!«, rief er.

»Schauen Sie mal da rüber nach Mexiko«, sagte ich. »Keine fünfzig Meter, und man befindet sich im neunzehnten Jahrhundert.«

Rie setzte sich auf einen verrotteten Baumstamm und ließ ihre nackten Füße im Wasser baumeln. Das Mondlicht verwandelte ihre verbrannten Haarspitzen in silberfarben glitzernde Punkte.

»Ein ganzes Land voller Geisterbanditen und Indianerlegenden«, sagte ich. »Man braucht bloß durch das Loch in der Hecke auf die andere Seite zu kriechen, und schon sieht man sie … Pancho Villa, von oben bis unten mit Pistolen und Patronengürteln behängt, wie er durch den Fluss reitet. Zapata, wie er mit seiner Machete ein paar *Federales* in Stücke hackt. Ungebildete Bauern, wie sie französische Könige exekutieren. Und Cortez, wie er eine ganze Kultur zerstört.«

»Sie haben die Diphtherie-Erreger im Brunnenwasser der Lehmhüttenbewohner vergessen«, sagte Rie.

»Sie sind wie alle Marxisten, die ich bisher kennengelernt habe. Kein Humor, kein Sinn für Romantik.«

»Kein Grund, hier so rumzubrüllen.«

»Hab ich etwa unrecht?«, sagte ich. »Das liegt an eurer revolutionären Denke. Ihr erkennt einfach nicht, dass der Mensch eher Clown als Satan ist. Und so geht ihr alles mit dieser humorlosen Geisteshaltung an und versucht, aus den Narren dieser Welt ein Heer kleiner Machiavellis zu formen.«

»Jetzt hören Sie doch um Himmels willen mit diesem Gequatsche auf, Mann.«

Ich nahm noch einen Schluck aus der Flasche. Der Whiskey lief mir über den Mund.

»Ihr verfluchten Naivlinge habt ja keine Ahnung von wirklich schlechten Menschen. Eines Tages werden wir beide uns mal hinsetzen, einen chinesischen Tee schlürfen und uns über das Bean Camp unterhalten. Ein paar Geschichten zu Pak's Palace und dem No Name Valley gibt's gratis mit dazu.«

Ich spürte, wie sich der Boden unter meinen Füßen zu drehen begann, und hatte plötzlich Angst zu fallen. Um das Gleichgewicht halten zu können, legte ich meinen Arm auf ihre Schulter.

»In dem Autowrack da gibt es Katzenwelse. Und ich weiß auch, wie man sie fängt«, sagte der Schwarze. Er zog Hemd und Schuhe aus und legte die Bierflaschen in einer geraden

Linie am Uferstreifen ab. »Man schiebt die Hand unter Wasser, drängt das Schaufelmaul in eine Ecke und greift blitzschnell in seine Kiemen, um es zu packen. Komm schon, Bruder. Ich zeig dir, wie der schwarze Mann angelt.«

Er ging in den Fluss und watete Richtung Autowrack. Als er die verrostete Fahrertür aufzog, reichte ihm das Wasser bis zur Hüfte. Durch das reflektierte Mondlicht wirkte sein schwarzer Körper, als würde er glühen.

»Das macht er immer, wenn er betrunken ist«, sagte Rie. »Sie können gern mitmachen, wenn Sie unbedingt in der Notaufnahme des Bezirkskrankenhauses landen wollen.«

»Typischer Yankee-Kommentar. Sie wissen wohl nicht, dass Schwarze selbst dort Fische fangen können, wo Weiße nicht mal was an die Oberfläche bringen, wenn sie zwei Stromkabel ins Wasser halten …«

Ich setzte mich auf den Boden, wo ich sofort die Nässe des Ufersandes durch den Stoff meiner Hose spürte, und zog meine Schuhe aus.

»Das letzte Mal, als er in diesem Wrack mit den Händen gefischt hat, musste er mit acht Stichen genäht werden«, sagte sie.

»Glaub ich nicht. Hört sich nach noch mehr marxistischem Yankee-Bullshit an.«

Ich ging hinein, und kurz darauf strömte das trübe, warme Wasser über meine Hüften, während meine Füße im Schlick versanken. Der Schwarze hatte sich über den Vordersitz gelehnt, seine Arme waren bis zu den Schultern im Wasser verschwunden. Sein Gesicht war konzentriert, seine Augen starrten ins Nichts, als würden seine Finger gerade einen lebenswichtigen und äußerst empfindlichen Teil des Universums berühren.

»Das Biest hat sich nach hinten zum Kofferraum verzogen und steht jetzt da. Sind ein paar Jungfische unter ihm.«
»Pass auf seine Flossen auf.«
»Gleich macht der Wels das Maul auf, um nach meinem Finger zu schnappen. Aber ich pack ihn bei den Kiemen.«
Er beugte sich nach vorn, die Wasseroberfläche zitterte kurz, dann zog er die Hand zurück und hatte eine gezackte Wunde zwischen Daumen und Zeigefinger. Das Blut rann aus den zerfetzten Hauträndern hervor und lief an seinem Handgelenk nach unten. Mit einem Ausdruck des Schmerzes im Gesicht schloss er die Augen und saugte an der Wunde.
»Ich hab dir doch gesagt, dass du ...« In diesem Moment hörte ich die Sirenen, wie sie in einem tiefen Heulton auf der staubigen Straße heranrollten.
»Scheiße«, sagte Rie vom Ufer aus.
Ich drehte mich um und sah drei Polizeifahrzeuge am Gewerkschaftshaus und das Licht von blau-gelben Rundumleuchten, das durch die Dunkelheit zuckte.
»Siehe da, die weiße Obrigkcit«, sagte der Schwarze, den Mund immer noch auf die Wunde gepresst.
Mehrere Sheriff Deputys und Polizeibeamte stürmten durch die Vordertür ins Haus, andere liefen mit Taschenlampen um die Seiten herum. Sie kontrollierten das Toilettenhäuschen hinter dem Gebäude und richteten zwei am Streifenwagen angebrachte Suchscheinwerfer in Richtung Fluss. Das grelle Weiß des elektrischen Lichts brachte meine Augen zum Tränen.
»So, Leute, Hände über den Kopf, und dann kommt ihr zu mir rüber!«, rief die Stimme hinter einem der Lichtkegel.
»Nicht mal hier hat man seine Ruhe. Heißt wahrscheinlich nicht umsonst der lange Arm des Gesetzes, was?«, sagte der

Schwarze. Er hob die Hände über seinen kahlen Schädel und watete ans Ufer. Das Licht der Scheinwerfer brach um seinen Körper und reduzierte ihn auf eine Silhouette, die aussah wie aus verkohltem Eisen geschlagen.

Aus irgendeinem Grund hielt ich es in meiner Trunkenheit für notwendig, die Tür des Autowracks zu schließen und auch den Türgriff wieder in seine Ausgangsposition nach oben zu drücken.

»Hände über den Kopf, Mistkerl!«, schimpfte die Stimme.

»Ach, lecken Sie mich doch am Arsch«, sagte ich.

Mit einem Mal waren beide Scheinwerfer direkt auf mein Gesicht gerichtet, und der Schwarze verschwand in einer Explosion gleißenden Lichts.

»Legen Sie sich nicht mit denen an, Hack. Los, kommen Sie aus dem Wasser«, hörte ich Rie aus der Dunkelheit sagen.

Ich hielt eine Hand vor meine Augen und watete ebenfalls ans Ufer. Das Licht der Scheinwerfer war so heiß, dass mein Gesicht brannte.

»Letzte Warnung. Hände über den Kopf!«

»Habe ich Ihnen nicht schon gesagt, dass Sie mich kreuzweise können?« Am Ufer rutschte ich aus und landete auf allen vieren. Meine Unterarme und eine Seite meines Gesichts waren mit feuchtem Sand überzogen. Rie packte mich von hinten am Hemd und versuchte, mir auf die Beine zu helfen.

»Die werden Sie totschlagen, Hack. Stehen Sie auf und gehen Sie zum Streifenwagen. Mehr als Ruhestörung wird es nicht werden. Morgen früh sind wir wieder draußen«, sagte sie.

Das Polizeiauto mit den Suchscheinwerfern raste die Böschung hinunter, holperte über einen Ast und blieb schräg vor mir stehen. Als die Lichtkegel der Scheinwerfer das Gebäude streiften, konnte ich die mexikanischen Erntehelfer sehen, wie sie mit ausgestreckten Armen und gespreizten Beinen vor einer Mauer standen und von zwei Polizisten durchsucht wurden.

Die Stabantenne auf dem Dach des Wagens federte vor und zurück. Dann öffnete sich die Fahrertür, und der Deputy aus dem Gefängnis stieg aus. Ich stand auf und steckte mir eine nasse Zigarre in den Mund. Meine Kleidung war voller Sand und Schlick, und mein Haar fühlte sich an, als hätte es mir jemand auf den Schädel gemalt. Der Deputy ging auf mich zu. Im Holster seines gut gefüllten Patronengürtels steckte ein .357er Magnum-Revolver, dessen Nickelfinish im Mondlicht glänzte. Der Schweiß hatte einen dunklen Streifen entlang der Knopfleiste seines Hemdes hinterlassen, und aus seiner Brusttasche lugte im schrägen Winkel eine Zigarettenschachtel heraus (was ich in diesem Moment etwas eigenartig für einen ehemaligen Soldaten fand). Seine Kiefermuskeln waren angespannt, ebenso die Haut an seinem Haaransatz.

»Hab mir schon gedacht, dass Sie es sind, Mr. Holland. Deshalb bin ich auch persönlich gekommen, damit niemand Sie wie einen Wetback behandelt, der gerade über den Fluss geschwommen kommt«, sagte er.

»Was haben Sie denn? Ruhestörung? Erregung öffentlichen Ärgernisses?«

»Ach, wissen Sie, da könnte sicher einiges zusammenkommen. Ich schätze mal, dass wir hier sogar Drogen finden, wenn wir uns ein bisschen umschauen.«

»Warum lassen Sie diese Leute nicht zufrieden? Aus der Nachbarschaft hat sich ganz bestimmt niemand beschwert.«

»Steigen Sie bitte ins Auto, Miss«, sagte er zu Rie.

»Warten Sie mal, das ist ein Missverständnis. Die junge

Dame war die ganze Zeit hier draußen. Sie hat nichts mit der Party zu tun.«

Er öffnete die Wagentür und packte Ries Ellbogen.

»Nehmen Sie Ihre Peckerwood-Griffel von der Frau«, sagte ich.

»Wie bitte?«

»Sie haben mich schon verstanden, Sie Scheißkerl.«

»Mr. Holland, wenn Sie sich heute Nacht noch in Ihren Cadillac setzen und von hier verschwinden, werde ich die Sache vergessen. Und falls es Sie noch mal überkommt und Sie den Niggern und Wetbacks helfen wollen, dann schicken Sie doch einfach einen Scheck an die Sozialkasse der Gemeinde, aber kommen Sie nicht wieder in unser County.«

»Ich komm schon klar«, sagte Rie durch das Maschendrahtgitter vor dem Rücksitz. »Wichtig ist, dass Sie morgen nach Austin fahren und Berufung für Art einlegen.«

»Lassen Sie die Frau aussteigen«, sagte ich.

»Sie wollen es wirklich drauf anlegen, oder, Mr. Holland?«

»Oh ja, das will ich. Wenn ich die Sache richtig sehe, sind Sie wegen schlechtem Betragen aus dem Marine Corps geflogen und können als Gesetzeshüter jetzt gerade mal die Pichelbrüder beeindrucken, die Sie in der Ausnüchterungszelle zusammenschlagen. Warum lassen Sie die Nummer vom harten Bullen nicht einfach gut sein?«

»Das reicht. Sie sind festgenommen, und ich denke nicht, dass Sie unser Gefängnis so schnell wieder verlassen werden.«

»Legen Sie sich lieber nicht mit dem Lone Ranger an, Sie elender Bauerntölpel«, sagte ich.

Er zog einen Schlagstock aus der Halterung an seinem Gürtel und erwischte mich so heftig über der Schläfe, dass ich das Gefühl hatte, in meinem Kopf würde eine Granate explodieren. Ich knallte gegen die Autotür und landete auf dem Boden. Dann trat er mir in den Bauch, und die Wucht seines Tritts presste mir die Luft aus der Lunge. Mein Mund war voller Sand, meine Augen aus ihren Höhlen getreten, ich musste mich übergeben. Wie ein Footballspieler, der nach einem Touchdown mit einem kraftvollen Kick den Extrapunkt erzielen will, holte der Deputy mit dem Bein Schwung und versenkte seinen Stiefel in meinem Hinterkopf.

Kapitel 4

Irgendwann in den frühen Morgenstunden wachte ich auf dem Betonfußboden einer Zelle im Keller des Gerichtsgebäudes auf. Bis auf das schwache Licht, das durch die Lüftungslöcher am oberen Rand der Tür drang, war der Raum komplett dunkel. Die Wände waren von einem feuchten Film überzogen, und die Toilette in der Ecke war übergelaufen. Ich hievte mich auf die untere Matratze des Doppelstockbetts und betastete die Schwellung über meiner Schläfe. Sie fühlte sich hart wie ein Baseball an, und in meinem Haar klebte geronnenes Blut. In meinem Kopf dröhnten Donnerschläge und der Klang weit entfernter Signalhörner. Ich hatte das Gefühl, dass sich die Zelle um ihre eigene Achse zu drehen begann und mich von der Matratze schleudern wollte, hinein in die Pfütze vor der Toilette. Dann übergab ich mich, direkt zwischen meine Beine.

Langsam hob ich den Kopf. Hinter meinen Augen hämmerte es, der Schweiß lief mir übers Gesicht. Aus meiner Hemdtasche fischte ich ein trockenes Streichholz und riss es an meinem Daumennagel an. Ich hielt es über meine Armbanduhr und sah, dass das Glas zersplittert und die Zeiger auf fünf nach eins stehen geblieben waren. Meine weiße Hose war immer noch nass und von Schlick beschmiert, an meinem Hemd war ein Ärmel abgerissen. Wankend stand ich auf, stolperte gegen die Tür und beugte mich runter zum Essensschlitz.

»Hey, einer von euch Scheißkerlen kommt jetzt sofort …«, schrie ich, aber meine Stimme war der Anstrengung nicht gewachsen. Ich versuchte es noch einmal, doch in der Stille klangen meine Worte wie die eines Narren.

»Komm wieder runter, Mann«, rief ein Schwarzer aus einer der Nachbarzellen.

Ich warf mich wieder auf die mit Stroh gefüllte Matratze und legte den Arm auf meine Augen. Ich konnte den Uringestank und den Mief von abgestandenem Wein riechen und ahnte, dass gerade Läuse in meine Kleidung krochen, um ihre weißen Eier entlang der Säume abzulegen, aber mir ging es zu elend, als dass es mich gekümmert hätte. Ich schlief in deliriösen Intervallen, ohne genau zu wissen, was Traum und was Realität war, und auf meinen Füßen saßen die Monster aus meinen Albträumen mit ihren obszönen Fratzen und grinsten mich an. Sie erschienen mir in allen Formen und Größen, mit mannigfaltigen Deformierungen: Buckelrücken, Schlitzaugen, gespaltene Zungen, lippenlose Münder. Major Pak war auch unter ihnen, fanatisch schreiend, zwei Stromkabel mit Krokodilklemmen in seinen zu Fäusten geballten Händen. Außerdem die Wachposten aus dem Bean Camp, die unsere Verwundeten in der Kälte hatten erfrieren lassen, um Feuerholz zu sparen, und Unteroffizier Tien Kwong, der sich über mich lehnte, die Mündung seiner Maschinenpistole in meinen Mund schob und lächelnd sagte: »Du lutschen. Dann du kriegen gekochtes Ei.«

Ein Deputy zog den Riegel am Schloss meiner Zelle zurück und öffnete die Tür. Ich blinzelte ins Licht und drehte mein Gesicht in Richtung seiner Silhouette. Sein Bauch war so gewaltig, dass er über den Patronengürtel hing. Hinter ihm schob ein schwarzer Trusty den Essenswagen über den Flur, beladen mit aufgestapelten Blechnäpfen und einem großen Edelstahlbehälter mit Maisgrütze.

»Sie können jetzt gehen, Mr. Holland. Vorher möchte der Sheriff aber noch kurz mit Ihnen sprechen«, sagte der Deputy.

»Wo ist der Mann, der mich in die Zelle gesteckt hat?«

»Der hat Feierabend.«

»Wie heißt er?« Mein Kopf schmerzte, als ich mich aufsetzte.

»Darüber sprechen Sie besser mit dem Sheriff.«

Ich stand auf und trat in den Korridor. Der schwarze Trusty löffelte die Maisgrütze und gebratene Fleischwurstscheiben auf die Blechteller und schob sie auf die Abstellflächen der Essensschlitze an den Zellentüren. Meine Füße schmerzten, als ich barfuß über den unebenen Steinboden lief, und mein rechtes Auge, das durch die Schwellung an der Schläfe zu spannen begann, tränte unter dem harten gelben Licht. Ich ging mit dem Deputy bis zum Ende des Korridors und folgte ihm über eine Treppe in das Büro des Sheriffs. Bei jedem seiner Schritte schwappte an Hüften und Bauch eine Fettwelle gegen den Stoff seines Hemdes. Sein schwarzes Haar war gegelt und flach über seinen Glatzenansatz gekämmt. An der Treppe musste er sich am Geländer festhalten, als würde er ein unglaubliches Gewicht einen Berg hinaufhieven.

Der Sheriff saß hinter seinem Schreibtisch. Zwischen seinen Lippen klemmte eine selbst gedrehte Zigarette, vor ihm auf dem Tisch standen meine von Matsch überzogenen Stiefel, daneben lagen mein Taschenmesser und mein Portemonnaie. Er trug eine Brille mit Metallfassung, und seine Ohren standen seitlich vom Schädel ab. Sein Gesicht war von roten Knoten und Beulen überzogen, auf seinem Kinn prangte ein großer brauner Leberfleck, und sein graues Haar war kurz geschoren. Dominiert wurden seine Züge allerdings von seinen leeren blauen Augen, deren Blick die Luft wie die Flamme eines Schneidbrenners zerschnitt. Er drückte die Kippe im Mülleimer aus, zog ein Tabakpäckchen der Marke Virginia Extra aus der Tasche und begann sich eine neue Zigarette zu drehen. Die Spitzen seiner Zähne waren vom Nikotin zerfressen. Er rollte das Zigarettenpapier zwischen seinen Fingern hin und her und sah beim Sprechen nicht zu mir auf.

»Mein Deputy wollte Sie wegen versuchtem Angriff auf einen Vollstreckungsbeamten anzeigen, aber ich habe ihm gesagt, dass wir das nicht machen.« Er verteilte den Tabak gleichmäßig auf dem Blättchen und leckte die Kante an. »Stattdessen werde ich Sie jetzt bitten, diesen Ort zu verlassen, und damit ist die Sache erledigt.«

»Mit seinem Schlagstock kann Ihr Deputy jedenfalls umgehen. Und seine Füße weiß er ebenfalls einzusetzen.«

»Das passiert schon mal, wenn man einen Vollstreckungsbeamten bedroht, oder irre ich mich da?« Er steckte die Zigarette in seinen Mund und schaute mich an.

»Ich schätze mal, hier würde meine Klage gegen den Kerl im Sand verlaufen. Aber das FBI dürfte sich ganz sicher für die ein oder andere Bürgerrechtsverletzung interessieren.«

»Ich glaube, Sie verstehen nicht, was ich Ihnen mitzuteilen versuche, Mr. Holland. Mein Deputy hat mir seinen Bericht vorgelegt, unterzeichnet von einem zur Tatzeit anwesenden Streifenpolizisten, und darin steht, dass Sie betrunken waren, Widerstand gegen die Verhaftung geleistet und mit den Fäusten nach dem Officer geschlagen haben. Wahrscheinlich glauben Sie jetzt, das alles wäre null und nichtig, weil Sie ein toller Anwalt aus Austin sind, aber ich sag Ihnen mal was: Das ist hier unten so viel wert wie ein Eimer warmer Ziegenpisse.«

»Und Sie scheinen vergessen zu haben, dass Sie es weder mit einem Wetback noch mit einem Collegebubi zu tun haben.« Mein Kopf fühlte sich an, als wäre er voller Wasser. Durch das Fenster konnte ich sehen, wie sich die Sonne über die Spitzen der Bäume erhob.

»Ich weiß genau, mit wem ich es zu tun habe. Ich bin seit sieben Jahren Sheriff dieser Gemeinde, und in dieser Zeit habe ich unzählige Typen von Ihrem Schlag kennengelernt. Ihr kommt aus irgendeiner fremden Stadt hierher und stolziert durch die Gegend, als würde eure Scheiße nicht stinken. Ich weiß nicht, was Sie mit den Leuten von der Gewerkschaft aushecken, und ehrlich gesagt interessiert es mich auch einen Scheißdreck. Aber ich rate Ihnen, nicht noch einmal in einer meiner Zellen zu landen. Der Deputy hat sich letzte Nacht zurückgehalten, und das fällt ihm verdammt schwer, wenn er es mit Typen wie Ihnen zu tun bekommt. Beim nächsten Mal lasse ich ihm freie Hand.«

»Dann bestellen Sie dem Scheißkerl doch bitte, dass er mich nicht noch einmal betrunken und auf allen vieren antreffen wird. Und er soll sich schon mal einen Anwalt suchen, denn ich habe da so eine Ahnung, dass er den bald brauchen wird.«

Der Sheriff riss ein Zündholz an der Lehne seines Drehstuhls an und hielt es an die Zigarette. Er zog ein paar Mal an dem Glimmstängel und warf das Zündholz in den Spucknapf. Die Knoten und Beulen in seinem Gesicht nahmen ein dunkles Rot an.

»Es fehlt nicht viel, und ich lasse Sie wieder in eine Zelle stecken, auf dass Sie da drin versauern, bis Sie einen anderen Rechtsverdreher finden, der Sie rauspaukt.«

»Nein, das werden Sie nicht tun. Ich weiß, dass Sie mein Portemonnaie durchschnüffelt und dort die Visitenkarten von Männern gesehen haben, die einen Sheriff wie Sie im Handumdrehen arbeitslos machen können.«

»Ich sag Ihnen was. Heute Abend fahre ich selbst raus auf Streife, und wenn ich Sie in diesem County antreffe, werde ich Ihnen unten im Keller Manieren beibringen, bis Sie Blut pissen. Nehmen Sie Ihren Krempel und verschwinden Sie.«

»Wie hoch ist die Kaution für die anderen?«

»Für fünfundzwanzig Dollar pro Kopf können Sie so viele Nigger, Bohnenfresser und Hippies mitnehmen, wie Sie wollen. Danach schick ich meine Trusties mit einem Hochdruckreiniger durch die Zellen, um den Gestank aus den Wänden zu waschen.«

Ich griff mir mein Portemonnaie und warf ihm vier Hunderter auf den Schreibtisch.

»Hier. Das sollte ausreichen. Meinetwegen bezahlen Sie vom Rest das Wasser für Ihren Hochdruckreiniger«, sagte ich.

Die speichelbeschmierte Zigarette zwischen den Lippen, kritzelte er mit einem abgebrochenen Bleistift ein paar Zahlen auf einen Zettel und rechnete einen Moment lang.

»Nein, wir schulden Ihnen fünfzig Dollar, Mr. Holland, und mir ist wichtig, dass Sie bekommen, was Ihnen zusteht.« Er zog eine Schreibtischschublade auf, zählte fünfzig Dollar aus einer Geldkassette ab und reichte sie mir. »Unterschreiben Sie die Quittung. Dann können Sie die ganze Bande mitnehmen und sich meinetwegen im Gewerkschaftshaus gegenseitig in der Nase bohren, bis ich heute Abend vorbeischaue. Falls ich Sie dort antreffen sollte, müssen wir uns noch mal etwas ernsthafter unterhalten.«

»Glauben Sie mir, Sheriff, Sie werden nicht sonderlich erpicht auf ein Gespräch sein, wenn Sie, Ihr Deputy und ich uns das nächste Mal begegnen.«

»Ich lasse jetzt die Leute raus. Besser, Sie sind verschwunden, wenn ich wiederkomme«, sagte er, stand auf und warf seine Zigarette in den Spucknapf. Die emotionslosen blauen Augen in seinem roten, mit Knoten übersäten Gesicht sahen aus wie die Wirbel von in Wasser schwimmender Farbe und schienen keine Pupillen zu haben. Er stopfte sein Hemd in die Hose und ging an mir mit den steifen Bewegungen eines Mannes vorbei, der einmal mehr für Ordnung in seinem Universum gesorgt hatte.

Ich setzte mich auf einen Stuhl und zog meine Stiefel an. Sie waren voller Schlamm und kleiner Steinchen. Als ich wieder aufstehen wollte, begannen der Schwindel und die Übelkeit. Ich wischte mir mit dem Hemd den kalten Schweiß aus dem Gesicht und fragte mich, wie in Gottes Namen ich es geschafft hatte, mich in eine derart dämliche Lage zu manövrieren. Glücklicherweise gab es im Büro des Sheriffs keine reflektierenden Fenster, Glastüren oder Spiegel, denn ich war mir sicher, dass der momentane Anblick von Hackberry Holland – zerrissenes Seidenhemd, schlammbeschmierte Hose, geschwollene Schläfe und blutverklebtes Haar – kaum dazu beigetragen hätte, mein ramponiertes Selbstbild geradezurücken.

Ich ging raus in die Sonne und wartete auf Rie. Ein Muster aus Licht- und Schattenstreifen lag auf dem Rasen, und vom Fluss zog eine warme Brise heran, die den Geruch der Felder mit sich trug. Ich setzte mich auf die Steintreppe und ließ meine Haut in der Sonne rösten. Meine Kleidung und mein Körper stanken nach Gefängniszelle, und als ich zu schwitzen begann, wurde der Mief noch intensiver. Zwei Frauen gingen auf dem Bürgersteig an mir vorüber und schauten angeekelt in meine Richtung. »Guten Morgen, Ladies. Na, wie geht's denn heute so?«, sagte ich, und sofort rissen sie ihre Köpfe herum und starrten geradeaus.

Nach ein paar Minuten kam Rie mit den anderen aus dem Gebäude. Die Gesichter der Mexikaner waren vom Kater aufgedunsen und von tiefen Furchen durchzogen. Der Junge mit der Gitarre und der Collegebubi sahen beide aus wie der Tod auf Latschen. Ihre Gesichter waren so weiß, dass man meinen konnte, jemand hätte ihnen das gesamte Blut aus dem Körper gesaugt. Rie trug ihre Sandalen in der Hand und war so wunderschön und voller Leben wie eine Blume, die sich der Sonne entgegenregt.

»Danke für die Kaution«, sagte sie.

»Ich werd's wahrscheinlich als Weiterbildungsmaßnahme abrechnen. Jetzt würde ich gern zu meinem Wagen, falls ihn unser Freund, der Deputy, letzte Nacht nicht noch abgefackelt hat.«

»Rafaels Bruder hat einen Pick-up, drüben an seinem Obststand auf dem Markt. Er wird uns zurückfahren.«

»Gute Idee. Allzu weit könnte ich heute Morgen ohnehin nicht laufen«, sagte ich.

»Hey, Mann«, sagte der Collegebubi. »Du hast dich echt mit dem Wichser geprügelt, was?« Sein Gesicht war so bleich, dass seine Lippen beim Sprechen wirkten, als wären sie in farbloses Wachs eingebettet.

»Ich hab das Gefühl, dass es ein sehr einseitiges Aufeinandertreffen war«, sagte ich.

Wir gingen über den Rasen zu den Marktständen. Mein Schädel brummte bei jedem Schritt.

»Erzähl nicht so was, Mann. Es braucht jede Menge Eier, um sich so einem Arschloch entgegenzustellen«, sagte er.

»Dummheit trifft's wohl eher«, sagte ich.

Es war angenehm kühl im Schatten unter den Bäumen, und Spottdrosseln flogen über uns durch die Äste. Auf der anderen Straßenseite berieselte ein Mexikaner mit einem Schlauch die Wassermelonen in den Körben, sodass ihre grünen Schalen von sonnengetränkten Perlen überzogen schienen. Als wir die Straße überquerten, rissen die Leute in den vorbeifahrenden Autos die Köpfe herum und staunten über dieses fremde Element inmitten ihrer beschaulichen Dienstagmorgen-Welt.

Einer der Mexikaner, Rie und ich stiegen in die Fahrerkabine des Pick-ups, und nachdem die anderen auf die Ladefläche geklettert waren, machten wir uns auf den Weg in Richtung Armenviertel. Der Fahrer nahm eine Hand vom Lenkrad, zog eine Viertelliterflasche Four Roses unter dem Sitz hervor und nahm einen Schluck. Nach weiteren drei Zügen, bei denen er das Gesicht verzog, als würde er Haartonikum herunterwürgen, hielt er mir den Whiskey hin.

»Heute nicht«, sagte ich.

Er schraubte den Deckel auf die Flasche und reichte sie durch das Fenster einem seiner Freunde auf der Ladefläche, wo sie reihum ging, bis sie leer war. Als wir an der ersten Bretterbuden-Kneipe vorbeikamen, klopfte der Schwarze aufs Dach. Der Pick-up hielt, und er und die Mexikaner sprangen von der Ladefläche. Sie fischten die letzten Münzen aus den Taschen ihrer Bluejeans und gingen durch die Fliegengittertür in die Bar. Noch bevor der Motor des Pick-ups wieder lief, konnte ich schon ihr Gelächter am Tresen hören.

Der Fahrer setzte uns am Gewerkschaftshaus ab. Mein Cadillac stand noch an Ort und Stelle, war aber von einer dicken, weißen Staubschicht überzogen, durch die man nicht ins Wageninnere schauen konnte.

»Kommen Sie rein, damit ich mich um Ihren Kopf kümmern kann«, sagte Rie. Der Pick-up wendete und knatterte die Straße hinunter zur Kneipe.

»Wenn ich mich nicht komplett im Sheriff täusche, war er schon im Hotel und hat meinen Koffer vor den Eingang stellen lassen.«

»Ihr Auge schwillt langsam zu.«

»Macht nichts. Ich habe immer ein Paar Glasaugen als Ersatz im Handschuhfach.«

Sie hakte sich bei mir ein und schob mich in Richtung Veranda.

»Okay, überredet«, sagte ich.

»Ich dachte wirklich, er hätte Sie totgeschlagen.«

»Dann sind Sie am Ende doch nicht so tough, wie ich anfangs dachte.«

»Ihre Augenlider hatten sich blau gefärbt. Ich habe sogar geheult, damit der Deputy Sie in die Notaufnahme bringt. Aber der Mistkerl hat mir nur den Finger gezeigt.«

»Keine Sorge. In den nächsten Wochen werde ich das Leben von diesem Kerl auf den Kopf stellen.«

»Und ich dachte, Sie halten nichts davon, gegen Barrikaden anzulaufen.«

»Tue ich auch nicht. Hinter solchen Kerlen stehen zehn Männer desselben Kalibers, die sofort aus dem Gebüsch kriechen, wenn der Posten neu besetzt werden muss«, sagte ich. »Aber niemand ärgert den Lone Ranger und Tonto und kommt ungeschoren davon.«

Wir gingen ins Haus. Ich setzte mich auf einen Stuhl, und sie machte sich daran, die Wunde an meinem geschwollenen Schädel mit Wasser und Seife zu säubern. Ihre Fingerspitzen fühlten sich sanft wie ein Windhauch auf meiner Beule an.

»Da sind noch Dreck und kleine Steinchen in der Wunde. Die muss ich mit einer Pinzette rausholen«, sagte sie. »Später sollten Sie das vielleicht im Krankenhaus nähen lassen.«

»Habt ihr vielleicht etwas Milch im Eisschrank?«

Sie ging in die Küche und kam mit einem Karton Buttermilch, einer Pinzette und einem Glas Alkohol zurück. Ich leerte den Karton bis zur Hälfte mit einem langen, glucksenden Zug und hatte für einen Moment das Gefühl, die dicke Milch würde wie ein kühler Lufthauch in meinen Körper fahren und ihn mit Sonnenstrahlen und Gesundheit erfüllen. Rie begann, mit der Pinzettenspitze die kleinen Steinchen aus der Wunde zu pulen. Die Haut an meinem Auge zog sich bei jeder Berührung mit dem brennenden Alkohol zusammen.

»Was machen Sie da? Eine Lobotomie wollte ich eigentlich nicht haben.«

»Und eine Blutvergiftung auch nicht, nehme ich an.« Ihre Augen waren voll auf meine Wunde und die Pinzettenspitze konzentriert.

»Wie wär's, wenn Sie mir die Pinzette geben und einen Spiegel holen? Eigentlich war ich nämlich ein ziemlich passabler Navy-Sanitäter.«

»Nicht bewegen. Ich habe fast alles draußen.« Sie presste die Vorderzähne auf die Lippe und drückte mit dem Finger einen letzten Steinsplitter aus der Wunde. »So, da ist er.«

Dann rieb sie die Beule mit einem alkoholgetränkten Baumwollpad ab.

»Solche Wunden kann man auch sanfter reinigen. Vielleicht sollten die Third-World-Leute ihre Mitglieder zu Erste-Hilfe-Kursen verdonnern, bevor noch jemand an einem Schock stirbt.«

»Einen Moment«, sagte sie und ging in die Küche. Sie kam mit einem Stück Eis zurück, eingewickelt in ein sauberes Geschirrtuch, und hielt es mir gegen die Schläfe. Eine kindliche Sorge erfüllte ihre mandelförmigen Augen.

»Kalte Kompressen nützen nichts mehr nach den ersten zwei Stunden«, sagte ich.

»Was hat es mit dem Bean Camp auf sich, von dem Sie gestern Abend erzählt haben?«

»Nichts. Manchmal spinne ich ein bisschen rum, um andere Partygäste von der durchschlagenden Wirkung einer Flasche Jack Daniel's zu überzeugen.«

»Sie waren in einem Kriegsgefangenenlager?«

»Nein.«

Die Reste des Whiskeyrausches verflogen allmählich, und als ich aufzustehen versuchte, schwirrten graue Würmer und grelle Punkte vor meinen Augen umher. Rie legte die Hand auf meine Schulter und drückte mich auf den Stuhl.

»Vielleicht sollten Sie sich mal Ihren Dämonen stellen. Scheint mächtig in Ihnen zu brodeln«, sagte sie.

»Ich sag Ihnen was: In den vergangenen drei Tagen wurde ich zwei Mal auf die Bretter geschickt, und das Letzte, was ich jetzt brauche, ist dieses psychoanalytische Gequatsche. Es kommt mir fast so vor, als müsste ich bloß am Kopf bluten, und schon ist jemand zur Stelle, der mir mit einer verdammten Bohrkurbel den Schädel öffnen will.«

»Okay, Mann, tut mir leid.«

»Ich habe einen Bruder, der hat auch immer diese wunderbaren Am-Morgen-danach-Ratschläge auf Lager. Die sind in Katerstimmung ungefähr so hilfreich wie eine Wurzelbehandlung ohne Betäubungsspritze. Genauso gut könnte ich meinen Schädel gegen eine Betonwand rammen.«

»Dann sag ich lieber nichts mehr«, sagte sie.

Ich merkte, wie ich innerlich zu zittern begann, als würden sich auf einmal alle Räder und Zahnkränze gegeneinander verschieben. Meine auf den Knien aufgestützten Handflächen waren verschwitzt, und mir wurde klar, dass der eigentliche Kater gerade erst begonnen hatte.

»Geben Sie mir doch bitte eine von Ihren Zigaretten«, sagte ich.

Sie legte den eingewickelten Eisblock beiseite, steckte sich eine Zigarette an und schob sie mir zwischen die Lippen. Der Rauch fühlte sich rau und kratzig in meinem Rachen an, und ein Schweißtropfen rollte von meiner Lippe auf das Zigarettenpapier.

»Nimmt Sie das immer so mit?«, sagte sie.

»Nein, eigentlich nur, wenn ich dumm genug war, mir von einem Redneck-Cop den Schädel einschlagen zu lassen.«

Ich zog an der Zigarette und atmete langsam aus, während in meiner Schläfe und dem fast zugeschwollenen Auge der Schmerz hämmerte. Dann strich ich den Schweiß auf meiner Stirn mit der Hand zurück ins Haar.

»Da Sie nicht trinken, können Sie nicht wissen, was der Alkohol mit einem anstellt«, sagte ich. »Was ich damit sagen will: Ich bin nicht immer so ein Arschloch.«

»Setzen Sie sich. Ihre Wunde blutet.«

»Nein, ich werde mich jetzt auf den Weg machen und ein paar von diesen warmen Bierflaschen da mitnehmen, wenn Sie nichts dagegen haben.«

Meine Beine waren schwach, und das Blut in meinem Körper schien durch die Anstrengung vom Aufstehen nach unten zu sacken.

»In dem Zustand können Sie nirgendwohin fahren.«

»Das werden wir ja sehen.«

»Was Sie da vorhaben, ist eine riesengroße Dummheit.«

Ich machte ein paar Schritte in Richtung des alten Lebensmitteltresens, auf dem die verbliebenen Jax-Flaschen standen, und spürte, wie eine gelbe Welle der Übelkeit durch meinen Körper raste. Der saure Geschmack der Buttermilch und der Whiskey der letzten Nacht stiegen meinen Rachen hinauf, und ich hatte das Gefühl, ein großes pulsierendes Gewicht würde auf meine Stirn drücken. Die Zigarette in meinem Mund war bis zur Spitze nass von dem Schweiß, der mir über das Gesicht lief.

»Dieses Mal hat's mich echt erwischt«, sagte ich.

»Kommen Sie mit nach hinten«, sagte sie und legte ihren Arm um meine Hüfte, um mich zu stützen. Mein Hemd klebte auf meiner nassen Haut. Wir gingen den Flur entlang und durch eine Seitentür in ein kleines Schlafzimmer. Die Jalousien waren zerrissen, und das Sonnenlicht fiel in Streifen auf den Boden. An der Wand hing ein altes Holzkreuz, darunter ein katholischer Kalender, an dessen Ecken jemand zwei verwelkte Palmwedel gepinnt hatte. Ich zog an der nicht mehr brennenden Zigarette und musste würgen. *Dieses Mal bist du wirklich haarscharf am Delirium tremens vorbeigerutscht,* dachte ich. *Noch mal so eine Zecherei, und du stürzt ab.*

Mein Körper war so steif wie ein zerbrochener Zweig. Rie drückte mich mit den Händen nach unten auf die Bettkante und schaltete den Ventilator ein. Der Luftstrom fühlte sich in meinem verschwitzten Gesicht an wie ein Wind, der über eine Eisfläche hinweggezogen war.

»Legen Sie sich hin, damit ich Ihre Wunde verbinden kann«, sagte sie.

Irgendetwas hatte sich in meinem Inneren gelöst und rollte nun hin und her. Meine Finger zitterten auf meinen Knien.

»Hören Sie, Sie müssen wirklich nicht ...«

»Hinlegen, Lone Ranger!« Dann beugte sie sich über mich. Ihr Busen drückte gegen den Stoff ihrer Bluse, und ihr braunes Gesicht und das gelockte Haar formten eine dunkle Silhouette über mir, als sie mich zurück ins Kissen presste.

Mit kreisförmigen Bewegungen rieb sie etwas Salbe auf die Wunde, deckte sie mit einem Stück Mull ab und fixierte den Verband mit einem Pflaster. Ich konnte die Wärme der Sonne in ihrer Haut und ihren Haaren spüren, und ihre Augen waren von einem dunklen Glanz erfüllt. Ich strich mit meiner Hand über ihren glatten Arm. Meine Augen wurden schwerer, das Licht hinter den Fensterjalousien weicher, der Ventilator blies kühle Luft über meinen Oberkörper und mein Gesicht, und irgendwo draußen in den Bergen erklang das Echo eines pfeifenden Zuges, das in den messingfarbenen Himmel aufstieg und verschwand. Ich hörte, wie sie leise und sanft die Tür schloss, und es kam mir vor, als würde ich schon träumen.

Als ich am Nachmittag wieder aufwachte, hatte ich Sandkörner im Gesicht, durchs Fenster hereingeweht von einem starken Wind, der nun gegen das Gebäude drückte und die Jalousien hin- und herriss, sodass sie gegen die Holzfassade schlugen. Staubteufel rasten draußen über den Boden, und wenn der Wind unter das Gebäude fuhr, vibrierten die Dielen. Als ich aufstand, wurde mir schwindelig. Mein Gesicht kribbelte, und ich konnte die trockene Hitze der Luft in meinem Mund schmecken. Ich stolperte über den Ventilator, erreichte aber die Tür zum Flur und öffnete sie. Der plötzliche Durchzug riss den Kalender und die Palmwedel von der Wand, und im Vorderzimmer drehte sich das aus Flaschenhälsen gefertigte Windspiel klirrend im Kreis. Starr und steif von meinem Nachmittagsschlaf, lehnte ich mich gegen den Türrahmen. Durch die Fliegengittertür konnte ich sehen, wie draußen der Wind die Staubwolken die Straße entlang in die Bäume trieb. Dann hörte ich Rie aus der Küche kommen. Sie trug weiße Shorts und ein navyblaues Denimhemd und hatte ein großes Glas Eiswasser in der Hand. Sie ging barfuß, die Haut ihrer nackten Füße war von Sommersprossen bedeckt.

»Wie geht's Ihnen?«, sagte sie.

»Geben Sie mir einen Moment, und ich sag's Ihnen.« Ich nahm ihr das Glas mit dem Eiswasser aus der Hand und trank es in einem Zug aus. Mein leerer Magen rebellierte, aber ich konnte mich nicht daran erinnern, wann ich das letzte Mal so durstig gewesen war.

»Sie werden von schlechten Träumen geplagt«, sagte sie.

»Ja, von denen habe ich mehrere Schubkarren voll.« Ich ging an ihr vorbei in die Küche, hielt meinen Kopf unter die gusseiserne Pumpe und betätigte den Schwengel. Das Wasser strömte über meinen Nacken und meine Schultern und lief in mein Hemd. Ich wischte mir mit der Hand über das Gesicht und schaute aus dem Fenster. Hinter der Böschung fegte der Wind über die Oberfläche des Rio Grande, und an den Ecken und Kanten des halb versenkten Autowracks bildeten sich weiß schäumende Wirbel in dem braunen Wasser.

»Sie können gern noch hierbleiben. Sie müssen noch nicht heute fahren«, sagte sie.

»Ich mache mich besser auf den Weg.«

»Warten Sie doch wenigstens, bis der Sturm vorübergezogen ist.«

»Zu dieser Jahreszeit ziehen die Stürme nicht einfach so vorüber. Was sich da draußen zusammengebraut hat, wird drei Tage dauern.« Das Wasser begann von meiner Kleidung auf den Boden zu tropfen.
»Ihr Auge ist zugeschwollen.«
»Ich mach's wie beim Zielen mit der Pistole und schaue mit dem funktionierenden Auge über die Motorhaube hinweg auf die Straße«, sagte ich.
»Dann fahre ich mit Ihnen zum Hotel.«
»Nein. Sehr wahrscheinlich wird der Sheriff mir da auflauern. Ich denke, für einen Tag haben Sie lange genug mit einem linkischen Pitcher auf dem Platz gestanden.«
Der Wind rüttelte am Gebäude, und draußen flog Zeitungspapier an den Fenstern vorüber. Auf der anderen Seite des Flusses führten zwei mexikanische Kinder eine abgemagerte und von Räude geplagte Kuh vom Ufer in eine Hütte. Unter ihrem Bauch baumelte ein rotes, geschwollenes Euter.
»Ich will nicht, dass Sie gleich noch einmal verhaftet werden«, sagte Rie.
»Pass auf dich auf, Kleine.« Ich legte meine Hände auf ihre Schultern und küsste sie auf die Wange. Als ich dabei für einen kurzen Moment ihre Brustwarzen durch den Stoff unserer Hemden spürte, zerschmolz ich in meinem Inneren. Ihr Mund und ihre Augen brachten mein Herz zum Rasen. »Ich schätze, ich kreuze bald wieder hier auf, und dann versuche ich, dir deinen Yankee-Kopf zurechtzurücken.«
»Pass auf dich auf, Hack.«
Ich ging raus in den staubigen Wind und fuhr zum Hotel. Auf dem Rasen und dem Gehweg vor dem Gerichtsgebäude tanzte das von den Bäumen gerissene Laub. Ein leerer Gemüsekorb rollte die Straße entlang, die Holzschilder am Hotel

wippten an ihren Eisenhaken. In der Gartenschaukel auf der Veranda saß der fette Deputy, der mich am Vormittag aus der Zelle geholt hatte. Das Hemd spannte sich über seinem riesigen Bauch. Er hatte die Füße auf das Verandageländer gelegt, und als ich an ihm vorüberging, schaute er in den gelben Himmel hinauf.

»Mr. Holland, ab heute Abend benötigen wir Ihr Zimmer für andere Gäste«, sagte der Mann an der Rezeption. Seine Augen fixierten einen Punkt einige Zentimeter neben meinem Gesicht. Gelegentlich starrten sie auf meinen Nasenrücken und huschten wieder zurück zu der Stelle an der Wand hinter mir.

»Ach du meine Güte«, sagte ich. »Da hatte ich wohl ganz vergessen, dass die Cattlemen's Association diese Woche ihren Weltkongress in Ihrem Hause abhält.«

Mein Zimmer war gesäubert, das Bett gemacht, die leeren Bierflaschen entsorgt. Es war, als wäre ich nie da gewesen. Mein Koffer stand gepackt und verschlossen am Türrahmen, perfekt positioniert, um von seinem Besitzer mit einer einfachen Handbewegung gegriffen und mitgenommen zu werden. Irgendjemand hatte sogar eine Gideon-Bibel auf die Kommode gelegt.

Beim Bezahlen starrte der Rezeptionist so beharrlich nach unten, dass ich nur seine Schädeldecke zu sehen bekam, während er die Rechnung ausstellte und mein Wechselgeld abzählte.

»Sie verkaufen hier drin nicht zufällig Zigarren, oder?«, fragte ich.

Als er daraufhin das Abzählen der Geldscheine unterbrach und nervös zwinkerte, dachte ich schon, dass ich ihn so weit hatte, doch er fing sich wieder und starrte entschlossener denn zuvor auf den Tresen hinunter. »Nein, Sir, machen wir nicht. Aber im Laden nebenan kriegen Sie welche«, sagte er und drehte sich zur Kasse um.

Als ich die Verandatreppe hinunterging, hörte ich hinter mir die Ketten der Gartenschaukel quietschen. Kurz darauf knarzten die Bohlen des Verandabodens unter dem massiven Gewicht des Deputys. *Was für ein Zeitpunkt, keine Zigarre dabeizuhaben,* dachte ich.

»Mr. Holland, der Sheriff hat mich gebeten, Ihnen diese Straßenkarte zu geben«, sagte er und zog eine Karte aus der Gesäßtasche seiner Khakihose, die aufgrund seines Gewichts die Form eines Halbmondes angenommen hatte. »Er wollte sichergehen, dass Sie sich wegen der vielen Highwaybaustellen nicht verfahren und problemlos das nächste County erreichen.«

»Verfahren? Ja, das könnte ohne Karte natürlich sehr schnell passieren. Sagen Sie mal, Sie rauchen nicht zufällig Zigarren, oder?«, sagte ich. »Könnte ich dann vielleicht eine Camel von Ihnen bekommen?«

Die Augen in seinem weißen Volleyball-Gesicht schauten mich verständnislos an. Seine gegelten schwarzen Haare, die er über den Glatzenansatz auf seinem Schädel gekämmt hatte, waren voller Sandkörner. Mit zwei Fingern zog er eine Zigarette aus seiner Hemdtasche und reichte sie mir.

»Das mit der Karte ist sehr nett von Ihnen und dem Sheriff.« Ich borgte mir sein Feuerzeug, auf dem eine Südstaatenflagge prangte, und zündete die Zigarette an. »Wissen Sie, ich habe zwei Tickets der World Rodeo Association. Das sind Eintrittskarten auf Lebenszeit, die ich eigentlich nie benutze. Damit bekommt man Logenplätze bei allen Rinderschauen und Rodeoveranstaltungen in Texas. Hier, nehmen Sie. Ich schenke sie Ihnen.«

Ich zog die beiden Tickets aus meinem Portemonnaie und steckte sie dem Deputy in die Hemdtasche.

»Nun, ähm, vielen Dank, Mr. Holland«, sagte er.

Ich ging in die Bar neben dem Hotel und kaufte eine Schachtel Zigarren und einen kalten Sechserpack Jax. Danach setzte ich mich in den Wagen und fuhr los.

Staubwolken fegten über die Straße, Maisstängel raschelten im Wind, und das Gelb der Zitronen lugte aus dem aufgebauschten Grün der Bäume hervor. Jedes Mal, wenn ich mit neunzig Meilen pro Stunde durch eine Kurve zwischen zwei Hügeln fuhr, spürte ich diese vertraute Allmacht, die geschmeidig vom Motor aus durch die vibrierende Lenksäule in meine Hände kroch. Die mit Baumwolle, Wassermelonen und Tomaten bepflanzten Felder huschten an mir vorbei, und die Abendsonne drang in Form zerrissener Lichtstrahlen durch die Staubwolken hindurch und streifte die Spitzen der Hügel, wo sich weiche Flächen von blassgrüner Farbe mit dunklen Schatten abwechselten. Dann wurde die Umgebung flacher, und das Zwielicht strahlte in grellen Lila- und Gelbtönen, als würde gleich die Welt untergehen. Ich spürte, wie der Wind mit mir nach Osten jagte, immer geradeaus auf dem schmalen, sich endlos durch das leere Land ziehenden Asphalt des Highways und der sich verdichtenden Dunkelheit am Horizont entgegen.

Kapitel 5

Es war spät in der Nacht, als ich an der Ranch ankam. Die Pappeln an der Zufahrt bogen sich im Wind, und das Licht des Vollmondes warf ihre Schatten auf den weißen Kiesweg. Blütenblätter aus Verisas Rosengarten wirbelten durch die Luft, und als ich zur Scheune blickte, sah ich, dass jemand vergessen hatte, das Windrad festzustellen. Die Rotorblätter rasten um die Nabe und formten einen silberfarben glänzenden Kreis, in der Tränke darunter lief das Wasser über die Ränder. Ich konnte die dunklen Umrisse verdorbener Tomaten zwischen den Reihen erkennen, ebenso einige Baumwollkapseln, die von den Pflanzen herabgefallen waren. Dann sah ich Sailor Boy, ein Gangpferd, das ich für sechstausend Dollar vom renommierten Spendthrift-Farm-Gestüt gekauft hatte. Mit aufgeblähten Nüstern raste der Tennessee Walker im Paddock umher und stieß dabei immer wieder gegen den Lattenzaun. Sein schwarzer Kopf glänzte im Mondlicht, sein Gang schien unrund, in seinen Augen lag ein Ausdruck der Angst. Er warf den Hals nach hinten, stob von einer Ecke in die nächste und schleuderte mit den Hufen Erde und Stroh in die Luft. Ich kletterte durch die Latten hindurch, ging mit ausgebreiteten Armen auf ihn zu, bis ich ihn an den Zaun gedrängt hatte und nah genug war, um ihn zu greifen und ein Halfter über seinen Kopf zu ziehen. In seiner Flanke entdeckte ich eine zehn Zentimeter lange Wunde, zudem hatte er eines der Hufeisen, einschließlich eines abgesplitterten Teils seines Hufes, gegen die Scheunenwand geschleudert. Ich führte ihn in den Stall und hängte ihm einen Fresssack mit Hafer über die Ohren. Nachdem ich die Wunde mit den ausgefransten Rändern an seiner Seite versorgt hatte, stürmte ich mit rasendem Puls ins Haus.

Verisa saß im Wohnzimmer und las im Licht einer Stehlampe ein Buch. Sie trug ein Nachthemd und hatte sich zwei Lockenwickler in die Haare gedreht. Im Aschenbecher vor ihr glomm eine bis auf den Filter heruntergebrannte Zigarette. Sie strahlte die Gemütsruhe einer Frau aus, die es gewohnt war, die Nächte allein zu verbringen, und von der man ohne Weiteres hätte annehmen können, dass sie auch bisher allein durchs Leben gegangen war.

»Erste Frage: Wer in drei Teufels Namen hat Sailor Boy im Paddock gelassen?«, sagte ich.

Sie hob den Kopf und schaute mich an. Im Licht der Lampe war ihr Gesicht aschfahl.

»Was ...«, stammelte sie und starrte auf die geschwollene Seite meines Schädels.

»Wer hat Sailor Boy bei diesem Sturm draußen im Paddock gelassen?«

»Hack, was in Herrgottsnamen hast du jetzt wieder angestellt?«

»Ich will wissen, welcher Idiot dafür verantwortlich ist, dass sich mein Pferd verletzt hat?«

»Keine Ahnung. Warum bleibst du nicht mal zu Hause und kümmerst dich selbst um das gute Tier?«

»Die passende Antwort für einen Menschen, der nicht nachdenkt. Wenn Sailor Boy jetzt lahmt oder unrund läuft, fackle ich hier jemandem das Haupthaar ab.«

»Ich hoffe, du sprichst nicht von mir.«

»Das kannst du verstehen, wie du willst. Fest steht, dass es schon einen ganz besonders dämlichen Menschen braucht, um einem Prachtpferd wie Sailor Boy so etwas Bescheuertes anzutun.«

»Hör auf, mich anzubrüllen.«

»Ich tue, was ich will. Und wenn ich Lust bekomme, schlag ich sogar die Möbel kurz und klein«, sagte ich. »Und wo wir gerade mal dabei sind, hier kommt meine zweite Frage: Wer zum Henker hat vergessen, das Windrad festzustellen? Das mag dir inmitten deiner Lektüre wie eine lästige Kleinigkeit vorkommen, aber momentan ist unser Grundwasserspiegel sehr niedrig. Und wie du vielleicht weißt, gibt es auf dieser Ranch einige Pflanzen, die verbrennen, wenn sie nicht gewässert werden.«

»Langsam habe ich genug davon«, sagte sie.

»Ich verlange ja nicht von dir, dass du mit einem Viehtreiber in der Hand durch den Mist watest. Ich bitte dich lediglich, ab und an den Kopf zur Tür hinauszustecken und nachzuschauen, dass der Sturm nicht die ganze gottverdammte Farm davonbläst.«

»Keine Ahnung, wohin dich dein jüngstes Abenteuer verschlagen hat, aber offensichtlich hast du dabei einen Gehirnschaden erlitten. Ich gehe jetzt ins Bett. Wenn du noch weiter rumbrüllen willst, dann mach doch bitte die Tür zu oder geh die Straße runter in deine Lieblingskneipe.«

»Du hast keine Vorstellung, was man einem Pferd antut, wenn man es so behandelt, oder?«

»Gute Nacht, Hack.«

Sie schob ein Lesezeichen zwischen die Seiten, legte das Buch beiseite und ging mit einem geringschätzigen Gesichtsausdruck an mir vorbei. Die Seide ihres blauen Nachthemdes raschelte leise um ihre Knöchel, und einen Augenblick später hatte sie die Tür hinter sich geschlossen. Ich nahm einen Schluck aus der Karaffe an der Bar und spürte, wie meine Brust unter meinen Atemzügen bebte. Draußen schabten die Äste der Bäume über Wände und Dach des Hauses, und der Wind schlug in einem fort die Heubodentür auf und zu.

Am nächsten Morgen fuhr ich ins Büro nach Austin und begann mit der Arbeit an Arts Berufungsantrag. Nachdem sich Bailey vom Anblick meiner Kopfbandage und des geschwollenen Auges unter der Sonnenbrille erholt hatte, eröffnete ich ihm, dass er ein paar Tage ohne mich auskommen müsse, obwohl ich ihm diese Woche eigentlich bei zwei großen Versicherungsklagen hätte helfen sollen. Bailey hatte den Ärger vom Wochenende noch nicht ganz verdaut, und meine Absage steigerte seine Wut ins Unermessliche. Wie er so dasaß, mit einem Oberschenkel auf der Ecke meines Schreibtisches und ineinandergefalteten Händen, wirkte er zwar wie eine Ausgeburt stoischer Gelassenheit, aber ich wusste, dass er sich anstrengen musste, um seine emotionale Selbstbeherrschung aufrechtzuerhalten, während die Worte aus seinem Mund quollen, als würden sie direkt aus einem Magengeschwür emporsteigen.

»Hack, das ist ein Zweihunderttausend-Dollar-Deal«, sagte er. »Wir haben sechs Monate darauf gewartet.«

»Gut, ich kümmere mich nächste Woche darum.«

»Nächste Woche wollen wir schon einen Vergleich anbieten.«

»Die werden sich nie und nimmer auf einen Vergleich

einlassen. Vergiss es. Mit denen werden wir ein Jahr lang im Gerichtssaal sitzen.«

»Gib doch deinen Mandanten an die ACLU ab. Die bearbeiten doch dauernd solche Fälle.«

»Alles, was ich will, sind drei Tage, um ohne Unterbrechung an diesem Berufungsantrag arbeiten zu können.«

»Aber Hack, selbst wenn dein Berufungsantrag erfolgreich ist, wirst du den Kerl nicht auf Kaution aus dem Knast bekommen.«

»Hängt davon ab, ob ich ein paar Tage in Ruhe arbeiten kann oder nicht.«

»Was ist eigentlich in Pueblo Verde passiert?«

»Wenn ich dir was von einem Autounfall erzähle, glaubst du mir ja doch nicht, oder?«, sagte ich. »Aber wenn du es unbedingt wissen willst: Ich wurde von einem Redneck-Cop zusammengeschlagen und musste anschließend in einer Ausnüchterungszelle übernachten. Danach hat mir der Sheriff eine Straßenkarte zukommen lassen, um sicherzustellen, dass ich auf dem schnellsten Weg sein County verlasse. Ganz nebenbei sind zwölf Menschen wegen mir verhaftet worden. Denen hab ich natürlich die Kaution spendiert. Schreib ich mit auf die Spesenabrechnung, wenn's dir recht ist. So, und jetzt kannst du dir gern Sorgen darüber machen, dass irgendeine Nachrichtenagentur über einen betrunkenen Kongresskandidaten berichtet. Zufrieden mit der Auskunft?«

»Ich glaube dir kein Wort.«

»Ich zeig dir gern die Quittung für die Kaution.«

Er saugte an seiner nicht entzündeten Pfeife, wodurch sich sein Bauch wölbte und eine Reihe unangenehmer Geräusche entstanden. Sein verärgerter, fast schon verzweifelter Blick fokussierte das Geschehen vor dem Fenster. Dann entglitt ihm langsam die Kontrolle, Wut und Ohnmacht stiegen in sein Gesicht, und er setzte zu einer fünfzehnminütigen Tirade voller Klischees über Verantwortung, große Kunden und meine politische Karriere (einschließlich der profitablen Nebeneffekte für unsere Kanzlei) an, bei der er auch einen Richter erwähnte, der mich angeblich nie wieder in seinem Gerichtssaal sehen wollte. Auch mein bevorstehender Ausflug mit Senator Dowling zum Walter Reed Hospital kam zur Sprache.

»Ach ja, richtig«, sagte ich. »Dieses Wochenende schauen wir uns ja an, was eine Claymore-Mine und ein AK-47 aus einem Menschen machen können. Warum kommst du nicht einfach mit, Bailey? Die Show in Korea hast du ja verpasst. Ich verspreche dir, diese Typen sind der Brüller.«

Er stürmte aus meinem Büro und knallte die Tür hinter sich zu. Ich zündete mir eine Zigarre an und schaute zur Wand auf das Bild von Old Hack und meinem Vater. Das Foto war alt und an den Rändern vergilbt, aber die schwarzen Augen von Old Hack brannten immer noch so intensiv wie eh und je, auch wenn sein Gesicht im Alter sanfte und fast schon kindliche Züge angenommen hatte. Ganz gleich, in welche Richtung ich meinen Bürostuhl drehte, seine Augen folgten mir. Sie waren wie zerschlagener Obsidian, voller Feuer und erfüllt von der stillen Intensität einer Gewehrmündung. Seine mittellangen Haare waren so weiß wie sein gestärktes Hemd, und sein schwarzes Jackett wirkte so steif, dass man denken konnte, Pistolenkugeln würden davon abprallen. Wenn man meinen Vater neben Old Hack betrachtete, mit seinem freundlichen Gesicht, dem Sommeranzug und dem Strohhut auf dem Kopf, bekam man unweigerlich den Eindruck, zwei Fremde hätten sich zufällig auf einem Feld getroffen und spontan entschieden, ein Erinnerungsfoto von der Begegnung zu schießen.

Ich arbeitete drei Tage an dem Berufungsantrag und spürte eine Frische und eine Energie bei der Arbeit, die mir vor Jahren abhandengekommen war. Ich fühlte mich wieder wie ein richtiger Strafverteidiger und nicht mehr wie ein teurer Rechtsverdreher im Dienste von Ölbaronen. Der Jack Daniel's blieb in der Schreibtischschublade, und ich arbeitete von sieben Uhr morgens bis zum Einbruch der Dunkelheit. Im Grunde war ich überzeugt davon, dass die Bewilligung eines Berufungsverfahrens in diesem Fall ohne Diskussionen hätte erfolgen müssen. Während der Arbeit fragte ich mich allerdings ein ums andere Mal, ob ein Richter in Austin überhaupt glauben würde, dass so viele Absurditäten in einem einzigen Verfahren möglich gewesen waren. Ich zumindest kam beim Lesen des Verhandlungsprotokolls aus dem Kopfschütteln nicht mehr heraus. Am Donnerstagnachmittag, nachdem die Sekretärin fünf Stunden in meinem Büro mit Diktat und Schreibarbeiten zugebracht hatte, riss Bailey der Geduldsfaden. Wie aus heiterem Himmel stürmte er in mein Büro, sein Gesicht angespannt und voller Ärger.

Der Ausfall unserer Klimaanlage hatte sicher auch nicht zur Verbesserung seiner Stimmung beigetragen. Die Fenster zur Straße standen offen, aber die heiße Luft in den Räumen fühlte sich trotzdem wie warmes Wasser an.

»Gut, mag sein, dass dich zweihunderttausend Dollar einen feuchten Kehricht interessieren, aber ich bezahle immer noch die Hälfte der Fixkosten und habe ein Mitspracherecht in diesem Laden«, sagte er.

»Aber Bailey, jetzt schau dir diesen gottverdammten Fall doch nur mal an. Und dann sag mir, dass ich den Kerl im

Knast schmoren lassen soll, während irgendein Milchbubi-Anwalt von der ACLU sich die Eier schaukelt.«

»Ich will mir den Fall gar nicht anschauen. Falls du es noch nicht mitbekommen haben solltest, liegen auf meinem Schreibtisch gerade doppelt so viele Akten wie sonst.«

»Dann solltest du besser ein Glas Wasser trinken. Sieht so aus, als wäre dir ziemlich heiß.«

»Gottverdammt, Hack, du treibst mich wirklich in den Wahnsinn.«

»Ich will doch nur, dass du dir mal anschaust, was für eigenartige Dinge in einem Gerichtssaal vor sich gehen können, wenn niemand da ist, um Einspruch zu erheben.«

»Was hast du denn gedacht, wie das da unten abläuft? Diese Gewerkschaftsleute kannten die Spielregeln, als sie da runtergingen.«

»Ich habe einen Deputy Sheriff kennengelernt, der hat genau dasselbe gesagt und sich dabei eine Ladung Kautabak in den Mund gestopft.«

Und wieder einmal stampfte Bailey aus meinem Büro und knallte die Tür hinter sich zu. Er war ein von tiefer Wut erfüllter Mann, und ich ahnte, dass er die Gründe für seinen Ärger niemals verstehen würde.

Ich verbrachte die Nacht in einem Motel in Austin und fuhr am Samstagmorgen zum Flughafen, wo ich auf die Ankunft des Privatfliegers des Senators wartete. In meinem weißen Anzug stand ich auf dem heißen Asphalt neben dem Terminal und schaute zum Himmel hinauf, wo der in den Sonnenstrahlen glänzende Flieger eine Kurve zog und anschließend zur Landung auf der Piste ansetzte. Für einen kurzen Moment drückte der Wind eine Tragfläche nach oben, aber dann stabilisierte sich die Maschine wieder, und die Räder setzten sanft wie ein weicher Mokassin auf dem Asphalt auf. Das Aluminium des Flugzeugrumpfes reflektierte die Hitzewellen, und die Sonne verwandelte die Frontscheiben des Fliegers in Spiegelflächen, auf denen das Licht explodierte. Am Ende der Landebahn brachte der Pilot einen der Propeller in Segelstellung und ließ die Maschine in meine Richtung ausrollen. Kurz darauf sah ich den Senator, wie er die hintere Tür öffnete und mir mit einem Lächeln zuwinkte.

Als ich zum Flugzeug ging, sorgte der Propellersog dafür, dass mir das Rückenteil meines Sakkos über die Schulter flog. Der Senator grinste unbeeindruckt vom Getöse der Motoren, streckte die Hand aus und half mir ins Innere der Maschine. Ich zog die Tür hinter mir zu, drückte den Griff nach unten, und der Flieger setzte sich wieder in Richtung Startbahn in Bewegung. Der Senator trug eine Anzughose, ein Hawaiihemd und Loafer aus Kalbsleder. Sein Gesicht hatte etwas Farbe bekommen, und entlang des Ansatzes seiner Kurzhaarfrisur waren ein paar Sommersprossen zu sehen. Ihm gegenüber saß ein Mann mit übereinandergeschlagenen Beinen und einem Drink in der Hand. Ich kannte ihn nicht, hatte bei seinem Anblick aber das eigenartige Gefühl, dass ich ihn niemals vergessen würde. Er trug einen dunkelgrauen Anzug, dazu ein Seidenhemd mit Manschettenknöpfen und grauer Krawatte. Sein Gesicht war blass und aufgrund der dunklen Gläser seiner Sonnenbrille quasi ohne Ausdruck. Sein Mund wirkte klein und zusammengezogen, so als würde er ihn nur öffnen, um Dinge mit Bestimmtheit und Endgültigkeit zu verkünden. Die manikürten Halbmond-Fingernägel und seine selbstsichere Reserviertheit ließen mich an einen erfolgreichen Geschäftsmann denken. Irgendetwas an ihm, vielleicht der Farbton seiner Haut oder die kaum wahrnehmbaren Talkumpuder-Spuren an seinem Hals, entsprach nicht ganz diesem Bild.

»Hack, das ist John Williams, ein alter Freund aus Los Angeles«, sagte der Senator.

Als wir einander die Hände reichten, spürte ich die Kälte des Highballglases in seiner Handfläche.

»Schön, Sie kennenzulernen«, sagte er. Nur der Mund bewegte sich, wenn er sprach. Das Gesicht hingegen blieb starr, reglos wie Plastik. Mit den Fingerspitzen schob er sein rauchig graues Haar zurück zur Schläfe.

Das Flugzeug nahm Geschwindigkeit auf, das Dröhnen der Motoren wurde intensiver. Dann hob der Flieger von der Piste ab, und während sich die Landschaft unter uns ausbreitete und die Häuser und Baumreihen auf Miniaturgröße schrumpften, spürte ich eine Leichtigkeit und ein Gefühl der Leere in mir, als würde ich in einem Fahrstuhl stehen, der ganz unerwartet in die Tiefe raste.

John Williams, dachte ich. *Der Name. Woher?*

»Was ist mit Ihrem Kopf passiert?«, sagte der Senator. »Ich hoffe, Sie sind nicht noch einem Tennisspieler begegnet, der nicht zielen kann.«

»Kleiner Autounfall.« *Du elende Arschgeige,* dachte ich.

»Nun, John, das ist der Mann, der im November der jüngste Kongressabgeordnete aus Texas sein wird.«

Williams nickte und nahm einen Schluck von seinem Drink, während ich versuchte, den Blick hinter seiner Sonnenbrille zu deuten. *John Williams, woher kenne ich diesen Namen?*

»John ist nicht aus Texas, aber er ist ein guter Freund der Partei.«

»Verstehe«, sagte ich.

»Er war einige Tage bei uns auf der Ranch zu Gast, und wir haben ein paar Gewehre ausprobiert. Ich versuche ihn gerade davon zu überzeugen, dass die besten Industriestandorte dieser Tage im Südwesten unseres Landes zu finden sind.«

»Texas. Ein wunderschöner Staat«, sagte Williams. Er hatte mir zwar sein Gesicht zugewandt, aber es war unmöglich, eine Emotion oder gar Absicht in seinen Zügen zu lesen.

»Hätten Sie was dagegen, wenn ich mir einen Drink genehmige, Senator?«, sagte ich.

»Natürlich nicht, Hack. Ich selbst trinke ja nicht so früh am Tag und vergesse darüber oft, dass nur wenige Menschen meine baptistischen Prinzipien teilen.« Der Senator öffnete die Schranktür der Bar, klappte einen kleinen Tisch aus der Wand, griff mit einer Zange drei Eiswürfel aus dem Kübel, ließ sie in ein großes Glas fallen und goss etwas Bourbon darüber.

»Ich habe mich gefreut, als ich Sie am Flughafen gesehen habe, Hack«, sagte er. »Ich hatte nämlich befürchtet, dass wir Sie letzten Sonntag zu sehr gedrängt haben.«

»Für gewöhnlich halte ich mein Wort, Senator.«

»Wir werden uns auch nicht allzu lange aufhalten. Ein paar lokale Nachrichtenagenturen erwarten uns zu einem Rundgang durch das Krankenhaus, danach gönnen wir uns ein Dinner und fliegen am Abend noch zurück.«

»Nachrichtenagenturen?«, sagte ich.

»Ja, die lokalen. Die berichten ganz gern über derartige Ereignisse, für die Regionalnachrichten im Fernsehen.«

»Davon wusste ich gar nichts.«

»Wie ich sehe, ist die Politik noch etwas neu für Sie«, sagte Williams. Der Hauch eines Lächelns, nicht viel mehr als eine blasse Falte in der Plastikfassade, umspielte seinen Mundwinkel.

»Nein, das stimmt nicht. Schon Hacks Vater war Kongressabgeordneter, und ein ziemlich guter noch dazu. Es ist nur so, dass Hack anfänglich persönliche Bedenken hinsichtlich eines Besuchs im Walter Reed hatte.«

»Wieso das, Mr. Holland?«

»Ich schätze, es hängt mit einer Art Aberglauben zusammen. Sie wissen schon, Pech und Unglück und so«, sagte ich.

»Tatsächlich?« Um seinen Mundwinkel tauchten erneut winzige Fältchen auf. Als er die Eiswürfel in seinem Glas klirren ließ, spürte ich das Blut in meinen Halsadern pulsieren.

»Hört sich vielleicht albern an, aber ich hatte noch nie sonderlich viel Spaß beim Besuch von Kriegsversehrten«, sagte ich.

Williams' Gesicht blieb unergründlich, als er mich anschaute, aber ich sah, wie er einen seiner Finger nun fester gegen das Glas presste.

»Möglich, dass es am Geruch entzündeter Brandwunden liegt. Ich kann's Ihnen wirklich nicht genau sagen«, fügte ich hinzu.

Er starrte mich weiter an, und ich wusste, dass hinter dieser Sonnenbrille zwei Augen saßen, die sich gerade durch mein Gesicht brannten.

»Wie wär's, John, noch einen Drink?«

»Danke, im Moment nicht.«

»Ich weiß, ich hätte das Thema nicht ansprechen sollen. Tatsache ist, dass Hack in Korea verwundet wurde und nach dem Krieg selbst einige Zeit in einem Krankenhaus für Kriegsveteranen verbringen musste.«

»Ist das so, Mr. Holland?«

»Es war keine große Sache. Fleischwunde. John Wayne hätte drüber gelacht«, sagte ich.

»Ein bisschen ernster war es wohl schon«, sagte der Senator.

»Irgendwann würde ich mich gern mal mit Ihnen über diese Erfahrungen unterhalten«, sagte Williams mit einer staubtrockenen Stimme.

»Das dürfte nicht allzu interessant sein, aber wenn Sie auf dem Weg von Washington nach L. A. mal durch DeWitt County kommen, genehmigen wir uns ein paar Flaschen.«

»Sie werden John bestimmt auch mal auf meiner Ranch treffen. Er ist oft bei uns zu Gast«, sagte der Senator. »Sieht so aus, als wäre Ihr Glas leer, Hack.«

Ich hätte es nicht für möglich gehalten, aber dem Senator war unbehaglich. Seine stechend blauen Augen glänzten, und sein sonst so unbeschwertes Lachen war von einer kaum merklichen Anstrengung durchzogen. Er goss noch einen Schuss Whiskey in mein Glas und presste den Stopfen kräftiger als notwendig in den Flaschenhals zurück. Ich gewann mehr und mehr den Eindruck, dass John Williams mehr Furcht einflößte, als ich zunächst angenommen hatte.

»Wenn Sie weiter in der Politik bleiben, werden wir uns bestimmt häufiger sehen«, sagte Williams, und fast konnte ich die Galle zwischen seinen Zähnen riechen. »Sieht so aus, als würden Sie eine exzellente Karriere vor sich haben.«

»Ich schätze, das ist eine von diesen Sachen, die man nicht genau wissen kann.«

»Das würde ich nicht sagen.«

Wieder wusste ich nicht, ob in seinen Worten eine zweite Bedeutung mitschwang oder ob er sich bewusst vage ausdrückte, um seine Einwände mit unausgesprochenen Fragezeichen aufzuladen. Was ich sehr wohl wusste: Der Senator saß immer noch mit angespannten Oberschenkelmuskeln und leicht nach vorn gebeugtem Oberkörper auf seinem Platz. Die Lektion, die ich aus dieser Begegnung mitnahm, war klar: Selbst wendige Raubfische müssen sich manchmal unter das Riff zurückziehen, wenn über ihnen der Schatten eines viel größeren Jägers durch das dunkle Wasser zieht. Ich steckte mir die erste Zigarre des Tages an, und während ich blinzelnd durch den Rauch auf den Senator und Williams schaute, grübelte ich darüber nach, welches nabelschnurartige Band die beiden wohl vereinte.

Ich schwieg, um die feine Membran hinter dem breiten Lächeln des Senators nicht weiter zu strapazieren, und auch Williams schien zu spüren, dass das Match vorbei war. Er stellte seinen Drink auf dem Tisch ab, faltete die Hände über dem Knie und schaute aus dem Fenster wie ein in sich gekehrter Weltenschöpfergott, der auf die Feuer in den Wolken starrt.

Drei Stunden später hatte ich meinen vierten Bourbon mit Wasser intus, und wir setzten zur Landung auf dem Dulles International Airport an.

Die Luft in Washington war feucht und von Rauch durchzogen. Es hatte unter der Woche Ausschreitungen im Schwarzenviertel an der Pennsylvania Avenue gegeben. Schon vom Flugzeug aus hatte ich die Rauchschwaden über den Mietskasernen aus rotem Backstein gesehen, wie sie in Richtung des Capitols und des Lincoln Memorial zogen – dieser Insel aus Parkanlagen, Marmor und blauem Wasser im Zentrum eines riesigen Armenviertels. Als ich zwischen den Pflanzkübeln an der Zufahrt zum Terminal stand, kroch mir der Geruch verbrannten Holzes in die Nase, und meine Augen, gereizt vom alles bedeckenden gelben Rauchschleier, begannen zu tränen.

Wir wurden vom Chauffeur des Senators in einer Cadillac-Limousine abgeholt. Auf dem Weg zum Walter Reed klappte ich die in der Rückseite des Fahrersitzes eingebaute Bar auf und genehmigte mir einen weiteren Drink. Der Senator war wenig begeistert, begrenzte seinen Protest aber darauf, den Stand des Bourbons in meinem Glas im Auge zu behalten. Williams saß uns schweigend gegenüber auf dem Aufklappsitz, mit geradem Rücken und zum Fenster gewandten Gesicht. Trotz seiner augenscheinlichen Gleichgültigkeit strahlte er eine Aura der Erhabenheit aus, die sich sehr wahrscheinlich aus der Beobachtung speiste, dass ich nun ernsthaft zu trinken begonnen hatte. *Schon in Ordnung, du Scheißkerl,* dachte ich. *Wes Hardin und ich reißen dir noch allemal den Arsch auf.*

In der Empfangshalle des Krankenhauses warteten zwei TV-Reporter aus Houston und Fort Worth auf uns – junge Burschen in eng geschnittenen Anzügen, gestrickten Krawatten und Hemden mit Button-down-Kragen, die so aussahen, als gingen sie jeden Tag zum Friseur. Sie standen an der Auskunft und hatten sich gegen den Tresen gelehnt, die Kameras baumelten lose an ihren Händen herunter. Beim Anblick des Senators nahmen sie Haltung an, und als sie uns entgegenkamen, klackerten ihre Ledersohlen auf dem Marmorboden. Ihre Collegebubi-Gesichter strahlten das gebotene Maß an Ehrerbietung und tatkräftigem Respekt aus. *Aha, zwei junge Männer, die sich ganz sicher nie in Riechweite der Schlacht- und Viehhöfe in Fort Worth niederlassen würden,* dachte ich mir.

Nachdem sich drei Verwaltungsangestellte des Krankenhauses zu uns gesellt hatten, starteten wir unseren Rundgang durch die Krankensäle, in denen die im Vietnamkrieg verwundeten Soldaten lagen. Ich hatte bereits ziemlich einen sitzen, aber als es losging, wünschte ich mir, noch ein paar

Gläser mehr getrunken zu haben. An den Wänden standen in langen Reihen Betten mit hohen Metallgittern an den Seiten, und die Strahlen der Nachmittagssonne fielen schräg durch die Fenster auf die unter den Laken liegenden Körper der Männer. Ich hatte Williams gegenüber eine zynische Bemerkung über den Mief infizierter Brandwunden gemacht, aber bei unserem Rundgang fiel mir auf, dass dieser nur einen kleinen Teil der Geruchsvielfalt in einem Krankenhaus darstellte. Denn hier mischte sich der beißende Gestank der Desinfektionsmittel mit dem Mief der vollen Bettpfannen und den Ausdünstungen der unter Gipsverbänden schwitzenden und juckenden Fleischwunden. Hinzu kam der Gestank des in die Bettunterlagen der Querschnittsgelähmten eingesickerten Urins und der Salbengeruch, der aus verbundenen Wundnähten hervorkroch. Aber das war noch nicht alles. Es hing noch ein weiterer Geruch in der Luft, den manch einer als eingebildet ansehen mochte, der für mich aber sehr real war: Es war der Geruch des fernen Regenwaldes. Ebenso roch ich die entzündete Haut von Männern, die tagein, tagaus nasse Uniformen trugen und deren Schuhe sich hart wie Stein anfühlten. Zudem schwebte der Gestank der Angst in den Räumen, ebenso der von auf der Haut getrockneten Exkrementen. Und wenn man sich ein wenig anstrengte und tief einatmete, konnte man eine süßsaure Note erahnen, den aschgrauen Geruch des Todes.

Der Senator ging von Bett zu Bett und schüttelte fröhlich gelaunt die Hände der Veteranen, und jedes Mal, wenn er auf einen Mann aus Texas traf, machte er mit einem Blick in die surrenden Kameras ein paar platte Sprüche. Sicher waren einige der Männer gelangweilt oder auch verärgert, dass schon wieder ein Politiker zu Besuch kam. Die meisten von ihnen jedoch richteten sich im Bett auf. Mit aufgestützten Ellbogen und Zigaretten zwischen den Fingern grinsten sie aus ihren knabenhaften und doch steinalten Gesichtern, während der Senator sich für ihren Einsatz bedankte. Nur einmal gab es Ärger, und zwar am Bett eines schwarzen Marines, dem der Arm kurz unterhalb der Schulter amputiert worden war. Die Augen des Mannes waren blutunterlaufen, und unter seinem Kopfkissen lugte ein Fläschchen mit Opiumtinktur hervor.

»Dein Dankeschön kannst du dir sparen, Mann«, sagte er. »Wenn ich hier rauskomme, will ich rosafarbene Ärsche wie dich nicht mehr sehen.«

Die Kameras hörten auf zu surren, und der Senator ging lächelnd zum nächsten Bett, ganz so als wären der Schwarze und dessen Verbitterung nichts weiter als das Ergebnis eines dummen Unfalls, der die Aufmerksamkeit eines Abgeordneten nicht wert war. Am Nachbarbett liefen die Kameras dann wieder. Die blutunterlaufenen Augen starr auf den Rücken des Senators gerichtet, zog der schwarze Marine die Schmerzmittelflasche hinter seinem Kopfkissen hervor und öffnete mühevoll den Verschluss mit Daumen und Zeigefinger der verbliebenen Hand.

Immer wenn der Senator am Ende eines Krankensaals angelangt war, hielt er eine kleine Rede, bei der ich mich jedes Mal fragte, wie oft er sich wohl schon während des Zweiten Weltkrieges und während des Koreakrieges mit diesen oder ähnlichen Worten an die Soldaten im Walter Reed gewandt hatte. Wahrscheinlich hatte er einige Details ändern müssen, um seine Rede dem jeweiligen politischen Hintergrund und der Situation an der Front anzupassen, aber im Großen und Ganzen war der Inhalt ganz sicher derselbe gewesen: Die Menschen in Amerika sind stolz auf euch Jungs! Wir unterstützen unsere Soldaten und wissen um die Opfer, die sie für die Verteidigung der Demokratie und im Kampf gegen die kommunistischen Aggressoren bringen. Ihr tragt das Banner, das nur die Tapferen tragen können. Wir werden nicht zulassen, dass dieses Banner besudelt wird, denn viele ehrenhafte Männer haben bereits einen hohen Preis dafür bezahlt …

Und so weiter, und so fort.

Während ich ihm bei seinem Rundgang zusah, erinnerte ich mich daran, wie ich 1953, nachdem man mir die letzten Bleisplitter aus den Beinen operiert hatte, in einem ähnlichen Krankensaal gelegen hatte. Und auch ich hatte damals einem Regierungsvertreter zugehört, wie er eine fast identische Rede gehalten hatte. Ich konnte mich nicht an seinen Namen erinnern, auch nicht daran, wie er ausgesehen hatte. Aber ich wusste, dass er und der Senator sich sehr ähnelten. Während ihrer emotionalen Reden schienen beide zu glauben, dass sie dieselben Schlachten gefochten hatten wie die Männer, die vor ihnen lagen. Und mehr noch, sie waren in diesem Moment überzeugt davon, dass auch sie diesen lungenzerreißenden Schmerz in der Brust gespürt, ihr Blut über der schwarzen Erde fremder Länder vergossen und sich später in den Feldlazaretten ebenfalls durch endlose Morphindelirien gekämpft hatten.

Der Senator allerdings hatte noch eins draufzusetzen. Nach all den patriotischen Phrasen und abgedroschenen Rechtfertigungen, warum es sich lohnte, einen Teil seines Lebens zu verlieren, übertraf er sich zum Abschluss noch einmal selbst: »Ich wette, ihr Jungs werdet eure Einberufungsbescheide nicht einfach so verbrennen wie diese Hippies da draußen!«

Die Antwort kam wie auf Kommando und aus hundert Kehlen gleichzeitig: »NEIN, SIR!«

Als der Senator fertig war, ging er zur Tür hinaus, gefolgt von den drei Verwaltungsangestellten, die fortwährend lächelten und sich ganz so verhielten, als würden sie uns durch ein Gewächshaus mit exotischen Pflanzen führen. Dann richtete einer der Reporter seine Kamera auf mich.

»Nimm das gottverdammte Ding aus meinem Gesicht«, sagte ich.

Entweder hatte er mich aufgrund des elektrischen Surrens seiner Kamera nicht verstanden, oder er konnte nicht glauben, was er gerade gehört hatte – jedenfalls hielt er die Linse weiter auf meine Stirn gerichtet.

»Ich mein's ernst, Kumpel. Nimm sie weg, oder ich schmeiß sie gegen die Wand.«

Langsam senkte er die Kamera und starrte mich mit leicht geöffnetem Mund an. Er wusste nicht, was er falsch gemacht hatte, und es schien so, als würden in seinem Kopf mit einem Mal alle Gründe für seine Anwesenheit im Walter Reed zu Staub zerfallen. Ich konnte nur ahnen, wie mein Gesicht aussah – mit der Wunde an der Schläfe und dem immer noch geschwollenen Auge –, aber es war offensichtlich schrecklich genug, um einen Absolventen der Texas University School of Journalism zusammenzucken zu lassen. Er senkte den Blick auf die Kamera und fummelte am Objektiv herum, als hätten sich in den letzten zehn Sekunden die Lichtverhältnisse verändert.

»Ich hatte einen Autounfall und will nicht, dass die Jungs im Country Club mich in der Glotze sehen und denken, meine Frau hätte mir mit dem Pantoffel einen über den Schädel gezogen«, sagte ich, lachte kurz und knuffte ihn am Arm.

Er lächelte, und ich konnte sehen, dass sein ins Wanken geratenes Weltbild wieder auf festen Füßen stand. Er ging dem Senator hinterher in den nächsten Krankensaal, und ich dachte nur: *Junge, Junge, bleibt nur zu hoffen, dass das Dreißigtausend-Dollar-Haus in den Fort Worth Suburbs all das hier wert ist.*

Als wir später wieder im Cadillac saßen und die Sonne auf das Dach der Limousine brannte, füllte ich ein Glas halbvoll mit Bourbon und nahm zwei große Schlucke. Draußen war der gelbe Schleier aus Rauch und Qualm noch dichter geworden, und aus den Lüftungsöffnungen der Klimaanlage tropfte das Wasser.

»Man sollte die Vorgesetzten dieses schwarzen Soldaten über sein ungebührliches Verhalten informieren«, sagte Williams.

»Der Mann war Marine«, sagte ich.

»Spielt keine Rolle. Für eine derartige Bemerkung gibt es keine Entschuldigung«, sagte er.

Eine Anstandsdame bist du nun also auch noch, oder wie?, dachte ich.

»Nicht so dramatisch«, sagte der Senator. »Mit der Zeit wird sich auch die Einstellung dieses Mannes wieder normalisieren. Das habe ich schon bei vielen wie ihm erlebt.«

»Tut mir leid, aber dafür habe ich kein Verständnis«, sagte Williams.

»Vielleicht war er einfach nur schlecht gelaunt, weil er eigentlich nicht vorhatte, einen Beitrag zur Wissenschaft der Prothetik zu leisten«, sagte ich. »Wobei ich nicht mal sicher bin, dass die auf seinen Stumpf überhaupt noch irgendwas draufgeschraubt kriegen.«

Williams wandte mir sein blasses, unergründliches Gesicht zu und fixierte mich. Ein Zucken lief durch die Fingerspitzen auf seinen Oberschenkeln. Hätte ich in diesem Moment in seine Augen blicken können, wären mir ganz sicher wild lodernde Flammen entgegengeschlagen.

»Dieser Bourbon scheint Ihnen ganz gut zu schmecken, Mr. Holland. Ich schicke Ihnen gern eine Kiste davon nach Hause«, sagte er.

»Vielen Dank für das Angebot, aber ich muss ablehnen. Ich bevorzuge Jack Daniel's und werde direkt aus Lynchburg beliefert.«

»Sie müssen ja sehr gute Beziehungen zu den Produzenten haben.«

Schweigend rauchte ich eine Zigarre und leerte meinen Drink, während wir durch den Abendverkehr in Richtung Downtown fuhren. Als ich merkte, dass Williams sich am Qualm meiner Zigarre störte, legte ich den Stumpen absichtlich im Aschenbecher ab, ohne ihn vollständig auszudrücken. Eigentlich hatte der Senator ein gemeinsames Dinner zu dritt geplant – eins dieser Geschäftsessen mit Grillsteaks, weißen Leinentischdecken und angenehmen Gesprächen, die er so liebte. Auf der Fahrt schien ihm aber klargeworden zu sein, dass es besser wäre, Williams am Hilton abzusetzen, wo dieser dauerhaft eine Suite gemietet hatte.

Als die Limousine anhielt, stieg Williams aus, drehte sich auf dem Gehweg um und beugte sich nach vorn, um mir die Hand zu schütteln. In der heißen Luft schwebte ein Hauch seines Schweißes, unter den sich der Geruch von Talkumpuder und Rasierwasser gemischt hatte. Im Schatten des Gebäudes wirkte seine Haut synthetisch und leblos. Für einen Moment rutschte seine Sonnenbrille nach vorn, und ich erhaschte einen Blick auf eine Farbe, die sich am ehesten als verbranntes Eisen beschreiben ließ.

»Bis demnächst, Mr. Holland.«

»Ja, Sir«, sagte ich.

Anschließend fuhren wir direkt zum Flughafen, und ich wartete darauf, dass der Senator damit beginnen würde, mich Stück für Stück zu demontieren. Eigentlich freute ich mich sogar ein wenig darauf, denn ich spürte den Whiskey in meinem Kopf und fühlte mich bereit für eine Fortsetzung unseres Tennismatches. Der Angriff des Senators kam dann aber aus einer ganz anderen Richtung, als ich erwartet hatte, und mir wurde klar, dass er Williams noch mehr verabscheute, als ich es tat, wenn auch aus völlig anderen Gründen.

»Sie hatten letzte Woche keinen Autounfall, Hack. Sie saßen zusammen mit mehreren Mitgliedern einer mexikanischen Landarbeitergewerkschaft hinter Gittern.«

Ich brauchte einen Moment, um diesen Schlag zu verdauen.

»Und wie ich höre, hätte der zuständige Sheriff Ihnen eine Klage wegen versuchten Angriffs auf einen Vollstreckungsbeamten reindrücken können.«

»Ihr Büro scheint einen sehr viel längeren Arm zu haben, als ich bisher angenommen habe, Senator.«

»Wie Sie sich denken können, habe ich dafür gesorgt, dass die Geschichte nicht in den Nachrichten landet.«

»Als langjähriger Freund meiner Familie werden Sie aber wissen, dass ich bereits in andere Abenteuer dieser Art verwickelt war.«

»Noch so ein Ausrutscher könnte Ihre Karriere in Texas beenden.«

»Ach, kommen Sie, das glauben weder Sie noch ich.«

»Ich spreche nicht von irgendwelchen Saufeskapaden. Wenn Sie sich mit einer radikalen Organisation wie dieser einlassen, werden Sie als unabhängiger Kandidat ins Rennen gehen. Die Partei wird Sie nicht mehr unterstützen«, sagte er und setzte zu einem Angriff auf die besonders sensiblen Bereiche an. »Ihrem Vater hätte es ganz sicher nicht gefallen, dass Sie sich mit irgendwelchen Radikalen einlassen, die unsere Gesellschaft zerstören wollen.«

»Nun, ehrlich gesagt, hatte ich immer den Eindruck, dass die Arbeit meines Vaters im Rahmen des New Deal zu jener Zeit auch als ziemlich radikal angesehen wurde«, sagte ich. »Wie dem auch sei … Ich habe keinerlei Verbindung zur Gewerkschaft der United Farm Workers und war lediglich dort unten, um einem Freund aus Armeezeiten zu helfen.«

Die Sonne verschwand langsam zwischen den lilafarbenen Wolken am Horizont, und durch das Autofenster konnte ich die Flugzeuge sehen, die mit eingeschalteten Landelichtern Dulles International ansteuerten.

»Ich denke, Sie sollten den Fall Ihres Freundes an einen anderen Anwalt abgeben.«

»In meinen acht Berufsjahren habe ich noch keinen Fall als Strafverteidiger verloren, Senator, und eigentlich glaube ich, dass ich ein ziemlich gutes Gespür dafür habe, welche Mandanten unsere Kanzlei vertreten sollte und welche nicht.«

»Das kann ich nur hoffen, Hack, und ich hoffe auch, dass wir nicht noch einmal ein Gespräch wie dieses führen müssen.«

Der Chauffeur bog in die Zufahrt zum Terminal ein und hielt vor dem Eingang. Ich ging in ein Restaurant und bestellte ein paar Steak-Sandwiches, der Senator wartete am Flugsteig auf mich. Draußen rollte seine Maschine aus dem Hangar und fuhr langsam am Rand des Rollfeldes in unsere Richtung. Ein paar Minuten später saßen wir im Flieger und rasten auf das Ende der Piste zu. Wir hoben ab und stiegen in

Richtung Sonne empor. Unter uns glitzerte die Stadt im Licht der Dämmerung, und das Innere der Maschine wurde von einem diffusen, rot glühenden Licht erfüllt. Die Vibrationen der Motoren ließen die Eiswürfel in meinem Bourbonglas auf dem Tisch klimpern.

»Wer ist er eigentlich?«, sagte ich.

»John Williams?«, sagte der Senator. »Mehrheitseigner von zwei der größten Raketenlieferanten unserer Regierung.«

Kapitel 6

Auch in der folgenden Woche arbeitete ich an Arts Berufung. In meinem Bürofenster ratterte die defekte Klimaanlage vor sich hin, und draußen wurde das Juliwetter von Tag zu Tag heißer. Nachmittags stieg die Temperatur regelmäßig auf achtunddreißig Grad, und am wolkenlosen Himmel strahlte die Sonne. Die Gehwege und Gebäude flimmerten in der Hitze, und manchmal, wenn die Klimaanlage komplett ausfiel und ich die Fenster öffnete, hatte ich das Gefühl, der heiße Wind würde mir das Gesicht verbrennen. Unten auf der Straße suchten die Passanten in den Schatten der Markisen Schutz vor der glühenden Sonne. Ihre Kleidungsstücke waren nass vom Schweiß, die Augen hatten sie im grellen Licht zusammengekniffen. Die Feuchtigkeit auf der Haut fühlte sich an, als würden einem Unmengen von Spinnen über den Körper krabbeln, und wenn man vom Gehweg in die Sonne trat, schmeckte die Luft plötzlich, als hätte es in unmittelbarer Nähe einen elektrischen Funkenschlag gegeben.

Abends, wenn sich der Tag langsam abkühlte, fuhr ich mit heruntergelassenen Fenstern zu den Hügeln in der Umgebung hinaus.

Ich hatte mir ein Hotelzimmer in der Stadt genommen, um morgens früh mit der Arbeit im Büro beginnen zu können und Verisas Cocktailpartys zu entkommen. In dieser Woche hatte sie gleich zwei dieser Events auf unserer Ranch geplant, aber ich war weder in der Stimmung für weitere Saufgelage mit irgendwelchen Hohlköpfen noch für die sich zwangsläufig daran anschließenden Entgleisungen.

In der malvenfarbigen Dämmerung nahmen die Eichenbäume ein satteres Grün an, und gelegentlich sprangen ein paar Rehe durch das Unterholz auf die Straße und starrten mich aus Augen an, die wie von Eis überzogenes, braunes Glas aussahen. Die Luft war vom süßen Geruch der Berge und Wälder erfüllt, und im kurzen Gras hockten Eselhasen und Baumwollschwanzkaninchen mit zurückgelegten Ohren. Bei ihrem Anblick erinnerte ich mich daran, wie ich als junger Bursche diese Kreaturen oft aus dem Dickicht aufgescheucht und sie mit einem schrillen Pfiff durch die Zähne erschreckt hatte, sodass sie stehen blieben, die Ohren in V-Form in die Luft streckten und zu mir zurückschauten. Eine leichte Brise fuhr durch die Weiden am Flussufer, und ich konnte die Barsche und Brassen sehen, wie sie zwischen dem Schilfrohr und den Seerosen an die Wasseroberfläche kamen. Angler mit Fliegenruten glitten in ihren Ruderbooten lautlos an den Bäumen vorbei und warfen ihre Köder in die Schatten aus. Hin und wieder explodierte das Wasser, und ein Forellenbarsch mit grünlich-silbern schimmernden Schuppen schraubte sich in die Höhe, um den in seinem Maul festsitzenden Haken loszuwerden, während sein Körper in den letzten Sonnenstrahlen leicht golden glänzte.

Eines Abends, am Ende eines glühend heißen Tages, nachdem mir Bailey in einer einstündigen Strafpredigt meine Mängel und Verfehlungen aufgezählt hatte, fuhr ich raus zum Devil's Backbone – einer geologischen Verwerfung, an der das Land scharf wegbrach und man auf fünfzig Meilen Texas hinausblicken konnte. Oben auf dem Kamm stand eine mexikanische Bierkneipe, rustikal und vollständig aus flachen Steinplatten gebaut. Als ich von dort über die Hügel hinweg auf das ausgedörrte Land hinausschaute, zu den winzigen Eichenbäumen in der Ferne, dem schwächer werdenden Licht in den Tälern und dem unterbrochenen Feuerstreifen am Horizont, war mir, als würde mir die Luft wegbleiben und der Boden unter meinen Füßen zu wanken beginnen. Im Wind konnte ich die flachen Wasserlöcher riechen, ebenso den heißen Duft der Mesquitesträucher, den Kadaver einer verendeten Kuh, die nun von Truthahngeiern in Stücke gerissen wurde, die roten Mohnpflanzen und die blauen Wiesenlupinen, die Schlangen, die Echsen und den trockenen Sand, auch den feuchten Kot der Hirsche im Unterholz zwischen den Schwarzeichen, und ich musste über diesen außergewöhnlichen Landstrich nachdenken, über seine Fähigkeit zur Anpassung und seine Beständigkeit. Ich wusste, dass ich nur lange genug an diesem Ort verweilen musste, und dann, wenn die Schatten sich über die Berge legten, würden sie kommen – die Geister der Apachen- und Komantschenkrieger auf den Rücken ihrer bemalten Pferde, in einer langen Reihe, die nackten Körper geschmückt mit Skalps und Ketten, auf denen Menschenfinger aufgefädelt waren. Vielleicht würden sich auch die Geister derer zeigen, die später folgten – Bowie und Crockett, Fannin und Milam, mit Röcken aus Hirschleder, Pulverhörnern, Musketen, angetrieben von dieser selbstzerstörerischen Raserei, die sie gegen die ganze mexikanische Armee in den Krieg ziehen ließ.

Im Inneren der aus Steinplatten erbauten Bar war es angenehm kühl. Der von Zigarettenkippen verbrannte Fußboden, der gelbe Spiegel hinter der Theke, der Shuffleboard-Tisch, die Jukebox mit den farbigen Lichtern und dem Plastikgehäuse schienen allesamt aus den Vierzigerjahren zu stammen. An den Tischen saßen Zedernholzfäller und mexikanische Farmarbeiter mit von einer dünnen Eisschicht überzogenen Biergläsern in den Händen, der Barkeeper stellte kostenlose Snack-Teller mit Tortillas, Käse und Chilischoten bereit, und aus der Jukebox erklang die Stimme des längst verstorbenen Hank Williams. Draußen prallten Insekten gegen die Fliegengittertür, und das letzte Glimmen der Sonne verschwand im Dunkel, während der braune Mond langsam über die Hügel kroch. Ich bestellte Tacos und ein Bier vom Fass und schaute zwei Holzfällern zu, die den Metallpuck über die gewachste Oberfläche des Shuffleboards sausen ließen. Aus irgendeinem Grund prosteten mir die mexikanischen Farmarbeiter jedes Mal zu, wenn sie tranken, und so bestellte ich eine Runde für alle drei Tische und legte damit den Grundstein für ein ordentliches Trinkgelage.

Den Kopf noch voller Bier und Jukebox-Musik, machte ich mich am nächsten Morgen auf den Weg zum Staatsgefängnis. Der schwarze Highway schlängelte sich durch eine Landschaft mit Hügeln aus roter Tonerde, Baumwollfeldern und Kieferbäumen, und meine Reifen hinterließen lange Linien im weichen Teer der Straße. Ein markanter Piniengeruch schwebte in der heißen Luft, und auf den verdorrten Weideflächen grasten abgemagerte Rinder. Die Flüsse waren fast komplett ausgetrocknet, die Sandbänke in ihrer Mitte wirkten wie ausgeblichene Knochen, und über den Baumwipfeln zogen Truthahngeier ihre Kreise. Die Sonne hatte den ersten Mais an den Rändern bereits verbrannt, und sollten noch zwei Wochen ohne Regen folgen, würden die Stängel verwelken und die Kolben auf dem Boden vertrocknen.

Als ich mich der Stadtgrenze näherte, sah ich am Straßenrand die nur allzu bekannten Schilder mit den Warnungen für das Diesseits und das Jenseits:

KEINE ANHALTER MITNEHMEN.
STAATSGEFÄNGNIS IN DER NÄHE.

MACH DICH BEREIT,
DEINEN SCHÖPFER ZU TREFFEN.

RETTET AMERIKA
UND JAGT EARL WARREN AUS DEM AMT.

JESUS STARB, UM DICH ZU ERLÖSEN.

KEINE SORGE – NOCH LIEGEN 90 SEEMEILEN
ZWISCHEN UNS UND DEN ROTEN.

Danach folgten ein paar versöhnlichere Botschaften:

BESUCHEN SIE DAS HAUS VON SAM HOUSTON.

KOMMEN SIE ZU JACK'S SNAKE FARM.

Ich hielt am Gefängnistor und zeigte dem Wachposten meine Papiere. Der Mann trug eine khakifarbene Uniform und einen lackierten Strohhut. Seine Hände und sein Gesicht waren von der Sonne so stark gebräunt, dass sie wie altes Leder aussahen, und eine Ladung Kautabak in seinem Mund formte eine ausgebeulte Wangentasche. Nachdem er einen Blick auf meinen Ausweis der texanischen Anwaltskammer geworfen hatte, spuckte er einen braunen Strahl durch das Viehgitter, wischte sich mit dem Handrücken die hängengebliebenen Kautabakfasern vom Mundwinkel und gab mir einen Besucherausweis aus Pappe mit einem Datumsstempel am unteren Rand.

»Beim Rausfahren müssen Sie warten, bis der Kollege Ihren Wagen durchsucht hat«, sagte er und ließ mich passieren.

Das Hauptgebäude befand sich am Ende einer gelben Schotterstraße, die sich durch Felder mit Baumwollpflanzen und Strauchbohnen schlängelte. Zwischen den Reihen standen die in Weiß gekleideten Häftlinge und arbeiteten. Ihre in der Sonne glänzenden Hacken hoben und senkten sich unermüdlich. Hoch über den Häftlingen thronten auf Pferderücken die Aufseher, die ihre Gewehre und Schrotflinten zwischen Oberschenkel und Sattelknauf eingeklemmt hatten. Die Sonne stand senkrecht am Himmel, und ich konnte die dunklen Schweißflecken auf ihren Uniformen ebenso ausmachen wie das Rot in den Gesichtern der Zuchthäusler. Bis auf die Bewegung der Hacken oder das gelegentliche Schweifwedeln, mit denen die Pferde die grünen Fliegen an ihren Flanken vertrieben, schienen sie alle wie eingefroren, versunken in den eingespielten Ritualen zwischen Aufsehern und Gefangenen. Ab und an trug einer der Trusties, die im Schatten der Zedern am Feldrand saßen und Werkzeuge schärften, einen Wassereimer zu den Männern in den Reihen, aus dem diese mit einer Schöpfkelle tranken und sich das kühle Nass über Hals und Brust laufen ließen. Manchmal stieg auch einer der Aufseher von seinem Pferd herab und stellte sich in den Schatten des Tieres, während die Männer sich auf die Erde setzten und eine Zigarettenpause einlegten. Von diesen Momenten einmal abgesehen, kannte der Arbeitstag der Häftlinge keine Unterbrechungen.

Die von meinem Wagen aufgewirbelten Staubwolken zogen über die Felder, und gelegentlich schaute ein Häftling vom Ende seiner Hacke auf und sah zu mir und meinem Cadillac herüber – zu einem dieser freien Menschen, die ungehindert an weit entfernte Ort fahren konnten. Und als einer dieser freien Menschen war ich der Feind und per se unfähig, seinen Mikrokosmos, die Welt eines Gefangenen, auch nur teilweise zu verstehen. Aus den Augen unter seiner schweißbedeckten Stirn strahlte der Hass, und ich war mir sicher, dass er mich in diesem Moment, als er meinen klimatisierten Wagen sah und die beißende Staubwolke in seinem Gesicht spürte, am liebsten mit seiner Hacke zerstückelt hätte, und zwar nur, weil ich die Dinge der freien Welt als selbstverständlich ansah – die Frauen, das kalte Bier, die faulen Sonntage und die endlosen Straßen, die ich entlanglaufen konnte, ohne jemals anzuhalten.

Dabei kannte ich seine Welt sehr wohl, vielleicht sogar besser als er selbst. Ich kannte das miese Gefühl, wenn man hörte, wie hinter einem die Tür verriegelt wurde; die Angst vor der Isolationshaft und den damit einhergehenden Albträumen; die Vorsicht vor den Gewalttätigen und den Wahnsinnigen; die Scham beim Masturbieren und die Verlockungen der Homosexualität; die Panik, wenn man dir eine geladene Waffe ins Gesicht hielt; die Monate und Jahre, die kein Ende zu haben schienen; der Neid, wenn der Aufseher einem Mithäftling einen Gefallen tat; die ständige Enge und das Wissen darum, dass selbst deine grundlegenden Körperfunktionen permanent von Dutzenden Augenpaaren beobachtet wurden. Ich kannte die Waffen. Die an Steinen scharf geschliffenen Nägel, die durch einen kleinen Holzblock getrieben wurden;

die in Zahnbürstengriffe eingeklemmten Rasierklingen; die mit Stacheldraht umwickelten Knüppel; die gewetzten Löffel und Blechstreifen, mit denen sich problemlos Halsschlagadern aufschlitzen ließen. Und ich wusste um die Verstecke dieser Utensilien, die mit Klebestreifen an der Oberschenkelinnenseite fixiert, in Wundverbänden versteckt, mit Fäden in Abflussrohre heruntergelassen oder sogar in den Latrinenexkrementen vergraben wurden.

Das Gebäude der Gefängnisverwaltung war von Bäumen und einem grünen Rasen umgeben. Auf meinem Weg zum Eingang kam ich an drei Trusties vorbei, die gerade damit beschäftigt waren, die Hecken zu schneiden, den Rasen an den Gehwegkanten zu stutzen und das Unkraut in den Blumenbeeten zu jäten. Sie schauten direkt durch mich hindurch, als ich an ihnen vorüberging. Ich konnte nicht genau sagen, warum, aber mich hatte schon immer eine Art Schuldgefühl beschlichen, wenn ich auf Gefängnisinsassen getroffen war. Es war, als würde ich mich für irgendetwas entschuldigen müssen. Ich wusste, dass sie oftmals wegen einer unglücklichen Verkettung von allerlei Absurditäten im Gefängnis gelandet waren, und ich wusste auch, dass die Jahre der Bestrafung und die damit einhergehende Zermürbung fast nichts mit Resozialisierung oder Besserung zu tun hatten. Wenn ich allerdings zu lange über diese Dinge nachgrübelte, kam es mir so vor, als stünde ich kurz davor, mein Juradiplom zu einem Papierflugzeug zusammenzufalten und aus dem Bürofenster segeln zu lassen. Ich schaute einen der Trusties an, einen Schwarzen, dessen weiße Uniform wie eine Beleidigung für seine dunkle Haut wirkte. Er stutzte gerade den oberen Teil einer Hecke, führte dann aber die Schere seitlich nach unten und wandte sein Gesicht von mir ab.

In der Ferne konnte ich eines der zerfallenen grauen Blockhäuser sehen, eine der Gefangenenunterkünfte aus dem vorigen Jahrhundert. Ich fragte mich, ob es wohl das Gebäude war, in dem John Wesley Hardin eingesessen hatte. Ob man ihn dort bei Haferschleim und Wasser an die Wand einer dunklen Zelle gekettet und Tag für Tag mit einem Lederriemen verprügelt hatte, um seinen Willen zu brechen und ihn später zur Arbeit aufs Feld zu schicken, mit einer Eisenkugel am Fußgelenk und auf Schritt und Tritt von zwei mit Schrotflinten bewaffneten Aufsehern bewacht. Vierzehn harte Jahre hatte Hardin an diesem Ort verbracht, in Ketten geschlagen und tagein, tagaus von Reitpeitschen gezüchtigt.

Mir kamen die Songs des Bluessängers Leadbelly in den Sinn, die er auf ebenjener Gefängnisfarm gesungen hatte: »The Midnight Special«, »There Ain't No More Cane On The Brazos«, »Shorty George« und die Zeilen über »Black Betty«, einen zehn Zentimeter breiten und einen Meter langen Streichriemen mit Holzgriff.

Ich wurde in einen blank geschrubbten Besuchersaal geführt und wartete dort auf Art, während ein Aufseher ihn vom Feld holte. Der Saal wurde von einer langen, niedrigen Tischbank in zwei Hälften geteilt. Die Häftlinge saßen auf der einen, die Besucher auf der anderen Seite, die Köpfe zusammengesteckt in dem vergeblichen Versuch, etwas Privatsphäre zu schaffen. An der Stirnseite des Saals hing ein Schild an der Wand: DEN HÄFTLINGEN NICHTS ZUSTECKEN. ZIGARETTEN NIMMT DAS PERSONAL ENTGEGEN. Ein riesiger Wachmann mit Fettringen am Bauch, dessen Holzstuhl bei jeder Bewegung unter dem gewaltigen Gewicht ächzte, saß an der Frontseite der Bank. Im Mund des Mannes steckte eine kalte Zigarre, vor seinen Füßen stand ein verdreckter Spucknapf. Er hatte kaum noch Zähne im Mund und leckte sich mit der Zunge immer wieder die Tabakreste vom Zahnfleisch. Sein Gesicht hatte die Form eines Kuchentellers, und seine beiden verwaschenen Augen schauten in unterschiedliche Richtungen. Ab und an warf er einen Blick auf seine Uhr, zeigte einzelnen Häftlingen mit seinem dicken Finger das Ende ihrer Besuchszeit an und saugte danach wieder am plattgedrückten Ende seiner Zigarre. Fast konnte ich die Verdauungssäfte in seinem Bauch blubbern hören.

Art kam, gefolgt von einem Aufseher, durch eine der Hintertüren in den Saal. Schweiß tropfte von seinen schwarzen Haaren, und die spinnennetzförmige Narbe an seinem Auge lag wie eine weiße Insel in seinem sonnenverbrannten Gesicht. Seine Hände waren dreckig, seine Unterarme von Schmutz und fadenartigen Baumwollfasern überzogen. In den Falten an seinem Hals lagen schwarze Ringe, seine Kleidung war zerknittert und an den Knien durchgewetzt. Er hatte weiter abgenommen, und auf seinen Handrücken traten die Venen wie knotige, unter der Haut verlaufende Kordeln hervor.

»Wie lange haben wir, Boss?«, sagte er und zog dabei ein Päckchen Bugler-Tabak aus der Hemdtasche.

»Fünfzehn Minuten«, sagte der Aufseher.

Art setzte sich und drehte ein Blättchen Zigarettenpapier zwischen seinen Fingern hin und her. Er sagte nichts und hielt seine Augen auf den Boden gerichtet, bis der Aufseher, der ihn gebracht hatte, wieder zur Tür gegangen war.

»Erzähl, wie sieht's aus, Kumpel?«, sagte er.

»Ich glaube, wir kriegen ein Berufungsverfahren.«

»Die Hälfte aller Typen hier drin hofft auf ein neues Verfahren. Die quatschen über nichts anderes und schreiben Briefe, als würde es morgen kein Papier mehr geben.«

»Der Unterschied besteht darin, dass du unschuldig bist.«

»Du weißt doch am besten, dass das nichts mit dem Absitzen einer Knaststrafe zu tun hat.«

»Pass auf, sobald der Berufungsantrag durch ist, hole ich dich auf Kaution raus.«

»Und das ist nicht nur dummes Gequatsche, oder?«

»Ich tische meinen Mandanten keinen Bullshit auf, Art.«

»Okay, alles klar. Die Sache ist nur die: Ich krieche hier drin echt auf dem Zahnfleisch, Mann. Das ist ein richtig fieser Laden.«

»Was ist passiert?«

Er rollte die Zigarette zwischen seinen Fingern, warf einen Blick zu dem Wachmann an der Stirnseite der Bank und drückte schließlich die angeleckte Kante des Blättchens mit den Daumen nach unten.

»Ein paar der Aufseher machen mir das Leben schwer. Sie haben spitzgekriegt, dass ich in der Gewerkschaft bin, und treiben draußen in den Baumwollreihen ihre miesen Scherze mit mir. Vor drei Tagen meinte der Boss auf dem Feld, ich würde mich vor der Arbeit drücken, worauf er mir die Obstkisten-Kur verordnete. Die schmeißen dich ohne Abendessen in den Bunker, und da musst du die ganze Nacht auf einer hochkant gestellten Obstkiste stehen, ganz gleich, ob du dir dabei in die Hose pinkelst oder sonst was. Wenn du runterfällst, setzt es Schläge vom Bunkerboss.«

Er zog ein Streichholzbriefchen aus seiner Hemdtasche, riss ein Zündholz ab und steckte sich die Zigarette an. Als er ausatmete, quoll der Rauch durch seine Zahnlücken.

»Der Feldboss hat mir schon gesagt, dass ich eine Hacke pro Woche verschleißen müsste, damit ich eine Chance auf Haftverkürzung habe«, sagte er. »Der ist mir den ganzen Tag so dicht auf der Pelle, dass sein Gaul mir auf die Füße kackt und in den Nacken pisst. Die legen es drauf an, dass ich die ganzen fünf Jahre absitze, Mann. Aber ich sag dir was: Ehe ich das noch einen Monat mitmache, geh ich lieber stiften.«

»Mach das nicht.«

»Entweder geh ich stiften, oder ich mache einen dieser Scheißkerle kalt. Ich habe diese Pazifistenscheiße echt satt, Mann. Als ich da auf dieser Obstkiste stand und der Bunkerboss mich anstarrte, hab ich geschnallt, was für ein Idiot ich die letzten fünf Jahre war. Die Anglos wollen, dass wir uns friedfertig verhalten, genauso wie sie uns in der Kirche diesen Scheiß von wegen *Gesegnet seien die Armen* beigebracht haben. Und Mann, was haben die uns gesegnet! Dabei wollen die nur, dass wir die Hände in den Taschen lassen, während sie uns die Scheiße aus dem Leib prügeln.«

»Vergiss die Sache mit dem Stiftengehen, hörst du?«

»Es ist nicht so, dass ich das planen würde. Man fängt einfach an, über all die Zeit nachzudenken, und das macht dich Stück für Stück wahnsinnig. Irgendwann bist du dann so weit, dass du dich mit den Fingernägeln durch Mauern graben würdest.«

Art war lauter geworden, und der Aufseher mit dem Silberblick schaute in unsere Richtung. Das Fett an seinem Mund zog sich zu einem kleinen Kreis um die kalte Zigarre zusammen.

»Ich verstehe dich ja, Art. Ich hab schließlich auch ein wenig Zeit hinter Gittern verbracht«, sagte ich.

»Dann weißt du ja, wie sich dieses beschissene Geduldsgefasel anhört.«

»Gib mir noch zwei Wochen. Ich setze alle Hebel in Bewegung, um dich hier rauszuholen.«

»Ich sag dir was, Kumpel, wenn ich hier rauskomme, kriegen die mich nie wieder in den Knast. Berufungsverfahren hin oder her, damit ich wieder reingehe, müssen sie schon mit der ganzen gottverdammten Armee anrücken.«

»Du wirst mit einer reinen Weste aus der Sache rausgehen«, sagte ich. »Außerdem habe ich das verdammt gute Gefühl, dass man Mr. Cecil Wayne Posey mal richtig Feuer unterm Arsch machen wird. Und der Deputy im Gefängnis bekommt demnächst auch unangenehmen Besuch und darf dem FBI ein paar Fragen beantworten.«

»Sag mal, ihr habt echt 'ne ganz schöne Show hingelegt, was? Ich hab nur mitgekriegt, wie sie euch in die Zellen verfrachtet haben, und dann ist irgendwas auf den Zellenboden geknallt wie ein Zementsack. Einer der Schwarzen aus der Ausnüchterungszelle meinte, es wäre ein großer blonder Kerl in heller Hose gewesen«, sagte Art. »Dabei hatte ich dich gewarnt, du sollst den Kopf unten halten.«

»Ich lerne dazu. Immerhin habe ich noch keine Karriere daraus gemacht, mir den Schädel einschlagen zu lassen.«

»Aber ich, oder wie? Die klassische Geschichte vom Maisfresser, der ständig mit dem Arsch im Zaun des Wassermelonenfeldes hängen bleibt.«

»Ich habe einige von den Leuten kennengelernt, mit denen ihr es zu tun habt. Und ich weiß jetzt, wie schlimm es ist.«

»Mann, du hast keine Ahnung. Die Lager der Wanderarbeiter kennst du doch nur vom Highway aus.«

»Dafür habe ich einen Eindruck von der Arbeitsweise der örtlichen Strafverfolgungsbehörden bekommen.«

»Wie heldenhaft. Soll ich dir dafür jetzt die beiden Purple Hearts verleihen, die in meinem Kofferraum vor sich hin gammeln, oder was?« Er drückte seine Zigarette aus, zog vorsichtig das Papier entlang der Klebekante zurück und ließ den nicht verbrannten Tabak des Stummels wieder in das Bugler-Päckchen rieseln.

»Bin ich jetzt wieder die Dartscheibe?«, sagte ich.

»Wenn du das nächste Mal in Pueblo Verde bist, mach mit Rie eine Tour durch die Camps der Farmarbeiter. Steck deinen Kopf in ein paar von diesen stinkenden Plumpsklos und sprich mit den Kindern, die vor den Türen sitzen und alle paar Sekunden die Fliegenschwärme von ihren Gesichtern wischen. Iss mit den Familien in den Camps zu Abend und schau mal, was das Essen mit deinem Magen macht. Und wenn du einatmest, achte auf den Gestank der toten Ratten unter den Häusern und den Mief des Abfalls, der in den Abwassergräben verrottet. Schau's dir einfach mal an, Mann. Einen richtigen Eindruck kriegst du erst, wenn du mittendrin stehst und ein paar Mal tief Luft holst.«

»Sieht ganz so aus, als würdest du mich in erster Linie immer noch als einen Weißen sehen.«

»Du bist ein guter Freund, Hack. Aber du bist nun mal auch ein Otto Normalbürger, und in deinem Kopf ist es so weiß, als hätte man ihn mit Bleiche ausgespült.«

Mit diesem Satz hatte er mich erwischt.

»Wie soll ich denn bitte schön sein?«, sagte ich. »Willst du vielleicht, dass ich mich dafür entschuldige, nicht so geboren zu sein wie du?«

»Nein, Mann. Du verstehst es immer noch nicht. Es geht um die Weltsicht und die Einstellung, mit der du aufgewachsen bist. Deine Leute gehen durchs Leben, als würden sie einen langen Tunnel runterschauen. Die Sachen, die sich links und rechts davon abspielen, sehen sie nicht. Ihr rast den Highway mit hundert Meilen pro Stunde entlang und erinnert euch später an nichts anderes als an ein Motel-Billboard, weil die Dinge jenseits des Zauns nicht zu eurem Leben gehören. Damit habt ihr nichts zu tun. Für euch ist das wie das Gemälde irgendeines Spinners, dem mittendrin die Pinsel abhandengekommen sind und der dazu noch vergessen hat, was er da eigentlich machen wollte.«

»Ich sag's dir ungern, Kumpel, aber du erzählst gerade ziemliche Scheiße.«

»Mach die Tour, Buddy.«

»Ich hab die Tour schon gemacht. Ich bin direkt daneben aufgewachsen.«

»Das bringt keine Punkte, Kumpel. Du steckst noch mitten im Tunnel.«

»Nur ein weiterer Gringo, was? Einer von den Unterdrückern. Ein Arschgesicht mit liberalem Anstrich.«

Der Aufseher hatte mich gehört. Er nahm die Zigarre aus dem Mund und lehnte sich nach vorn. Sein Bauch quoll über den Pistolengürtel, die Stuhlbeine spreizten sich leicht unter seinem Gewicht, und seine schielenden Augen starrten reglos aus dem glatten Fett hervor.

»Pass auf, Hack, wenn ich tatsächlich rauskomme, dann gehen wir zusammen auf Sauftour in San Antonio. Wir ziehen von einer Chicano-Bar zur nächsten und zahlen keinen Penny dafür. Wir lassen uns richtig volllaufen und vögeln mit braunhäutigen Girls, bis uns die Augen aus dem Schädel fallen. Das wird wie drei Tage Fronturlaub in Yokohama – eine richtig wilde Nummer.«

»Das hört sich schon besser an«, sagte ich.

»Kein Witz, Mann. Als Erstes werde ich mir im Guadalupe River den Knastgestank von der Haut waschen und einen Bierwagen kaufen. Dann können wir durch die Gegend gurken, Bier saufen und die Flaschen an den Highwayschildern zerdeppern. Und wenn ich nach Pueblo Verde zurückgehe, mache ich diesen Scheißern mal richtig Feuer unterm Arsch.«

»Wie bitte? Du willst dorthin zurückgehen und dir einen Nachschlag abholen?«

»Das Spiel hat gerade erst begonnen, Hack. Im August werden wir sie mit einem Streik überraschen. Ich weiß nicht, ob wir gewinnen können, aber wenn wir verlieren, wird eine Menge Baumwolle auf den Feldern verrotten.«

»Wenn du beim Berufungsverfahren schon ein halbes Dutzend neuer Anzeigen am Hals hast, wird selbst die beste Verteidigungsstrategie nicht mehr wert sein als Pisse in einer Punchschüssel.«

»Darauf kann ich keine Rücksicht nehmen.«

»Das solltest du aber, gottverdammt noch mal! Andernfalls endest du nämlich wieder hier und kriegst noch einmal fünf Jahre aufgebrummt.«

»Die Einzigen, auf die wir zählen können, sind wir selbst. Die Cops, die Gesetze, die Politik, die Landwirtschaftsverbände – das ganze schmierige Pack ist gegen uns. Wir müssen sie mit der einzigen Waffe angreifen, die uns zur Verfügung steht, und das bedeutet, die Ernte zu boykottieren, bis sie unsere Gewerkschaft anerkennen und sich auf Verhandlungen einlassen.«

»Ein Streik auf den Feldern ist doch aussichtslos. Hinter einem streikenden Farmarbeiter stehen zehn Hungerleider, die sich um seinen Job reißen.«

»In Kalifornien werden wir gewinnen. Und wir werden hier auch gewinnen, wenn wir uns nicht einschüchtern oder gegeneinander aufhetzen lassen. So arbeiten diese Typen nämlich. Unsere Leute machen Druck, weil sie in irgendwelche

Bruchbuden gesteckt werden und dafür auch noch siebzig Dollar Miete bezahlen müssen, und dann werfen die Pflanzer einfach zwanzig oder dreißig Familien auf die Straße und erzählen ihnen, dass sie das tun müssten, weil die Gewerkschaft ihnen unzumutbare Forderungen aufzwingt. Aber unsere Leute kaufen ihnen diesen Scheiß nicht mehr länger ab.«

Der Aufseher schaute auf seine Uhr und zeigte mit seinem fetten Finger auf uns. Dann schob er mit der Zunge die Kautabakreste in seinem Mund zusammen und spuckte sie in den Napf vor seinen Füßen.

»Ich habe zwei Stangen Zigaretten für dich bei der Anmeldung abgegeben«, sagte ich.

»Yeah, danke, Mann. Du, hör mal, als du vorhin das mit den zwei Wochen gesagt hast, wolltest du mich nicht verarschen, oder?« Seine dunklen Augen sahen mich eindringlich an, und seine rechte Hand öffnete und schloss sich unablässig um seinen linken Unterarm.

»Ich kann's nicht auf den Tag genau festmachen.«

»Das weiß ich. Ich bin ja kein kompletter Volltrottel.«

»Sobald der Berufungsantrag durch ist, kümmere ich mich um die Kaution.«

»Okay«, sagte er und lächelte kurz. »Ich will nicht so enden wie die kranken Typen hier drin und mir ohne Ende Muskatnuss-Kaffee-Kicks reinfahren, um mir danach unter der Dusche einen nach dem anderen runterzuholen. Pass auf dich auf, Kumpel, und sieh dich schon mal nach dem Bierwagen um.«

Ich verließ den Besuchersaal und tauchte draußen in das harte Licht der Sonne, und noch bevor ich an meinem Wagen angekommen war, schwitzte ich bereits. Die Trusties fegten mit gesenktem Blick das gemähte Gras auf dem Gehweg zusammen, und eine Gruppe Häftlinge marschierte in Viererreihen die Straße entlang, die Hacken geschultert wie bei der Armee und zwei berittene Aufseher auf jeder Seite. Die Sonne war weiter nach Westen gewandert, und die Schatten der Zedernbäume berührten nun den Rand des Baumwollfeldes. Über die sonnenverbrannten Gesichter und Nacken der Männer lief der Schweiß, und die Aufseher hatten ihre Hüte tief in die Stirn gezogen, um ihre Augen vor der Sonne zu schützen.

Ich fuhr die staubige Straße zurück und hielt am Gefängnistor, wo zwei Wächter in meinen Wagen schauten und auch den Kofferraum durchsuchten. Als der Cadillac über das Viehgitter rumpelte und auf den Highway rollte und ich diese Welt mit ihren hohen Mauern hinter mir ließ, wurde ich von einem eigenartigen Gefühl der Erlösung erfüllt. Die Eichen entlang der Straße waren mit einem Mal grüner, das Blau des Himmels strahlender, der heiße Wind schwerer vom Duft der Nadelwälder und die mörderische Sonne nicht ganz so erbarmungslos. Die Farben der Billboards am Straßenrand, mit ihren Grillsteaks und eisgekühlten Bierflaschen, stachen mir ins Auge, und selbst die verwitterten Farmhäuser und Scheunen, deren Fassaden mit Werbeschildern für Arzneimittel übersät waren, wirkten auf mich wie der Traum eines jeden Agrarromantikers. Zwischen der Welt der freien Menschen und der Gefangenen besteht eine Trennlinie, deren Existenz man erst wahrnimmt, wenn man sich auf der anderen Seite wiederfindet. Ist man einmal dort, hinter dem Stacheldraht, den Gitterzäunen oder den Betonwänden, haben alle Gegenstände und Naturerscheinungen eine andere Farbe, Größe und Ausrichtung und sind grundsätzlich verschieden von der Welt, die man vorher kannte. Und diejenigen, die noch nicht dort waren, können dieses mit prächtigen Formen und Farben einhergehende Gefühl der Schwerelosigkeit nicht verstehen, das einen bei der Rückkehr in die freie Welt erfüllt.

Nach fünfzig Meilen hielt ich am Ufer eines grünen Flusses, wo ein auf Stelzen errichtetes Steakhouse stand. Von den grauen Bretterwänden des Gebäudes blätterte die Farbe, und die offenen Fenster waren mit Fliegenschutzgittern versehen, um die Moskitoschwärme fernzuhalten, die sich in den Schatten der Weiden entlang des Wassers tummelten. An das Gebäude schloss sich eine ebenfalls von Insekten abgeschirmte Veranda an, die über das Ufer hinausragte und im Schatten einer großen Zypresse lag. Ich setzte mich an einen der mit schwarz-weiß karierten Tüchern bedeckten Tische und bestellte ein Steak und einen Krug Bier. Der Grund des Flusses bestand aus Speckstein, ein weicher, grauer Sandstein, den die Indianer als eine Art Seife zum Baden genutzt hatten, und in der Mitte, wo der Strom sich über Tausende von Jahren in den Untergrund geschnitten hatte, konnte man Welse und Karpfen sehen, wie sie in die Sonne schwammen und dann wieder in den Schatten tauchten, bis der Wind die Wasseroberfläche kräuselte und die Tiere erschrocken auseinanderstoben und unter dem Glitzern der Sonnenstrahlen auf dem Wasser verschwanden. Ich schnitt ein Stück vom Steak ab und begann zu essen. Die scharfe Soße tunkte ich mit Brot auf, und zwischendurch spülte ich mit einem Schluck Bier nach. Der Krug und das Glas waren von einer dünnen Eisschicht überzogen, das Bier selbst war so kalt, dass es im Rachen schmerzte. Am Tresen saßen Cowboys und Ölfeldarbeiter mit Schutzhelmen auf dem Kopf vor Dutzenden leerer Flaschen, und die Barfrau, in Shorts und schulterfreiem Top, zog hastig ein Bier nach dem nächsten aus den Kisten, um für Nachschub zu sorgen. Auf der anderen Seite des Flusses saßen ein paar Schwarze und angelten mit Stockruten und Würmern im seichten Wasser. Ihre dunklen Gesichter hatten sie mit breitkrempigen Hüten vor der Sonne geschützt, und über ihnen wiegte das Spanische Moos an den Zypressenbäumen wie Seide im Wind.

Es lagen noch zwei Stunden Fahrt bis zur Ranch vor mir, wo Verisa und ich nach meiner Ankunft ein Ritual aufführen würden, bei dem es drei mögliche Verläufe gab. Das Szenario, das am wenigsten Konfliktpotenzial bereithielt, bestand aus einer sinnlosen und langweiligen Unterhaltung über die Kanzlei, einen neuen Mandanten, eine Cocktailparty der Junior League oder eine von Baileys geistlosen Empfehlungen für die Wahlkampagne. Mit geheucheltem Interesse und bestätigendem Nicken hörten wir einander zu, die Augen abwesend und gleichgültig. Nach einer sorgfältig bemessenen Weile zog ich mich um und ging raus zu den Pferden, oder Verisa erinnerte sich plötzlich daran, dass sie noch ein paar Bekannte aus Victoria für das Wochenende einladen wollte.

Wesentlich unschöner verlief die Sache, wenn äußere Umstände sie aus dem Gleichgewicht gebracht hatten. Es reichte aus, dass das mexikanische Hausmädchen das Essen auf dem Herd hatte anbrennen lassen, der Gärtner die falschen Pflanzen aus den Beeten ausgegraben oder der Geruch der Ölquellen das Haus in eine Erdölraffinerie verwandelt hatte. Als Folge verwandelte sich das Gespräch rasch in verdrießliches Schweigen, das mit knallenden Türen endete.

Die dritte Option war die schlimmste: Niemand sagte etwas bei meiner Ankunft, bis geografische Zwänge uns nötigten, sechzig Sekunden im selben Zimmer zu verbringen und ein Gespräch zu führen, das so sinnvoll und intensiv war wie die Unterhaltung von zwei Fremden an einer Bushaltestelle. Anschließend zog ich mich für gewöhnlich in die Bibliothek zurück und schloss die Tür hinter mir, um Whiskey zu trinken und Gitarre zu spielen. Wenn ich schließlich im Alkoholnebel versunken war und meine Finger nichts mehr auf dem Griffbrett zustande brachten, wenn das Rauschen im Haus so laut wie das des Blutes in meinen Adern war und die Veranda unter den schweren Schritten von Old Hacks wütendem Geist knarzte, dann rissen die Nähte auf, die blutigen Augen von Mr. Hyde übernahmen die Kontrolle, und Verisa tat besser daran, die Schlafzimmertür bis zum nächsten Morgen zu verschließen.

Verisa war aber nicht immer so gewesen. Als ich sie vor acht Jahren auf einem Tanzabend im Country Club kennengelernt hatte, hieß sie noch Verisa Hortense Goodman, die einzige Tochter eines millionenschweren Börseninvestors und strengen Baptisten, der weder Alkohol noch Tabak anrührte, seinen Körper mit fünfzig Liegestützen am Tag fit hielt und irgendwann an einem Herzinfarkt starb. An jenem Abend auf der Terrasse des Country Clubs unter den Seidenbäumen tanzte der Mondschein in ihrem kastanienbraunen Haar, und ihre weiße Haut strahlte im Licht der japanischen Lampions. Ihr Gesicht war kühl und blass, ihr kleiner Mund herzzerreißend schön, als sie zu mir aufsah. Sie war ständig von einer Männertraube umgeben, und wenn sie über die Terrasse ging und die graziösen Bewegungen ihrer Beine sich am engen, silberfarbenen Kleid abzeichneten, folgten ihr begierig lächelnde Männer, die ihre weniger eleganten Abendbegleitungen an den Stehtischen zurückgelassen hatten. Auf dieser Veranstaltung im Country Club spannte ich Verisa dem Herrn aus, mit dem sie gekommen war, und entführte sie mit einer großen

Flasche Champagner im Gepäck auf eine wilde Tour durch Hill Country zu einem deutschen Freiluft-Tanzpavillon in San Marcos. Das Verdeck meines Porsche Cabriolet weit geöffnet, jagten wir durch die schwarz-grüne Hügellandschaft und drifteten durch die Kurven, während sie Champagner in zwei Kristallgläser füllte. In ihrem Gesicht strahlte das Glück über das Abenteuer und die Erlösung, und als sie mir mit lauter Stimme über den Lärm von Motor und Fahrtwind hinweg zurief, dass sie sowohl die Männer im Country Club als auch die Verehrer satthatte, die geistig noch in ihren Studentenverbindungen feststeckten, wusste ich, dass sie die Richtige war.

In den folgenden vier Monaten waren die Tage grün und golden, die Abende türkisfarben: Picknicks mit Brathühnchen am Guadalupe River, inklusive des einen oder anderen Nachmittagsschauers, den wir unter einer Weide aussaßen; Tennismatches und Gin Rickeys im Club; Ausritte in die Berge und nächtlicher Schwimmspaß mit Mondlichtkulisse im kalten Comal River. An den Wochenenden fuhren wir zu Stierkämpfen nach Monterrey, wo wir zum Frühstück in scharfer Soße angebratene Eier und Zichorienkaffee mit warmer Milch genossen, uns danach von der Sonne verwöhnen ließen und verwegene Pläne für den Rest des Tages schmiedeten. Wir tanzten in Biergärten, heuerten auf einer Straßenparty im San Antonio Barrio eine Mariachi-Band an, gingen zu Cowboy Barbecues und hatten auf dem Rücksitz des Porsche stets eine eisgekühlte Champagnerflasche dabei. Verisa wurde niemals müde, und am Ende einer dieser wilden Nächte, in denen wir kreuz und quer durch die Landschaft gerast und von einem wunderbaren Ort zum nächsten gejagt waren, schaute sie zu mir auf und schloss in Erwartung unseres ersten Kusses die Augen, und ich, den Blick auf ihre weißen, zwischen den Lippen hervorlugenden Zahnspitzen gerichtet, spürte, wie mit einem Mal alles in mir zerfloss. Die Nachtigallen begrüßten bereits das erste Licht des neuen Morgens, als ich sie vor ihrer Haustür absetzte und danach zur Ranch zurückfuhr, auf einer Straße, die mir so einsam und leer wie eine Mondlandschaft vorkam.

Wir heirateten in Mexico City und verbrachten die folgenden drei Wochen beim Speerfischangeln auf Yucatán. Ich mietete eine Villa am Meer, wo nachts die Wellenspitzen weiß im Mondlicht glänzten, bevor sie auf dem Sandstrand brachen, während der kühle Golfwind den Geruch von Salz und Seetang durch die offenen Fenster unseres Schlafzimmers trug. An den Vormittagen gingen wir am Strand reiten, und ich brachte ihr bei, wie man im vollen Galopp ein Taschentuch aus dem Sand greift. Ihre Haut bekam Farbe, und im Bett spürte ich, wie die Wärme ihres Körpers auf den meinen überging. Wenn wir nach den Angelausflügen am Nachmittag im Strandpavillon Hummer aßen, warf sie mir aus ihren vergnügt strahlenden Augen heimliche Blicke zu, und ich stellte mir vor, wie sie vor unserem Schlafzimmerspiegel stand und sich auszog.

Später erst, nach einigen Monaten auf der Ranch, fielen mir Dinge an Verisa auf, die ich vorher übersehen hatte. Sie war standesbewusst, und trotz ihres Aufbegehrens gegen die Country-Club-Romantik und die blassen Verehrer aus guten Familien hing sie doch immer noch sehr an ihrem Vater und den strengen Prinzipien, an denen er nicht nur sich selbst orientiert, sondern auch andere Männer gemessen hatte. Er war als Sohn eines kleinen Lebensmittelhändlers aufgewachsen und hatte später, nach dem Erlangen von Wohlstand und

Reichtum, die schmerzhafte Erfahrung machen müssen, dass neben dem Geld auch der Familienstammbaum eine Rolle spielte. So hatte er Verisa eingeschärft, dass sie zu einer sehr besonderen Klasse von Menschen gehörte, die sich nicht mit denen abgaben, die unter ihnen standen. Und Verisa hatte die Lektionen ihres Vaters verinnerlicht, auch wenn sie sich dessen nie bewusst gewesen sein mochte. So war sie zum Beispiel unfähig, die Welt der normalen Menschen zu begreifen. Die Lebensrealität von Leuten, die von einem Gehalt lebten, mit Greyhound-Bussen fuhren und in den Bars die Drinks an die Tische der Gäste brachten, war ihr fremd. Diese Menschen existierten zwar, aber sie bewegten sich in einer weit entfernten Parallelwelt, in heißen Stadtzentren, freudlosen Wohnvierteln und lauten Arbeiterkneipen.

Außerdem konnte sie Trunkenheit nicht ausstehen. Auch wenn sie sich selbst als Atheistin sah, hatte sie doch einen großen Teil der Frömmigkeit ihres Vaters geerbt. Der hatte als hingebungsvoller Baptist gelebt und sogar seinen finanziellen Erfolg mit seiner frühen Bekehrung auf einem Revival-Meeting in Dallas begründet. Zudem behauptete er, sein Geschäftsleben an den Lehren von Jesus Christus auszurichten, und sagte mir einmal, dass die Juden an den Aktienmärkten Angst davor hätten, mit einem wahren Christen wie ihm Geschäfte zu machen. Seiner Überzeugung nach war sogar Roosevelt ein Jude. Ich hatte Verisas Vater nie wirklich leiden können und bemühte mich bei seinen Besuchen nach Kräften, Highballs zu servieren, die Zimmer mit Zigarrenqualm zu füllen und mehr zu trinken als an anderen Tagen. Er war seinerseits froh darüber, dass Verisa in die Holland-Familie eingeheiratet hatte, und bat sie sogar heimlich darum, eins unserer Kinder nach ihm zu benennen. Kein Wunder, dass er sich eher zurückhielt, wenn ich mir in seiner Gegenwart doppelte Whiskeys einschenkte oder ihn fragte, ob es der Wahrheit entsprach, dass ein bestimmter Baptistenpastor in Dallas auch als Grand Dragon beim Ku-Klux-Klan tätig war. Anfangs war Verisa nachsichtig in Bezug auf meine provokanten Darbietungen bei den Besuchen ihres Vaters. Ab und an, wenn er unser Haus mal wieder mit einem sorgenvollen Gesicht verließ, machte sie eine kurze Bemerkung oder tadelte mich wortlos in der Hoffnung, dass ich mich ihm gegenüber toleranter zeigen würde.

Ich konnte seine Bigotterie jedoch nicht ausstehen, sein naives Vertrauen auf die Gründe für seinen Erfolg, seine simplen und manchmal brutalen Lösungen für die Probleme dieser Welt. Außerdem verabscheute ich seinen Einfluss auf Verisas Denken und die dümmlichen Ansichten seiner Klasse, die er seiner Tochter in der ersten Lebensphase eingetrichtert hatte. Ich wusste, dass sie ihm mit zunehmendem Alter immer mehr ähneln würde, sicherlich um einiges raffinierter und intelligenter als er, aber nichtsdestotrotz geprägt von den starren Ansichten und Normen der Neureichen. Schlimmer war jedoch, dass ich sie mit meiner immer offener zur Schau gestellten Ablehnung ihres Vaters – dessen Besuche sich erst in ausgedehnte Momente peinlichen Schweigens verwandelten und schließlich komplett ausblieben – mehr und mehr in seine Richtung trieb, wodurch sie schon bald damit anfing, Vergleiche zwischen ihrem Vater und anderen Männern anzustellen, denen man »alles in die Wiege gelegt hatte«. Als ich eines Tages betrunken von der Entenjagd nach Hause gekommen war, erklärte sie mir sogar, dass starker Alkoholgenuss eine Eigenheit von schwachen Menschen sei, die sich im Wettbewerb mit anderen nicht behaupten könnten.

Ich bezahlte meine Rechnung im Steakhouse und nahm zwei Dosen Jax für die Heimfahrt mit. Als ich ankam, merkte ich, dass ich mich in Bezug auf Verisas Wochenplanung geirrt hatte, denn auf der Ranch war gerade eine ihrer Gartenpartys im Gange. Ein schwarzer Barkeeper stand auf der durch Fliegengitter geschützten Veranda und schabte Eis für Mint Juleps, während die blauhaarigen Ladys mit ihren Sommerkleidern an Tischen saßen, die Verisa auf dem Rasen unter den Eichen hatte aufstellen lassen. Es waren sogar zwei Männer vom texanischen Parteikomitee der Demokraten anwesend, von denen ich aber weder den einen noch den anderen sehen wollte. *Na wunderbar,* dachte ich.

Irgendjemand hatte Sailor Boy geritten und danach durstig im Paddock stehen lassen, ohne ihm den Sattel abzunehmen. Ich schlich mich zur Rückseite des Hauses und ging durch einen Seiteneingang in die Bibliothek hinein. Dort überraschte ich einen leitenden Versicherungsangestellten aus Victoria, der sich zusammen mit seiner Frau meinen Waffenschrank ansah. Beide hatten einen Drink in der Hand und liefen rot an, als sie sich lächelnd zu mir umdrehten. »Hallo, freut mich, Sie zu sehen«, sagte ich und ging durch die Bibliothek in die Küche. Dort fand ich Cappie vor, den alten Schwarzen, der am Rand meines Grundstücks wohnte, wie er auf einem Abtropfbrett Frühlingszwiebeln und Paprika hackte. Seine grauen Haare kringelten sich in seinen dicken Nackenfalten.

»Cap, nimm doch bitte Sailor Boy den Sattel ab und lass ihn auf die Weide.«

»Ein paar der jungen Ladys sind auf ihm geritten, Mr. Holland.«

»Ja, ich weiß. Aber niemand hat daran gedacht, ihm etwas Wasser zu geben.«

»Verstehe, Sir.«

Ich war gerade auf der Treppe zum Schlafzimmer, als einer der beiden Männer vom Parteikomitee meinen Namen rief. Von da an gab es kein Entkommen mehr. Ich trank mit den blauhaarigen Ladys Mint Juleps unter den Eichenbäumen im Garten, hörte mir mit interessierter Miene ihre Komplimente über Verisa und meine Ranch an, erklärte einer einfältigen Studentin, dass Sailor Boy ein Dressurpferd war, mit dem man besser nicht über Stacheldrahtzäune sprang, und lachte gutmütig über die dreckigen Witze der Parteimänner. Leute kamen und gingen, die Sonne verschwand langsam hinter den Baumreihen am Horizont, der Barkeeper schwirrte mit einem Tablett voller kühler Drinks zwischen den Grüppchen umher, und Cappie begann, Teller mit gegrillten Würstchen, Hühnchen und Kartoffelsalat anzubieten. Mir brummte der Schädel von der Hitze, dem Whiskey und dem endlosen Gerede. Verisa stand derweil neben mir, ihre Hand auf meinem Arm, und nahm Einladungen von Menschen an, deren Häuser ich nur unter Drogen oder in Ketten gefesselt betreten hätte. Um neun Uhr, als die erschöpften Gäste die Party schließlich ins Haus verlagerten, nahm ich mir eine Flasche Whiskey von der Bar und fuhr mit dem Auto raus zu einem der Teiche auf meinem Grundstück. Ich hatte dort Barsche ausgesetzt, und da eine von Cappies Angelruten an einer Weide lehnte, grub ich ein paar Würmer aus der feuchten Erde an der Uferböschung, setzte mich mit der Rute auf den Boden, trank Whiskey und angelte im Dunkeln, bis die Scheinwerfer der letzten Autos die Zufahrt in Richtung Landstraße entlanggekrochen waren.

In den folgenden zehn Tagen war ich viel beschäftigt. Ich hielt eine Rede auf einem von den Demokraten gesponserten Barbecue in Austin (voller Unistudenten und Berufstätiger, von denen sich die Mehrheit an den Bierfässern aufhielt und wenig Interesse daran zeigte, wer das Barbecue überhaupt veranstaltete), ich sprach in San Antonio auf zwei Business-Lunch-Meetings vor Geschäftsleuten (die amerikanische Flagge zu meiner Linken, die texanische zu meiner Rechten, hinter mir ewig grüne Plastikpflanzen und vor mir, an den mit weißen Tüchern bedeckten Tischen, reihenweise aufmerksame Gesichter mit Ausdrücken wie aus einem Wachsfigurenkabinett), ich führte eine Reihe informeller Gespräche in einem Privatclub in Houston (»Nun, Mr. Holland, unabhängig von dem Fehler, den wir mit Vietnam gemacht haben, glauben Sie nicht, dass wir verpflichtet sind, unsere Soldaten zu unterstützen?« und »Sicherlich hat die farbige Bevölkerung Grund zur Unzufriedenheit, aber die Antwort kann ja wohl nicht in der Zerstörung von Privateigentum liegen, oder, Mr. Holland?« und »Mal ganz offen, Mr. Holland, was ist eigentlich Ihre Position in Bezug auf den Ölförderungsfreibetrag?«), und ich zechte einen Nachmittag lang in einer Bar mit zwei Dutzend Ölarbeitern, die alle versprachen, mich zu wählen, auch wenn fast keiner von ihnen aus meinem Wahlbezirk stammte.

Knapp zwei Wochen nach meinem Besuch bei Art erhielt ich einen Anruf, in dem man mir mitteilte, dass das Berufungsverfahren bewilligt worden war. Der verantwortliche Richter, ein strenger alter Mann mit vierzig Dienstjahren auf dem Buckel, hatte die Verfahrensunterlagen geprüft und in seiner Begründung geschrieben: »Das Verhalten des lokalen Gerichts war widerwärtig, ein Rückfall in die Barbarei des Wilden Westens.« Zudem ordnete er Arts Freilassung auf Kaution bis zum Beginn des Berufungsverfahrens an. Ich legte den Telefonhörer auf, nahm eine Flasche Jack Daniel's und ein Glas aus meiner Schreibtischschublade und genehmigte mir einen anständigen Drink. Beim zweiten Schluck, nachdem ich mir gerade eine frische Zigarre angesteckt hatte, kam Bailey durch die Tür. »Wie wär's, wenn du mal diese gottverdammte Kiste ausstellst?«, sagte er und hämmerte mit der Faust gegen die Klimaanlage in meinem Fenster. »Dann müsste das Gebäude nicht den ganzen Tag über vibrieren.« Die letzten beiden Wochen waren wirklich hart für ihn gewesen. Die Hitze machte ihm weit mehr zu schaffen als mir. Zudem hatten wir einen unserer großen Kunden verloren, wofür er natürlich mir die Schuld gab. Zu allem Überfluss war er zu der Überzeugung gelangt, an einem Magengeschwür zu leiden, sodass er jeden Morgen eine halbe Flasche dickflüssige weiße Medizin schluckte, nach deren Einnahme ihm jedes Mal zwei Stunden übel war.

»Dann drück doch einfach den Schalter, Bailey. Oder prügle meinetwegen weiter auf das Ding ein, wenn's dir Spaß macht.«

»Wie ich sehe, fängst du heute schon richtig früh mit der Sauferei an.«

»Keine Bange, ist nur ein Drink. Weißt du vielleicht, wo ich einen Bierwagen kaufen kann?«

»Einen was, bitte schön?« Wie eine dicke, durchsichtige Vene rollte ihm ein Schweißtropfen vom Haaransatz über die Stirn.

»Ich sag dir was, Bruderherz: Lass uns das Büro in einer Stunde dichtmachen, und dann nehme ich dich mit auf eine dreitägige Sauftour durch alle mexikanischen Bierkneipen, die wir in San Antonio finden können.«

»Stell den Whiskey weg.«

»Ach, komm schon. Nach vierzig Jahren als Muster-Baptist wirst du doch einmal das Büro früher schließen können, um es mal so richtig krachen zu lassen, oder etwa nicht?«

»Hast du zwischen deinen Drinks vielleicht mal in unseren Kalender geschaut?«

»Ja, hab ich. R. C. Richardson hat sich mal wieder die Finger verbrannt und will jetzt, dass wir ihm aus der Scheiße helfen.«

»Du hast ihn doch als Mandanten akzeptiert. Ich sehe den Kerl lieber vor der Tür als in unserem Büro.«

»Das kommt daher, weil du diesen alten Bauernflegel nicht verstehst, Bailey. Was Mistkerle angeht, ist R. C. Richardson nämlich gar kein schlechter Typ. Wie dem auch sei, ich denke, dass er bis Montag warten kann. Los, hol dir ein Glas und setz dich. Das einzige Geschwür, das du hast, ist in deinem Kopf. Entweder du lüftest bald mal dein Oberstübchen durch, oder du kriegst noch ein paar Dutzend mehr von den Dingern.«

»Wenn du dich jetzt endgültig der Sauferei widmen und deine Hälfte der Kanzlei durchbringen willst, dann tu das meinetwegen, aber spar dir gottverdammt noch mal diese herablassenden Sprüche. Die vergangenen zwei Wochen haben mich nämlich ans Ende meiner Geduld getrieben.«

»Pass auf, ich habe heute den Bescheid zu meinem Berufungsantrag für Art Gomez bekommen. Der Richter will ihn gegen eine Kaution auf freien Fuß setzen. Du musst schon zugeben, dass wir noch nicht sonderlich viele Leute aus dem Staatsgefängnis rausgeholt haben, oder? Also nimm dir jetzt einen Drink und entspann dich, damit dein Blutdruck wieder runterkommt. Montagmorgen kümmere ich mich als Erstes um Richardson.«

»Irgendwie scheinen meine Worte nicht bei dir anzukommen, Hack. Haben sie dir eine Betonmauer um den Kopf gebaut, oder was ist mit dir los? Diese Kanzlei ist kein Tennisclub, wo du einen Drink nach dem anderen kippen kannst und zwischendurch für ein paar Sätze auf den Platz gehst.«

»Alles klar. Vergiss es einfach«, sagte ich und griff zum Telefon, um den Kautionsagenten anzurufen, mit dem wir zusammenarbeiteten. Ich wandte meinen Blick von Baileys verärgertem Gesicht ab und wartete in der heißen Stille des Büros darauf, dass er das Zimmer verließ.

Der Name des Kautionsagenten lautete Bobo Dietz. Er war ein zwielichtiger, dicker Typ, der eigentlich immer lilafarbene Hemden, Lacklederschuhe und einen Goldring an seinem kleinen Finger trug. Vor zehn Jahren war er von New Jersey nach Austin gekommen und hatte unweit des County-Gefängnisses ein schäbiges Kautionsbüro eröffnet. Mit der Zeit hatte er expandiert und zwei Pfandleihen sowie drei Lebensmittelläden in der Armensiedlung der Schwarzen gekauft. Habgier war für ihn ein natürlicher Teil des menschlichen Charakters, und wer diese Auffassung nicht teilte, war ohnehin ein Vollidiot. In seiner Arbeit allerdings war er sehr effizient. Man konnte darauf zählen, dass er sofort nach Auftragserteilung die Kaution stellte und der Mandant eine halbe Stunde später auf freiem Fuß war.

Als ich mit ihm telefonierte, versicherte er mir in seinem harten und mit Grammatikfehlern gespickten Camden-Akzent, dass er die Kaution von zehntausend Dollar noch vor fünf Uhr einzahlen würde, sodass Art am Morgen des Folgetages auf freiem Fuß wäre. Aus irgendeinem Grund mochte mich Bobo und berechnete mir – wie immer, wenn ich selbst für einen Mandanten bürgte – mit Ausnahme seiner Unkosten keine Gebühr. Nicht selten fragte ich mich, was genau es an mir war, das Leute wie Bobo Dietz und R. C. Richardson anzog.

Ich schaltete die Klimaanlage aus und öffnete sämtliche Fenster. Die fade Hitze des Nachmittags und der Straßenlärm stiegen von den gelben Markisen unter mir nach oben. Das Hemd klebte mir auf der Haut, und meine Augen tränten vom Gestank der Auspuffgase und des heißen Teers. Mitten auf der Kreuzung stand ein großer Schwarzer im Unterhemd und trieb einen Presslufthammer in den Straßenbelag. Asphaltbrocken sprangen von der Spitze des Hammers zurück, und der Kompressor brummte mit der Intensität eines hämmernden Kopfschmerzes. Ich lehnte mich auf das Fensterbrett und nippte an einem weiteren Whiskey. Als ich merkte, wie mir die hohe Luftfeuchtigkeit und die Hitze des Alkohols den Schweiß auf die Stirn trieben, entschied ich mich, Bailey und seinen fundamentalistischen Einstellungen noch eine Chance zu geben. Ich holte ein zweites Glas aus der Schublade, bedeckte den Boden mit Whiskey und ging in sein Büro.

Bailey hatte den Blick zur Wand gerichtet und war gerade dabei, unserer Sekretärin etwas zu diktieren. An dem nervösen Zucken seiner auf den Knien liegenden Finger konnte ich erkennen, dass er einen wütenden Schlagabtausch, obszöne Beschimpfungen (die er besonders im Beisein von Frauen über alle Maßen verabscheute) oder einen verbalen Tiefschlag (zum Beispiel eine Anspielung auf sein erbärmliches Junggesellendasein und die einsamen Wochenenden in seinem vierhundert Dollar teuren Mietapartment) erwartete. Mit einem Glas in jeder Hand und einer Zigarre im Mund lehnte ich mich gegen den Türrahmen. Er stockte in seinem Diktat, und seine Augen huschten ziellos über die Wand.

»Hack, wir sprechen später, okay?«

»Nein, wir machen heute früher dicht. Es ist Freitagnachmittag, und glaub mir, Bailey, R. C. Richardson wird uns am Montag ganz sicher sehr viel mehr zu schätzen wissen«, sagte ich und fügte an die Sekretärin gewandt hinzu: »Mrs. McFarland, mein Bruder muss mir heute Gesellschaft in der Cocktail Hour leisten. Sie können also gern früher Schluss machen.«

Mit einem Lächeln in den Augen legte Mrs. McFarland den Stift auf dem Notizblock ab. Sie hatte eisengrau melierte Haare, und ihr Gesicht war vergnügt und strahlte, während sie auf den richtigen Moment wartete, um die Arbeit zu beenden oder mit dem Diktat fortzufahren.

Ich stellte Bailey den Drink vor die Nase.

»Ich würde das hier noch gern beenden, wenn du ...«

»Tut mir leid, Bruderherz, aber für heute ist Schluss«, sagte ich. »Machen Sie sich ruhig auf den Weg, Mrs. McFarland. Mein Bruder muss mich jetzt zu der Spelunke am Ende der Straße begleiten.«

Bailey war klar, dass ich das erste Rauschstadium erreicht hatte, und so schickte er die Sekretärin mit einer Ausrede in den Feierabend. Er war der einzige mir bekannte Südstaatler, der als Figur in einem Roman von Margaret Mitchell getaugt hätte.

»Jetzt platzt mir aber wirklich langsam der Kragen«, sagte er. »Ich habe die Schnauze voll von dieser verantwortungslosen Collegeboy-Scheiße in unserer Kanzlei. Wenn du mal nicht gerade besoffen bist, hast du einen Kater oder verplemperst deine Zeit mit Berufungsverfahren für Gewerkschaftsagitatoren, während uns irgendwelche Juden aus New York unsere wichtigsten Mandanten ausspannen. Du beleidigst so ziemlich jeden Menschen, der dir bei deiner Kandidatur helfen will, und schaffst es zudem auch noch, hinter Gittern zu landen, weil du so breit bist, dass du nicht mehr weißt, in welchem Universum du überhaupt lebst. Dass du außerdem noch die Unverschämtheit besitzt, dem Mann, der dich verhaftet hat, eine Klage wegen Bürgerrechtsverletzungen anzuhängen, schlägt dem Fass den Boden aus.«

»Bailey ...«

»Halt einfach mal kurz die Klappe und hör mir zu. Senator Dowling hat dafür gesorgt, dass diese Geschichte nicht in den Nachrichten landet, aber du musstest ja in deiner Empörung gleich eine Beschwerde beim FBI einreichen. Ich würde mich also nicht wundern, wenn wir vor November noch ein paar feine Geschichten zu diesem Thema in den Zeitungen lesen werden. Nebenbei bemerkt, hast du seit drei Monaten keinen Gerichtssaal mehr von innen gesehen, und ich bin es langsam leid, deine Arbeit zu übernehmen. Wenn du aus der Kanzlei aussteigen willst, dann stelle ich dir gern einen Scheck aus, und du kannst selbst eine Zahl eintragen.«

»Eigentlich wollte ich nur einen mit dir heben, Bruderherz. Aber da du den Stein ins Rollen gebracht hast, möchte ich gleich mal ein paar Sachen klarstellen. Erstens, die Strafverfahren, die wir gewonnen haben, wurden ausnahmslos von mir betreut, und die Fälle unserer zahlungskräftigen Mandanten haben wir nur deshalb erfolgreich abgeschlossen, weil ich mich mit den Regulierungsgesetzen zur Erdölförderung so sehr auskenne, dass ich sie um einen Telefonmast wickeln kann. Mir ist es zu verdanken, dass Richardson und Konsorten wegen ihrer Millionenbetrügereien noch nicht im Staatsgefängnis gelandet sind. Zweitens, meine Kandidatur für einen Sitz im Kongress liegt dir ganz bestimmt nicht deshalb so sehr am Herzen, weil du deinen kleinen Bruder gern in Washington besuchen möchtest. Ich sag's dir wirklich nur ungern so direkt ins Gesicht, Bailey, aber du verstehst die Dinge anscheinend nur, wenn man sie dir mit einem Vorschlaghammer an den Kopf knallt. Du hast all diese ehrenhaften Ansichten, die du regelmäßig über den Häuptern deiner Mitmenschen ausschüttest, und dann stellst du dich hin und erwartest allen Ernstes, dass sie dir dafür dankbar sind. In Wirklichkeit ist das aber nichts weiter als ein Haufen Schweinescheiße, aber das willst du partout nicht wahrhaben.«

Meine niederträchtige Äußerung schwirrte noch durch den Raum, da klingelte das Telefon. Baileys Gesicht war weiß und die Venen an seinem Hals geschwollen. Seine Augen glühten, als er den Whiskey zu seinem Mund führte und ich den Hörer abnahm. Es war Bobo Dietz.

»Keine Ahnung, was für ein Deal das sein soll, Mr. Holland«, sagte er.

»Wovon sprechen Sie, Dietz?«

»Der Mann ist tot.«

»Passen Sie auf, Dietz ...«

»Ich habe den Gefängnisleiter angerufen, und der sagte mir, dass der Häftling Arturo Gomez gestern Nachmittag von ein paar Bimbos mit Macheten zerstückelt wurde.«

Kapitel 7

Es dauerte eine halbe Stunde, um den Gefängnisleiter ans Telefon zu kriegen. Erst wollte er nicht mit mir sprechen, aber als ich ihm drohte, ihm nach Feierabend einen Besuch abzustatten, las er mir den Bericht des zuständigen Aufsehers vor und fügte anschließend einige erklärende Worte über die seiner Meinung nach unvermeidbare Gewalt zwischen schwarzen und mexikanischen Gefangenen hinzu.

Dem Bericht zufolge hatten zwei Schwarze eine Tüte voller Benzedrex-Nasensprays und mehrere Flaschen Codein von der Krankenstation gestohlen und in einem Traktorschuppen versteckt. Sie tranken das Codein und entfernten aus mindestens zwei Dutzend Nasensprays die amphetaminhaltigen Baumwollringe, um sie anschließend zu kauen. Irgendwann ging Art in den besagten Schuppen, um einen Kreuzschlüssel zu holen. Ein berittener Aufseher, der eine Gruppe Gefangener bei der Arbeit im Baumwollfeld bewachte, hörte kurz darauf einen einzelnen Schrei. Er ritt zum Schuppen und riss das Tor auf, aber es war bereits zu spät. Die beiden Schwarzen hatten Art aufgeschlitzt und ausgenommen, ihm das Fleisch wie Walfett vom Rücken gezogen und einen seiner Arme abgehackt.

Darüber hinaus gab es nicht viel mehr zu berichten. Art war wahrscheinlich schon beim zweiten oder dritten Schlag gestorben. Die Täter hatten derart unter Drogen gestanden, dass sie keine zusammenhängenden Sätze formulieren konnten, und auch der Aufseher konnte sich nicht erklären, warum sie ausgerechnet Art und nicht einen der anderen sechs Männer angegriffen hatten, die vor ihm in den Schuppen gegangen waren, um Werkzeug zu holen. Auch der Gefängnisleiter hatte keine Erklärung, außer dass »ein Nigger auf Drogen kein menschliches Wesen mehr ist«. Die Schwarzen waren in Einzelhaft gesteckt worden und weigerten sich, über den Mord zu reden, wobei fraglich war, ob sie sich überhaupt an die Tat erinnerten. Es war vorgesehen, Arts Leichnam auf dem Gefängnisfriedhof zu bestatten, sofern die Familie nicht für die Überführung des Leichnams nach Rio Grande City aufkam.

Ich legte den Hörer auf und saß wie betäubt in meinem Stuhl, die Augen geschlossen, die Finger zitternd an der Stirn. Das war's also. Einfach so. Zwei durchgedrehte Kerle pumpen ihre wuterfüllten Hirne voller Drogen, gehen völlig grundlos auf einen Mann los, nur weil er ihnen zur falschen Zeit vor die Füße stolpert, und reißen ihm in wenigen Sekunden sechsunddreißig Jahre Leben aus dem Körper. Meine rechte Hand hatte am warmen Telefonhörer zu schwitzen begonnen, und meine Ohren brannten vom beiläufigen Ton des Berichts und den Kommentaren des Gefängnisleiters. Ich war unfähig, die Bilder der zwei Schwarzen loszuwerden, wie sie einen Mann zerhackten, der nichts mit ihrem Leben zu tun hatte – die Bilder von zwei Schwarzen, deren Hirne während der Tat wahrscheinlich von der gleichen siedenden Genugtuung erfüllt gewesen waren wie die Gedanken der Wahnsinnigen, die sie in naher Zukunft mit Lederriemen auf Holzstühlen festschnallen, ihnen Metallkappen auf die Köpfe setzen und Baumwolllappen in die Münder stopfen würden, um dann sämtliche

Zellen in ihren Körpern mit ein paar Tausend Volt zu rösten. Bailey füllte ein Glas und drückte es mir in die Hand. Ich schaute auf das braune, im Whiskey schimmernde Licht, aber mein Arm fühlte sich zu schwach und zu leblos an, um das Glas an meinen Mund zu führen.

»Tut mir leid, Hack«, sagte Bailey.

Ich stand auf und stellte das Glas auf den Schreibtisch. Meine Bewegungen schienen hölzern und entkoppelt, als wäre ich gerade inmitten eines Vakuums erwacht. Ich spürte, wie der Pulsschlag in meinen Ohren anschwoll, und für einen Moment wirkten sowohl der Raum als auch die Anordnung der Stühle, Aktenschränke und Tische fremd auf mich. Ich nahm mein Sakko und zog mich an.

»Wo willst du hin?«, sagte Bailey.

»Ich werde versuchen, einigen Leuten zu erklären, wie ein …«

»Setz dich einen Moment und trink erst mal dein Glas aus.«

»Ich sagte, ich werde ins Valley fahren, um einigen Leuten zu erklären, wie ein guter Mann in einem Gefängnis ermordet wurde, in dem er gar nicht hätte sein sollen. Und dann werde ich ihnen erklären, dass ich vierundzwanzig Stunden nach dem Tod ebenjenes Mannes einen positiven Bescheid für seinen Berufungsantrag erhielt.«

»Nimm es nicht so schwer, Hack.«

»Wie soll ich's denn bitte schön sonst nehmen, Bailey?«, sagte ich. »Wenn ich mich ranhalte, kann ich vielleicht noch erreichen, dass sein Leichnam zu seiner Familie überstellt und nicht unter einem Holzkreuz auf dem Gefängnisfriedhof beigesetzt wird. Sollte ich das nicht schaffen, kann ich ihn immer noch mittels richterlicher Verfügung exhumieren lassen. Und während ich mit all diesen Sachen beschäftigt bin, habe ich genug Zeit, um darüber nachzugrübeln, ob ein Lynchgericht nicht ohnehin genau dieses Ende für ihn vorgesehen hatte.«

»Hier, trink das. Ich fahre mit dir da runter.«

»Du würdest es nicht mögen.«

»Ich miete eine Maschine, dann fliegen wir noch heute Abend hin.«

Ich trank aus dem Glas, aber der Whiskey hatte keinen Geschmack. Unter dem Sakko lief mir der Schweiß herunter und sowohl die Formen im Büro als auch die Schatten der späten Nachmittagssonne schienen mir so eigenartig wie die verzerrten Linien in einem Traum. Draußen fraß sich der Presslufthammer durch die Asphaltdecke. Ich spürte, wie mir der Schweiß aus den Haaren in den Nacken tropfte. Das Glas in meiner Hand war leer.

»Und die Leute da unten würden auch mit dir nicht viel anfangen können«, sagte ich.

»Gottverdammt noch mal, Hack, in diesem Zustand kannst du nicht Auto fahren.«

»Denen brauchst du nicht mit Sprüchen über Spielregeln und Vertrauen in das System zu kommen. Und ehrlich gesagt fühle ich mich momentan nicht danach, ihnen zu erzählen, dass das System – bis auf diese über Leben und Tod entscheidende Abweichung von vierundzwanzig Stunden – schon in Ordnung ist. Ich will ihnen nicht erzählen müssen, dass ich Drinks mit den Töchtern der Amerikanischen Revolution geschlürft und die Hände von Querschnittgelähmten geschüttelt habe, während Arts Lebensuhr einen Tag hinter der des Gerichts hinterherhinkte. Gib mir noch einen Drink.«

Er griff meinen Ellbogen und versuchte mich in Richtung des Stuhls zu schieben.

»Gib mir einfach die Flasche, Bailey. Und schenk dir am besten auch gleich einen anständigen Schluck ein.«

Er ging zum Schreibtisch und kam mit dem Jack Daniel's in der einen und dem Deckel in der anderen Hand zurück.

»Okay, du setzt dich jetzt hin, und ich rufe den Flughafen an.«

»Warum kannst du mir nicht einfach mal eine verdammte Minute lang zuhören?«, sagte ich. »Erstens: Das da unten wird kein Lunch-Meeting bei den Rotariern. Zweitens: Ich bin kein durchgeknallter Spinner, der von seinem Bruder an Geschirr und Leine geführt werden muss.«

Ich nahm ihm die Flasche aus der Hand, setzte an und trank, bis meine Rachenmuskeln aufgaben und der Whiskey mir wieder in den Mund hinaufstieg.

»So, zum Teufel noch mal. Jetzt sieht die Welt gleich ganz anders aus«, sagte ich.

»Hack …«, begann er mit Schweißperlen auf seinem von Falten durchzogenen Gesicht. Ich aber drückte ihm die Flasche in die Hand, ließ ihn in der offenen Tür stehen und ging.

Auf dem vierspurigen Highway westlich der Stadt ließ ich die Fenster des Cadillacs herunter, trat ordentlich aufs Gas und kämpfte mich durch den Nachmittagsverkehr, oft genug auf dem Seitenstreifen, sodass es Kieselsteine auf den Asphalt regnete. Die rote Sonne brannte auf die Spitzen der Hügel herab und ließ die dunklen Umrisse der Pfahl- und Schwarzeichen verblassen, und die Schatten der Zaunpfähle aus Zedernholz am Straßenrand huschten schneller über meine Kotflügel hinweg, als man mit den Augen zwinkern konnte. Auch wenn ich schon Hunderte Male diesen Highway entlanggefahren war, sorgte der Sonnenuntergang dieses Mal für ein einzigartiges

Spiel aus Schatten und Licht und tauchte das Land in Farben, wie ich sie noch nie zuvor gesehen hatte. Die Windmühlen rührten sich nicht in der stehenden Luft; die Rinder auf den Weiden hatten die Häupter in das kurze Gras gesenkt und schienen von einem scharlachroten Tuch überzogen; die weißen Ranchhäuser wirkten ausgestorben und leer wie verlassene Filmkulissen; die Bewässerungsgräben waren trocken, ihr Grund von Rissen durchzogen; die Mesquitesträucher sahen auf dem Hintergrund der Hügellandschaft aus wie Schürfwunden, und die wenigen Pferde auf den Weiden schienen vollkommen deplatziert.

Die Schatten der Hügel wurden länger, der Verkehr flaute ab, und ich trat das Gaspedal für die nächsten fünfzig Meilen bis zum Bodenblech durch. Die Straßenschilder, Bohrtürme und Drei-Dollar-Motels rasten in der Dämmerung an mir vorbei, aber nichts von dem, was ich sah, schien mir wie ein fester Bestandteil der Landschaft, in der ich mein gesamtes Leben verbracht hatte. Alles fühlte sich weit entfernt und ohne Verbindung zu mir oder meiner Existenz an, und der Whiskey aus dem Flachmann machte es nur noch leerer und zusammenhangsloser. Als Südstaatler war ich zu dem Glauben erzogen worden, dass sich mit ausreichend Durchhaltevermögen und Erfahrung jede Tiefe der menschlichen Existenz ertragen ließe. Der Tod allerdings ist einer dieser Tiefpunkte, die dich unweigerlich wie ein Faustschlag zwischen die Augen treffen. Ganz gleich, wie oft man ihn erlebt oder seinen grauen Verwesungsgeruch wahrnimmt oder ihm selbst von der Schippe springt – es ist immer wie beim ersten Mal. Es gibt kein Maß an Erfahrungen, das dich darauf vorbereiten könnte, und nachdem es geschehen ist, wirkt die Welt stets ein Stück weit zusammengeschrumpft und außer Form geraten.

Als ich Pueblo Verde erreichte, war es bereits Nacht, und über den Bergen schien der schmale Mond. In den Farmhäusern jenseits der dunklen Felder und Zitrushaine brannten Lichter, und der Fluss war unter dem sternenlosen Nachthimmel so schwarz wie Kanonenbronze. Auf der Hauptstraße schien bis auf das Hotel und die Bierkneipe alles geschlossen. Ich bog auf die ausgefahrene Piste zum mexikanischen Viertel und grübelte darüber nach, mit welchen ungelenken Formulierungen ich Rie und ihren Freunden wohl erklären würde, dass Arts Tod ähnlich überflüssig und grundlos war wie der Rempler eines Tollpatsches in einem überfüllten Bus. Ich wusste nur zu gut, warum in den Filialen von Western Union und in Fernmeldeämtern stets eine Liste mit vorformulierten Beileidsbekundungen auslag. Der Tod war das eine Ereignis, bei dem Worte so viel Bedeutung besaßen wie das Gezeter einer Hausfrau, die sich über den Gartenzaun hinweg über eine kaputte Waschmaschine auslässt.

Mein Flachmann war leer. Ich hielt an einer mexikanischen Bar, kaufte eine Flasche Jack Daniel's und genehmigte mir zwei Schlucke, bevor ich am Gewerkschaftsquartier hielt. Insekten schwirrten in dem gelben Licht umher, das durch das Fliegengitter der Eingangstür auf die Veranda fiel, und in einem der Fenster prangte mittig ein großes, ausgefranstes Loch, das von innen mit einem Stück Pappe abgedeckt war.

Okay, Doc, auf geht's!, dachte ich.

Ich ging den Pfad durch den Garten entlang zur Veranda und klopfte an die Tür. Drinnen saßen der Schwarze und zwei Mexikaner in Cowboyhemden an einem von Protestschildern und Autoaufklebern übersäten Tisch und unterhielten sich. Auf mein Klopfen hin drehte nur der Schwarze den Kopf zur

Tür, die anderen beiden redeten weiter. Ihre Gesichter schienen ruhig, aber konzentriert auf den Inhalt ihrer Unterhaltung, und ihre Hände und Finger wirbelten bei jedem Satz gestenreich durch die Luft.

»Könnte mich bitte jemand reinlassen?«, sagte ich.

Der Schwarze schaute sich ein weiteres Mal zur Tür um, schob seinen Stuhl zurück und kam auf mich zu. Er hatte ein Bier in der Hand, und sein kugelrunder Schädel glänzte im Licht der Lampe. An der Tür kniff er seine rotgeränderten Augen zusammen und linste durch das Fliegengitter.

»Das ist doch mein Whiskeybruder da draußen, oder täusche ich mich da?«, sagte er. »Komm rein, Mann. Hier brauchst du nicht anzuklopfen.«

Er drückte die Tür für mich auf und streckte mir seine riesige, mit Schwielen überzogene Pranke entgegen.

»Ist Rie da?«

»Sie hat sich hingelegt. Ich geh sie holen.«

»Vielleicht komme ich besser morgen wieder.«

»Nein, ich denke, dass sie dich sehen will. Hol dir ein Bier von der Bar.«

»Pass auf, ich will nicht ...«

»Nein, Mann. Ist in Ordnung, wirklich.«

Er ging nach hinten, und ein paar Minuten später kam Rie aus dem dunklen Flur nach vorn ins Licht. Sie war barfuß, trug Bluejeans und ein Hemd mit Blumenmuster, ihr sonnenverbranntes Haar hing in ungekämmten Locken herunter. Ich schaute ihr nur einmal ins Gesicht und wusste sofort, dass sie bereits von Arts Tod erfahren hatte.

»Hallo, Kleine, wie geht's?«

»Hallo, Hack.«

»Eigentlich wollte ich erst anrufen ...«

Die Haut um ihre Augen herum war blass, ihre Lippen farblos. Ich fühlte mich leer, als ich so vor ihr stand.

»Willst du vielleicht einen kleinen Ausflug machen?«, sagte ich.

Ihre Augen blinzelten einen Moment, aber sie schien weder mich noch die anderen zu sehen.

»Wir haben heute Abend noch eine Versammlung«, sagte sie.

»Ja, die Kirchenleute wollten kommen«, sagte der Schwarze. »Aber die haben uns eh nur ihre Gebete anzubieten. Macht ruhig euren Ausflug.«

»Ich kenn da ein nettes Plätzchen mit gutem Essen auf der anderen Seite des Flusses«, sagte ich. »Komm schon. Allein renne ich da drüben noch in ein Carta-Blanca-Werbeschild.«

Ich hatte eine Zigarre ausgewickelt und suchte erfolglos nach einem Aschenbecher, um die Folie zu entsorgen. Irgendwie kam mir jedes Wort aus meinem Mund und jede Bewegung meines Körpers unangemessen vor.

»Na los, macht euch auf den Weg. Raus mit euch«, sagte der Schwarze. »Ich werde die Kirchenleute ohnehin wieder davonjagen. Jedes Mal, wenn die hier auftauchen, rümpfen sie die Nasen wegen meiner Weinfahne.«

Rie strich sich die Haare mit den Fingern nach hinten und zog ein Paar Ledermokassins an. Sie war zu stark, um sonderlich viel geweint zu haben, aber ihr Gesicht war matt und abgespannt, und die Sonnenbräune auf ihrer Haut sah so aus, als würde sie nicht dorthin gehören.

Wir gingen raus in die Dunkelheit, den Pfad entlang zur Straße. Ich legte meinen Arm um ihre Schulter. Als ich sie berührte und das Zittern ihres Rückens spürte, hätte ich sie am liebsten ganz nah an mich gezogen und ihren Kopf gegen meine Brust gedrückt.

»Ich habe drei Stunden über die passenden Worte nachgedacht, aber am Ende sind sie eh alle fehl am Platz«, sagte ich.

»Du musst nichts sagen, Hack.«

»Doch, das muss ich, denn der Tod eines Menschen verdient eine Erklärung ... aber ich habe keine. Jedes Mal, wenn ich in Korea einen Soldaten sterben sah, versuchte ich etwas Rationales im Tod zu entdecken, aber es hatte genauso wenig Sinn oder Bedeutung wie diese verwitterten Billboards draußen am Highway.«

»Arts Bruder hat mich heute Nachmittag angerufen und mir erzählt, wie es passiert ist. Nichts und niemand hat etwas damit zu tun. Mehr gibt es nicht darüber zu sagen.«

Ich versuchte gar nicht erst, noch etwas darauf zu erwidern. Ich wendete den Cadillac, und wir fuhren durch den Staub der ausgefahrenen Piste an Bretterhütten und schmucklosen Vorgärten vorbei zurück zur Hauptstraße. Die Mondsichel hatte sich gelb gefärbt und war über den Hügeln in den dunklen Himmel hinaufgestiegen. Die Luft war heiß und bewegte sich nicht, die Eichen am Gerichtsgebäude sahen aus, als wären sie in Metall geätzt. An der Bierkneipe stand der Deputy, der mir die Straßenkarte ausgehändigt hatte, unter der Neonleuchtreklame und sprach mit zwei Männern in Overalls. Sein Khakihemd war an Hals und Achselhöhlen dunkel vom Schweiß. Als wir an ihm vorbeifuhren, nahm er den Zahnstocher aus dem Mund und starrte uns an.

»Haben die euch noch mal Ärger gemacht?«, sagte ich.

»Es gab drei Verhaftungen beim Streikposten letzte Woche, und vor zwei Tagen hat jemand in unserem Vorgarten ein Holzkreuz abgefackelt. Es ist ein komisches Gefühl, wenn du im Morgengrauen auf die Veranda trittst und etwas derart Hässliches siehst. Sie hatten in Streifen geschnittene Gummireifen auf das Holz genagelt. Der Gestank hielt sich ewig in der Luft.«

»Dafür gibt es weiß Gott eine Lösung. Das FBI versucht den Klan dranzukriegen, wo es nur geht.«

»Der zuständige FBI-Mann meint, dass es sich um den Streich von Highschoolkids handelt. Es interessiert ihn nicht sonderlich, dass ein paar Chicanos von einer Kneipe aus ein halbes Dutzend Männer in einem Pick-up mit einem Holzkreuz auf der Ladefläche gesehen haben.«

»Rie, in diesem Land gibt es Bürgerrechtsgesetze, die solchen Typen bis zu zehn Jahre in Huntsville einbringen.«

»Die interessieren uns nicht.«

»Mag sein, aber das sind gefährliche und gewalttätige Menschen, die ins Gefängnis gehören.«

»Wir haben den Farmern und Agrarunternehmen bis Montag Zeit gegeben, damit sie unterschreiben. Passiert nichts, legen wir alles lahm. Genug Leute dafür haben wir auf jeden Fall.«

»Hast du eine Vorstellung davon, wie es ist, wenn die Baumwolle in den Reihen vertrocknet und die Zitronen weich werden, weil man sie nicht in der ersten Woche erntet? Die Farmer werden alles verlieren, und dann kommen diese Spinner vom Ku-Klux-Klan das nächste Mal mit Ketten und Baseballschlägern zu Besuch.«

»Die können den Streik nicht aufhalten.«

»Ich will nicht mit ansehen müssen, wie diese Kerle Kerosin auf euer Haus kippen.«

»Lass uns nicht mehr davon reden, Hack. Ich bin wirklich müde.«

Und dann merkte ich, dass mir auf der dreistündigen Fahrt von Austin ins Valley ohnehin kein einziges passendes Wort hätte einfallen können. Wir fuhren die Straße weiter Richtung Süden, aus der Stadt hinaus und über eine Betonbrücke. Unter uns rauschte das schwarze, flache Wasser des Rio Grande durch den im Pfahlwerk gefangenen Müll. Das sandige Ufer war von Weiden und Büschen gesäumt, und auf der mexikanischen Seite glühten die Lichter von Kerzen und Öllampen in den Fenstern der Lehmhütten. Ich hielt am Grenzübergang, wo mir ein müder mexikanischer Beamter in zerknitterter Khakiuniform und Schirmmütze erklärte, dass ich ohne Touristenvisum nicht weiter als fünfzehn Meilen ins Landesinnere fahren dürfe. Das Licht des kleinen Grenzpostens warf einen elfenbeinfarbenen Glanz auf Ries Gesicht. Hätte ich in diesem Moment ihre Wange mit meinen Fingern berührt, da war ich mir sicher, hätte sich ihre Haut so kühl und trocken wie Stein angefühlt. Sie hatte den Schmerz tief in ihrem Inneren begraben, und genau dort würde er bleiben, ohne jemals an die Oberfläche ihrer selbstbeherrschten Hülle zu kommen. Irgendwo hatte sie gelernt, eine echte Kämpferin zu sein – entweder inmitten dieser von Polizeiknüppeln und Schädelfrakturen bestimmten Campusunruhen oder in einem der Knäste in Mississippi, in denen man Bürgerrechtler mit elektrischen Viehtreibern traktierte. Ich wusste nicht, wo und was, aber es hatte ein Ereignis in ihrer Vergangenheit gegeben, das sie zu einem Mitglied in diesem ganz besonderen Club machte.

Ich fuhr weiter den schlecht geteerten Highway zwischen hohen Zedern- und Pappelreihen entlang. Über den kargen Hügeln im Westen funkelte der Abendstern, und eine heiße Brise wehte vom Golf her über das flache Land. Der Großteil der Lehmhäuser am Straßenrand war baufällig, die teilweise bereits zerbröselten Ziegel der Wände lagen frei, und hinter den Eingängen hingen die Balken wie lange Zähne vom Dachstuhl herunter. Immer wenn ich nachts nach Old Mexico hinüberfuhr, glaubte ich, die in den dunklen Bergen umherirrenden Geister von Villa und Zapata spüren zu können, oder die Seelen der texanischen Kavalleristen unter John Bell Hood, die das Exil der Kapitulation vorgezogen hatten, nachdem die Niederlage der Konföderierten besiegelt gewesen war. Selbst bei meinen alkoholgetränkten Abstechern in die Betten mexikanischer Drei-Dollar-Huren mischte sich der wilde Geruch des Landes – und mit ihm die Gedanken an die in den langen, von der Sonne verbrannten Hügelketten begrabenen Geheimnisse – unter meine sexuellen Fantasien. Auch jetzt, als Rie neben mir saß, ihr Gesicht erschöpft, von Schmerz gezeichnet und doch wunderschön, und mit unruhiger Hand ein Streichholz an die Zigarette zwischen ihren Lippen führte, hörte ich Tausende, wie sie in den Bergen mit den Säbeln rasselten, die Gewehrhähne spannten und sich bereitmachten, um über eine andere Geisterarmee unten im Tal herzufallen.

Zehn Meilen hinter der Grenze befand sich eine kleine Stadt mit flachen Lehmbauten, von Pferdekot überzogenen Pflasterstraßen, zwei oder drei anrüchigen Bars, einer Polizeistation und einem hanglagigen Friedhof mit weißgeputzter Außenwand. Hoch oben an einem Berg waren mit weißen Feldsteinen die Worte PEPSI COLA ausgelegt. Die Lehmhäuser waren so braun wie das Land selbst, aber die Türen hatten die Bewohner in blauen, fingernagelroten oder türkisen Farbtönen angestrichen, um Geister von den Schwellen fernzuhalten. Die Bevölkerung bestand überwiegend aus den verarmten Nachfahren der einst hier ansässigen Indianervölker, die Bordelle und Bars allerdings wurden entweder von der Polizei oder kleinen Gangstern aus Monterrey betrieben. In den zur Straße hin offenen Cantinas saßen Ölfeldarbeiter mit fünfzehnjährigen Mädchen auf dem Schoß, hinter ihnen plärrten Mariachi-Bläser aus den Jukeboxen. Ein Stück weiter auf der engen Hauptstraße standen zwei Polizisten mit schmutzigen Uniformen im beleuchteten Eingang des größten Bordells in dieser Gegend. Als wir an ihnen vorbeifuhren, winkte mich einer der beiden heran, aber dann sah er Rie auf dem Beifahrersitz und richtete seinen Blick auf das nächste Fahrzeug.

An einem kleinen Platz gegenüber der Kirche befand sich die Cervecería. Der Besitzer hatte Lichter in die Seidenbäume im Außenbereich gehängt, und so waberten die Schatten in eigenartigen Mustern auf den Gehwegplatten und den weißen Wachstüchern der Tische. In der Mitte des Platzes stand ein verwitterter Musikpavillon mit rundem Spitzdach, und in der Dunkelheit hinter der offenen Kirchentür leuchteten ein paar Altarkerzen. Wir setzten uns an einen Tisch unter den Bäumen, wo die gefleckten Schatten auf uns fielen, und ich bestellte zwei Gerichte und zwei Flaschen Carta Blanca.

»Könnte ich einen Tequila haben?«, sagte Rie.

»Das Zeug, das sie einem hier verkaufen, ist eher wie Pulque, ganz gelb, und du kannst die Raupen drin schwimmen sehen.«

»Ich hätte trotzdem gern einen.«

Der Kellner brachte eine mit einem Korken verschlossene Flasche, zwei schlanke Shotgläser, einen Teller mit Zitronenscheiben und einen Salzstreuer. Kaum hatte ich eingeschenkt, trank Rie ihr Glas aus, ohne die Zitronen oder das Wasser zum Nachspülen auch nur anzusehen, und starrte auf den dunklen Platz hinaus. Sie schüttelte sich kurz, wahrscheinlich wegen des bitteren Geschmacks des Tequilas, und für einen Moment lang glühten ihre Wangen auf.

»Tequila wird anders getrunken«, sagte ich.

»Schenk mir noch einen ein.«

»Das Zeug frisst Löcher so groß wie Zehn-Cent-Stücke in deine Magenwände.«

»Ich möchte, dass du mir noch einen Tequila einschenkst.«

»In Ordnung. Aber es läuft folgendermaßen: Du nimmst die Zitronenscheibe in die linke Hand und streust etwas Salz zwischen Daumen und Zeigefinger. Danach leckst du das Salz ab, trinkst den Tequila und lutschst an der Zitrone.«

Ich schaute zu, wie sie das Glas an ihre Lippen führte und es mit zwei Schlucken leerte. Sie würgte kurz und lutschte an der Zitronenscheibe.

»Beim zweiten Mal ist es besser«, sagte sie. Ihre Augen waren bereits glasig.

»Wenn du magst, schütte ich ein bisschen in den Aschenbecher und halte ein Streichholz dran, damit du mal siehst, wie viel Alkohol in dem Zeug steckt.«

»Ich glaube nicht, dass es so schlimm ist, wie du sagst.« Sie nahm einen Schluck von dem Carta Blanca und schaute an mir vorbei auf den Platz.

»Vertrau mir, ich habe mich ausgiebig mit dem Thema beschäftigt«, sagte ich.

»Es sorgt für eine Art innere Ruhe, nicht wahr?«

»Ja. Und später öffnet es einem all die Türen, die man normalerweise verschlossen hält.«

»Warum bringst du mir dann nicht einfach bei, wie man das Zeug richtig trinkt?«

Ich schaute zum Kellner und warf ihm den typischen Blick eines ungeduldigen Gringo-Touristen zu, woraufhin er nickte und zum Küchenfenster eilte, um den Koch anzutreiben.

»Gib mir noch einen«, sagte sie.

»Du bist keine Trinkerin, Rie. Versuch besser nicht, mit den Profis mitzuhalten.«

»Schau doch, ich habe mein Bier ausgetrunken, und es schmeckt mir nicht. Ich will, dass du mir zeigst, wie man Tequila trinkt.«

»Okay. Am besten nimmst du ein volles Glas und kippst es in den Tank deines Autos.«

»Hack!«

»Nein, verdammt noch mal.«

»Vielleicht sollten wir dann gehen. Es ist ohnehin ziemlich heiß hier, oder?«

»Diese Tequila-Sauferei kann nur schlecht enden. Und ich begebe mich nicht gern auf zum Scheitern verurteilte Missionen.«

»Doch, das tust du sehr wohl. Du trinkst, obwohl du genau weißt, dass die Sache mit dem Alkohol immer einen schlechten Ausgang nimmt.«

»Okay, Rie, ich gebe auf.« Ich füllte ihr Shotglas und zündete mir eine Zigarre an.

»Magst du es eigentlich, wütend zu sein?«

»Nein, aber ich will verdammt sein, wenn ich die Rolle meines bescheuerten Bruders einnehme und andere Menschen gängele.«

»Ich glaube, du magst es, das Blut in deinem Schädel hämmern zu hören.«

»Mir fehlt heute Abend das Feuer für so was, Kleine. Ich hisse die weiße Flagge.«

Sie nippte an ihrem Glas und schaute mir mit ihren ausdruckslosen Augen ins Gesicht. Ich zog an meiner Zigarre und wartete, dass sie anfangen würde.

»Gibt es irgendetwas, das wir hätten tun können?«, sagte sie.

»Nein.«

»Ich meine irgendetwas, damit er nicht in diesen Werkzeugschuppen hätte gehen müssen?«

»Es war bereits alles in die Wege geleitet.«

»Kurz bevor sie ihn zur Gefängnisfarm brachten, war ich noch mal bei ihm. Ich habe mit angesehen, wie sie ihn in Handschellen den Gehweg am Gerichtsgebäude runtergeführt haben und bin am Nachmittag zurück zum Streikposten gefahren … gerade so, als wäre nichts gewesen.«

»Ich habe getan, was ich konnte, und eigentlich hatten wir das Gröbste schon hinter uns. Es war einfach eine dieser dummen Sachen, gegen die niemand etwas ausrichten kann.«

Wieder führte sie das Glas zum Mund, und ihre mandelförmigen Augen wirkten elektrisiert im Licht aus den Bäumen.

»Und dann mussten es auch ausgerechnet noch zwei Schwarze sein. Warum nicht einer dieser rassistischen Sadisten in Uniform? Nein, es waren zwei Schwarze, die wahrscheinlich genau den gleichen Mist durchmachen mussten wie er.«

Der Kellner brachte unser Essen. Er hielt die Teller am Rand mit einer gefalteten Serviette, und als er sie auf den Tisch stellte, schaute er kurz zu Rie, dann zu mir.

»*Dos mas Carta Blanca*«, sagte ich.

»*Si, señor*«, antwortete er und wandte seine neugierigen Augen ab.

»Ich glaube, ich möchte jetzt nichts essen«, sagte sie.
»Du solltest ein bisschen was probieren.«
»Ich möchte nicht. Tut mir leid.«
»Mir zuliebe.«
»Lass uns gehen, Hack.«
»Ich werde den Kellner bitten, uns das Essen einzupacken.«
»Bitte, Hack, lass uns einfach gehen.«

Ich ging in die Cervecería, um zu bezahlen. Der Kellner wirkte beleidigt, weil wir das Essen nicht angerührt hatten, aber ich erklärte ihm, dass meine Frau krank sei und er den Tequila für sich selbst behalten könne. Wir fuhren auf der Pflasterstraße zurück, vorbei an den lauten Bars. Ein barfüßiges Indianerkind in zerschlissener Kleidung lief mit ausgestreckter Hand ein Stück neben dem Wagen her. Die beiden Polizisten vor dem Bordell halfen gerade einem betrunkenen, amerikanischen Geschäftsmann aus dem Wagen. Sein Gesicht war aufgedunsen vom Alkohol und wirkte matt und fahl unter der Leuchtreklame. Er stützte sich an einer Säule der Fassade ab und steckte den beiden Polizisten Geldscheine aus seinem Portemonnaie zu. Es schüttelte mich, als ich daran dachte, wie ich selbst schon in ähnlichen Straßen ausgestiegen und unter den Augen von aalglatten Zuhältern in Uniform in einschlägige Etablissements gewankt war, und ich fragte mich in diesem Moment, ob mein Gesicht ebenso schrecklich ausgesehen hatte wie das des Mannes unter der Leuchtreklame. Nachdem wir die letzten Cantinas passiert hatten, beschleunigte ich den Cadillac und fuhr auf den dunklen Highway, wo die Äste der am Straßenrand vorbeifliegenden Zedernbäume den Mond entzweirissen.

»Warum hast du gesagt, dass ihr das Gröbste schon hinter euch hattet?«, sagte sie.

Hättest du doch nur die Klappe gehalten, Hack!
»Ich dachte eigentlich, ich hätte ihn aus dem Gefängnis holen können. Mit ein bisschen mehr Zeit.« Ich hielt die Augen starr auf den Highway gerichtet, während ich sprach. »Es ist eine dieser Sachen, bei denen man nicht weiß, wie es läuft. Du tust einfach alles, was du kannst, und wartest darauf, dass das Gericht eine Entscheidung fällt.«

Ich konnte sie in der Dunkelheit atmen hören.

»Es hätte auch anders ausgehen können«, sagte ich.

»Oh, Hack«, sagte sie, legte ihr Gesicht auf meine Brust und umklammerte meinen Arm. Ihre Tränen rollten auf mein Hemd, und jedes Mal, wenn sie versuchte, das Weinen zu unterdrücken, klammerte sie sich fester an mich. Ich zog sie nah zu mir heran und streichelte ihren Nacken und ihr lockiges Haar. Ihre Stirn an meiner Wange fühlte sich fieberwarm an, und sie zitterte in meinem Arm wie ein verängstigtes kleines Mädchen. Ich konnte die Sonne in ihrem Haar und den Tequila in ihrem Atem riechen, und am liebsten wäre ich an die Seite gefahren und hätte sie noch näher an mich gedrückt.

Ihr Gesicht war im Licht der Armaturen so weiß und geschmeidig wie Alabaster. Als sie mit dem Weinen aufhörte und sich aufrecht hinzusetzen versuchte, hielt ich sie nah an mich gedrückt und fuhr mit meinen Fingern durch ihre Haare. Ihre Augen waren geschlossen, ihre Brust hatte aufgehört zu beben, und ich merkte, wie sich ihre Rückenmuskeln noch einmal anspannten und dann unter meiner Hand weich wurden. Ich spürte ihren Atem an meinem Hals, langsam und gleichmäßig, und als wir zur Grenze kamen, war sie eingeschlafen.

Ich fuhr über die Brücke am Rio Grande, zeigte einem Grenzbeamten mit Stetson meinen Mitgliedsausweis der texanischen Anwaltskammer und wurde durchgewinkt. In der warmen Nachtluft lag der süße Duft reifer Zitrusfrüchte und Wassermelonen, und der Wind trug vom Golf eine leicht salzige Note heran. Der Mond stand nun hoch über den Bergen, und an einem seiner Hörner hing eine lang gezogene schwarze Gewitterwolke. Langsam fuhr ich auf der von Spurrillen und Schlaglöchern überzogenen Straße durch das Armenviertel und parkte längs zum mitgenommenen Gartenzaun des Gewerkschaftsquartiers. Im Vorderzimmer brannte noch Licht, und hinter dem Fliegengitter der Eingangstür war die Silhouette eines Mannes zu sehen, der eine Flasche in der Hand hielt. Vorsichtig zog ich meinen Arm unter Ries Hals hervor und lehnte ihren Kopf gegen den Sitz. Ihre Wimpern waren noch feucht, ihr kühles Gesicht schien die Sanftheit des Mondes eingefangen zu haben. Als sie im Schlaf leicht die Lippen öffnete, schlug mir das Herz bis zum Hals. Ich beugte mich nach vorn und küsste sie sanft auf den Mund. Im nächsten Moment schlug das Fliegengitter gegen den Türrahmen, und der Schwarze trat auf die Veranda. Ich ging auf die andere Seite des Wagens, nahm Rie vorsichtig in die Arme und trug sie durch den Vorgarten zum Haus. Sie öffnete kurz die Augen und drückte ihr Gesicht wieder an meinen Hals. Der Schwarze hielt mir die Tür auf, ich brachte Rie in das Hinterzimmer, legte sie aufs Bett und schaltete den Ventilator ein. Der Luftzug der Rotorblätter bewegte ihr Haar auf dem Kissen, und ihr Gesicht wirkte im Halbdunkel noch blasser und kälter als zuvor. Als ich hörte, wie der Schwarze zwei Bierflaschen im Vorderzimmer öffnete, schloss ich die Tür und ging durch den Flur zurück.

»Manchmal muss man einen draufmachen, um den ganzen Mist loszuwerden«, sagte der Schwarze und drückte mir eine Flasche Jax in die Hand.

»Ich werde ein paar Vitamin-B-Tabletten und Aspirin aus dem Wagen holen. Vielleicht kannst du ihr das Zeug ja geben, wenn sie noch mal aufwacht.«

»Mann, ich bin schon verdammt lang auf der Spodiodi-Route unterwegs. Mir brauchst du nicht zu erzählen, wie man damit umgeht.«

»Sieht so aus, als wären wir in dieselbe Schule gegangen.«

»Scheint so«, sagte er. »Ich bin echt froh, dass du einen kleinen Ausflug mit ihr gemacht hast. Sind nämlich heute ein paar Typen vorbeigekommen, um uns zu nerven. Um ein Haar wär's außer Kontrolle geraten.«

»Was ist passiert?«

»Da sind ein paar Autos voll junger Kerle die Straße hochgekommen und haben Knallkörper gegen die Häuser geworfen. Dann haben sie vor unserem Zaun angehalten, Wein gesoffen und Kanonenschläge auf unsere Veranda geschmissen. Ich dachte eigentlich, dass ihnen irgendwann langweilig werden würde, war aber nicht so. Drei von denen sind zur Tür ran und meinten, sie wollten mal wieder einem Nigger das Fell abziehen. Hätten schon verdammt lange keinen Nigger mehr an einem Fleischerhaken baumeln sehen, haben sie gesagt und mir Wein ins Gesicht gespuckt. Den Kerlen ist die Lust am Lynchen regelrecht aus den Poren geströmt. Einer der Jungs hat sich an der Tür zu schaffen gemacht, wollte sie aufreißen, aber dann hat einer auf der Straße die Hupe gedrückt und gerufen: ›Der Nigger ist doch Zeitverschwendung. Lasst uns lieber diese Hippiefreaks aufstöbern.‹ Daraufhin sind zwei von der Veranda runter, aber der Kerl an der Tür ließ nicht locker. Der wollte auf Teufel komm raus heute noch ein paar schwarze Eier in die Pfanne hauen. Wären die Chicanos nicht aus ihren Häusern gekommen, hätte es gekracht, und ich säße jetzt wegen Mord an 'nem weißen Bengel hinter Gittern. Es ist nämlich so, mein Whiskey-Bruder: Die Zeiten, in denen der weiße Mann mir ein Kantholz in den Arsch rammen konnte, bis ich Holzsplitter gespuckt hab, sind endgültig vorbei.«

Ich nahm einen Schluck aus der Flasche und schaute dem Schwarzen ins Gesicht. Zum ersten Mal, seitdem ich ihn kennengelernt hatte, sah ich die gläserne Härte in seinen Augen, das in ihnen enthaltene Flackern der Demütigungen und die dünne, erhabene Narbe, farblos und hart wie Plastik, auf seiner Unterlippe. Sein glänzender Schädel war von Schweißperlen bedeckt, und hinter seinen Ohren traten die Muskelstränge hervor, als würde er voller Wut auf irgendetwas tief in seinem Inneren herumkauen.

»Was zum Teufel treibst du überhaupt hier unten?«, sagte ich.

»Das ist wie 'ne schlechte Angewohnheit, Mann. Hab ich mir in der Armee zugelegt, als ich in Europa war und Latrinenlöcher für weiße Ärsche buddeln musste. Schätze mal, dass für jede Schaufel Erde, die ich da umgedreht hab, ein Eimer voll weiße Scheiße in den Boden gewandert ist. Als ich mit der Armee durch war, hatte ich das Gefühl, genug Arbeit in die Scheißhäuser des weißen Mannes gesteckt zu haben. Ich wollte nicht mehr an der Hintertür Schlange stehen, um mir Wischmopp und Eimer aushändigen zu lassen, wenn du verstehst, was ich meine.«

Er leckte sich mit der Zunge über die Unterlippe, und die Narbe glänzte wie eine Glasscherbe. Zum zweiten Mal an diesem Tag fehlten mir die Worte. Draußen sangen die Zikaden in der Stille. Ich trank mein Bier aus, zündete mir eine Zigarre an und ließ ihn allein am Tisch zurück.

Da ich im Hotel der Stadt offensichtlich kein willkommener Gast mehr war, fuhr ich dreißig Meilen den Fluss entlang bis zur nächsten Stadt und nahm mir dort ein Motelzimmer. In der klimatisierten Dunkelheit des Raums ließ ich mich auf das Bett fallen, legte meinen Arm über die Augen und versuchte, etwas Schlaf zu finden. Doch jedes Mal, wenn ich es fast geschafft hatte, schoben sich in meinem Schädel zerrissene Bilder und Stimmen ineinander wie die Kanten einer zerbrochenen Fensterscheibe, und im nächsten Moment war ich wieder wach und spürte, dass sich die Venen an meinem Haaransatz noch ein Stück enger zusammengezogen hatten. Der Highway rollte aus dem Zwielicht auf mich zu, dann zischten die Buschmesser durch die Luft und glänzten rot im Halbdunkel des Werkzeugschuppens, und ein chinesischer Soldat beugte sich über das Abflussgitter und spuckte einen langen Strahl gelblichen Speichels auf meinen Kopf. Ich setzte mich auf. In Unterwäsche hockte ich auf der Bettkante, trank eine halbe Flasche Jack Daniel's und schlief kurz darauf ein, tief versunken im Whiskeynebel.

Am nächsten Morgen zog ich eine Khakihose an, dazu meine alten Cowboystiefel und ein Jeanshemd – alles Sachen, die ich im Kofferraum des Cadillacs deponiert hatte. Danach gönnte ich mir ein gemütliches Katerfrühstück, bestehend aus einem Steak mit Spiegelei obendrauf, einer Tasse Kaffee und einer Zigarre, und machte mich auf den Weg nach Pueblo Verde. Die Sonne stand weiß am Horizont, und der Blick hinauf in den ausgewaschenen blauen Himmel schmerzte in den Augen. Die grünen Zitrusplantagen, die Mais- und Baumwollfelder und die versengten Hügel flimmerten in der feuchten Hitze. Dicke Wassermelonen lagen in den Reihen und schillerten im Licht, und die Gurkenranken bogen sich unter dem Gewicht der Früchte. Selbst mit Sonnenbrille musste ich die Augen zusammenkneifen, so grell war die Umgebung. Habichte kreisten am Himmel, und an den Zedernholzpfählen der Felder hingen tote Krähen. Die Farmer hatten sie mit Salz präpariert und an die Zaunpfähle genagelt, um ihre lebenden Artgenossen vom Mais fernzuhalten. Mitten auf einer leeren Weide und in einiger Entfernung von der Straße mahnte eine sonnengebleichte Plakattafel:

DIE WIEDERKUNFT STEHT KURZ BEVOR!
JETZT EINSCHALTEN: BROTHER HAROLDS
NEW FAITH REVIVAL AUF XERF.

Kurz vor Pueblo Verde hielt ich an einem kleinen Laden, der am Straßenrand im Schatten einer riesigen Virginia-Eiche stand. An der Fassade hing ein altes Blechwerbeschild für Arzneimittel, auf der Kiesfläche vor dem Gebäude parkten drei Pick-ups, und auf der Veranda stand eine rostige Coca-Cola-Kühltruhe mit integriertem Flaschenöffner, unter dem der Abfallbehälter für die Kronkorken überquoll. Das Innere des Ladens war dunkel und kühl, es roch nach Käse, Dauerwurst und in Quartgläsern angebotenen Schweineschwartenchips. Ich kaufte einen Weidenkorb, ein Tischtuch, zwei Flaschen kalifornischen Burgunder, ein paar scharfe Würstchen, Weißkäse, ein Baguette und sechs Flaschen Jax in einem mit Eiswürfeln gefüllten Plastikbeutel. Ein kleiner schwarzer Junge, barfuß und mit zerschlissenen Bluejeans, half mir, den Einkauf zum Wagen zu tragen. Dann fuhr ich wieder auf den Highway, vorwärts in die weiß flimmernde Sonne über dem Rio Grande.

Die hohen Bürgersteige der Stadt waren voller Menschen, in den Bierkneipen und Billardhallen drängten sich Cowboys und Holzfäller, fest entschlossen, auch den letzten Penny in ihren Bluejeans in Alkohol umzusetzen. Wieder einmal war ich von der Tatsache beeindruckt, dass am Samstagvormittag alle texanischen Kleinstädte – ob im Panhandle oder in Piney Woods – gleich aussahen: Klapprige Autos und Farmtrucks parkten schräg vor den Gehwegen, alte Männer mit sonnengegerbter Haut spuckten ihren Kautabaksaft auf den heißen Asphalt, junge Burschen mit vor Gesundheit und Jugend strahlenden Gesichtern, Bürstenschnitten und Strohhüten von Sears Roebuck lungerten an den Straßenecken herum, während Mädchen mit Lockenwicklern und Bandanas im Haar in den immer gleichen Cafés saßen, Royal Crown Cola tranken und sich kichernd erzählten, was Billy Bob oder Lee Harper am Abend zuvor im Autokino angestellt hatten.

Ich fuhr die staubige Straße des mexikanischen Viertels entlang, während die lispelnde Stimme eines lokalen Hillbilly-Sängers aus den Autoradioboxen plärrte:

I warned him once or twice
To stop playing cards and shooting dice.

Rie saß mit einer Tasse Kaffee in der Hand im Vorderzimmer des Gewerkschaftsquartiers. Sie war barfuß, trug weiße Shorts und ein zerknittertes Jeanshemd. Ihr Gesicht war blass vom Kater. Ohne anzuklopfen, ging ich durch die Fliegengittertür ins Haus.

»Los, steig ins Auto, Frau. Heute werde ich deinen Yankee-Horizont ein wenig erweitern«, sagte ich.

»Was?«, sagte sie und schaute mich durch die herunterhängenden Haare an.

»Ich sag nur: Dinner on the ground and devil in the bush! Jetzt komm schon.«

»Hack, wovon redest du eigentlich?« Ihre Worte kamen nur langsam und schienen sorgfältig gewählt, und ich wusste, dass sie schwer mit dem Kater zu kämpfen hatte.

»Picknick im Freien und Tête-à-tête im Grünen, verstehst du? Ich werde dir die Welt meiner Kindheit zeigen. Jetzt mach schon, Mädchen, steh endlich auf und lass die Fragerei.«

»Ich glaube nicht, dass ich heute irgendetwas unternehmen kann, Hack.«

»Doch, das kannst du. Mit einem Kater darf man nicht im Haus bleiben. Man muss raus in die Sonne und Dinge tun, die man noch nie getan hat.«

»Wie viel habe ich getrunken?«

»Egal. Das Problem war eher, dass du aus Frust und Wut getrunken hast.«

»Tut mir leid wegen gestern Abend. Ich muss mich wirklich wie eine blöde Kuh aufgeführt haben.«

»Das ist gar nicht möglich.«

Sie lächelte und schob sich die Haare aus den Augen.

»Tut mir trotzdem leid.«

»Schon okay. Pass auf, siebzig Meilen von hier fließt ein grüner Fluss, und in diesem Fluss schwimmen unter einem großen grauen Kalksteinvorsprung acht Pfund schwere Barsche und warten darauf, dass ich ihnen einen meiner Fliegenköder vor die Nase halte. Also entweder bewegst du jetzt langsam deinen Hintern, oder ich fahre allein.«

»Ein Angelausflug? Du bist wirklich süß, Hack.«

»Nein, bin ich nicht. Eigentlich falle ich eher in die Kategorie unausstehlicher Mistkerl und wirklich schlechter Umgang. Das solltest du mittlerweile wissen. Frag meinen Bruder. Der hat ein Magengeschwür wegen mir bekommen, und gestern hab ich ihn im Büro stehen lassen, obwohl ihm das Ding zum Hals raushing.«

Sie fasste sich an die Stirn und lachte, und das wundervoll fröhliche Licht leuchtete wieder in ihren Augen auf.

»Ich bin gleich fertig. Auf dem Herd steht noch Zichorienkaffee und Maisbrot, falls du möchtest«, sagte sie.

»Für ein Yankee-Girl bist du wirklich ganz in Ordnung«, sagte ich und warf einen Blick auf die geschmeidigen Kurven ihrer Hüften, als sie durch den Flur nach hinten ging.

Wir fuhren nach Norden über die Berge und anschließend durch flaches Farmland mit Bohnen und Maisfeldern und Rinderweiden, bis wir an einem breiten, grünen und langsam fließenden Fluss ankamen, an dessen von Weiden, Judas- und Wacholderbäumen gesäumtem Ufer ich als kleiner Junge oft mit meinem Vater zum Fliegenfischen gewesen war. Der Fluss führte wegen der Dürre wenig Wasser, seine Oberfläche war von Wacholdersamen bedeckt. Trotzdem gab es noch Strudel und tiefe Löcher hinter den Felsbrocken im Wasser, und ich ahnte, dass ich so viele Crappies, Brassen und Barsche fangen konnte, bis mein Fischgalgen voll war. Der feuchte Ufersand war von Reh- und Waschbärspuren überzogen, im warmen Schatten der Bäume flatterten Spottdrosseln und Blauhäher umher. Das Sonnenlicht spiegelte sich auf dem Wasser, und ein Stück flussabwärts, an einer Biegung bei einem Zypressenhain, hoben sich die hell schimmernden Sandbänke aus der Mitte des Stroms empor. Libellen schwirrten am Ufer über dem Schilf und den Seerosen, und im Schatten der Weiden schnappten die Brassen nach Insekten und zauberten dadurch Kreise auf die Wasseroberfläche, sodass es aussah, als würden Regentropfen vom Himmel fallen.

Ich nahm die Filztasche mit meiner dreiteiligen Fenwick-Fliegenrute und den kleinen Behälter mit den Trockenfliegen, Hakengröße achtzehn, aus dem Kofferraum, und wir gingen durch das Laub und die Zweige der Bäume zum Fluss hinunter. Früher hatten Komantschen- und Apachenkrieger an diesem Ufer campiert und Pfeile aus dem Holz der Wacholderzweige geschnitzt. Für einen Moment besaß ich wieder die Augen meines zwanzig Jahre jüngeren Ichs und suchte die Umgebung nach der Stelle ab, wo sie ihre Wigwams aufgestellt und das Fleisch erlegter Rehe über qualmenden Feuerstellen in die Bäume gehängt hatten. Ich wusste, dass ich mit etwas Geduld die Überreste des Lagers finden würde: eine Feuerstelle, keinen halben Meter unter der Erde, eine Handvoll Feuersteinsplitter an einem Arbeitshügel, Knochenahlen und Scherben von Tongefäßen. Schon von klein auf hatte ich das Gefühl gehabt, dass das Land von der Präsenz dieser toten Männer, die schon lange vor unserer Zeit hier um ihr Überleben gekämpft hatten, erfüllt war. Besonders spät am Abend glaubte ich ihre Gegenwart spüren zu können; wie sie parallel zu unserer Welt ihr Leben fortführten, wenn sie sich beim Angriff auf die längst zu Staub und Asche zerfallenen Blockhütten der Siedler an ihren Pferden herunterhängen ließen, um ihre Pfeile unter den Hälsen der Tiere abzufeuern. Einmal, beim Umpflügen eines Feldes, das wir bis dahin nur als Weide genutzt hatten, spürte ich oben im Sitz des Traktors, wie der Pflug über einen harten und spröden Gegenstand im Boden hinwegfuhr und ihn in Stücke riss. Noch bevor ich den Motor ausgeschaltet und mich umgedreht hatte, wusste ich bereits, dass ich den Pflug durch das Grab eines Indianerkriegers gezogen hatte. In der Furche hinter mir sah ich den zerschmetterten Schädel und die weißen Einzelteile der zerstückelten Wirbelsäule, und zwischen den Rippen des Kriegers glitzerten die aus Rosenquarz gefertigten Pfeilspitzen wie Tropfen seines Blutes.

Wir saßen unter einem Zypressenbaum nahe am Wasser. Rie öffnete zwei Bierflaschen und belegte Sandwiches mit Wurst und Käse, während ich ein neues Vorfach mit einer auf ein Pfund belastbaren Endschnur an der Angelsehne anbrachte. Ich watete ins warme Wasser des Flusses und begann unter den Ästen der Bäume mit Leerwürfen, wobei ich mit der linken Hand die Leine von der Rolle zog und schließlich den Köder, eine kleine braune Hechelfliege, in das aufgewirbelte Wasser hinter einem Felsbrocken warf. Die Fenwick war eine wundervolle Fliegenrute – sie lag federleicht in der Hand und war dabei so perfekt verjüngt und in ihrer Form ausbalanciert, dass ich nur das Handgelenk nach vorn schnellen lassen musste, um den Haken zu setzen. Die Fliege trieb zwei Mal durch die Stromschnelle, ohne dass etwas passierte. Beim dritten Wurf stieg ein Forellenbarsch, langsam wie eine grüne Luftblase, vom Grund des Flusses nach oben und durchbrach die Oberfläche in einer Explosion aus Wasser und Licht. Er hatte sich die Fliege mit den Lippen geschnappt, warf wild den Kopf hin und her und wirbelte mit Rückenflosse und Schwanz das Wasser auf. Dann tauchte er ab, hinunter in Richtung der starken Strömung. Ich hob die Rute mit ausgestrecktem rechtem Arm hoch über den Kopf und ließ die Schnur der Rolle durch die eng geschlossenen Finger meiner linken Hand laufen. Er zog kräftig, wollte tiefer und flussabwärts fliehen, die Spitze der Rute bog sich nach unten. Ich ahnte, dass er das Vorfach zerreißen würde, und musste ihm mehr Schnur geben. Während ich durch den Strom watete und ihm folgte, versuchte ich ihn in Richtung Ufer zu manövrieren. Dann stieß er noch mal nach oben, und bevor er seitwärts wieder in den Fluss eintauchte, sah ich, dass der Haken nun nah an seinem Auge saß. Er probierte seinen Kopf zu drehen, doch seine Kräfte schwanden schnell. Langsam zog ich mit der linken Hand die Schnur ein. Als ich ihn im flachen Wasser hatte, begann er mit der Schwanzflosse den Sand aufzuwirbeln, und jedes Mal, wenn ich die Rute hob, um sein Maul an die Oberfläche zu bringen, versuchte er auszureißen, und die Rutenspitze bog sich zitternd unter der Spannung. Ich wartete, bis er seine letzten Kräfte aufgebraucht hatte. Danach fuhr ich mit der Hand am Vorfach hinunter und packte ihn vorsichtig unter dem Bauch. Er fühlte sich schwer und kalt in meiner Hand an. Ich zog ihm den Haken aus dem Maul und achtete dabei auf sein Auge. Anschließend setzte ich ihn wieder in den Fluss. Er verharrte kurz mit pulsierenden Kiemen, schwamm langsam durch das flache Wasser davon und tauchte in das grüne Dunkel des Stroms.

Ich stellte die Rute gegen den Stamm einer Zypresse, aß ein Sandwich und trank eine Flasche Jax dazu. Das Spanische Moos über uns sah in der Sonne aus wie zerrissene Spinnweben, und ich konnte den feucht-kühlen Duft der verrotteten Baumstümpfe und der von Würmern zerfressenen Stämme in den Wäldern riechen. Rie war am Ufer durchs Wasser gewatet, während ich gefischt hatte, sodass ihre sonnengebräunten Beine jetzt von einer Sandschicht überzogen waren. Sie hatte die Arme hinter sich auf den Boden gestützt und schaute zu den Sandbänken und Weiden auf der anderen Seite des Flusses hinüber. Ich musste mich anstrengen, meinen Blick nicht auf ihren Busen sinken zu lassen.

»Wie in aller Welt hast du nur einen derart schönen Ort finden können?«, sagte sie.

»Mein Vater hat mich öfter mitgenommen, als ich noch ein kleiner Junge war. Im Frühling haben wir hier gefischt, von der Stromschnelle an dem Judasbaum da bis runter zu der Biegung im Schatten. Außerdem haben wir hier nach Überresten alter Indianerlager gesucht, und da drüben, in dem trockenen Flussbett, habe ich meinen ersten Bannerstone gefunden.«

Ich setzte mich neben sie auf das Tischtuch und trank einen Schluck Bier. Im Inneren der bernsteinfarbenen Flasche leuchtete ein Sonnenstrahl auf.

»Es war bestimmt toll mit so einem Vater«, sagte sie.

»Ja, er war ein guter Mann.«

»War er auch Anwalt?«

»Er hat Südstaatengeschichte an der University of Texas gelehrt und wurde während Roosevelts Regierungszeit zwei Mal in den Kongress gewählt. Einmal hat er mich zur Hirschjagd nach Uvalde mitgenommen, zur Ranch von John Nance Garner. Aber damals war ich noch zu klein, um glauben zu können, dass der Vizepräsident der Vereinigten Staaten auf Zigarren herumkaut und Tabaksaft auf den Boden spuckt. Es hat ein wenig gedauert, bis mein Vater mich davon überzeugen konnte, dass Cactus Jack tatsächlich ein bedeutendes Regierungsamt innehatte.«

»Mein Gott, was für eine großartige Geschichte«, sagte sie.

»Bei einem Besuch in Warm Springs habe ich sogar mal Roosevelt die Hand geschüttelt. Ich wollte unbedingt die Metallschienen an seinen Beinen sehen, aber seine Augen waren sogar im Gespräch mit einem kleinen Jungen derart intensiv und fesselnd, dass man den Blick nicht von ihnen abwenden konnte. Als mir klar wurde, dass mein Vater ein guter Freund dieses Mannes war, hat mich das sehr stolz gemacht. Als ich sah, wie sie zusammen auf der Veranda saßen und Whiskey tranken, wurde mir zum ersten Mal bewusst, dass mein Vater eine Art zweites Leben führte, das ich mir zuvor nicht hatte vorstellen können.«

Ich ließ mir den Schaum aus der Flasche in den Mund laufen und schaute auf den Sommerdunst über dem Fluss. Es war ein wundervoller Ort. Die Wacholdersamen auf dem Wasser tanzten hinter den Sandbänken in kleinen Wirbeln, und am Ufer machten sich ein paar weit ins Landesinnere gewanderte Seemöwen an den Überresten eines toten Knochenhechts zu schaffen.

»Erzähl weiter«, sagte sie. Ihr Gesicht wirkte vergnügt und sah im gebrochenen Schatten so wunderschön aus, dass ich schlucken musste.

»Ich mag's nicht, wenn Leute ihre Familiendias vorführen«, sagte ich.

»Ich schon, ganz besonders wenn es Cowboy-Anwälte sind, die alte Indianerpfeilspitzen ausgraben.«

»Ich hab dir doch gesagt, dass ich ein fieser Mistkerl bin, oder? Der Lone Ranger in Katerstimmung.«

»Du glaubst nur, dass du ein schlechter Mensch bist.«

»Ich schätze, es gibt mehrere Hundert Menschen, die das Gegenteil behaupten.«

»Siehst du, du bist noch nicht mal ein besonders guter Zyniker.«

»Und du machst gerade meinen Ruf kaputt.«

»Komm schon, erzähl noch ein bisschen.«

»Mein alter Herr kannte auch Woody Guthrie. Während des Krieges wohnte er eine Zeit lang in unserem Haus. Abends saß ich mit ihm draußen auf den Verandastufen, und er spielte Lieder auf seiner alten Stella-Gitarre und seiner Mundharmonika. Er trug fast immer einen dieser zerdrückten Filzhüte, und wenn er redete, flossen seine Worte in einem wundervollen Rhythmus, als wäre es Talking Blues. Er sprach allerdings niemals sonderlich lange, zumindest dann nicht, wenn er eine Gitarre in den Händen hatte, sondern stimmte meist nach ein paar Worten wieder ein neues Lied an. Zum Spielen steckte er sich drei Banjo-Picks aus Metall auf die Finger, und die Mundharmonika trug er an einer Schiene befestigt um den Hals. Er spielte den Blues der Schwarzen und der Arbeiterkneipen, und es klang so wundervoll und prächtig, dass ich mir wünschte, er würde für immer bei uns bleiben. Als wir ihn irgendwann nach Galveston fuhren, wo er ein Frachtschiff erreichen musste, fragte mein Vater ihn, was die Wanderfarmarbeiter von dem Film *Früchte des Zorns* hielten, und er antwortete: ›Die meisten, die ich kenne, können keine Früchte mehr sehen, und ehrlich gesagt glaube ich auch nicht, dass sie noch mehr Zorn bräuchten.‹«

»Wow, kannte dein Vater noch andere bekannte Persönlichkeiten?«

»Das waren schon die interessantesten. So, und jetzt ist Schluss mit den Geschichten.«

»Dein Vater muss ein außergewöhnlicher Mann gewesen sein.«

»Ja, das war er.« Ich biss die Spitze einer Zigarre ab, schaute auf den Dunst über dem Wasser und die Weiden dahinter, und für einen Moment in der Stille und der Hitze dieses Sommermorgens, in der kurzen Zeit, in der die Flamme meines Streichholzes in einem Schwefelkringel aufging, sah ich meinen Vater: Wie er reglos auf einem Stuhl in der Bibliothek saß, mit dem kreisrunden Abdruck des Schießpulvers auf seinem cremefarbenen Sakko und den Mund in geöffneter Stellung verharrt, als wollte er noch einen abschließenden Kommentar loswerden. Der Rückstoß hatte ihm die Pistole aus der toten Hand gerissen und seinen Arm nach hinten geschleudert. Seine Augen lagen tief in ihren Höhlen und starrten geradeaus, seine grauen Haare hingen ihm über die Stirn wie bei einem kleinen Kind. Und während ich regungslos in der Tür stand, unfähig, zu ihm zu gehen, den Knall des Schusses noch in den Ohren, kam Bailey hinter mir die Stufen hinuntergestürzt, und ich dachte: *Es war das Herz. Er musste es tun. Er konnte nicht darauf warten, dass er daran zugrunde geht.*

»Hallo, Erde an Hackberry Holland. Jemand zu Hause?«, sagte Rie.

»Mein alter Herr hatte als Kind rheumatisches Fieber. Alles, was er liebte und gern tat, machte seinem Herzen zu schaffen.«

Sie berührte meinen Handrücken mit ihren Fingern und schaute mir ins Gesicht, ohne etwas zu sagen. Die sonnenverbrannten Strähnen in ihrem Haar leuchteten golden im gebrochenen Licht unter der Zypresse.

»Wie wär's, wenn wir uns noch ein Bier aufmachen?«, sagte ich.

»Du bist ein besonderer Mensch, Hack.«

»Wie sind wir eigentlich auf diesen Quatsch gekommen? Na los, Kleine, mach das Bier auf.«

»In Ordnung, Kemosabe.« Ihre Augen wurden stumpf, und sie griff in die Plastiktüte mit den Eiswürfeln.

»Versteh doch, du zerstörst gerade mein Image als harter Hund.«

Ohne zu antworten, hebelte sie mit dem Öffner den Kronkorken von der Flasche.

»Komm schon, Rie, sag was.«

»Wenn du eine Tür zumachst, dann richtig, oder?«

»Pass auf, ich führe mich so oft wie ein fieser Mistkerl auf, dass ich manchmal gar nicht merke, mit wem ich eigentlich spreche.«

»Du magst es nicht, wenn andere Menschen etwas von deinem Innenleben mitbekommen, und das ist auch okay so. Aber vielleicht solltest du ein Hinweisschild als Warnung für dumme Schnepfen wie mich raushängen.«

»Tut mir leid.«

»Nein, schon gut. Es ist ein herrlicher Tag, und du bist immer noch ein netter Kerl.«

Ich beugte mich über sie und küsste sie auf den Mund. Als ich ihre festen Brüste an meinem Körper spürte, schob ich meine Arme unter ihren Rücken, küsste ihre Stirn und ihre geschlossenen Augen und drückte mein Gesicht in ihr Haar. Ihr Atem streifte meine Wange, dann fuhren ihre Hände unter mein Hemd.

»Oh, Hack«, sagte sie und drückte ihren Körper gegen meinen.

Das Blut raste mir durch die Adern, und ich konnte meinen Herzschlag spüren. Jedes Mal, wenn ich sie küsste, blieb mir die Luft weg, mein Kopf begann sich zu drehen, und ich hatte das Gefühl, durch sie hindurch in die Erde zu fallen.

Sie hakte eins ihrer Beine hinter mir ein, zog mich noch näher zu sich heran und schob ihre Fingerspitzen meinen Nacken hinauf in meine Haare. Als sich ihr Körper an meinem zu reiben begann, hatte ich das Gefühl, das dunkle Grün der Bäume und der Sommerdunst auf dem Fluss würden in Kreisen um mich herumwirbeln.

»Ich habe gespürt, wie du mich letzte Nacht geküsst hast, und ich wollte, dass es niemals aufhört«, sagte sie. »Ich wollte dich an meiner Seite spüren, die ganze Nacht lang.«

»Meine Südstaaten-Kinderstube hätte es nicht zugelassen, dass es mit einem betrunkenen Mädchen über einen Kuss hinausgeht.«

»Du hast wirklich eine ganze Menge schräger Gedanken in deinem Kopf, Lone Ranger.« Als sie mit ihren Lippen über meine Wange fuhr und mich in den Hals biss, konnte ich mich nicht mehr zurückhalten.

Ich schob meine Hand unter ihr Hemd und griff nach ihrem Busen. Ihre Brüste schwollen bei jedem Atemzug an, und ich konnte ihren Herzschlag unter meiner Hand spüren. Ich öffnete den Reißverschluss ihrer weißen Shorts und streichelte ihre Schenkel und ihren flachen Bauch.

»Tut mir leid, dass wir jetzt hier im Grünen liegen. Wahrscheinlich sollten wir besser fahren, aber du hast es mir wirklich angetan, Kleine«, sagte ich.

Sie lächelte und küsste mich, und in ihren mandelförmigen Augen erstrahlten dieser geheimnisvolle Glanz und all die wundervollen Farben, die einen Mann mit nur einem Blick in die Knie zwingen können.

Am Abend fuhren wir durch die Berge und die staubtrockenen Bohnen- und Maisfelder zurück und hielten nördlich von Rio Grande City an einer Bierkneipe, die auch mexikanisches Essen servierte. Am zerrissenen Horizont lugte die orangefarbene Sonne hinter ein paar Wolken hervor, die so aussahen, als hätte die Hitze sie lila gebrannt. Der Himmel wirkte im schwindenden Licht so weit und leer, dass mir vom bloßen Hinsehen schwindelig wurde.

Während wir aßen und dazu Carta Blanca tranken, warfen zwei betrunkene Cowboys Geld in die Jukebox, wählten ein paar Songs aus und setzten sich an die Bar, um einen Wettbewerb im Armdrücken zu veranstalten. Nach dem Essen bestellten wir Zichorienkaffee. Ich holte meinen Flachmann aus dem Wagen und schüttete uns etwas Whiskey in die Tassen. Die Jukebox spielte ein Stück von Lester Flatt und Earl Scruggs, in dem die beiden mit klagendem Südstaatenakzent über alte Liebschaften und Züge in fernen Bergen sangen:

Each year is like some rolling freight train
And cold as starlight on the rails.

Ich weiß nicht, ob es der Whiskey war (nach und nach leerte ich den ganzen Flachmann in meine Tasse) oder die Ereignisse der vergangenen zwei Tage und die daraus resultierende emotionale Erschöpfung oder das Verlangen, meine fünfzehn Jahre alten Schuldgefühle zu beichten ... oder eine Kombination aus diesen drei Dingen. Aber ich begann über Korea zu reden und hörte erst auf, als ich ihr alles erzählt hatte.

Kapitel 8

Meine Beine standen in Flammen, aber vor uns lagen fünf Meilen Fußmarsch auf einer gefrorenen Landstraße, die uns von den Güterwaggons zu einem temporären Gefängnislager führen sollte. Der Himmel war bleigrau, hier und da sah man kleine Flecken winterbrauner Erde auf den von Eis und Schnee bedeckten Feldern und Bergen. Die wenigen Bauernhäuser in der Umgebung mit ihren aus Lehmziegeln und Stroh errichteten Wänden waren allesamt verlassen, und auf den Feldern klafften in unregelmäßigen Abständen die Krater verirrter Bomben. Unsere chinesischen Bewacher trugen Watteuniformen und Wintermützen mit am Rand eingenähten, nach oben aufschlagbaren Ohrenklappen und marschierten neben uns her, die Maschinenpistole an einem Riemen über dem Nacken, den behandschuhten Finger stets im Abzugsbügel. Sie hassten uns, weil wir Westler und damit der Feind waren. Sie hassten uns aber auch, weil wir in ihren Augen der Grund für ihre Kältequalen und das Elend in ihren Körpern waren. Fiel ein Mann zu Boden oder konnte nicht mehr mithalten und fand keine Hilfe, stießen sie den um sein Leben wimmernden (manchmal auch aschfahlen und vor Angst komplett verstummten) Soldaten in den Straßengraben und erschossen ihn. Die Chinesen machten keine halben Sachen. Meist pumpten zwei oder sogar drei von ihnen gleichzeitig die Munition ihrer Maschinenpistolen in den Körper des hilflosen, im Graben zitternden Gefangenen.

Eigentlich hätte auch ich irgendwo auf diesem Fünf-Meilen-Marsch draufgehen und am Rand der gefrorenen Landstraße liegen bleiben müssen. Meine Hosenbeine waren steif von getrocknetem Blut, und mit jedem Schritt rasten die flammenden Schmerzen der Schusswunden hinauf in meinen Körper, wo sie mir besonders in den Leisten zusetzten. Nie hätte ich geahnt, dass ein Schmerz derart lange, intensiv und ungestillt wüten könnte. Während des Marsches musste ich mit ansehen, wie die chinesischen Wachen sechs von unseren Männern erschossen. Hinter mir hörte ich noch weitere Exekutionen. Ich wusste, dass auch ich bald umfallen und wie der Rest – mit vor dem Gesicht gekreuzten Armen und in Embryonalstellung angezogenen Knien – ins Gras beißen würde. Aber dann rückte ein Major des Marine Corps aus Billings, Montana, zu mir auf, ein riesiger Kerl mit Holzfällerarmen, und packte mich an der Hüfte. Selbst als wenig später meine Knie komplett versagten und der Horizont vor meinen Augen wie in einem Fieberraum zur Seite kippte, stützte er mich und hielt mich aufrecht. Sein rechtes Ohr war entzweigerissen und von einer schwarzen Blutkruste überzogen. In seinen Augen leuchtete der kontrollierte Schmerz, aber seiner Stimme hörte man nichts an, und sein Arm hielt meine Hüfte die ganze Zeit über fest umschlossen.

»Wach bleiben, Doc. Wir werden jeden einzelnen von unseren Sanitätern brauchen«, sagte er. »Einfach einen Fuß vor den anderen setzen und die Knie nicht anstrengen. Hörst du mich, Junge? Viel länger können uns diese Scheißkerle nicht mehr marschieren lassen.«

Vier weitere Meilen schleppten wir uns auf der Straße voran wie zwei siamesische Zwillinge, die nie gelernt hatten, im Gleichschritt zu laufen. Am Abend sperrten uns die Wachen in einen Holzbau, ein ehemaliges Schulgebäude, das mit Ziehharmonika-Stacheldraht gesichert war. Nachts schreckte der Major schreiend aus dem Schlaf hoch und riss sich mit den Fingernägeln die Wunde an seinem verletzten Ohr auf.

Einige Monate später erfuhr ich, dass er im Bean Camp an Dysenterie gestorben war.

Während meiner Zeit als Kriegsgefangener war ich in drei verschiedenen Lagern. Wenn sich die Kriegslage änderte oder eine der beiden Seiten eine neue Offensive startete, brachten uns die Chinesen in Viehwaggons oder russischen Lastwagen oder auch zu Fuß in ein neues Lager, in dem es keinerlei Chance auf Befreiung gab. Wir waren ein wichtiger Trumpf bei den Friedensverhandlungen. Ich verbrachte zwei Monate im Bean Camp, einem Lager mit baufälligen Holzhütten, in denen die Japaner während des Zweiten Weltkrieges britische Gefangene untergebracht hatten. Aus mir unverständlichen Gründen – schließlich verfüge ich über keinerlei militärisches Wissen, das den Nordkoreanern oder Chinesen genutzt hätte – wurde ich dort mit zwölf anderen Männern, darunter zwei geistig verwirrte Griechen, aussortiert und in ein anderes Lager namens Pak's Palace in der Nähe von Pjöngjang gebracht. Dieses Lager war nach einem gewissen Major Pak benannt und befand sich in einer ehemaligen Ziegelei. Jeden Morgen führten mich zwei Aufseher über den von feinem rotem Staub bedeckten Hof der Ziegelei in einen dreckigen Raum, wo die Verhöre stattfanden. Dort gab es lediglich zwei Stühle, den Schreibtisch des Majors und ein von einem

Dachbalken herunterhängendes Seil mit einer Schlinge am Ende. Wenn nichts mehr weiterhalf, fesselten der Major und seine Männer dem Gefangenen die Hände hinter dem Rücken, legten ihm die Schlinge um die Arme und zogen ihn zum Dachbalken hinauf, um ihn mit einer Bambusknute zu bearbeiten. Das Ganze nannte sich *Pak's Swing*, die Schaukel von Major Pak, und die Schreie, die aus diesem Raum nach außen drangen, hatten nichts Menschliches mehr an sich.

Major Paks Charakter war durch abrupte Stimmungswechsel geprägt. Manchmal brannten seine Augen wie die eines religiösen Fanatikers oder eines idealistischen Eiferers, der sich am Schmerz seiner Feinde labte. Seine maßgeschneiderte Uniform war stets in makellosem Zustand, und auch sonst hätte man meinen können, der Mann wäre schon als Berufssoldat zur Welt gekommen. Eine falsche Antwort aus dem Mund eines Gefangenen allerdings reichte aus, um eine Welle des Hasses über sein Gesicht hinwegfegen zu lassen und sein Geschrei in einen zusammenhanglosen Wortschwall zu verwandeln. Nur ein paar Augenblicke später jedoch stieg ihm das Wasser in die Augen, seine verkrampften Halsmuskeln entspannten sich, und er sprach auf einmal mit der Stimme eines gequälten Mannes, der, gezwungen von äußeren Einflüssen, Menschen verhören musste, die weder die Notwendigkeit seiner Arbeit noch die historische Richtigkeit seines Anliegens verstehen konnten.

Die beiden Griechen litten am meisten unter Pak, denn der Major war überzeugt, dass ihr gestörtes Verhalten nur geschauspielert war. Abend für Abend brachten die Wachen die zwei in unsere Baracke zurück, blutüberströmt und in einer für uns unverständlichen Sprache klagend.

Der Major fixierte sich oft auf Hirngespinste. So drohte er, mir die Fingernägel mit einer Zange auszureißen, wenn ich ihm nicht verriete, wo genau in Nordkorea die 101. US-Luftlandedivision landen würde. Meine Beteuerungen, dass ich ein Navy-Sanitäter war und vor meiner Gefangennahme gerade mal sechs Tage an der Front verbracht hatte, halfen nichts und schienen ihn nur noch wütender zu machen. Er war überzeugt, dass alle Amerikaner instinktiv logen und auf ihn als einen Asiaten von minderer Intelligenz herabschauten. In seiner Raserei schlug er mir mit der Zange auf den Kopf und brachte mir eine Platzwunde am Haaransatz bei. Ich beugte mich nach vorn, und während mir das Blut ins Auge lief, wartete ich darauf, dass er den Wachen befehlen würde, mich am Seil nach oben zum Dachbalken zu ziehen. Stattdessen schüttete er mir ein Glas Wasser ins Gesicht, packte meine Haare und riss meinen Kopf nach oben.

»Amerikaner sind schwach. Ihr selbst könnt nicht mit Schmerz umgehen, aber ihr erwartet von anderen, dass sie Qualen ertragen«, sagte er.

Mir wurde klar, dass es keine Rolle spielte, ob ich irgendetwas über die 101. Luftlandedivision wusste oder nicht. Er hasste mich, weil ich für ihn den Prototyp des jungen Amerikaners darstellte, wie er in der *Saturday Evening Post* zu sehen war: Ich war groß, blond, gut aussehend und hatte nie unter Hunger oder sonstigen Entbehrungen gelitten, geschweige denn in einer Revolution für bessere Lebensbedingungen oder volle Reisschalen kämpfen müssen. Major Paks Interesse an mir war also eher persönlicher als militärischer Natur, aber nach einiger Zeit schien er sich mit mir zu langweilen, und so widmete er sich vermehrt den Verhören eines britischen Kommandosoldaten, der hinter den chinesischen Linien gefasst worden war. Kurz darauf wurde ich zusammen mit ein paar australischen Gefangenen auf einen erbeuteten US-Army-Laster geladen und zurück ins Bean Camp gebracht.

Das Gros meiner Korea-Erinnerungen ist allerdings mit Camp Five im No Name Valley verbunden, wo ich den überwiegenden Teil des Krieges verbrachte, bis ich 1953 im Rahmen eines Gefangenenaustauschs im Freedom Village freikam. In diesem Lager lernte ich auch, dass Männer mit erdrückender Schuld und ekelerregenden Selbstbildern leben konnten, auch wenn sie zuvor geglaubt hatten, etwas derart Widerwärtiges nicht ertragen zu können.

Nördlich unseres Lagers verlief der Jalu. Im Winter schob sich das Eis auf die Ufer, und ein Knarzen und Knatschen erfüllte die kalte Stille der Nacht. Manchmal hörten wir auch, wie die Eisdecke aufriss und in einer Biegung in große, gelbe Schollen zerbrach. Auf der anderen Flussseite, in China, erhoben sich kahle Berge, von denen ohne Unterlass ein kalter Wind zu uns herüberfegte. Wenn wir kein Brennholz in unserer Baracke hatten, schliefen wir eng aneinandergekauert auf dem Boden, und ein jeder atmete den Gestank der anderen, roch den üblen, nach Fischköpfen stinkenden Mundgeruch des Nachbarn und die Ausscheidungen der an Dysenterie leidenden Männer, die sich im Schlaf nicht kontrollieren konnten.

Im Winter froren wir unentwegt, und selbst wenn wir Brennholz für unseren kleinen Eisenofen hatten, strahlte dieser die Wärme kaum weiter als ein, zwei Meter in die Baracke hinein. Hinzu kam der Wind, der durch die Ritzen in den Bretterwänden kroch und für derart niedrige Temperaturen sorgte, dass unser Wasserkanister einfror, wenn wir ihn nicht nah genug an den Ofen stellten. Tagsüber war die Sonne am

Himmel nicht viel mehr als ein blassgelber Ball ohne Kraft, dessen Licht es nicht einmal vermochte, den grauen Winterdunst zu durchdringen und einen Schatten auf den Boden zu werfen. Einmal pro Woche nahmen die Wachen drei Männer aus unserer Baracke mit, um Holz zu sammeln. Die Landschaft aber war nackt und kahl, und die wenigen Zweige und Wurzeln, die es noch gab, waren in dieser Jahreszeit von Eis und Schnee bedeckt. Unsere Baracke verfügte über zwei unterschiedlich große Wollfäustlinge, die einem der drei Holzsammler unter der Bedingung überlassen wurden, dass er sich bereit erklärte, den Großteil des Holzes zu sammeln. So sollten die Finger der anderen beiden geschont werden, denn nachdem man einen Tag lang mit nackten Händen gefrorene Zweige aus dem Schnee gezogen hatte, waren diese für gewöhnlich rissig, geschwollen und an den Spitzen durch die Erfrierungen verfärbt.

Es gab auch Ölöfen im Lager, aber die gingen an die Baracken der Progressiven – die Gefangenen, die Friedenspetitionen, Geständnisse über ihre Beteiligung an biologischer Kriegsführung oder absurd formulierte Pamphlete gegen die Kapitalisten an der Wall Street unterzeichnet hatten. Die Progressiven waren in zwei rechteckigen Gebäuden auf der anderen Seite des Lagers untergebracht und von uns, den normalen Gefangenen, durch Stacheldrahtzäune und mit Ketten verschlossene Holztore getrennt. Viele von ihnen waren Informanten oder Ratten mit geringen Überlebenschancen, hätte man sie nicht vom Rest getrennt. An den Vormittagen nutzten sie die Freifläche vor ihren Baracken, um sich die Beine zu vertreten, wobei sie jedoch stets ihre Gesichter abwandten, um den Blickkontakt mit dem Rest von uns zu vermeiden. Sie erhielten die gleichen Lebensmittel wie wir, Bohnenpuffer, Hirsebrei und gekochten Mais, allerdings in größeren Mengen. Keiner von ihnen musste sich Sorgen um Beriberi oder Durchfallerkrankungen machen und tagein, tagaus dieses schmerzhafte Brennen in Darm und After ertragen. Eigentlich hätte ich sie hassen müssen – wegen ihres Körpergewichts, der gesunden Farbe in ihren Gesichtern und den Rotkreuzpäckchen, die ihnen die Wachen aushändigten –, aber meistens war ich zu geschwächt, zu sehr von der Kälte gepeinigt oder auch einfach zu ängstlich, um mich für das zu interessieren, was auf der anderen Seite des Zauns passierte.

Wie die meisten anderen Gefangenen im Lager glaubte auch ich nicht daran, dass wir jemals befreit oder ausgetauscht werden würden. Die Lage, wie sie uns von den Neuankömmlingen geschildert wurde, war finster: Die Chinesen waren in Südkorea eingefallen, unsere südkoreanischen Verbündeten hatten die Waffen weggeworfen, um schneller Reißaus nehmen zu können, und der Feind trieb unsere Truppen geradewegs ins Meer. Selbst die Optimistischsten und Stärksten unter uns wussten, dass ein Leben in Freiheit noch Jahre entfernt war. In der Zwischenzeit stieg die durchschnittliche Sterberate in unserem Lager auf zwölf Tote pro Tag.

Manche starben lautlos, unter ihren Decken, im Schlaf. Morgens fanden wir sie dann weiß und steif, mit einer Haut so hart wie Marmor. Wir zogen sie nach draußen vor die Baracke und ließen sie dort für das Beerdigungskommando liegen. Andere starben unter Qualen, fast wahnsinnig vor Schmerz. Ihre Augen waren fiebrig und klappten ständig nach hinten, und ihre entzündeten Därme stülpten sich wie aufgepumpte Gummischläuche aus dem After. Es gab nichts, was man für sie tun konnte – keine Medikamente, keine Seelsorger, nicht mal die Option eines Gnadentodes.

In unserer Baracke waren fünfzehn einfache Soldaten untergebracht. Um die militärischen Hierarchien unter den Gefangenen aufzubrechen, hielten die Chinesen die Offiziere, die Unteroffiziere und die gemeinen Soldaten voneinander getrennt. Unsere Tage verbrachten wir in Langeweile, oftmals aber auch mit den aberwitzigen Vorträgen von Oberst Ding und unserem »Gruppenmentor« – einem Progressiven, den der Oberst zu seinen Unterrichtsstunden mitbrachte. Ding war ein kleiner, dünner Mann mit einer Hasenscharte, auseinanderstehenden Vorderzähnen und einem Gesicht so leblos wie Wachs. Wenn er über den Imperialismus und die Bombardierung von Pjöngjang durch die Amerikaner herzog, verwandelte sich sein Gesicht durch den entstellten Mund und die Raserei in die Fratze eines Irren. Wieder und wieder erzählte er, dass er in den Dreißigern ein Jahr lang an der University of California studiert und an Maos Seite den langen Marsch überstanden hatte. Oft schweifte er ab von seinen Tiraden über die Übel der westlichen Welt und sprach über seine Karriere, ein Thema, das ihm besonders viel Freude bereitete. Manchmal fragte er uns auch, woher wir stammten, um dann mit seinem Wissen über die jeweilige Gegend zu glänzen. Allerdings sprach er dabei öfter von Orten wie »San Antonio im Bundesstaat Missouri«. Der Gruppenmentor war eine noch erbärmlichere Figur als Oberst Ding selbst. Er stand stets hinter Ding, zog eine jämmerliche Miene und schob seine behandschuhten Hände alle paar Sekunden in die Hosentasche, nur um sie wieder herauszuziehen. Hin und wieder steckte er sich eine Zigarette an, drückte sie aber kurz darauf wieder aus und ließ sie in der Schachtel verschwinden, wenn sich unsere Blicke kreuzten. Nach dem Vortrag des Obersts war der Gruppenmentor dran und las aus seinen

Aufzeichnungen vor, die größtenteils aus verblendeten Selbstbezichtigungen bestanden. Er erklärte uns, dass die amerikanischen Truppen einen Krieg gegen unschuldige Menschen führten und dass wir ebenso Opfer der Rüstungsindustrie seien wie die Menschen, die wir töteten. Seine Augen blieben dabei entweder stur auf seine Unterlagen gerichtet, ganz so, als könnte er seine eigene Handschrift nicht lesen, oder er starrte über unsere Köpfe hinweg auf die weit entfernten Berge. Oftmals geriet er ins Stocken und schaute hilflos zum Oberst hinüber, der ihm allerdings nur mit einem Nicken bedeutete fortzufahren. Ich glaube, dass ich für die Progressiven eher Mitleid als Wut empfand. Sicher, sie wurden rundum versorgt und hatten gute Überlebenschancen, aber irgendwann nach Kriegsende würden sie nach Hause zurückkehren und ganz bestimmt auf einige von uns normalen Gefangenen treffen.

Trotzdem waren diese Unterrichtsstunden keineswegs nur marxistisch getarnte Scharlatanerie. Die Chinesen verfügten über ein großes Wissen hinsichtlich der kleinen Gesten des Entgegenkommens, und sie kannten die Wirkung, die diese auf das Individuum ausübten. Die Progressiven waren nicht auf der anderen Seite des Zauns gelandet, nur weil sie erfahren hatten, dass es dort mehr zu essen gab. Vielmehr handelte es sich um einen schrittweisen Prozess, der in gewisser Weise den aufeinander aufbauenden Phasen der Verführung ähnelte, wie sie in Sexfilmen dargestellt werden. Die meisten von uns wussten, dass es nur eine Frage der Zeit war, bis wir an Hunger oder einer der daraus resultierenden Krankheiten sterben würden. Und wir wussten auch, dass die Teilnahme an Dings Unterricht, auch wenn es nicht explizit gesagt wurde, uns ein paar zusätzliche Bohnenpuffer einbrachte, die uns die Wachen abends in den Eimer mit dem Essen für unsere Baracke legten. Und wenn wir erst mal am Unterricht teilnahmen, mussten wir nicht viel mehr tun, als unpolitische Friedenspetitionen zu unterschreiben, die in sehr allgemeinen Formulierungen um ein Ende des Krieges baten und angeblich an die Vereinten Nationen gesandt wurden. Als Gegenleistung enthielt unser Hirsebrei dann Fischköpfe, die wir zusammen mit Wurzeln benutzten, um eine Brühe für diejenigen zuzubereiten, die am schlimmsten von Dysenterie gebeutelt waren. Wollten wir gekochte Eier oder eine Schachtel Zigaretten für die Baracke, sprachen wir, ohne dabei unsere Namen preiszugeben, ein paar Sätze in ein Aufnahmegerät.

Viele Abende saßen wir schweigend um den kleinen Ofen versammelt, der stinkende Kübel für die Notdurft in Riechweite hinter uns, und dachten über die nächsten Stufen in dieser Spirale nach. Manchmal diskutierten wir über die moralische Seite, zum Beispiel bei der Unterzeichnung einer Friedenspetition. War es in Ordnung zu unterzeichnen, wenn man seinen Namen falsch schrieb oder eine fehlerhafte Identifikationsnummer angab? Draußen, so argumentierten einige, würden die Menschen schon wissen, dass wir es nicht wirklich ernst mit diesen Petitionen meinten und es nur taten, um die Chinesen bei ihrem eigenen Spiel zu schlagen. Ich für meinen Teil musste bei diesen Gesprächen oft an die Pilger aus den *Canterbury Tales* von Geoffrey Chaucer denken, die über die Tugendhaftigkeit ihrer Hurereien debattierten.

»Scheiß drauf. Ich unterschreibe, was immer der Mistkerl mir vor die Nase hält«, sagte dann einer. »Glaubt doch sowieso keiner, diesen Dreck. Wahrscheinlich bleiben diese ganzen Schreiben eh im Lager. Ding holt sich einen drauf runter, und wir kriegen mehr Futter. Nur das zählt. Am Ende ist es nur ein Blatt Papier. Wahrscheinlich wischt der Kerl sich den Arsch damit ab.«

Wir schrieben auch Tagebücher für Oberst Ding, in denen wir imaginäre Sünden beichteten und die Armseligkeit unseres Lebens in Amerika beschrieben. Oftmals geschah das, um einerseits die Langeweile zu bekämpfen und um andererseits mehr Essen zu bekommen. Ganz besonders gefielen Ding die Beschreibungen von Slums und Ausbeuterfabriken. Hin und wieder arbeiteten wir auch gemeinsam an einem Tagebuch und erdachten Fälle sozialer Ungerechtigkeit, die selbst Charles Dickens die Sprache verschlagen hätten: Waisenkinder wurden von katholischen Nonnen mit Peitschen geschlagen, tugendhafte Mädchen zur Prostitution gezwungen und von fetten Bankern mit Geschlechtskrankheiten angesteckt, in den Südstaaten feuerten Polizisten aus ihren Streifenwagen heraus in die Häuser der Schwarzen, und über den Mietskasernen der Arbeiterklasse hing ein trostloser Schleier aus Verzweiflung und politischer Unterdrückung, während Zionisten mit Schweinsgesichtern ihre Bankkonten mit Kriegsprofiten füllten. Für die Tagebücher hatten wir alle nur erdenklichen Sünden begangen, von Unzucht über Inzest bis hin zu Sodomie. Nachts, im Kerzenlicht, ließen wir unseren niederträchtigen Fantasien freien Lauf und verfassten detaillierte Berichte über Axtmorde, Brandstiftungen, Sex mit Leichen und die Vergewaltigung von Männern unter der Dusche des YMCA. Nie hat eine Gruppe von Männern an derart vielen und grausamen Verbrechen teilgenommen. Je lasterhafter die Geständnisse, desto großzügiger wurde Oberst Ding gegenüber seinen Gefangenen.

Wie es bei Inhaftierten die Regel ist, kannten auch wir uns schon bald in- und auswendig. Es gab kein Geheimnis, keine Scham oder Schwäche, die der Einzelne sonderlich lange vor den anderen verbergen konnte. Wir erzählten uns von unseren Affären, von ausschweifenden Nächten in japanischen Bordellen, von Erinnerungen an Schulhofprügeleien, von unserem Versagen in der Ehe und bei der Arbeit. Ein jeder kannte den Geruch des anderen, seine Toilettengewohnheiten, seine Albträume, und alle wussten, wenn einer von uns gerade unter der Decke masturbierte. Hunger und Angst sorgten dafür, dass sowohl unsere Tugenden als auch unsere Makel durch unsere Haut hindurchschimmerten. Starb jemand in unserer Baracke, kannten wir den neuen Gefangenen nach einer Woche genauso gut wie den leblosen Steinbrocken, den wir kurz zuvor zur Abholung durch das Bestattungskommando auf den Hof hinausgezerrt hatten.

Im Lager gab es Männer unterschiedlichster Herkunft und Geistesverfassung: Da waren die Hilflosen, denen der Geruch ihres Todes bereits in die Kleidung gekrochen war; die Starken und die Gladiatoren mit den stählernen Körpern, die wussten, dass sie alles überleben würden, und die Fischköpfe aus ihrem Hirsebrei nahmen, um eine stärkende Brühe für die Kranken daraus zu kochen; die Mutigen und die Ängstlichen, die Feiglinge und die Halsabschneider, die Hamster, die Dealer, die Religiösen und diejenigen, die sich derart aufopferten, dass sie in der Stille ihres Ablebens von der Aura eines Märtyrers umgeben waren. Da war Joe Bob Winfield aus Baton Rouge, ein neunzehnjähriger Redneck-Hillbilly und Ex-Zuchthäusler mit Narben von Fußeisen an den Knöcheln und allerlei Storys über jede Art von Verbrechen und Knastgaunerei, die man sich vorstellen kann. Da war Bertie Fast, das Hausmäuschen, der einzige echte Schwule unter uns, der in der ersten Woche im Lager vergewaltigt wurde und es so sehr mochte, dass er es gleich professionell betrieb. Da war ein bei Sears Roebuck angestellter Schuhverkäufer aus Salt Lake City, der endlose Briefe an seine Frau und seine Kinder schrieb, die Oberst Ding allesamt in die Mülltonne warf. Da war O. J. Benson aus Okema, Oklahoma, ein Schwarzbrenner, der vor dem Krieg von Jolpin, Missouri aus Whiskey in einem Bibliotheksbus schmuggelte. Da war der reaktivierte Weltkriegsveteran, seines Zeichens Fallschirmjäger und Barackenältester, der zwei Jahre in einem deutschen Konzentrationslager abgesessen hatte. Da war Cigarette Williams, ein eins sechsundneunzig großer Countrysänger aus Mount Olive, Alabama, der ebenfalls Navy-Sanitäter gewesen war und sich eines Nachts erhängte, weil seine Füße so schlimm durch Erfrierungen geschädigt waren, dass er die Schuhe nicht mehr anbekam. Da war der Bergmann aus Australien, der Oberst Ding als »verschissenen gelben Nigger« beschimpft hatte und zur Strafe einen Tag lang mit hinter dem Rücken gefesselten Händen am Dachbalken baumelte. Da war der wilde Türke, ein Besessener, den niemand verstand, ein Killer mit wahnsinnigen Augen, der eine Maurerkelle in seiner Strohmatratze versteckt hatte.

Es gab noch viele andere, die in unsere Baracke kamen. Einige starben, andere wurden für die Verhöre verlegt, wenige blieben. Für diese kurze Schilderung meiner Korea-Erlebnisse spielen nur zwei von ihnen eine Rolle. Zum einen war da Private First Class Francis Ramos aus San Angelo. Er hatte das rabenschwarze Haar seiner indianischen Vorfahren, weitstehende, intensive Augen, prägnante Gesichtsknochen und ein Paar Hände, die Holzbretter zerschlagen konnten. Vor seiner Einberufung hatte er einen Bierlaster gefahren, und die Muskeln in seinen Schulter- und Brustpartien waren vom jahrelangen Schleppen der Fässer so straff und hart wie Beton. Er hatte weiße Male an den Fingerknöcheln, wo er sich die Hände an einer Laderampe gequetscht hatte, und zwischen seinen Haaren verlief eine zackige Narbenwulst, ein Andenken an eine Bordellschlägerei. Er war besessen von der Idee, aus dem Lager auszubrechen. Zu Friedenszeiten hatte er in seiner Heimatstadt sechs Monate wegen Verletzung der Unterhaltspflicht bekommen, wurde aber vorzeitig auf freien Fuß gesetzt, weil der Gefängnisleiter zu der Einsicht kam, dass Ramos wahnsinnig war und weder Isolationshaft noch Schläge mit zusammengerollten Zeitungen die von ihm ausgehende Gefahr für Wärter und Mitgefangene abwenden konnten. In der Highschool war Ramos Golden-Gloves-Mittelgewichtschampion von Texas geworden, und wenn ich seine gigantischen Hände und die hervortretenden Adern an seinen Handgelenken sah, tauchten in meinem Kopf albtraumhafte Bilder von den Verletzungen auf, die er seinen Kontrahenten zugefügt haben musste.

Ramos konnte nachts nicht schlafen. Sobald Unteroffizier Tien Kwong uns unseren Essenseimer gegeben und die Barackentür mit Schloss und Eisenkette gesichert hatte, rasten Ramos' Augen über die Wände und Decken der Baracke, seine Atmung wurde tiefer, und er machte sich mit der frenetischen Energie eines Mannes am Rande eines Nervenzusammenbruchs daran, allerlei unnütze Dinge zu tun. So warf er Feuerholz in den Ofen, obwohl wir versuchten, jeden Zweig einzusparen; kochte Wasser, um Suppe zu machen, obwohl wir gerade keine Fischköpfe hatten; schüttelte seine Decken aus und legte sie wieder zusammen, nur um sie erneut auszuschütteln; zog seine Schürsenkel neu ein oder versuchte, dem Türken unsere Sprache beizubringen. Irgendwann, nachdem der Rest von uns schon längst ins Bett gegangen war, hockte er dann allein in der Dunkelheit. Am nächsten Morgen war er meist so müde, dass ihm während Dings Unterricht der Kopf auf die Brust fiel, was ihm eine Nacht im Erdloch unter dem Abflussgitter einbrachte.

Die andere wichtige Person war Airman First Class Lester Dixon, der in Gefangenschaft geraten war, als die Chinesen Seoul überrannt hatten. Dixon war ein Teenage-Gangster aus Chicago, ein Hehler, ein Zehnprozenter, ein Billardbetrüger und Marihuanadealer von der South Side, ein raffinierter Bursche mit skrupellosem Wesen und einem Auge für das Geld, das sich auf dem freien Markt mit Pornografie, Drogen und fünfzehnjährigen schwarzen Prostituierten machen ließ. Auf seinen Armen prangten Totenschädel- und Schlangenkopftätowierungen, sein Haar war so lang gewachsen, dass er sich eine Entenschwanzfrisur kämmen konnte, und sein blasses Gesicht war schmal und scharf geschnitten. Nächstenliebe hielt er für Naivität, Mut für Dummheit und Ehrlichkeit gegenüber anderen für eine Torheit, sogar in einem Kriegsgefangenenlager.

Er teilte nichts, sondern holte sich stets als Erster Bohnenpuffer und Hirsebrei, um dann allein in einer Ecke zu essen, während alle anderen kleine Happen von ihren Tellern kratzten und in den Suppentopf für den an Beriberi sterbenden Australier gaben. Dixon schämte sich nicht dafür, seine Ration allein zu essen, und falls er es doch tat, so zeigte er es nicht. Stattdessen beugte er sich tief über den Teller und kratzte mit dem Essstäbchen über das Blech, als würde sich jede Faser seines Körpers darauf konzentrieren, nicht einen Krümel des Bohnenpuffers übrig zu lassen.

Es begann an einem kalten, windig-grauen Morgen. Hagelkörner lagen auf dem Boden, und Dixon hatte gerade die Baracke mit dem Kommando zum Holzsammeln verlassen.

»Ich glaube, der Kerl ist 'ne Ratte«, sagte Ramos. »Ich hab gesehen, wie er gestern Abend im Dunkeln Vitaminpillen geschluckt hat.«

Wir hatten uns um den Eisenofen versammelt, die Körper nach vorn zum wärmenden Feuer gebeugt. Atemwölkchen stiegen in der Stille von unseren Mündern auf.

»Bist du sicher?«, sagte ich.

»Er hat drei von den Dingern aus seiner Hosentasche geholt und sie trocken runtergeschluckt.«

»Von Vitaminpillen weiß ich nichts«, sagte Joe Bob, unser Ex-Sträfling, »aber in meinem Kolben geht ein Alarm los, wenn eine Ratte in der Nähe ist, und bei diesem Kerl krieg ich 'nen amtlichen Ständer.«

»Nehmen wir mal an, du hast recht. Was sollen wir mit ihm machen?«, sagte ein anderer Gefangener.

»Zuallererst mal die Fresse halten zum Thema *Ausbruch*«, sagte Joe Bob. Unter seiner Wollmütze lugte sandrotes Haar hervor, zwischen seinen Zähnen steckte das platt gekaute Ende eines Streichholzes.

»Wir machen ihn kalt«, sagte Ramos.

»Hey, quatsch keinen Scheiß, Mann«, sagte Joe Bob. »Ding lässt die ganze Baracke umlegen.«

»Ach was«, sagte Ramos. »Ich sag Kwong, dass Dixon Blut gespuckt hat, und bitte ihn um ein paar Eier. Danach warten wir ein paar Tage und ersticken ihn.«

»Ich sag's dir, Kumpel, so doof sind die Chinesen auch nicht, dass sie dir diesen Mist abkaufen«, sagte Joe Bob.

»Wir müssen ihn loswerden, so oder so«, sagte O. J., der Schwarzbrenner aus Okema. »Wenn Ding ihm Sachen zusteckt, muss er irgendwann jemanden von uns ans Messer liefern.«

»Korrekt. Mit solchen Typen muss man kurzen Prozess machen.«

»Es gibt noch andere Wege, eine Ratte loszuwerden«, sagte Joe Bob. »Wir könnten ihm den Türken auf den Hals hetzen. Dann wird er Ding bitten, auf die andere Seite des Zauns wechseln zu können, zu den Pros.«

»Fakt ist, wir sind nicht sicher, dass Dixon eine Ratte ist«, sagte ich. »Vielleicht hat er die Pillen von irgendeinem anderen Gefangen draußen auf dem Lagerhof bekommen.«

»Du weißt ja wohl selbst, dass du gerade gequirlte Scheiße erzählst, oder, Holland? Der Kerl hat schon wie eine Ratte gerochen, als er hier reinmarschiert ist«, sagte Ramos.

»Er ist ein Zuhälter und ein Schieber. Das war er schon sein ganzes Leben lang. Das bedeutet aber nicht, dass er für Ding arbeitet«, sagte ich.

»Ich mach's in der Nacht«, sagte Ramos. »Gibt keinen Mucks, und morgens sieht der Kerl aus wie all die anderen, die wir hier schon rausgeschleift haben.«

»Ich will dir nicht vorschreiben, was du tun sollst, Mann«, sagte Joe Bob, »aber dein Plan hört sich wie der letzte Amateurscheiß an. Ding mag zwar ein hasenschartiger Wichskopf sein, aber er ist nicht blöd. Der Kerl frittiert unsere Eier in der Pfanne, noch bevor du mit der Nummer durch bist.«

»Tatsache ist: Der Hurensohn muss weg. Wie sollen wir's also machen?«, sagte O. J.

»Wenn du ihn unbedingt kaltmachen willst, dann benutz deinen Schädel und mach's draußen auf dem Hof«, sagte Joe

Bob. »Schnapp ihn dir beim Hofgang und schlitz ihn mit der Maurerkelle vom Türken auf. Gut möglich, dass sie dich danach abknallen, aber vielleicht muss der Rest der Baracke nicht dran glauben.«

»Wenn du nicht mitmachen willst, dann spar dir die Sprüche«, sagte Ramos.

»Ich will hier wirklich nicht klugscheißen, Kumpel, aber du scheinst keine Ahnung zu haben, worauf du dich da einlässt. Das gilt auch für deine dämlichen Ausbruchspläne. Ich hab im härtesten Dixie-Knast in 'ner Chain Gang geschuftet und bin selbst mal stiften gegangen. Ich weiß also, wovon ich rede. Aber wenn du denkst, dass du aus einem Laden wie dem hier ausbrechen kannst, musst du echt einen an der Waffel haben. Da sind zwei Zäune, die du durchschneiden musst, dazwischen hundert Meter nichts als Dreck und Erde, und ich denke mal, dass die Reisfresser oben auf ihren Wachtürmen auch nicht gerade Glückskekse futtern werden, während du Leine ziehst. Besser, du machst mal klar Schiff in deinem Oberstübchen, bevor Ding dir draußen im Hof das Fell über die Ohren zieht, wie er's neulich mit dem Griechen gemacht hat, der beim Holzsammeln abhauen wollte.«

»Wenn ich draufgehe, dann auf der anderen Seite des Drahtzauns«, sagte Ramos. »Ich werde ganz bestimmt nicht hierbleiben und mir die Eingeweide rausscheißen, bis mich irgendjemand in den Hof rausschleppt. Da gibt's 'nen farbigen Sergeant, der hat 'nen Kompass und 'ne Zange, und der Kerl meint, dass wir es bloß bis zum Meer schaffen müssen. Da klauen wir uns ein Boot und fahren weit genug raus, damit uns einer von unseren Hubschraubern auflesen kann.«

»Na, wenn das kein Plan ist, Ramos. Ich kannte mal einen Kerl im Knast, der ist mit Fuß- und Handketten hinten in den Laster der Müllabfuhr geklettert und hat sich unter dem Abfall versteckt. Der Laster ist dann durchs Tor und den Highway runter, während die Aufseher den Kerl überall gesucht haben. Das Problem war bloß, dass der Bursche fast draufgegangen wäre, weil der Laster den Müll nämlich in die Verbrennungsanlage gefahren hat. Mit deiner Nummer stellst du den Kerl aber locker in den Schatten, Ramos. Ich meine, überleg mal, du willst mit einem Schwarzen quer durch Nordkorea rennen – ihr beide werdet auffallen wie ein Haufen Scheiße in einer Eiskremfabrik.«

Ramos sagte nichts mehr. Er starrte eine Weile in die graue Asche auf dem Ofenrost, ging dann in der Baracke auf und ab und schlug seine Arme um den Oberkörper, um die Kälte in den Gliedern loszuwerden. Er verfügte weder über die Intelligenz noch über die Knasterfahrung, um mit Joe Bob diskutieren zu können, und wir wussten, dass er Dixon umbringen wollte, ganz gleich, welche Einwände wir vorbrachten.

Es dauerte nicht lange, bis Dixon den Braten roch. Spät am Nachmittag kam er vom Holzsammeln wieder, sein Gesicht rot und wund vom scharfen Wind, und ließ eine Ladung Zweige und Wurzeln neben dem Ofen auf den Boden fallen. Er hatte Schnee im Haar, und seine Wattehose war nass bis hoch zu den Knien. Wir hörten, wie Kwong die Barackentür mit der Kette verschloss. Dixon zog sich mit den Zähnen die Fäustlinge von den Händen und schob die Finger unter die Achselhöhlen.

»Nächstes Mal macht jemand anders diese Scheißtour«, sagte er. »Gibt keinen einzigen Zweig mehr auf dem ganzen gottverdammten Feld. Zwei Fingernägel sind mir abgebrochen, weil ich bis runter auf den Boden graben musste.«

Niemand antwortete.

»Scheiße, verdammte! Schaut euch das doch nur mal an.«

Wir wandten unsere Gesichter ab oder taten beschäftigt, um nicht erleben zu müssen, wie sich die Blicke von Ramos und Dixon kreuzten. Am Ende waren es aber O. J. und Bertie Fast, die Drag Queen, die sich mit ihren Blicken verrieten.

»Was ist los, zum Teufel noch mal?«, sagte Dixon. »Hab mir wohl heute Morgen den Arsch nicht abgewischt. Oder riech ich dir auf einmal nicht mehr gut genug, Hausmäuschen?«

»Ich hab doch gar nichts gesagt«, erwiderte Bertie mit leiser Stimme, während seine Augen die gegenüberliegende Wand absuchten.

»Ich warne dich, Mäuschen, du sagst mir lieber, was hier los ist.«

»Ach halt doch die Fresse, Mann«, zischte O. J. mit mahlendem Kiefer und schob ein paar Zweige in den Ofen.

»Okay, was ist das Problem?«, sagte Dixon. »Ihr wollt, dass ich auch was von meinem Essen zur Suppe dazugebe? Mach ich. Kein Thema. Sind jetzt alle zufrieden?«

»Woher hast du die Vitaminpillen?«, sagte O. J.

»Welche Vitaminpillen? Mann, ich glaube, du musst mal ein paar Schrauben in deiner Birne nachziehen«, sagte er, während erst eine gewisse Überraschung und danach ein ängstlicher Ausdruck über sein Gesicht huschte.

»Diese kleinen roten Dinger, die der Oberst an die Pros verteilt«, sagte O. J.

»Wenn du hier rauskommst, solltest du dir schleunigst einen Termin beim Dachdecker besorgen. Du scheinst nämlich ernsthafte Probleme zu haben.«

»Wie ich das sehe, steckst du bis zur Unterlippe in der Scheiße, Kumpel«, sagte Joe Bob. »Und jetzt ist bestimmt nicht der richtige Moment, um hier den neunmalklugen Yankee zu spielen.«

»Ich glaube, ihr Typen habt euch zu oft einen von der Palme gewedelt. Ich meine, was soll der ganze Scheiß? Ich renn den ganzen Tag da draußen rum und buddle im Schnee nach Feuerholz, während Kwong mir alle naselang in den Arsch tritt, und dann komme ich zurück, und ihr Kerle behauptet, dass ich ein Pro bin.«

»Von wem hast du die Pillen bekommen?«, sagte ich.

Alle Augen waren nun auf ihn gerichtet. Der Schnee in seinen Haaren war geschmolzen, und ein feuchter Film aus Wasser und Schweiß bedeckte sein Gesicht. Er hielt sich die beiden verletzten Finger und warf einen Blick zu der verschlossenen Tür.

»Von 'nem Neger im Hof, Tauschgeschäft gegen ein paar Zigaretten«, sagte er. »Gut, ich hab sie nicht mit euch geteilt. Was soll's? Wollt ihr mir jetzt wirklich die Eier abreißen, nur weil ich versuche, am Leben zu bleiben?«

»Welcher Neger?«, sagte O. J.

»Keine Ahnung. Einer von den Unteroffizieren.«

»Bei denen gibt es nur einen einzigen Schwarzen«, sagte Ramos.

»Vielleicht war's auch einer von den einfachen Soldaten. Was spielt das denn für eine Rolle? Diese Bimbos sehen alle gleich aus.«

»Entscheid dich endlich mal, Kumpel«, sagte Joe Bob.

»Ihr Typen wollt mich doch so oder so fertigmachen, egal, was ich sage. Von Anfang an seid ihr schlecht auf mich zu sprechen gewesen. Und warum? Weil ich nichts von meinem Essen abgeben wollte, um die Halbtoten hier durchzufüttern. Ihr beschissenen Samariter, ihr. Ihr hängt euch doch 'n Purple Heart um, nur weil ihr dieses arme Schwein da am Leben haltet, damit er noch länger Blut scheißen und sich die Zunge kaputtkauen kann. Ich hoffe bloß, dass niemand von euch Wohltätern in der Nähe ist, wenn es mir mal so beschissen gehen sollte.«

»Okay, du hast die Pillen also von einem farbigen Sergeant bekommen«, sagte Ramos. Er saß im Schneidersitz auf seiner Decke neben dem Ofen und massierte sich die von einer Dreckschicht überzogenen Füße. »Das war's schon, was wir wissen wollten. Nächstes Mal teilst du das Zeug mit uns, das du auf dem Hof bekommst.«

Dixon starrte in das Gesicht von Ramos und erkannte, dass er seinem Henker gegenüberstand.

»Nicht mit mir, Kumpel«, sagte er. »Du wirst mir nicht den Kopf in die Matratze drücken. Keiner von euch Wichsern wird das schaffen. Sucht euch einen anderen Dummen, dem ihr was anhängen könnt. Wie wär's mit Bertie? Der hält seinen Arsch ganz bestimmt nicht nur mit Bohnenpuffern so fett und geschmeidig.«

»Hör auf, hier so rumzubrüllen. Keiner will dir was tun«, sagte Ramos. »Aber versuch besser nicht noch einmal, uns zu verarschen.«

»Nein, ich weiß es. Du willst mich kaltmachen. Das wolltest du schon die ganze Zeit, du verdammter Bohnenfresser, und jetzt hast du diese Mistkerle auf deine Seite gebracht.« Er begann mit Fäusten und Füßen gegen die Holztür zu hämmern. »Hey, Kwong!« Draußen schlug das Kettenschloss rasselnd gegen die Bretter. »Komm her, Kwong! Hörst du mich nicht? Ich will mit Ding sprechen!«

O. J. und Ramos stürzten zeitgleich auf ihn los, aber Joe Bob warf sich ihnen in den Weg und hielt sie mit all seiner Kraft zurück.

»Zu spät, Jungs. Die Kacke ist bereits am Dampfen. Haltet euch zurück und bleibt ruhig«, sagte er.

Wir hörten, wie Kwong draußen durch den gefrorenen Schnee rannte. Das Gesicht weiß vor Angst, rammte Dixon seine Knie in die Tür, als könnten sie das Holz zum Splittern bringen und die Eisenkette zerreißen, nachdem seine Füße und Hände dabei versagt hatten. Kwong öffnete das Schloss und riss die Tür auf. Seine MP hing an einem Lederriemen um seinen Hals, ihr Lauf starrte wie das Auge eines zornigen Gottes in unsere Mitte. Sein kastenförmiger, dicker Körper zeichnete sich scharf gegen das graue Licht und die schneebedeckten Baracken hinter ihm ab, und in seinem angespannten Bauerngesicht spiegelten sich Wut und die Erwartung einer Konfrontation. Er packte Dixon am Jackenkragen, stieß ihn nach draußen in den Schnee und entsicherte seine Maschinenpistole.

»Durchgedreht«, sagte Joe Bob und tippte sich gegen die Stirn. »Der Kerl hatte die ganze Woche schon Durchfall. Jetzt kommt nur noch Blut hinten raus.«

Wie erstarrt standen wir vor dem Lauf der MP. Unsere Brustkörbe bebten unter tiefen Atemzügen, unsere Herzen ratterten wie der Sekundenzeiger einer billigen Taschenuhr. Ich brachte es nicht fertig, auf die Waffe zu schauen. Dixon kniete im Schnee und fing an zu weinen.

»Er braucht Medizin«, sagte Joe Bob, legte den Kopf in den Nacken und zeigte mit dem Daumen in seinen Mund. »Kackt nur noch die ganze Zeit. Schon vollkommen verrückt im Kopf, der Kerl.«

»Ihr am Arsch«, sagte Kwong, trat die Tür zu und sicherte sie wieder mit Kette und Schloss.

Wir hörten ein dumpfes Geräusch, das so klang, als hätte

Kwong Dixon mit dem Kolben seiner MP geschlagen, und danach die knarzenden Schritte der beiden im Schnee, als sie zum Quartier von Oberst Ding auf der anderen Seite des Zauns gingen.

Am nächsten Morgen war Kwong bei Sonnenaufgang mit zwei weiteren Wachen zurück. Sie öffneten die Tür und zeigten uns mit ihren Maschinenpistolen an, dass wir uns an der Wand gegenüber aufstellen sollten. Erst danach traten sie ein. Das Feuer im Ofen war in der Nacht erloschen, und die Raumtemperatur konnte nur knapp über dem Gefrierpunkt liegen. Zitternd standen wir an der Wand, die Decken über unsere Schultern gelegt, an den Füßen nur unsere Socken. Wir versuchten Kwongs Blick standzuhalten, während er einem nach dem anderen von uns ins Gesicht starrte. Er wusste natürlich schon längst, wen er zum ersten Verhör bringen sollte, aber es machte ihm Spaß, uns am Haken zappeln zu lassen. Dann zeigte er mit dem Lauf seiner MP auf fünf Männer: O. J., Bertie Fast, Joe Bob, den Türken und mich. Wir setzten uns in der Mitte des Raums auf den Boden, schnürten unsere Stiefel und marschierten von den Wachen flankiert über den Lagerhof. Die fahle Sonne war gerade über die kalten Bergspitzen gestiegen. Ich schaute auf unsere blassen Schatten am Boden hinunter und ahnte, dass mein letzter Morgen auf dieser Welt begonnen hatte. Denn eigentlich, so dachte ich, hätte es mich schon im Schützengraben erwischen sollen, aber nun hatte der allmächtige Kartengeber seinen Fehler bemerkt und wollte ihn korrigieren.

Die Wunden an meinen Beinen waren alles andere als verheilt und hatten sich im Lager sogar entzündet. Ich wurde immer langsamer, kämpfte mich förmlich durch den Schnee, und als Kwong das bemerkte, rammte er mir den Kolben seiner MP gegen den Schädel. Ich spürte, wie die Haut aufplatzte, und fiel nach vorn auf Hände und Knie. Kwong trat mir in die Seite, direkt in die Nieren, und zog mich an den Haaren nach oben.

»Du laufen, Schwanzlutsch«, sagte er.

Mein Rumpf stand in Flammen. Ich legte den Arm über Joe Bobs Schulter und schleppte mich mit den anderen zum gelben Backsteingebäude, in dem Oberst Ding sein Hauptquartier eingerichtet hatte. Die Augen von Bertie Fast waren vor Angst geweitet, seine Halsschlagadern pulsierten, und es schien, als wäre sämtliches Blut aus seinem sanften, femininen Gesicht nach unten gesackt. In seiner übergroßen Watteuniform sah er aus wie ein Kind. Selbst Joe Bob, der harte Hund mit den vernarbten Striemen von der Black Betty auf seinem Hinterteil, hatte Angst. Allerdings behielt er sie tief unter der Oberfläche verborgen wie ein scharfkantiges Stück Metall. Dem wilden Türken hingegen war nichts anzumerken. Gut möglich, dass er nicht einmal wusste, was eigentlich vor sich ging. Als ich in die feurigen, schwarzen Augen sah, die aus seinem verzerrten Gesicht hinausstarrten, fragte ich mich, ob er wohl die Maurerkelle irgendwo in seiner Kleidung versteckt bei sich trug. Das zerzauste schwarze Haar hing ihm bis zur Brust hinunter, und durch seine verrotteten Zähne stieß er so große Atemwölkchen hervor, dass man meinen konnte, er hätte Fieber. Als Kwong an die Tür klopfte, verharrte er reglos wie der Rest der Gruppe, und mir kam es so vor, als befände sich hinter diesen feurigen schwarzen Augen ein Hochofen anstelle eines Gehirns.

Ding saß hinter seinem Schreibtisch. Er trug eine seiner gestärkten Uniformen mit hohem Kragen, vor ihm stand ein Teeservice. In der Ecke neben dem Ölofen stand Dixon. Sein

Gesicht war vom Schlafmangel gezeichnet, über seinem rechten Auge prangte eine große Beule. Als wir eintraten, war sein Blick auf den Schreibtisch des Obersts fixiert und seine Stirn angesichts der Hitze des rot glühenden Ofens von dicken Schweißperlen bedeckt.

Nachdem Ding seinen Tee ausgetrunken hatte, schnipste er mit dem Finger, und einer der Wachmänner räumte das Tablett beiseite. Dann zündete er sich eine russische Zigarette an. Er lehnte sich nach vorn, stützte die Ellbogen auf den Tisch und nahm ein paar Züge von dem Glimmstängel, der zwischen seinen hasenschartigen Lippen steckte. Seine Augen starrten konzentriert in den Qualm, und ich wusste, dass uns ein langes und schmerzvolles Ritual bevorstand – ein Ritual, das ihn zumindest teilweise für das ihm verwehrt gebliebene Feldkommando entschädigte.

»Ich weiß, dass es einen Fluchtplan gibt«, begann er leise. »Es ist ein sehr dummer Plan, der euch nur Not und Elend bringen wird. Noch nie ist jemandem die Flucht aus einem Gefangenenlager der chinesischen Volksrepublik gelungen. Außerdem sind die amerikanischen Linien Hunderte von Meilen entfernt. Ihr könnt euch die Sache leichtmachen und damit auch den Männern helfen, die unsere Wachposten bei einem Fluchtversuch erschießen würden. Sagt mir einfach ihre Namen. Dann dürft ihr in eure Baracke zurück, und den betreffenden Gefangenen wird nichts geschehen.«

Schweigend standen wir da. Die Hitze des Ölofens ließ den Schnee auf unserer Kleidung schmelzen. Ich schaute zu Dixon und wünschte mir für einen Moment, Ramos hätte sofort nach seiner Rückkehr vom Holzsammeln kurzen Prozess mit ihm gemacht. Unter der Platzwunde auf meiner Stirn entwickelte sich eine unangenehm drückende Schwellung, und die Angst und die Schmerzen in meinen Waden sorgten dafür, dass sich meine Beine wackelig anfühlten.

»Das hier ist kein Cowboyfilm«, sagte Ding. »Und ihr seid keine Helden. Im Moment verhaltet ihr euch einfach nur wie dumme Menschen. Ich will euch nicht bestrafen. Ich will auch nicht, dass eure Kameraden auf der Flucht erschossen werden. Dafür gibt es keinen Grund. Irgendwann wird dieser Krieg zu Ende sein, und ihr könnt alle zu euren Familien zurückkehren. Da wäre es doch Wahnsinn, bei einem Fluchtversuch draufzugehen.«

Unsere Augen waren stumpf, unsere Gesichter ohne Ausdruck, und im Verhörzimmer war es so still, dass ich den Lederriemen von Kwongs MP knarzen hörte, als dieser das Gewicht von einem Bein auf das andere verlagerte.

»Wollt ihr etwa, dass ich alle Männer in eurer Baracke bestrafe? Wollt ihr mit ansehen, wie der kranke Australier wegen ein paar uneinsichtigen Gefangenen leiden muss?«, sagte Ding. »Ihr Amerikaner schaut euch von klein auf diese albernen Filme an, in denen eure Helden dem Tod wieder und wieder ein Schnippchen schlagen. Ihr denkt, wir Chinesen wären gerade mal gut genug, um in den Restaurants eure Essensreste wegzuräumen und in den Wäschereien eure dreckigen Klamotten zu waschen. Ihr bildet euch ein, etwas Besseres zu sein, mit eurer weißen Haut und eurer westlichen Intelligenz, und haltet uns für einfältige Narren mit geflochtenen Zöpfen, die für eure Trinkgelder katzbuckeln.«

»Wir wissen nichts von einem Ausbruch, Oberst«, sagte Joe Bob. »Aus diesem Lager hier kann man nicht ausbrechen. Dixon hat Ihnen einen Haufen Scheiße erzählt.«

»Ihr haltet uns für absolute Vollidioten, oder?«

»Nein, Sir, das tun wir nicht. Ich habe schon mal im Knast

gesessen und ganz bestimmt keine Lust, den Arsch vollzukriegen, nur weil irgendein Idiot stiften gehen will. Glauben Sie mir, Oberst, es gibt keinen Ausbruchsplan.«

»Was sagst du dazu, Airman?«, sagte Ding und schaute Dixon an.

Dixons Gesicht wurde käseweiß. Er musste schlucken. Offensichtlich hatte er nicht gedacht, dass die Sache so schwer für ihn werden würde. Er blickte kurz zu uns auf und fixierte dann wieder den Schreibtisch.

»Es ist so, wie ich es Ihnen geschildert habe, Oberst«, sagte er mit schleimbelegter Stimme. »Die planen das schon ziemlich lange.«

»Wie lange?«

»Ich habe gehört, wie sie sich neulich darüber unterhalten haben. Sie standen in der Ecke zusammen, im Dunkeln, und haben geflüstert.«

»Wer genau?« Ding nahm einen Zug von der Zigarette und starrte mit gleichgültigem Blick durch den Qualm hindurch auf Dixon. Stück für Stück zog er die Daumenschrauben an und genoss es ganz offensichtlich, nicht nur uns, sondern auch Dixon zu peinigen.

»Alle von denen, schätze ich. Es war dunkel.«

»Dafür, dass ich dir all diese Geschenke zukommen lasse, hast du mir bisher wenig Konkretes berichtet.«

Dixon lief rot an, und der Schweiß begann ihm aus dem Haar zu tropfen.

»Vielleicht solltest du ein wenig vom Ofen zurücktreten«, sagte Ding. »Ist nicht gut, wenn dir zu warm wird.«

»Oberst, wir wollen Sie wirklich nicht verarschen«, sagte O. J. »Wir haben uns Dixon zur Brust genommen, weil der Kerl nichts mit uns teilt und auch die Vitaminpillen allein gefressen hat. Da dachte er, wir würden ihn verprügeln, und ist ausgerastet. Hat wie ein Wahnsinniger gegen die Tür gehämmert und nach Kwong gerufen. Mehr ist nicht passiert.«

»Möchtest du vielleicht etwas dazu sagen, Private?«

»Nein, Sir«, sagte Bertie. Ich konnte nicht anders, als meinen Kopf zu ihm zu drehen und ihn anzusehen. Seine Stimme klang hell, voller Angst, andererseits aber auch so entschlossen, dass ich es kaum glauben konnte.

»Möchtest du mit diesen Männern leiden?«

»Sie haben die Wahrheit gesagt, Oberst. Es gibt keinen Ausbruchsplan.«

»Du hast noch nichts gesagt. Was ist deine Meinung?«, sagte Ding zu mir, und in diesem Moment hasste ich ihn mehr als jedes andere menschliche Wesen auf diesem Planeten, und zwar nicht allein für seine Grausamkeit, sondern auch dafür, dass er uns endlos psychisch erniedrigen konnte, wenn er wollte. Er hatte uns in seiner Gewalt.

»Es gibt nichts zu sagen, Sir. Dixon hat gelogen.« Ich achtete darauf, ihm nicht direkt ins Gesicht zu schauen, aber er schien den Hass zu spüren, den ich für ihn empfand, und lächelte mich mit seiner schiefen Hasenlippe an.

»Großartig. Selbst der Sanitäter hält mich für einen Idioten. Was soll ich nur mit euch anstellen, ihr heldenhaften Freiheitskämpfer? So nennt man euch doch zu Hause, nicht wahr? Nun, was würdet ihr an meiner Stelle tun? Kommt schon, ihr seid intelligente Männer aus dem Westen und werdet doch ein paar Ratschläge für mich haben, oder? Sanitäter, du bist aus Texas, nicht wahr? Du hast doch bestimmt ein paar passende Sprüche aus Cowboyfilmen auf Lager.«

»Die Männer haben Ihnen die Wahrheit gesagt, Oberst.«

»Der war gestern Abend dabei«, sagte Dixon. »Die wollten mich im Schlaf ersticken.«

In diesem Moment hätte ich es nie für möglich gehalten, dass eines Tages das Bild des Mannes, der dort schwitzend in der Ecke am Ofen stand, weltweit auf den Titelseiten landen würde – und zwar direkt neben den Bildern der anderen einundzwanzig US-amerikanischen Überläufer, die nach Unterzeichnung des Friedensvertrages in Rotchina blieben. Auf dem Foto sollte Dixon aber noch volle, glatt rasierte Wangen und ein sorgfältig platziertes Schiffchen der US Army auf dem Kopf haben – ein heißblütiger Rekrut, frisch aus den Billardhallen Chicagos.

»Dann werden wir mit dir beginnen, Sanitäter«, sagte Ding und gab seinem Unteroffizier ein Zeichen.

Kwong drückte mich in den Holzstuhl vor dem Schreibtisch. Ding zündete sich eine neue Zigarette an und ließ das Streichholz in einen Aschenbecher fallen. Die Luft im Raum war schwer vom Geruch unserer Körper und dem Qualm der Zigarette. Fast kam es mir vor, als könnte ich die Vorfreude und die grausame Energie spüren, die sich in Kwongs Körper aufbaute und nur darauf wartete, losgelassen zu werden.

»Du hast die Wahl, Sanitäter: Entweder unterhalten wir uns wie intelligente Menschen, oder es wird eine langwierige Angelegenheit.«

Ich starrte ins Nichts, hatte meine Schultern hochgezogen, die Hände schlaff im Schoß abgelegt. In der Stille hörte ich hinter mir den Türken, wie er durch seine Zähne atmete. Plötzlich schlug Kwong zu – mit seiner flachen, schwieligen Hand mitten in mein Gesicht. Meine Augen wurden feucht, und ich spürte das Brennen unter meiner blutroten Haut.

»Denkst du immer noch, du wärst in einem Film, Sanitäter?«, sagte Ding. »Wartest du auf deine Helden von den Flying Tigers, die aus den Wolken herabstoßen, um all die kleinen gelben Männer zu töten?«

Ich starrte durch den feuchten Film auf meinen Augen geradeaus auf die Wand. Die Kanten der Gegenstände im Raum schienen verschwommen und glitzerten, als wären sie nass geworden, und in meinem Augenwinkel flackerte das Licht des hellroten Ölofens. Dann nickte Oberst Ding seinem Unteroffizier zu, eine beiläufige Kopfbewegung von wenigen Zentimetern nur, und Kwong packte meinen Kopf mit beiden Händen und rammte ihn mit der Nase voran in sein Knie. Eine Blutfontäne schoss mir über das Gesicht, in meinem Schädel explodierten grelle Farben, und ich hatte das Gefühl, dass mein Nasenbein in meinem Kleinhirn steckte. Ich krümmte mich im Stuhl, das Blut troff mir durch die Hände, und jedes Mal, wenn ich zu atmen versuchte, musste ich würgen, weil Klumpen aus Schleim und Blut meine Luftröhre blockierten.

»Er weiß nichts, Oberst«, sagte Joe Bob. »Manchmal spinnen die Jungs rum und erzählen irgendeinen Scheiß über Ausbruch und Flucht, aber Holland macht da nicht mit. Er weiß, dass das nur dämliches Gequatsche ist, und hört es sich nicht mal an. Und Namen kann er Ihnen schon gar nicht liefern.«

»Willst du mir denn vielleicht ein paar Namen nennen?«

»Wir sind nur ein paar Jungs, die rumsitzen und irgendwelche Spinnereien verzapfen, Oberst. Alle tun das im Knast. Andernfalls fängt man irgendwann an, sich die Rute mit Sandpapier zu polieren. Dixon ist ein gottverdammter Frischling, der es nicht mehr ausgehalten hat, und deshalb hat er Ihnen diesen ganzen Schrott erzählt.«

»Der Sanitäter Holland hat nur einen Kratzer abbekommen. Unteroffizier Kwong kann noch ganz andere Sachen mit ihm anstellen.«

»Das weiß ich, Sir«, sagte Joe Bob. »Es wird allerdings nichts nutzen. Er kann Ihnen nichts sagen.«

»Dann wirst du jetzt seinen Platz einnehmen«, sagte Ding.

Meine Hände waren von Blut und Speichel überzogen, und ich röchelte immer noch. Trotzdem wäre ich am liebsten über Dings Schreibtisch gesprungen und hätte seinen Kehlkopf mit meinen Daumen zerquetscht. Ich sollte allerdings nie herausfinden, ob ich mutig oder verzweifelt genug für eine solche Tat war, denn plötzlich hielt der Türke den Atem an, und während sich dunkle Areale der Wut auf seinem blassen Gesicht breitmachten, blitzte in seinen heißen, schwarzen Augen der Wahnsinn auf. Er stieß einen Schrei aus, das Brüllen einer Bestie aus einem furchtbaren Ort in seinem Inneren, ballte seine riesigen Hände über dem Kopf und stürzte auf Ding zu. Mit einer raschen Bewegung schnellte Kwong nach vorn und riss den Kolben seiner MP nach oben, der direkt im Mund des Türken landete und dessen Zähne zersplittern ließ. Taumelnd fiel er nach hinten auf den Boden, seine Lippen aufgerissen und von klaffenden Wunden in rot-blauen Farbtönen überzogen. Kwong holte mit dem Fuß aus, hielt einen Moment lang inne und trat dem Türken in den Bauch. Mit einem langen, rasselnden Keuchen raste die Luft aus dem Körper des Gefangenen. Dann zog er die Knie an sein Kinn, und sein Gesicht färbte sich komplett weiß. Sein Mund bewegte sich, ohne Laute zu formen, an seinem Hals traten pralle Venen hervor, und ein milchiger Film des Schmerzes legte sich auf seine Augen, die in diesem Moment an die Augen eines strangulierten Tieres erinnerten.

Ding war aufgesprungen und brüllte Kwong auf Chinesisch an. Sein wachsartiges Gesicht war voller Wut, seine Hände wirbelten wild durch die Luft, und sein ausgestreckter Zeigefinger stieß wieder und wieder in die Höhe, in Richtung eines Punktes außerhalb des Gebäudes.

»Der Kerl ist durchgedreht, Oberst«, sagte Joe Bob. »Ganz klarer Fall von Lagerkoller. Wahrscheinlich weiß er noch nicht mal, wo er ist.«

»Ihr haltet euch für ganz schlaue Kerle, was?«, brüllte Ding. »Ihr steht da mit euren selbstsicheren Visagen und denkt, ihr habt es mit einer Bande Clowns zu tun. Aber ich sag euch was: Ihr seid dumme Menschen, und genauso werdet ihr jetzt behandelt.«

Kwong packte mich am Kragen, riss mich aus dem Stuhl hoch und stieß mich zur Tür. Dann drehte er sich zum Türken um und trat ihn in die Wirbelsäule. Die Atmung des am Boden Liegenden versagte, er krampfte, und jedes Mal, wenn er seine Lungen mit Luft zu füllen versuchte, trat blutiger Schaum auf seine Lippen.

»Hochheben! Raustragen!«

Joe Bob und O. J. zogen den Türken an den Armen hoch. Sein verdrecktes schwarzes Haar hing ihm ins Gesicht, sein Brustkorb bebte.

»Hören Sie, Oberst, wir sind doch nicht schuld daran, wenn irgend so ein Wahnsinniger durchdreht«, sagte Joe Bob. »Uns gegenüber verhält er sich auch nicht besser. Ständig müssen wir uns vor ihm in Acht nehmen.«

Ding sprach wieder auf Chinesisch mit Kwong und den anderen beiden Wachen, die daraufhin ihre Maschinenpistolen auf uns richteten und uns zur Tür drängten.

»Die machen uns kalt«, sagte O. J.

»Oberst, das ist nicht fair«, sagte Joe Bob. »Die Jungs aus unserer Baracke haben Ihnen nie Scherereien gemacht.«

»Ich habe euch gesagt, dass ihr es sehr leicht haben könntet.«

»Es gab nichts, was wir Ihnen erzählen konnten«, sagte O.J. »Müssen wir jetzt wirklich dran glauben, nur weil wir Ihnen die Wahrheit gesagt haben?«

»Scheiß drauf, Mann«, sagte Joe Bob. »Die machen uns so oder so alle.«

Kwong schlug ihm mit der Faust aufs Ohr und schob uns nach draußen. Es hatte angefangen zu graupeln, und das Eis knirschte unter unseren Füßen, als würden wir über ein Kiesbett laufen. Die Sonne war nicht viel mehr als eine schwammige Gaswolke über den kalten Bergen. Aus den Schneewolken über uns brach plötzlich eine einzelne F-86 hervor, die zu einer Wende vor dem Jalu ansetzte. Der Pilot ließ die Tragflächen wackeln, wie alle unsere Flieger es taten, wenn sie über das Lager hinwegrasten, und steuerte die Maschine anschließend nach Süden, wo sie sich bald in einen kleinen Punkt am Horizont verwandelte. An der Arbeitsbaracke hielten wir an, und jeder von uns bekam einen Klappspaten ausgehändigt. Der Türke warf seinen Spaten in den Schnee, aber Kwong hob ihn wieder auf.

»Halt fest, Schwanzlutsch«, sagte er und stieß dem Türken das Arbeitsgerät in die Brust.

Kwong schloss die Arbeitsbaracke, hängte eine Kette vor die Tür und führte uns quer durchs Lager: vorbei am Pausenhof der Progressiven, die uns schweigend anstarrten, vorbei an den Männern an der Eisenpumpe, die die Läuse aus ihrer Kleidung wuschen, vorbei an unserer eigenen Baracke, in der unsere Kameraden die Augen an die Ritzen der Bretterwände pressten, und vorbei auch am ersten Zaun, direkt hinein ins Niemandsland, das das Lager umgab.

»Hier, grabt Löcher«, sagte Kwong.

»Oh mein Gott«, sagte Bertie.

»In Löcher kommt Scheiße.« Er markierte mit seinen Stiefeln fünf Punkte im Schnee und hob den Lauf der MP an.

Wir klappten die Spaten aus und nutzten sie wie Hacken, um uns durch das Eis in den gefrorenen Boden vorzuarbeiten. Mein geschundenes Nasenbein pulsierte, und meine Nasenlöcher waren von geronnenem Blut verstopft. Ich musste durch den Mund atmen, und so raste die Luft bei jedem Spatenhieb wie eine Stahlklinge in meine Lungen. Neben mir kniete der Türke in einer flachen Senke und rammte seine Schaufel in den Boden, während große, purpurrote Tropfen aus seinem Mund in den Schnee fielen. Ich hob den Kopf und sah, wie sich der Lagerhof füllte. Die Wachen hatten sämtliche Baracken aufgeschlossen, und Ding plärrte eine seiner Tiraden durch das Megafon. Er stand mit dem Rücken zu uns, und auch wenn ich das Echo seines Wortschwalls nicht verstehen konnte, wusste ich doch, dass das Lager gerade eine Lektion über die Notwendigkeit der Zusammenarbeit zwischen Gefangenen und Bewachern erhielt. Hunderte von Gesichtern starrten durch den Drahtzaun auf uns, und während die Atemwölkchen aus ihren Mündern stiegen, betete ich, dass, auf welche Weise auch immer, der kollektive Wille dieser Männer Kwong davon abhalten würde, die Munition im Trommelmagazin seiner Maschinenpistole in unsere Körper zu jagen.

Mit strahlenden Augen marschierte Kwong vor uns auf und ab und rieb mit der Hand über den mit Lüftungslöchern versehenen Laufmantel seiner Waffe. Sein Gesicht war angespannt und flach wie eine Dachschindel, und wenn einer von uns beim Graben langsamer wurde, stieß er ihm die Maschinenpistole in den Nacken. Unter den Gefangenen wurde erzählt, dass Kwong vor dem Krieg als Bremser in Nordkorea gearbeitet hatte und seine gesamte Familie bei den ersten Bombardements der Amerikaner umgekommen war. Kein Wunder also, dass er seine Arbeit mit US-Gefangenen so sehr genoss. Nun, da er den Ladehebel am Magazin ganz zurückgezogen hatte und uns in seiner gebrochenen Sprache verhöhnen konnte, lief er zur Höchstform auf.

»Tiefer! Kein Gestank später«, sagte er.

Unsere Gruben waren bereits mehr als einen halben Meter tief, um uns herum türmten sich Häufchen aus matschiger Erde und zerbrochenen Eisplatten. Unter meiner Kleidung lief der Schweiß, und tief in meinem Kopf erklangen mit einem Mal eigenartige Geräusche, nur um kurz darauf wieder zu verschwinden. Der Wind glättete den Schnee vor den Gruben, polierte ihn zu einer glatten Fläche und trieb kleine Eiskristalle über Kwongs Stiefel, deren Ledersenkel mit mehreren groben Knoten verschnürt waren. Es hatte aufgehört zu graupeln, und der Schatten meines Körpers, der zusammen mit dem des Klappspatens auf den immer größer werdenden Haufen am Rand meiner Grube fiel, schien wie ein gebrochenes, von mir losgelöstes Ich, das immer weiter, immer tiefer grub.

»So werde ich nicht abtreten«, sagte O. J. »Und die Arbeit werde ich diesen Scheißkerlen schon gar nicht abnehmen, verdammt!«

»Du tief graben«, sagte Kwong.

»Grab doch selber.«

»Schaufel aufheben«, sagte Kwong.

»Zum Teufel mit dir, du Schlitzauge.« O. J. atmete hastig, an seiner Lippe hing der gefrorene Nasenschleim.

»Gut, dann alle aufstehen.«

»Bei der Mutter Gottes, er wird uns alle umlegen«, sagte Bertie.

Die Sonne kroch hinter einer Wolke hervor. Es waren die ersten kraftvollen Sonnenstrahlen, die ich seit meiner Ankunft im Lager zu Gesicht bekam, und ich musste blinzeln, so gleißend weiß leuchteten auf einmal das Lager und die Berge dahinter. Die starren Umrisse der Baracken schienen mir entgegenzuspringen und verzogen sich wieder in den Hintergrund. Das Eis an den Stacheldrahtzäunen glitzerte im Licht, und die unzähligen Gefangenen, die die Szene von der anderen Seite des Zauns aus beobachteten, starrten mit einem Mal alle zum Himmel hinauf, während das Sonnenlicht über ihre abgehärmten Gesichter hinwegspülte. Dann drehte Kwong seine MP zur Seite, sodass die erste Salve uns alle fünf treffen würde.

»Hinstellen!«

Langsam richteten wir uns auf. Dampfwölkchen stiegen aus unserer Kleidung empor, während wir wie erstarrt vor unseren Gräbern standen. Ich zitterte am ganzen Körper und verspürte einen starken Druck auf der Blase. Ich brachte es nicht fertig, auf die Mündung von Kwongs MP zu schauen, und fing wieder an zu würgen, da ein neuer Blutpfropfen meinen Rachen blockierte. Joe Bobs Gesicht war so angespannt, dass die Knochen unter der Haut hervorzutreten schienen. Bertie hatte sich nicht mehr unter Kontrolle und zitterte unentwegt. O. J. stand mit steif an den Seiten herunterhängenden Armen da, die Hände zu Fäusten geballt, den Nacken voll roter Flecken. Die massiven Schultern des Türken waren nach vorn gebeugt, aus seinem zerschlagenen Mund lief ihm Blut und Schleim über das Kinn und tropfte auf seine Jacke.

»Wer will mit Ding sprechen jetzt?«, sagte Kwong und grinste uns an.

Niemand antwortete. Die Männer hinter dem Zaun schienen erstarrt und schwiegen. Einige hatten die Köpfe abgewandt.

»Also, wer zuerst?«

»Mach schon, du gottverdammter Bastard! Tu's doch endlich«, schrie O. J. Tränen traten ihm in die Augen, und er starrte auf seine Füße.

»Gut. Dann du zuerst, Schwanzlutsch.« Kwong brachte seine Maschinenpistole in Anschlag und zielte direkt in das Gesicht von O. J. Seine Augen strahlten über dem Lauf der Waffe, und aus seinem Mundwinkel trat etwas Speichel hervor. Er verharrte einige Sekunden in dieser Position. O. J.s Kehlkopf bebte, seine Atmung wurde mit jedem Mal flatterhafter. Dann riss Kwong plötzlich die MP herum und feuerte aus der Hüfte auf den Türken. Die erste Salve traf Bauch und Brustkorb des Gefangenen und schleuderte ihn nach hinten. Die Geschosse zerfetzten die gesteppte Fütterung seiner Jacke, eine Kugel durchbohrte sein Kinn und riss den Hinterkopf in Stücke. Seine schwarzen Augen erstarrten vor Schock und waren tot, noch bevor sein Körper auf dem Boden aufschlug. Mit ausgestreckten Armen und Beinen blieb er rücklings in der Grube liegen, die Unterlippe durchbohrt von einem abgebrochenen Zahn. Kwong trat an den Rand des Erdlochs und leerte das Magazin. Die Schüsse rissen Gesicht und Unterleib des Türken in Stücke, während neben ihm die ausgeworfenen Messinghülsen im Schnee versanken. Als das Magazin leer war, zog Kwong die Trommel aus der Maschinenpistole, steckte eine frische in den Schlitz und schob den Ladehebel mit dem Daumen zurück. Dann traten die anderen beiden Wachen an die Grube und schoben mit den Füßen Erde und Schnee auf die Leiche.

»Du, Sanitäter, nächster! Aber du knien.«

Alles um mich herum drehte sich – der Drahtzaun und die leeren Gesichter dahinter, die Holzbaracken, das gelbe Backsteingebäude, wo alles begonnen hatte, Kwongs kastenförmiger Körper, die Berge und der Glanz des Schnees in der Sonne. Es schien, als wären meine Augen nicht mehr in der Lage, auch nur einen Gegenstand zu fixieren. Meine Knie wurden schwach, und während der Wind den Pulverschnee durch das Licht der Sonne trieb, spürte ich, wie Kot an meinen Beinen herunterlief.

Kwong stieß mich nach hinten in die Grube, beugte sich über mich und drückte mir die Mündung der MP ins Gesicht. Seine Nasenlöcher waren geweitet und durch die Kälte von Schleim verstopft.

»Du lutschen. Dann du kriegen gekocht Ei«, sagte er.

Ich presste meine Hände ineinander und hielt mir die Arme vor das Gesicht. Schneekristalle, die sich wie Glassplitter anfühlten, flogen in meine Augen. Kwong trat mir in den Magen und presste mir die Mündung der Waffe gegen die Zähne. Meine Schließmuskeln kapitulierten, eine warme Welle schoss über meine Genitalien und meine Oberschenkel hinweg, und mein Herz begann wild in meiner Brust zu krampfen.

»Bye-bye, Wichser! So wenigstens du stinken nicht so schlimm später«, sagte er und zog den Abzug durch.

Das metallische Klicken in der leeren Kammer presste mir sämtliche Luft aus den Lungen.

Kwong und die anderen beiden Wachen lachten, ein scheußliches Grinsen lag auf ihren unter Fellmützen versteckten Gesichtern. Im grellen Licht der Sonne schienen ihre Körper zu schimmern. Kwong drückte seinen Stiefel langsam in meine Leiste und bohrte mit der Fußspitze in meinen Oberschenkelmuskeln.

»Ich nehmen neues Magazin, und noch einmal. Dann kannst du raten.«

Er sprach mit einem der beiden Wachmänner, der ihm ein zweites Magazin reichte, zog die leere Trommel aus seiner MP, sodass er jeweils ein Magazin in seiner Linken und in seiner Rechten hielt, und führte die Hände hinter den Rücken.

»Welche Hand du magst, Sanitäter?«

»Du beschissenes Schlitzauge. Jetzt drück doch endlich ab!«, sagte Joe Bob.

Der Wachmann, der Kwong das Magazin gegeben hatte, schlug Joe Bob so heftig mit der flachen Hand links und rechts ins Gesicht, dass dessen Kopf zur Seite geschleudert wurde.

»Gut. Dann ich suche für dich aus«, sagte Kwong, ließ ein Magazin in den Schnee fallen und schob das andere in die MP.

Er stand über mir, die am Riemen hängende Waffe in seine Hüfte gepresst, und das Spiel begann von vorn. Dieses Mal allerdings rollte ich mich wie ein Kleinkind zu einer Kugel zusammen und hielt mir die Hände vor das Gesicht. Ein widerlicher Gestank stieg aus meiner Kleidung auf, und als der Hahn erneut auf die leere Kammer schlug, übergab ich mich und erbrach eine gelbe Masse aus halb verdautem Hirsebrei und Fischkopfresten.

Ich hörte Dings Stimme, der auf der anderen Seite des Zauns stand und etwas auf Chinesisch durch das Megafon rief. Kwong trat ein paar Schritte zurück, und ich sah auf dem Boden den Schatten seiner Maschinenpistole lose an seinem Körper herunterbaumeln. Ich konnte mich nicht bewegen. Mein Herz hämmerte in meiner Brust, aber mein Körper war leer gesaugt, unfähig, weiteren Widerstand zu leisten, und mein Gesicht blieb in den nassen Ärmeln meiner Jacke vergraben.

»Glück gehabt. Alle ins Loch jetzt. Später mehr Unterricht.«

Ich hörte, wie Joe Bob, Bertie und O. J. an mir vorbei durch den Schnee stapften, konnte meinen Kopf aber noch immer nicht heben. Die beiden Wachen zerrten mich an meiner Jacke aus der Grube und warfen mich in den Schnee. Die Eiskristalle brannten mir in Gesicht und Augen. Langsam richtete ich mich auf, in eine nach vorn übergebeugte Position, und sah mich um. Das Lager und die Berge schienen zu schrumpfen und in der Ferne zu verschwinden, dann sprangen sie mir wieder aus dem Licht der Sonnenstrahlen entgegen. Ein brennender Schmerz schoss durch meine Lendenwirbelsäule und rauschte von dort hinauf in meinen Schädel, als ich mich gerade hinzustellen versuchte. An meinen Waden lief der Kot herunter und tropfte in den Schnee. Ich schaute zur Leiche des Türken hinüber, der zur Hälfte von Erde und Schnee bedeckt in seinem flachen Grab lag. Eins seiner funkelnden Augen war noch sichtbar, ebenso seine verkrampften Finger, die ausgestreckt nach oben zeigten, als wollte er nach seinen Zehen greifen. Es waren nur wenige Sekunden vergangen, aber die anderen schienen mir schon weit voraus. Schweigend stapften sie zwischen den Wachen durch den Schnee zum anderen Ende des Lagers. Kwong rammte mir seine Hand zwischen die Schulterblätter, und ich kämpfte mich vorwärts, stolperte mit offenen Schnürsenkeln den rutschigen Spuren der anderen nach, bis zu dem von Stacheldraht eingezäunten Platz, wo Ding die Reaktionären mit Einzelhaft in Erdlöchern bestrafte.

Eine der Wachen öffnete das Tor und benutzte einen Eishaken, um die über den Löchern liegenden Abflussgitter zur Seite zu ziehen. Drei Löcher waren bereits belegt und mit einer steif gefrorenen Plane abgedeckt, die der Neuschnee der vergangenen Nacht eingedrückt hatte. Kwong stieß mich mit vorgehaltener MP in das erste freie Loch, warf einen G.I.-Helm hinterher und schob das Eisengitter über die Öffnung. Er hockte sich hin und beugte sich nach vorn, die Silhouette seines Schädels direkt über mir.

»Kannst mit Schwanz spielen, wenn dir kalt wird heute Nacht«, sagte er.

Das Loch war zwei Meter vierzig tief und ein Meter zwanzig breit, eine dreckige Eisschicht bedeckte die Wände. Das Innere des Stahlhelms war von einer stinkenden Kruste der Exkremente meiner Vorgänger überzogen, und vom Boden der Grube stieg der saure Geruch eingesickerten Urins empor. Ich hörte, wie die Gitter der anderen drei Löcher zugeschlagen wurden, dann stapften die Wachen im Schnee davon und sicherten das Tor mit einer Kette.

Ich verbrachte sechs Wochen in diesem Loch, verlor aber schon nach drei Tagen das Zeitgefühl. Jeder von uns bekam zwei Decken, und am Abend führten die Aufseher einen der Progressiven durch das Gittertor, der unsere Helme leerte, uns die Essensschüsseln reichte und die Löcher für die Nacht mit Planen abdeckte. Schlafen konnten wir nur in sitzender Position oder liegend, wenn wir die Beine gegen die Wand aufstellten. Ich entwickelte einen hartnäckigen Schmerz in der

Wirbelsäule und träumte oft davon, im Sitz eines Zugabteils eingeschlafen zu sein, wo es nur darauf ankam, meine Beine in die richtige Richtung auszustrecken, um den Schmerz loszuwerden. Meist erwachte ich kurze Zeit später, die beiden Decken um mich geschlungen, einen brennenden Schmerz in der Lendenwirbelsäule, und richtete mich auf, um dann so lange aufrecht in der Dunkelheit des Lochs zu stehen, bis meine Knie aufgaben.

Tagsüber unterhielten wir uns, indem wir uns durch die Schlitze der Eisengitter Dinge zuriefen, bis unsere Nacken steif wurden oder es nichts weiter zu sagen gab und ein jeder wieder in seine stille Fantasiewelt auf dem Boden seines Lochs zurückglitt. Die Wunden an meinen Beinen hatten zu eitern begonnen, und die gelbe Flüssigkeit beförderte kleine Bleistücke an die Hautoberfläche. Immer öfter versank ich in verstörenden Fieberträumen und erwachte erst wieder von den Geräuschen des Eishakens, mit dem am Abend die Gitter geöffnet wurden. Manchmal stierte ich auf das Muster der Schlitze über meinem Kopf und die fernen Wolkenstreifen zwischen dem Gitter, als würde ich in einen Tunnel starren. Ich hatte das Gefühl, wieder fünfzehn zu sein: Es ist Winter, ich sitze in einem Maisfeld, die helle Sonne brät auf die verdorrten Stängel herunter, und ich presse eine einläufige .12er Flinte gegen meine Schulter. Ich lege auf ein Baumwollschwanzkaninchen an, das durch die trockenen Reihen rast, ziele kurz vor den Kopf des Hasen und drücke ab. Der krachende Schuss klingt in meinen Ohren nach, und ich weiß, dass ich ihn sauber erwischt habe und dass Cappie am Abend paniertes Kaninchenfleisch servieren wird.

Oft führten mich die Tagträume auch in den Schützengraben zurück: Ich spüre das Gewicht der Bahre in meinen

Händen, während die Stielhandgranaten in unseren Stacheldrahtreihen explodieren und der Schütze am B. A. R.-Maschinengewehr mit panischem Blick den Boden des Grabens nach den letzten vollen Magazinen absucht. Der verwundete Marine auf der Bahre starrt zu mir hoch, die Augen von Angst erfüllt, und ich stolpere vorwärts, über die leeren Munitionskisten hinweg. Danach hagelt vom Rand des Schützengrabens das Feuer leichter Maschinenpistolen herab, und unsere Männer werden wie Putzlappen gegen die Grabenwand geschleudert. Ich lasse die Bahre fallen und renne los. Aber es zerreißt mir das Herz, als ich nach unten blicke und den Ausdruck der Hilflosigkeit und den Vorwurf des Verrats in seinen Augen sehe.

Es war immer der gleiche fiebrige Traum, und jedes Mal wollte ich am Ende zu dem verwundeten Marine zurückgehen, ihm die Augen schließen und ihm sagen, dass wir alle draufgehen würden, dass die Chinesen uns überrannt hatten und es keinen Ort gab, wo ich ihn hätte in Sicherheit bringen können.

Ich träumte jeden Tag vom Schützengraben, aber manchmal unterschieden sich die Bilder von denen des Vortages. Dann wirkten die Gesichter der Männer im Graben entstellt, und ihre Schmerzensschreie und ihr Todesgewimmer klangen wie das verzerrte Echo einer in weiter Ferne abgespielten Tonaufnahme, die nicht zur Situation passte. In solchen Momenten versuchte ich zu dem Maisfeld im Winter zurückzukehren, zu dem Hasen, der in Richtung des Dickichts flieht, und zum Geruch der glimmenden Eichenholzscheite in der Räucherkammer. Ich wusste, dass ich mich nur auf dieses Feld konzentrieren musste, oder auf die Räucherkammer und ihre Details – wie die flache Senke unter einer der

Wände, durch die mein Vater die Holzscheite ins Innere der Kammer schob –, und alles würde intakt und an seinem Platz bleiben, und weder Oberst Ding noch Kwong konnten mich dazu zwingen, mich mit meiner Schuld am Tod eines verwundeten Marines auseinanderzusetzen.

Dann, an einem hellen, sonnigen Tag, schaute ich durch die Schlitze hoch zu den vorbeiziehenden Wolken und erkannte mit einem elenden Gefühl in der Brust, dass die Chinesen sich nicht für den verwundeten Marine interessierten, sondern Informationen über Ramos und den schwarzen Sergeant wollten. Mir wurde klar, dass auch ich irgendwann im Schlaf weinen würde, wie Bertie es manchmal tat, und eines Morgens, das ahnte ich, würde ich Kwong bitten, mich in das Büro von Oberst Ding zu bringen. Nach einiger Zeit hörte ich die Stimmen der anderen Männer aus unserer Baracke, die in den weiter entfernten Löchern saßen, und Joe Bob raunte mit heiserer Stimme durch das Gitter über seinem Kopf, dass die Chinesen den Weltkriegsveteranen, den Fallschirmspringer aus unserer Baracke, erschossen und neben dem Türken vergraben hatten. Als die Temperatur zur Mittagszeit allmählich Plusgrade erreichte, begann der geschmolzene Schnee an den Wänden herunterzulaufen und auf den Boden zu tropfen, und der Gestank des Helms und die Ausdünstungen meines eigenen Körpers wurden so widerwärtig, dass mir oftmals das Essen schwerfiel. Mein Kopf- und Barthaar war verklebt, voll vom Dreck des Bodens und den Resten der Fischköpfe, die ich aus dem Blechnapf leckte, und die gelben Nägel an meinen Fingern hätten die einer Leiche sein können. Meine Rippen fühlten sich an wie schmale Holzbretter, und obwohl ich in der ersten Woche noch masturbiert und dabei an Geishas mit weißen Puppengesichtern und schmalen Augen gedacht hatte, war ich wenig später außerstande, das Bild einer Frau für mehr als ein paar Sekunden in meinen Gedanken zu fixieren. An einem feuchten Morgen mit tief über dem Boden schwebenden Nebel hörte ich das Klicken des Eishakens an den Gittern der Löcher neben mir und kurz darauf die flüsternden Stimmen von O. J. und Bertie, als die Aufseher ihnen aus den Erdlöchern halfen.

Einen Tag später hoffte ich immer noch, dass sie zurückkehren würden. Ich dachte oft daran, mit dem Blechnapf gegen das Gitter zu hämmern und nach Kwong zu rufen, damit er mich aus dem Loch holte. Was auch immer ich Ding erzählen würde, hätte zu diesem Zeitpunkt ohnehin keine Konsequenzen mehr für Ramos und den Sergeant gehabt, und mir wurde klar, dass es verrückt war, für Männer zu sterben, die möglicherweise selbst schon tot waren. Während der Nebel über meinen Kopf hinwegrollte und durch das Gitter kroch, ging ich in Gedanken all die Einwände gegen das Aufgeben durch und merkte schnell, dass es Dutzende Möglichkeiten gab, jede menschliche Handlung zu rechtfertigen, sogar ein unehrenhaftes Verhalten wie dieses. Ich dachte an meinen Großvater, der sich dem gefährlichsten Mann in ganz Texas entgegengestellt hatte, und fragte mich, was er wohl an meiner Stelle getan hätte. Ich sah die Blitze aus Wes Hardins Revolver zucken, das mörderische Funkeln in seinen alkoholvernebelten Augen und meinen Großvater mit einer Winchester in der Hand im offenen Scheunentor. Dann sah ich Hardin, wie er seinem Pferd die Sporen gab, sich in der Mähne des Tieres festkrallte und lospreschte, und wie Old Hack nach vorne sprang, mit beiden Händen ausholte und Hardin das Ende seines Gewehrs gegen die Schläfe rammte. Die Auseinandersetzungen von Old Hack hatten allerdings in einer anderen Zeit stattgefunden: Damals, unter der heißen Sonne von Texas, traten sich ebenbürtig bewaffnete Kontrahenten auf staubigen Straßen gegenüber, und wenige Sekunden entschieden über Sieg oder Tod. Wahnsinnige wie Ding – die ihre Feinde so lange in ekelerregenden Erdlöchern verwahrlosen ließen, bis sie von Selbsthass erfüllt waren und am Gestank ihrer eigenen Körper zugrunde gingen – hatte es in seiner Zeit nicht gegeben.

An jenem Abend wusste ich, dass Old Hack es verstanden hätte. Schweigend reichte ich dem Progressiven, der das Essen brachte, meine Hand, damit er mir aus dem Loch half.

Ich war der achte Mann, der auspackte. Der Australier starb in seinem Loch, die restlichen drei Gefangenen aus unserer Baracke hielten noch eine Woche durch, und schließlich hatte Ding auch sie so weit, dass sie aussagten.

Nicht lange danach, an einem regnerischen, grauen Morgen, standen wir alle am Drahtzaun und schauten zu, wie Ramos und der schwarze Sergeant hingerichtet und ihre Leichen in eine offene Latrine geworfen wurden.

Kapitel 9

Es war schon dunkel, als Rie und ich durch die Berge hinab in Richtung Valley fuhren. Das Licht des Armaturenbretts sorgte für einen warmen Glanz auf ihrem weichen Gesicht.

»Und das alles hast du fünfzehn Jahre lang mit dir rumgeschleppt?«, sagte sie leise und streichelte meine Schulter.

»Es gibt nicht viele Orte, wo man so was lassen kann.«

»Du hattest keine Schuld am Tod dieser Männer. Die anderen hatten schon vor dir ausgesagt.«

»Siehst du, das ist das Komische an einer bestimmten Art von Schuld. Wenn man versucht, sie zu beichten, und die Peitschen auspackt, um sich zu geißeln, steht immer jemand parat, der dir sagt, dass du in Wirklichkeit keine Schuld trägst. Als Dixon ein Jahr nach Kriegsende seine Zelte in China abbrach und in seine Heimat zurückkehrte, sagte ich bei seinem Verfahren vor dem Militärgericht aus. Allerdings interessierte es mich nicht die Bohne, was mit ihm geschah. Ich wollte nur meine Vergehen gestehen und öffentlich wegen Feigheit bloßgestellt werden. Jedes Mal, wenn ich aber versuchte, dem Militärgericht von meiner Denunziation zu berichten, wurde ich angewiesen, mich auf die Beantwortung der Fragen zu beschränken. Alles, was ich darüber hinaus zu sagen hatte, wurde ignoriert. Nachdem Dixon seine fünf Jahre bekommen hatte, schüttelten mir die anwesenden Offiziere die Hand und wünschten mir viel Erfolg beim Jurastudium.«

»Was ist aus den anderen geworden?«
»Bertie starb noch vor dem Waffenstillstand an Beriberi. O. J. heiratete ein Indianermädchen und ging vom vielen Bier auf wie ein Pfannkuchen. Joe Bob kaufte einen Billardsalon in Baton Rouge. Bei dem Verfahren sagten noch vier andere Männer aus unserer Baracke gegen Dixon aus. Am Tag seiner Verurteilung haben wir uns alle zusammen betrunken. Wir mussten allerdings feststellen, dass uns nur wenige heitere Gesprächsthemen in den Sinn kamen.«
Sie schob ihren Arm über meine Brust, und als sie mich hinter dem Ohr küsste, spürte ich ihre feuchten Wimpern auf meiner Haut. Ich wollte sie noch einmal, und ich wusste in diesem Moment, dass ich sie mehr begehrte, als ich je eine Frau in meinem Leben begehrt hatte. Ich trat das Gaspedal durch und starrte nach vorn auf den Highway, der im Scheinwerferlicht auf mich zuraste. Als wir das Valley erreichten, sah ich den Rio Grande unter dem Mond und die vom Licht der Kerzen erhellten Fenster in den Lehmhäusern auf der anderen Seite des Flusses. Rie schmiegte sich näher an mich, drückte ihren Busen gegen meinen Körper, und während ihr lockiges Haar über meine Wange strich, bog ich auf den Highway Richtung Motel ein.
Am nächsten Morgen wachte ich früh auf und beugte mich über sie, um ihr einen sanften Kuss auf den Mund zu geben. Ihr sonnengebleichtes Haar hatte sich auf dem Kissen ausgebreitet. Ohne die Augen zu öffnen, schlang sie die Arme um meinen Nacken und zog mich auf ihren warmen Körper. Sie spreizte die Schenkel, fuhr mit den Händen meinen Rücken hinunter und ließ ihre Lippen über meine Wange wandern. Sanft atmete sie in mein Ohr, liebkoste mein Ohrläppchen mit der Zunge und presste ihren Bauch gegen mich. Ich

hatte das Gefühl, meine Haut würde brennen. Ich schloss die Augen und spürte, wie mein Körper schwächer wurde und die Hitze sich wie eine Flamme in meinen Lenden sammelte. Ich versuchte mich auf meine Ellbogen aufzustützen und es zurückzuhalten, aber sie drückte ihren Busen gegen meine Brust, presste ihre um mich geschlungenen Oberschenkel noch enger zusammen und fuhr mit den Fingern meinen Nacken hinauf bis in mein Haar.

»Tu es, Hack, jetzt. Und dann machen wir es noch mal und noch mal … und noch mal.«

Als sie ihre Beine ausstreckte und ihren Bauch anspannte, gewann die Flamme in mir an Kraft, und mein Herz raste, während sie aus meinem Körper hinausschoss.

Es war Jahre her, dass ich das letzte Mal mit einer Frau geschlafen hatte, die ich wirklich liebte. Folglich genoss ich die Augenblicke mit Rie, denn sie waren so wundersam und überwältigend wie mein erstes Mal in der Highschool. Die Momente des Verlangens mit Verisa, diese Zweisamkeit voll vorgetäuschter Zuneigung in der Dunkelheit und gegenseitiger Gleichgültigkeit nach dem Akt, waren zu einer Gewohnheit in unserer Ehe geworden und schienen mir wie die ausgefeilte Nachstellung eines Sexfilms, den wir beide schon zu oft gesehen hatten, als dass er uns noch hätte peinlich sein können.

Rie hatte sich an mich gekuschelt. Ihr Arm lag quer über meiner Brust, ihr Gesicht dicht an meiner Wange, und ich spürte den sanften Druck ihrer Brüste und die Wärme ihrer Schenkel, als sie zu erzählen begann. Sie berichtete mir von der fremden Welt, aus der sie stammte, einer Welt, geprägt von Revolutionen und politischer Gewalt: Ihr Vater war Professor an der Universität von Madrid gewesen, aber als sein

Name während des Spanischen Bürgerkrieges auf den Exekutionslisten der Guardia Civil auftauchte, war er kurz vor Abriegelung der Grenzen barfuß über die Berge nach Frankreich geflohen. Ihre aus Irland stammende Mutter hatte sich als Mitglied der IWW-Gewerkschaft in den Dreißigerjahren lange Zeit für die Freilassung der Scottsboro Boys engagiert. Während des Zweiten Weltkrieges steckte man sie ins Gefängnis, weil sie gegen die ungerechte Behandlung japanischstämmiger Amerikaner, der sogenannten Nisei, protestierte, und später, in der McCarthy-Ära, landete sie wegen ihrer Gesinnung auf der schwarzen Liste und fand keine Anstellung mehr in ihrem Beruf als Lehrerin. Rie schloss sich der Bürgerrechtsorganisation CORE an, dem Congress For Racial Equality, und als sie neunzehn war, engagierte sie sich im Mississippi Freedom Project: Sie setzte sich mit Gleichgesinnten in einen klapprigen Schulbus, auf dessen Seitenwänden in weißen Lettern das Wort FREEDOM aufgemalt war, und fuhr quer durchs Land nach McComb, Mississippi. Dort wollten die Aktivisten die Rassentrennung aushebeln, indem sie als gemischtfarbige Gruppe an Imbissständen Platz nahmen, gemeinsam öffentliche Trinkbrunnen und den Personennahverkehr benutzten und sich vor Hotels setzten, die nur weißen Gästen vorbehalten waren, um mit ineinandergehakten Armen »We Shall Not Be Moved« zu singen. Stattdessen aber ging der Freedom-Bus in Flammen auf, halbstarke Highschoolkids stürmten die Imbissstände, stießen die Aktivisten von den Stühlen und prügelten sie krankenhausreif. Anschließend wurden sie an den Haaren auf den Bürgersteig gezerrt, von Hausfrauen und Passanten bespuckt und beschimpft und in einen Gefangenentransporter der Polizei geworfen. Man malträtierte sie mit elektrischen Viehtreibern, schlug sie mit Gummiknüppeln und sperrte sie in verwahrloste Ausnüchterungszellen. Einige von ihnen landeten sogar im Mississippi State Penitentiary, einem Hochsicherheitsgefängnis, das auch unter dem Namen Parchman Farm bekannt war.

»Die Besatzung unseres Busses bestand größtenteils aus Mittelklasse-Kids, die Südstaaten-Cops für Wesen aus einem Paul-Muni-Film hielten«, sagte Rie. »Man hatte uns beigebracht, wie man sich zu einem Ball zusammenrollt und den Kopf mit den Händen schützt, falls die Cops losknüppeln sollten. Niemand von uns glaubte allerdings, dass es wirklich so weit käme. Gewalt schien nicht viel mehr als eins von vielen Gesprächsthemen zu sein, über die man sich während der Busfahrt austauschte. Alle Welt war überzeugt davon, dass, sollte es wirklich brenzlig werden, Mister Saubermann auftauchen und uns mit einer Verfassung in der Hand rausboxen würde. Nachdem alles vorbei war, konnte ich zwar mit dem umgehen, was uns die Cops und die scheinbar von Regelschmerzen geplagten Hausfrauen angetan hatten, aber eine Szene blieb mir noch sehr, sehr lange im Gedächtnis. Es geschah am ersten Tag nach unserer Ankunft in McComb, als wir mit einem Sit-in im Café des Kaufhauses Penney's gegen die Diskriminierung von Farbigen protestieren wollten. Wir wurden von einem Kerl angegriffen, der dem Schwarzen neben mir einen Zuckerstreuer auf den Kopf schlug. Trotz der heftig blutenden Platzwunde schaute der Schwarze weiter nach vorne und versuchte, die Fassung zu bewahren und seinen Kopf gerade zu halten. Doch plötzlich kam ein blondes Mädchen von vielleicht siebzehn Jahren dazu, schraubte den Deckel eines Salzstreuers ab und schüttete ihm das Salz in die Wunde.«

Ich spürte, wie sich ihr Busen unter meiner Hand hob, und so zog ich sie an mich, drückte ihr Gesicht gegen meinen Hals und küsste ihr Haar. Die geschmeidigen Kurven ihres Rückens fühlten sich an wie die anmutigen Linien einer Statue, und als sie vom Kissen zu mir aufschaute und ich ihre mandelförmigen Augen und die leicht geöffneten Lippen sah, begann sich alles in meinem Kopf zu drehen, und die Flammen des Feuers in mir schlugen wieder höher.

Später frühstückten wir in einem rustikalen Café mit Holzwänden, in dem viele Farmer und Rancher mit ihren Familien saßen, die für den Gottesdienst in die Stadt gekommen waren. Anschließend fuhren wir im Licht der Morgensonne den Highway entlang in Richtung Pueblo Verde. Die Weiden waren noch vom Tau bedeckt, und die über die Hügel brechenden Strahlen der Sonne überzogen den Salbei und das kurze Gras an den Seiten des Highways mit einem lilafarbenen Dunstschleier. Der Geruch des Morgens, des Dickichts zwischen den Eichenbäumen und des aufgewühlten Bodens an den Viehtrögen unter den Westernmühlen erfüllte die Luft, und wenn der Wind drehte, konnte ich die Pferde und Rinder auf den Weiden und das brennende Hickoryholz in einer weit entfernten Räucherkammer riechen. Vom Golf trieben einige Wolken heran, und kurz darauf glitten großflächige Schatten über die Rinder und Bergkämme hinweg. Einen Augenblick lang glaubte ich, Regen in der Luft schmecken zu können, aber dann war der Himmel wieder klar, und der Asphalt des Highways erstrahlte im Licht der Sonne.

Für den Nachmittag war eine Versammlung der streikbereiten Gewerkschaftsmitglieder inklusive Barbecue an der katholischen Kirche im mexikanischen Viertel geplant. Rie hatte die Aufgabe erhalten, für den Transport derjenigen in den Wanderarbeiter-Camps zu sorgen, die kein Auto zur Verfügung hatten. Viele Farmarbeiter-Familien waren mit Bussen aus New Jersey, South Carolina und Florida in den Süden gekommen, und ihre Vorarbeiter, die Ernteverträge mit den Farmbesitzern abgeschlossen hatten, taten nichts, um der Gewerkschaft zu helfen, sondern weigerten sich teilweise sogar, Arbeiter mit Kontakt zu den Streikorganisatoren zum nächsten Ernteeinsatz mitzunehmen. Wir warteten auf der Veranda des Gewerkschaftshauses auf die anderen Fahrzeuge zum Transport der Arbeiter. Nach und nach trafen immer mehr klapprige Autos und Pick-ups ein. Schließlich setzten wir uns in Bewegung und rollten in einer langen, rasselnden Karawane aus einem Dutzend Fahrzeugen eine staubige Landstraße entlang zum ersten von drei Farmarbeiter-Camps.

Das Land war flach, ohne Bäume, und das Unkraut in den Straßengräben von einer Staubschicht überzogen. Das Camp selbst befand sich hinter einem Stacheldrahtzaun, an dessen Zedernholzpfählen Schilder mit krakeligen Buchstaben hingen:

UNBEFUGTEN IST DER ZUTRITT VERBOTEN!
ACHTUNG, BISSIGER HUND!
WOHNWAGEN FÜR FARBIGE

Die Gebäude im Camp waren aus Holz gezimmert, die Seitenwände der Hütten mit roter Teerpappe verkleidet. Die Fenster besaßen weder Scheiben noch Fliegengitter, und die Fensterläden waren mit groben Holzbalken aufgesperrt. Auf den Wellblechdächern funkelten die Sonnenstrahlen, von den Gemeinschaftstoiletten drang das Brummen der Fliegen herüber. Der Boden vor und zwischen den Hütten war vollkommen kahl und unbepflanzt und die staubige Campstraße von Kisten voller Müll und Unrat gesäumt. Nach jeder dritten Hütte ragte ein Wasserhahn aus dem Boden, an dem die Frauen Windeln auswuschen und Geschirr spülten. Rie zufolge schraubten die Betreiber des Camps oft die Griffe von den Hähnen ab, weil die Kinder das Wasser laufen ließen. Die Sanitäranlagen befanden sich in der Mitte des Camps, in einer grauen Betonkonstruktion ohne Türen oder Dach. Wenn man nah genug heranging, konnte man den feuchten Mief der Wände riechen, den Schimmel und den säuerlichen Gestank von stehendem Wasser, der vom Boden der Duschkabinen aufstieg.

Während Männer und Frauen mit Handtüchern über den Schultern und Zahnbürsten in den Mündern gemeinsam in dem Betonklotz verschwanden, spielten barfüßige Kinder in zerschlissener Kleidung auf dem kahlen Boden vor den Hütten, und abgemagerte Hunde mit durchhängenden Rücken und räudigem Fell streunten auf der Campstraße umher. Vor einem silberfarbenen Wohnwagen mit Klimaanlage unter dem Fenster und einem handgeschriebenen Schild mit der Aufschrift »OFFICE« über der Tür parkten vier klapprige Schulbusse mit kaputten Fenstern und Nummernschildern aus verschiedenen Bundesstaaten. Rie ging zu einer der Holzhütten und klopfte an die Tür. Ich lehnte mich derweil gegen meinen Wagen und zündete mir eine Zigarre an. Mexikanische Männer auf dem Weg zu den Duschen gingen an mir vorüber und schauten mich und den Cadillac an. Ich senkte den Blick und konzentrierte mich auf die Zigarrenspitze, da ich mich mit einem Mal so erbärmlich fühlte wie bei meiner Fahrt ins Staatsgefängnis, als ich Art besucht hatte. Wieder war ich in einen Ort eingedrungen, an dem selbst ein freundliches Nicken von mir und der Welt, die ich repräsentierte, wie eine Geste des Hochmuts wirkte.

Dann kamen ein paar Kinder und blieben wenige Meter vor mir stehen. Sie starrten mich an und schauten ins Innere des Wagens. Ihr schwarzes Haar war schlecht geschnitten und voller Stufen, ihre Knie und Ellbogen von Schmutz überzogen. Ein kleines Mädchen trug ein Kätzchen auf der Schulter, und ein Junge in abgeschnittener Latzhose hatte eine kaputte Spielzeugpistole in der Hand. Ich lächelte ihnen zu, aber ihre Gesichter blieben ohne Ausdruck. Ich beugte mich in den Wagen und schaltete das Radio ein, aber aus den Lautsprechern im Armaturenbrett kreischte nur die aufgebrachte Stimme eines fundamentalistischen Predigers.

»Geht ihr eigentlich auch in die Schule?«, sagte ich. *Großartige Frage, Holland. Hast du noch mehr solche Kracher auf Lager?*

Die schwarzen Augen der Kinder starrten mich schweigend an.

»Wir fahren heute Nachmittag zu einem Barbecue. Warum fragt ihr nicht eure Eltern, ob ihr mitkommen könnt?«

Das kleine Mädchen setzte das Katzenjunge auf den staubigen Boden und stupste es mit dem Fuß an. Die anderen starrten weiter auf diesen eigenartigen Fremden, der urplötzlich aus der Stratosphäre gefallen zu sein schien und dabei sehr wahrscheinlich auf dem Kopf gelandet war. Ich schaltete das Radio aus, schloss die Wagentür, schob meine Hände in die Gesäßtaschen meiner Khakihose und schaute ziellos durch die Gegend, um nicht in diese fragenden Kindergesichter sehen zu müssen. Hinter mir hörte ich Rie, die auf der Veranda der Holzhütte mit einer Frau sprach. Die Tür des silberfarbenen Trailers ging auf, und ein Mann mit einem aufgeblähten Bauch, der wie ein Eingeweidebruch unter seinem verdreckten T-Shirt hervorlugte, trat heraus und kam auf mich zu. Die Bluejeans des Mannes war unterhalb des Nabels zum Platzen gespannt, sein Bürstenschnitt in der lichter werdenden Mitte von Schweißperlen übersät und sein Hosenstall nur zur Hälfte geschlossen. Seine Schultern schienen zu schmal für seinen Kopf, seine Hose war am Gesäß ausgebeult, und dort, wo normalerweise der Hutsaum endete, verlief ein schuppiger, vom Sonnenbrand rot gefärbter Streifen auf der Haut. Er hatte graue Augen, die in schnellem Wechsel zwischen mir und dem Cadillac hin- und herschwenkten. Ich nahm die Zigarre aus dem Mund und nickte ihm zu.

»Guten Tag, Sir. Wie geht's?«, sagte er.

»Ziemlich gut, und selbst?«

»Ist 'n schöner Tag heute. Kann mich nicht beklagen.« Er rieb sich mit der Hand über die beleibte Hüfte und fixierte einen Punkt über meiner Schulter. »Ich leite hier das Büro und helfe den Besuchern. Manchmal suchen die nämlich irgendwelche Arbeiter und können sie partout nicht finden. Für solche Fälle hab ich 'ne Liste mit den Nummern der Hütten in meinem Trailer.«

»Verstehe. Wir sind aber nur hier, um ein paar Leute zur Kirche zu fahren.«

Er zog einen kalten Zigarrenstummel aus der Tasche und steckte ihn sich in den Mund. Dann senkte er den Kopf, schabte mit dem Fuß im Staub und rollte das ausgefranste Ende der Zigarre zwischen seinen feuchten Lippen hin und her.

»Ist nämlich so: Das Land hier gehört ein paar Getränkefabrikanten, und die wollen nicht, dass Hinz und Kunz hier rumläuft. Mir ist das egal, aber manchmal kommen diese

Agitatoren von der Gewerkschaft her und versuchen die Mexikaner und die Farbigen aufzuhetzen, damit sie die Ernte boykottieren. Und ich soll eben aufpassen, dass solche Leute hier nicht einfach so durch die Gegend laufen«, sagte er. »Man muss sich bloß mal diese Mexikanerin da vorn auf der Veranda anschauen: Vor zwei Wochen ist ihr der Mann davongelaufen, und jetzt sitzt sie allein mit den fünf Kindern da. Die kann es sich nicht leisten, auch nur einen Arbeitstag zu verpassen, weil einer dieser Gewerkschaftsfuzzis sie nicht aufs Feld lässt.«

Während Rie ein paar Kinder und zwei groß gewachsene schwarze Frauen zum Cadillac brachte, unterhielt ich mich weiter mit dem dicken Mann aus dem Trailer.

»Nun, wie ich schon sagte, wir wollen zur Kirche, da gibt es heute ein Barbecue. Ich denke nicht, dass Ihre Arbeitgeber irgendetwas dagegen einzuwenden hätten. Kann ich Ihnen vielleicht eine von meinen Zigarren anbieten?«

»Wissen Sie, ich hab nichts gegen irgendeine Religion oder eine bestimmte Gruppe von Menschen oder so. Aber in der Kirche soll's 'nen Pfarrer geben, der den Mexikanern was von Kommonismus oder so was Ähnliches predigt, und ich sag Ihnen, das bringt nichts weiter als jede Menge eingeschlagener Schädel und 'nen Haufen Leute ohne Gehaltsscheck. Gott ist mein Zeuge, Sir, ich sag Ihnen nur, wie es ist. Mir macht das nichts. Ich hab meinen Trailer, und ich krieg mein Gehalt, egal, ob die arbeiten oder nicht. Aber ich seh's auch nicht gern, wenn die ihre Jobs verlieren und aus den Hütten geschmissen werden, nur weil sie auf Leute hören, die ihnen mit Gewerkschaftsbeiträgen das Geld aus der Tasche ziehen, während die Zitrusfrüchte an den Bäumen verdorren.«

»Stimmt, das ist nicht richtig. Hören Sie, ich hab noch

etwas Jack Daniel's in meinem Flachmann. Vielleicht haben Sie ja Interesse an einem kleinen Umtrunk und einer frischen Zigarre, bevor wir uns auf den Weg machen?«

»Nein, Sir, ich arbeite doch gerade. Aber heute Abend, wenn Sie zurückkommen, klopfen Sie an meinem Trailer. Ich geb Ihnen 'nen Whiskey aus, und wir zischen ein paar Bier hinterher.«

»Danke für die Einladung. Da komm ich gerne.«

»Jawohl, Sir, so machen wir's. Einfach am Trailer klopfen, okay?«

Ich steuerte den Wagen durch das mit Stacheldraht bewehrte Tor, fuhr auf die unbefestigte Straße, vorbei an den Reihen immer gleicher Holzhütten mit ihren blitzenden Wellblechdächern, und sah im Rückspiegel die Staubwolken aufsteigen.

»Du solltest für uns die Öffentlichkeitsarbeit übernehmen, du Süßholzraspler«, sagte Rie und warf mir über die Köpfe der zwischen uns sitzenden Kinder hinweg ein Lächeln zu.

Die katholische Kirche hatte eine weiß geputzte Fassade und war von Eichen und Paternosterbäumen umgeben. Neben dem Gebäude parkten Pick-ups und eine Handvoll Rostlauben. Schwarze, mexikanische und auch ein paar weiße Familien hatten es sich vor der Kirche auf Klappstühlen gemütlich gemacht und aßen Grillhühnchen von Papptellern. Ihre von Hand gestärkte Kleidung war von der Sonne ausgebleicht, und die Frauen trugen größtenteils aus Futtersäcken genähte Kleider mit Blumenmustern. Am Grill stand ein Priester mit hochgekrempelten Ärmeln und wendete die Hühnchen auf dem Rost, während der Schwarze aus dem Gewerkschaftshaus Bierflaschen aus einer mit Eiswürfeln gefüllten Mülltonne zog und unter den Anwesenden verteilte. Ich parkte den Wagen im Schatten einer Pfahleiche. Kaum waren wir ausgestiegen, liefen die Kinder über den Rasen davon und bewarfen sich mit den Beeren der Paternosterbäume. Wenige Minuten später waren ihre frisch gewaschenen Latzhosen und Karohemden fleckig von der weißen, klebrigen Milch der Beeren.

»Komm mit. Ich möchte dir diesen verrückten Pfarrer vorstellen«, sagte Rie.

»Besser nicht. Ich habe mich noch nie gut mit Geistlichen verstanden.«

»Warte, bis du mit dem Mann gesprochen hast. Er ist kein gewöhnlicher Pfarrer.«

»Lassen wir das lieber.«

»Hack, deine Vorurteile stehen dir wirklich auf der Stirn geschrieben.«

»So ist das nun mal, wenn man in einer Baptistenfamilie aufwächst. Da lernt man, dass eines Tages der Antichrist aus Rom mit seinem U-Boot über den Atlantik kommt und in DeWitt County einreitet.«

»Meine Güte!«, sagte sie.

»Du bist wohl nie in einem großen Zelt zum Gottesdienst gegangen, in dem der Boden mit Sägespänen bedeckt war, oder?«

»Diese Art von Gottesdienst, wo Kisten voller Giftschlangen am vorderen Ende des Mittelgangs stehen?«

»Genau diese Art von Gottesdienst«, sagte ich.

»Wow. Du kommst echt aus einer bizarren Welt.« Sie nahm meine Hand und führte mich über den Rasen zur Grillstelle.

Hinter dem Pfarrer und dem Schwarzen stand ein Tisch, an dem zwei Mexikaner mit Gitarren saßen. Mit ihren flachen, indianischen Gesichtern und den in die Stirn gezogenen Strohhüten sahen die beiden aus wie Brüder. Ihre Finger huschten über die Saiten, und die auf die Fingerspitzen aufgesteckten Metallpicks glitzerten in der Sonne.

»Na, wie läuft's, mein Whiskey-Bruder?«, sagte der Schwarze. Seine Augen waren gerötet, ob vom Kater oder vom Beginn eines neuen Rausches, konnte ich nicht sagen, und sein Atem roch nach Alkohol und Kautabak. Er hebelte den Kronkorken von einer mit Eistropfen überzogenen Flasche Lone Star und reichte sie mir. Der Schaum lief an der Seite herunter und über meine Hand.

»Ich hab noch einen Flachmann mit Whiskey im Wagen, falls dir der Qualm vom Grill irgendwann zu viel wird«, sagte ich, und als ich auf seinen blank polierten Schädel schaute und mich an den Ausdruck der Demütigung erinnerte, den ich vor Kurzem in seinem Gesicht gesehen hatte, fiel mir auf, dass ich ihn nie nach seinem Namen gefragt hatte.

»Schon in Ordnung, Kumpel«, sagte er. »Getrunken wird am Samstag. Am Sonntag genieß ich lieber die Sonne mit diesen feinen Kirchenleuten hier.«

Der Pfarrer sah aus wie ein Hafenarbeiter. Seine dicken Arme waren von schwarzem Haar bedeckt, in seinem breiten irischen Gesicht prangte eine Nase so groß und breit wie die von Babe Ruth, und unter seinem weißen Hemd ließen sich ein breiter Nacken und kräftige Schultern erahnen. Seine schwarzen Augen waren lebendig, und als Rie uns einander vorstellte, hatte ich das Gefühl, dass dieser Mann vor seiner Berufung als Pfarrer schon einer Reihe anderer Beschäftigungen nachgegangen war.

»Sie haben den Antrag für Arts Berufungsverfahren gestellt, nicht wahr?«, sagte er.

»Ja, das war ich.« Ich zog eine Zigarre aus der Hosentasche und riss die Folie ab.

»Seine Familie ist Ihnen sehr dankbar dafür. Der Rest von uns natürlich auch.«

»Ich kannte ihn aus der Armeezeit«, sagte ich.

»Das hat er mir erzählt. Ich habe ihn noch mal besucht, bevor er nach Huntsville musste.«

Ich biss das Ende meiner Zigarre ab und schaute zu den klapprigen Autos und Pick-ups, die in der Sonne schimmerten. Über uns, in den Zweigen des Paternosterbaums, stritten sich gerade zwei Blauhäher, und ich fragte mich, warum alle Geistlichen immer so gottverdammt einnehmend und offen sein mussten.

»Sind Sie schon lange hier, Reverend?«

»Drei Monate, aber ich werde im September versetzt, nach Salt Lake City.«

»Er ist der Kirche liebster Pingpong-Ball«, sagte Rie und lachte. »Fünf Gemeinden in sechs Jahren. Erst ist er in New Orleans rausgeflogen, danach in Compton, Kalifornien und im Pima-Reservat in Arizona. Jetzt schicken sie ihn zu den Mormonen, was sicher ein richtiger Brüller wird.«

»Keine sonderlich schmeichelhafte Zusammenfassung«, sagte der Pfarrer.

»Aber täusch dich nicht, Hack. Das ist nämlich der Mann, der bei der Integration der Grundschulen in New Orleans die schwarzen Kids durch den Mob hindurch in die Schulgebäude gebracht und die Kleinen vor kreischenden Hausfrauen und gemeinen Schlägertypen beschützt hat. Außerdem hat er einen Cop im Schuleingang umgestoßen und in einer schwarzen Kirche im Plaquemines Parish die Messe gehalten, während vor der Tür der Klan aufmarschiert ist und Holzkreuze abgefackelt hat.«

»Rie neigt gelegentlich zu Übertreibungen, Mr. Holland.«

»Da habe ich andere Erfahrungen, Reverend. Meist ist sie sehr genau in ihren Schilderungen«, sagte ich.

»Nun, jedenfalls war es nicht so dramatisch. Ein bisschen Geschubse hier, ein bisschen Geschiebe da und ein paar festgenommene Trucker, die mehr von dem heißblütigen Temperament ihrer Irischen Vorfahren in sich trugen, als sie vielleicht verdient hätten.«

Er füllte zwei Pappteller mit Hähnchen, Dirty Rice und Knoblauchbrot und reichte sie uns. An seinen Fingerknöcheln waren kleine Narben zu sehen, seine Fäuste und Unterarme waren so dick und hart wie Holzplanken. Er roch nach dem Rauch der Hickoryäste im Feuer, und zwischen dem lichten Haar auf seinem Schädel glänzte im gescheckten Schatten der Schweiß. Rie hatte recht, er war ein außergewöhnlicher Mann. Ich erinnerte mich an die Fernsehberichte über den Pfarrer, einen ehemaligen Militärseelsorger bei den Fallschirmspringern, der 1961 eine Gruppe verängstigter schwarzer Kinder vom Schulbus abgeholt und durch eine Meute spuckender und schimpfender Weißer geführt hatte, die den Eingang zu einer Grundschule in New Orleans blockierten. Und ich erinnerte mich auch an die kurze Sequenz, in der zu sehen war, wie er sich vier riesigen Kerlen entgegenstellte, die die Kinder auf den Eingangstreppen zur Schule mit Bier bespritzt hatten.

Wir setzten uns in den Schatten, aßen von unseren Papptellern und tranken Lone Star. Die beiden Mexikaner sangen Lieder über Untreue, ihre Liebe zu Bauernmädchen in heißen mexikanischen Dörfern und Villas Überfall auf einen mit Maschinengewehren bestückten Zug der Federales. Die Kinder hatten hinter den Klappstuhlreihen kleine Forts errichtet, und nun tobte ein wildes Gefecht, bei dem die Beeren der Paternosterbäume als Geschosse dienten und an den Stuhllehnen zerplatzten. Eines der Kinder schien Geburtstag zu haben. Der Schwarze kletterte an einem der Eichenbäume hinauf, band eine mit Süßigkeiten gefüllte Piñata an ein Stück Wäscheleine und hängte sie an einen der Äste. Dann ließ er die Kinder der Größe nach antreten, drückte dem ersten einen abgesägten Besenstil in die Hand, mit dem die Kleinen, einer nach dem anderen, nun auf das aus Pappe und Krepppapier gebastelte Piñata-Pferd einschlugen. Mit jedem Schlag drehte sich die Figur wilder im Halbschatten unter der Eiche, worauf sie schließlich zerbarst und die begehrten Bonbons auf die Kinder herunterregneten. Ich lieh mir von einem der Musiker die Gitarre aus und fuhr mit den Fingern über die Saiten. Das Schallloch war mit einem indianischen Muster verziert, und auf der Decke des Instruments hatten die Metallpicks an den Fingern des Besitzers tiefe Kratzer hinterlassen.

»Na los, wir wollen ›Boil Them Cabbage Down‹ hören«, sagte Rie, aber es fühlte sich nicht richtig an, vor einem Geistlichen derart triviale Lieder zu singen.

»Nüchtern bin ich nicht sonderlich gut. Ein Landei wie ich muss sich vor dem Spielen erst in Stimmung bringen«, sagte ich.

»Na los, mach schon«, sagte sie, und ihre Augen füllten sich mit diesem wundervollen Strahlen, das sie immer dann annahmen, wenn sie besonders glücklich war.

Ich stimmte die Gitarre auf D und spielte einen Lauf von Jimmie Rodgers bis zum unteren Ende des Griffbretts, und während der Schwarze noch ein paar Flaschen Lone Star öffnete und sich die Kinder im Gras um die Süßigkeiten rauften, ging ich in einen alten Song von Woody Guthrie und Cisco Houston über.

Ezekiel saw the wheel a-whirling
Way up in the middle of the air.

Später stellten die Männer vom Streikkomitee in der Sonne zwei lange Tische und ein paar Bänke zusammen und setzten sich in die gleißende Hitze. Der Schweiß lief unter ihren Strohhüten und über ihre Gesichter, und sie hatten die braunen Unterarme auf dem heißen Holz der Tische abgelegt, als ließe es sich in der brennenden Sonne ebenso gut aushalten wie im nur wenige Meter entfernten Schatten der Bäume. Die warmen Bierflaschen in ihren Händen strahlten bernsteinfarben im Licht, während sie mit ruhigen und aufmerksamen Gesichtern Ries Ausführungen lauschten. Rie sprach auf Spanisch, die Stimme gleichmäßig und unaufgeregt, und schaute dabei auf die Männer, die in zwei Reihen an dem Tisch saßen. Mein Tex-Mex-Spanisch war zwar gut genug, um den Großteil dessen zu verstehen, was sie sagte, aber ich merkte ziemlich schnell, dass sie die Sprache derer sprach, die in den armseligen Hütten auf der anderen Seite meiner Weidezäune zu Hause waren. Ich lehnte mich gegen einen Eichenbaum, schaute durch meine Sonnenbrille zu Rie und den Männern hinüber, nippte an meinem Bier und musste an Arts Worte denken, an seine Beschreibung des Anglos, der in seinem Cadillac den Highway entlangrast, dem nächsten Holiday Inn entgegen, und keine Ahnung von der Welt hinter den bunten Billboards hat, die am Straßenrand aufblitzen – ganz so, als würde er durch ein Kaleidoskop blicken. *Darauf noch ein Bier, Holland!*, dachte ich. *Und vielleicht polierst du mal dein Spanisch auf.*

Am späten Nachmittag endete das Barbecue. Es war immer noch heiß, und vom Golf wehte ein trockener Wind herüber.

Staubteufel erhoben sich von der unbefestigten Straße und wirbelten über die Felder davon. Zusammen mit den Kindern und den zwei schwarzen Frauen stiegen wir in den Wagen und machten uns auf den Rückweg zum Farmarbeiter-Camp. Die mit Dachpappe verkleideten Hütten schienen in der Hitze zu glühen, und mein Freund, der Camp-Manager, stand mit einem Gartenschlauch vor seinem Trailer und sprenkelte die staubige Straße. Seine Kleidung war noch schmutziger als am Vormittag, und sein Gesicht strahlte rot vom Whiskey. Er drehte das Wasser ab und kam zu meinem Wagen. Das Fett an seinem tonnenförmigen Bauch wölbte sich unter dem T-Shirt hervor, und sein Körpergeruch war so intensiv, dass ich die Tür zur Hälfte öffnete, um ihn auf Abstand zu halten.

»Heute Nachmittag war ein Deputy Sheriff hier und hat mir gesteckt, dass Sie mit den Gewerkschaftsfuzzis unter einer Decke stecken.«

»Da muss eine Verwechslung vorliegen.« Ich schaute zu Rie hinüber, die auf der Veranda vor einer der Hütten stand.

»Er kannte Ihren Wagentyp und hat Sie ganz genau beschrieben. Sogar die Zigarren hat er erwähnt.«

»Was hat er sonst noch gesagt?«

»Dass er Ihren Arsch in den Knast verfrachten wird, hat er gesagt. Und wo wir gerade dabei sind, sag ich Ihnen auch noch was, Kumpel: Sie trauen sich ganz schön was, hier aufzulaufen und mir diesen Scheiß aufzutischen, von wegen Barbecue an der Kirche und was weiß ich nicht noch alles. Ich kann's nicht ausstehen, wenn man mich anlügt, und für Leute, die mir das Leben schwer machen wollen, hab ich einen Baseballschläger in meinem Trailer.«

Ich biss in das nassweiche Ende meiner Zigarre und zog langsam die Wagentür zu. Ich merkte, wie sich der Ärger in meiner Brust sammelte und das Blut in meinen Schläfen zu pulsieren begann, und schaute geradeaus auf die Sonnenstrahlen, die auf den silberfarbenen Trailer hinunterbrannten. Der Zigarrenqualm kratzte mir im Hals, und ich musste husten. Mit dem Finger zupfte ich mir einen Tabakfaden von der Lippe.

»Verstehe, Sir. Wir machen uns in ein paar Minuten auf den Weg«, sagte ich.

»Ein paar Minuten? Sie pfeifen jetzt sofort Ihre braungebrutzelte Tijuana-Schluse da von der Veranda runter und machen sich vom Acker.«

Mit einem kräftigen Ruck stieß ich ihm die Wagentür gegen seine Knie und seinen Bauch und schaute ihm ins Gesicht.

»Vorsicht, Kumpel, eigentlich waren das schon zwei Kommentare zu viel«, sagte ich. »Noch so eine Bemerkung, und Sie kriegen Probleme, die Sie Ihrem schlimmsten Feind nicht an den Hals wünschen. Und falls Sie immer noch über den Baseballschläger nachdenken, sollten Sie sich vielleicht erst mal eine Apfelkiste besorgen, damit wir auf Augenhöhe sind.«

Dem Ausdruck in seinem roten Gesicht zufolge wusste er nicht, ob er zurückpöbeln oder Angst haben sollte, und in den Brauen über seinen bleigrauen Augen glänzte der Schweiß.

»Das ist unbefugtes Betreten, was Sie hier machen. Ich ruf jetzt den Sheriff an«, sagte er und schlurfte durch den Staub zurück zu seinem Trailer.

Rie stieg wieder zu mir in den Wagen. Ich rollte die Fenster hoch und drehte den Regler der Klimaanlage auf, so weit es ging. Dann fuhren wir durch das Tor des Camps hinaus und folgten der Landstraße in Richtung Stadt. Am Himmel kreisten ein paar Truthahngeier im Wind, die Sonne brannte weiß wie eine chemische Flamme. Unter dem Cadillac klickten die Kieselsteine gegen das Bodenblech, und hinter dem Wagen stiegen Wolken feinen Alkalistaubs auf.

»Hey, Lone Ranger, ruhig bleiben, okay?«, sagte Rie.

»Ich bin mein ganzes Leben lang ruhig geblieben. Aber irgendwann ist damit mal Schluss. Dann poliere ich einem dieser Kerle so heftig die Visage, dass er sich für sehr lange Zeit nicht mehr im Spiegel sehen mag.«

Sie legte ihre Hand auf meinen Arm. »Sprich nicht so. Das passt nicht zu dir, Hack.«

»Glaub mir, ich habe wirklich die Schnauze voll von diesen Rednecks, die mit Baseballschlägern auf mich losgehen wollen.«

»Hey, was ist mit dem Süßholzraspler passiert, der unsere Öffentlichkeitsarbeit machen sollte?«, sagte Rie. »Was hat der Kerl eigentlich gesagt?«

»Nichts. Er hat die Brausefabrikanten verteidigt.«

»Ich glaube, er hat dich an einem wunden Punkt erwischt.«

»Ach, vergessen wir das lieber. Bei Leuten mit zu viel Kautabak im Mund reißt mir halt hin und wieder der Geduldsfaden.«

»Ich habe nur etwas mit Tijuana verstanden. Was genau hat er gesagt?«

»Pass auf, Rie, ich wurde von einem eigenartigen Kerl aus den Südstaaten aufgezogen, der jede Art von Zorn oder Wut für ein Vergehen gegen irgendein edles Prinzip hielt. Deshalb drehe ich jedes Mal, wenn die Flammen hochschlagen, das Gas runter. Aber manchmal stehe ich danach eben mit einem abgebrochenen Regler in der Hand da.«

»Was genau hat er gesagt?«

Aus der Klimaanlage tropfte Wasser.

»Ein Kerl wie der sagt nicht unbedingt etwas, wenn er den Mund aufmacht«, sagte ich. »Der hat eine Art Schrottplatz im Schädel, aus dem er ab und an zusammenhanglose Wörter hervorkramt.«

»Raus mit der Sprache, Hack.«

»Es war eine rassistische Bemerkung.«

»Und das hat dich so zornig gemacht?«

Ich spürte, wie mein Herz plötzlich schneller schlug, weil wir beide nun wussten, warum er mich derart aus der Reserve hatte locken können.

»Es stimmt, diese Scheiße umgibt mich schon mein ganzes Leben, und vielleicht stehe ich doch nicht so souverän über diesem Mist, wie ich immer dachte. Wäre ich einer dieser coolen Großstadtanwälte, die das Wort *Liberaler* auf der Stirn tätowiert tragen, hätte ich nur gegähnt und das Fenster hochgekurbelt. Aber ich war noch nie in der Lage, derart distanziert mit Menschen umzugehen, und dieser Kerl hat den Finger in die Wunde gelegt.«

Durch den Luftstrahl des Armaturenbretts fühlte sich der Schweiß auf meinem Gesicht kalt an. Ich schaute geradeaus auf die weiße Straße und wartete darauf, dass Rie etwas sagen würde. Stattdessen aber schmiegte sie sich an mich und küsste mich hinter dem Ohr.

»Verdammt noch mal, du bist wirklich ein großartiger Mensch, Rie«, sagte ich und machte einen ungewollten Schlenker auf den Seitenstreifen, als ich sie noch näher an mich drückte.

»Lass uns zum Haus fahren«, sagte sie, schob ihre Hand unter mein Hemd und streichelte mit den Fingern an meinem Gürtel entlang.

»Was ist mit den Collegekids und dem Schwarzen?«

»Ich habe ihnen schon gesagt, dass sie sich heute Nachmittag allein beschäftigen müssen.«

Sie blickte mit freudestrahlenden Augen zu mir auf, und ich fragte mich, wie viel Wunderbares es wohl noch an ihr zu entdecken gab.

In der Stadt kaufte ich eine Flasche Cold Duck, anschließend fuhren wir auf der holprigen Straße durch das mexikanische Viertel zum Gewerkschaftsquartier. Aus der Bierkneipe drang der Lärm bis auf die Straße, dicke Frauen saßen auf den Veranden der heruntergekommenen Häuser und fächelten sich unentwegt frische Luft zu. Rie ging durch den Garten voran zum Haus und hob mit den Fingerspitzen das an ihrem Busen klebende Hemd an. Das rostige Dr. Pepper-Thermometer an der Veranda zeigte einundvierzig Grad an, und der Himmel strahlte so heiß und blau, dass eine Wolke wie ein hässlicher Kratzer gewirkt hätte. Als Rie die Fliegengittertür öffnete, fiel ihr ein im Türrahmen eingeklemmter gelber Umschlag vor die Füße.

»Hey, Buddy, sieht so aus, als hätte dich jemand aufgespürt«, sagte sie.

Ich stellte die schwere Weinflasche auf dem Verandageländer ab und riss den Umschlag mit den Fingern auf. Im Schatten des Gebäudes summten die Fliegen.

Wo zum Teufel steckst du? Musste gestern Abend die Rede in San Antonio absagen. Senator hat drei Mal angerufen. Verisa sehr besorgt. Willst du aussteigen, Hack?

Bailey.

Rie hatte sich mit dem Rücken gegen das Fliegengitter gelehnt und schaute mich schweigend an.

»Nur mein gottverdammter Bruder, dem sein Magengeschwür zu schaffen macht«, sagte ich.

»Was ist los?«

»Offenbar hätte ich gestern Abend eine Rede halten sollen, im Lions Club oder bei den Rotariern oder so.«

»Ist das alles?« Ihre ruhigen Augen fixierten mein Gesicht.

»Bailey glaubt, dass ein Affront gegen die texanische Geschäftswelt gleichbedeutend mit dem Ausbruch des Dritten Weltkrieges ist.« Ich faltete das Telegramm und steckte es in meine Hemdtasche. »Wahrscheinlich schluckt er gerade eine Beruhigungspille nach der anderen. Habt ihr ein Telefon?«

»In der Bierkneipe gibt es eins.«

»Ich bin in ein paar Minuten wieder da. Stell doch den Schaumwein so lange in den Eisschrank.«

»Mach ich.«

»Ich will nicht, dass dem armen Kerl ausgerechnet an einem Sonntag die Magenschleimhaut reißt.«

»Geh schon. Ich warte hier.«

Ich ging in der heißen Sonne die Straße hinunter zur Bierkneipe. Drinnen drängten sich mexikanische Farmarbeiter und Zedernholzfäller an der Theke, auf der Tanzfläche wirbelten Paare umher, die ab und an gegen die Jukebox stießen, und auf dem abgewetzten Grün der alten Billardtische krachten die Kugeln gegeneinander. Unter der Decke hing Zigarettenqualm. Ich ging zum Münzfernsprecher an der Wand, rief per R-Gespräch unseren Anschluss auf der Ranch an und beugte mich nach vorn gegen die Mauer, weg vom Lärm hinter mir. Baileys Stimme erklang am anderen Ende der Leitung.

»Wo bist du?«, sagte er.

»Auf einer Bowlingbahn. Wonach hört es sich denn an?«

»Ich meine, in welchem Ort bist du?«

»Da, wo du das Telegramm hingeschickt hast, in Pueblo Verde. Was zum Teufel machst du überhaupt auf der Ranch?«

»Verisa ist sehr schlecht gelaunt. Besser, du kommst nach Hause.«

»Was soll der Scheiß, Bailey? Du weißt genau, warum ich am Freitag aufbrechen musste.«

»Der Senator war nicht sehr nett zu ihr, als er hier anrief. Vielleicht haben wir es alle einfach langsam satt, dass du nicht zu deinen Terminen erscheinst. Das Bankett wurde um eine ganze Stunde aufgeschoben, weil die Leute auf dich gewartet haben. Dann haben die Organisatoren unseren Telefonservice angerufen, und ich musste um zehn Uhr abends nach San Antonio fahren, um dich zu entschuldigen.«

»Pass auf, du hast diesen Mist eingefädelt, ohne mich vorher zu fragen. Als ich am Freitag aus Austin losgefahren bin, wusstest du, dass ich an diesem Wochenende nicht mehr zurückkommen würde. Wenn du jetzt einen Schuldigen für dieses verkorkste Event suchst, dann schau bitte mal in den Spiegel, Kumpel. Und dem Senator kannst du ausrichten, er soll mich hier oder im Motel anrufen, falls er noch mal unfreundlich zu jemandem sein will.«

»Warum führst du dich so auf, Hack? Du hast doch ein unglaubliches Blatt auf der Hand.«

Ein betrunkenes Pärchen stolperte von der Tanzfläche und rempelte mich an. Als ich mich umdrehte, winkten sie mir mit einem entschuldigenden Lächeln zu und verschwanden schunkelnd wieder im Lärm der anderen Tanzenden.

»Ich will einfach nur ein freies Wochenende, gottverdammt. Ohne Migräneattacken, Kiwanis und Telegramme«, sagte ich.

»In ein paar Tagen bin ich wieder in der Kanzlei. Wenn es dir so gefällt, kannst du in der Zwischenzeit ja noch ein paar Termine mit diesen Wohltätigkeitsheinis ausmachen – aber dieses Mal für dich allein.«

Doch Bailey war schon nicht mehr am Telefon.

»Hack?«, sagte Verisa.

»Yeah«, antwortete ich und schloss die Augen, als ich ihre Stimme hörte.

»Ich werde mich kurzfassen. In Houston habe ich dich gewarnt, was ich tun würde, wenn du uns diese Chance vermasselst. Ich habe jetzt genug, um vor Gericht zu gewinnen und dich komplett leer ausgehen zu lassen. Das Haus, das Land, der Hauptanteil der Ölquellen – alles meins. Und dann kannst du noch mal bei null anfangen, als Alkoholiker mit eigener Kanzlei.«

Ich holte Luft und wartete einen Moment, um ihre Worte sacken zu lassen.

»Ich weiß, ich hätte dich anrufen sollen, aber ich hatte keine Zeit«, sagte ich ruhig. »Ich dachte, Bailey würde dir erzählen, warum ich hier runterfahren musste.«

»Oh mein Gott. Das ist nicht dein Ernst, oder?«

Ich wollte antworten, schaute stattdessen aber auf die tanzenden Menschen vor mir.

»Warum sollte Bailey mir von dieser Sache erzählen müssen?«, sagte sie. »Das ist doch bizarr! Ist dein Bruder auf einmal für alle unangenehmen Ehepflichten zuständig? Dass er dich gestern Abend entschuldigen musste, war doch schon beschämend genug.«

»Ehrlich gesagt, habe ich langsam genug von Leuten, die mich erst scheibchenweise verhökern und mir dann erzählen, wie sehr sie sich doch für mich schämen. Wie kommt es eigentlich, dass sich nie jemand aufregt, wenn ich unterwegs bin, um zahlungskräftige Mandanten zu treffen? Säße ich nicht gerade am Fall eines mexikanischen Farmarbeiters – und da gehe ich jede Wette ein –, hätten sich bei einigen Leuten ganz bestimmt noch nicht die Eierstöcke so sehr verknotet, dass sie ein derartiges Theater aufführen.«

Ich konnte sie am anderen Ende der Leitung atmen hören. »Du Scheißkerl.«

Ich hängte den Hörer langsam auf die Gabel und ging raus ins Licht der Sonne. Die Straße schimmerte in der Hitze, und in meinem Kopf hallte noch der Lärm der Jukebox und Verisas Stimme. Mit schweißnassen Händen zündete ich mir eine Zigarre an und stellte mir vor, wie sie gerade mit ihrer verkümmerten Wut kämpfte. *Armer alter Bailey,* dachte ich. Wahrscheinlich blieb er den Rest des Abends auf der Ranch und versuchte, Verisa mit leisen Worten zu beschwichtigen, während sie mit ihren Blicken Löcher in die Wände brannte. Danach würde er, ohne einen Gedanken an mich oder meine Wünsche zu verschwenden, über die Umwege und Seitenstraßen nachgrübeln, über die ich trotz allem noch zu einem Wahlerfolg im November gelangen könnte. Und während er mit entkoffeiniertem Kaffee die Tabletten gegen sein Magengeschwür herunterspülte, würde er über all die Alternativen und Möglichkeiten nachsinnen und darüber irgendwann vergessen, dass Verisa auch noch anwesend war. Vielleicht rief aber auch der Senator noch einmal an. Ihre Gesichter würden sich anspannen und mit einem Ausdruck der Angst füllen. Und dann würden sich ihre Blicke über den Küchentisch hinweg ineinander verkeilen, während Bailey dem Senator mein ernsthaftes Interesse hinsichtlich der Kampagne versicherte und mein tiefes Bedauern über das geplatzte Event bei den

Kiwanis (oder wem auch immer) ausrichtete. Anschließend würden beide darüber nachgrübeln, ob wir es jemals auf die Insel der Macht schafften, diese aus Marmor und Grünanlagen geformte Schaltzentrale des Landes, wo die Menschen diesen kleinen goldenen Schlüssel in der Westentasche trugen.

Rie saß auf der Treppe vor dem Haus, den Rücken gegen das Verandageländer gelehnt und ein Bein an ihren Oberkörper herangezogen. Sie hatte sich umgezogen und trug nun eine abgetragene weiße Matrosenhose, an der hinten die Kordeln herunterbaumelten, und ein mit Rosenmotiven bedrucktes Seidenhemd. Im Schatten des Hauses sah sie aus wie eine dunkle Skulptur, kühl und wunderschön. Neben ihrem Fuß standen eine noch nicht geöffnete Dose Lone Star und ein großes Glas. Mein Hemd war so nass, dass es mir an den Schultern klebte, und die Gläser meiner Sonnenbrille waren von einem Schweißfilm überzogen.

»Du siehst aus wie Tom Joad, der sich gerade aus der Dust Bowl gekämpft hat«, sagte sie. »Vielleicht gönnst du dir erst mal eins von denen hier.«

Ich setzte mich neben sie und öffnete das Lone Star. Das Blech der Dose fühlte sich kühl in meiner Hand an. Der Schaum stieg schnell im Glas nach oben und lief über den Rand. Ich setzte die Brille ab und wischte mir Schweiß und Staub aus den Augen, vermied es aber, ihr ins Gesicht zu blicken. Stattdessen schaute ich auf einen Ameisenhaufen am Wegesrand, den ein tiefer Fußabdruck, nun überzogen von einem Schwarm wild durcheinanderwimmelnder Ameisen, deformiert hatte.

»Alles in Ordnung zu Hause?«, sagte sie.

»Yeah.« Ich nahm einen Schluck vom Bier und kniff wegen des hellen Lichts die Augen zusammen. »Ich werde Bailey zu

Weihnachten eine Lobotomie schenken. Vielleicht auch eine Flasche Alaun und ein großes Glas. Der Mann ist wirklich unerträglich. Ein paar Sätze mit ihm, und all das Schlechte in mir kommt an die Oberfläche.«

Ich hörte, wie sie eine Zigarettenschachtel aus der Hemdtasche zog und sie öffnete.

»Eigentlich ist er kein schlechter Kerl, aber manchmal unheimlich begriffsstutzig.«

»Hack, du musst mir nicht davon erzählen.«

»Und warum tue ich es trotzdem?«

»Hör zu, mir ist es egal, zu welcher Welt du gehörst, wenn du nicht hier bist.«

Ich schaute in ihr ruhiges, wunderschönes Gesicht.

»Ich liebe es, mit dir Angelausflüge zu machen und mir deine verrückten Geschichten über Indianergräber anzuhören«, sagte sie. »Aber ich würde dich nie über irgendetwas in Austin ausfragen.«

Ich griff nach der Zigarette in ihrer Hand, nahm einen Zug und schaute zu den Bäumen entlang der Straße hinauf, deren grüne Laubdächer reglos in der Hitze brüteten.

»Ich habe den Schaumwein in den Eisschrank gestellt«, sagte sie.

»Vielleicht sollten wir reingehen und etwas davon trinken«, sagte ich. »Was meinst du, Hübsche?«

Sie lächelte mich an, ihre Augen wieder von Licht durchflutet, und wir gingen nach hinten und öffneten die große, dunkle Flasche. Ich schabte Eis vom Block im oberen Fach des Eisschranks, füllte eine Schale damit und stellte sie vor den Ventilator im Schlafzimmer, sodass ein kühler Luftstrom über das Bett zog. Die gelbe Sonne brannte auf die Jalousien herunter, und auf der anderen Seite des Flusses brüllte ein im Uferschlamm stecken gebliebenes Kalb nach seiner Mutter. Rie zog sich im Halbdunkel aus und legte ihre Arme um meine Schultern. Ich drückte mein Gesicht in ihren Hals und spürte ihren geschmeidigen Bauch und die Kurven ihrer Brüste an meinem Körper.

Am Abend fuhren wir durch die lilafarbene Dämmerung rüber zum Golf. Kurz bevor der Highway uns aus den Zitrusplantagen heraus an die Küste führte, kroch uns der Geruch vom Salz des Meeres und den ans Ufer gespülten Algen in die Nase. Das Wasser war schiefergrün, die schaumgekrönten Wellen stürzten auf den Sand, schwappten schäumend über den Strand hinweg und wurden wieder in den Golf hinausgesogen. Braune Pelikane und Seemöwen, deren Körper aussahen wie dicke, weiße Zigarren, stießen auf der Jagd nach kleinen Fischen vom Himmel in die Wellenkämme hinab, und in der Ferne konnten wir die Gasflammen und die Lichter der Offshore-Bohrplattformen und Quartierboote sehen. Die rote Sonne stand wie ein riesiger Himmelskörper am Horizont, und das auf dem Wasser brechende Licht formte lange scharlachfarbene Bänder. Der braune Uferstreifen und die Palmbäume waren in einen dunklen, purpurfarben glühenden Schein gehüllt, und langsam, mit einem schwarzen Wolkenstreifen über ihrem flammenden Rand, versank die Sonne tiefer im Golf, während hinter uns der Mond über dem Land emporstieg.

In einem Restaurant kaufte ich noch eine Flasche Cold Duck und ein paar Chicken-Sandwiches. Am Strand besorgten wir uns von einer am Ufer campierenden mexikanischen Familie zwei Angelruten mit Drillingshaken und einen Karton mit lebenden Garnelen. Der Sand war noch warm von der Sonne. Wir suchten uns ein windgeschütztes Plätzchen hinter einer

Düne, aßen die Sandwiches und tranken Schaumwein, bis die Flasche halb leer war. Dann bestückte ich die Drillingshaken mit Garnelen, schob das Senkblei ans Ende der Schnur und watete mit Rie ins Wasser, um am Grund auf Welse und Flundern zu fischen. Die Flut hatte eingesetzt, und die Wellen brachen über die morschen Holzpfeiler der Anlegestellen hinweg. Wenn der Wind auf dem Wasser drehte, konnten wir die toten Krebse, das Salz und die von der Sonne verbrannten Fischreste im Pfahlwerk riechen. Rie hatte die Rute in ihrer Achselhöhle eingeklemmt und hielt sie mit beiden Händen vor dem Körper hoch, während die Wellen über ihren Busen hinwegspülten. Die Wasseroberfläche war von Mondlichtsplittern überzogen, und die Gischt in ihrem Haar glitzerte wie eine Ansammlung kleiner Kristallperlen. Plötzlich krümmte sich ihre Rute, und die Spitze tauchte tief ins Wasser.

»Und was mache ich jetzt, Lone Ranger?«, rief sie.

»Versuch seinen Kopf oben zu halten, oder er reißt dir die Sehne entzwei.«

Sie lehnte sich zurück und packte die Rute mit der vollen Kraft beider Hände. An der Stelle, wo die Spitze im Wasser versunken war, stieg im aufgewirbelten Wasser eine Sandwolke auf. Als der fliehende Fisch Schnur nahm, hielt Rie dagegen, sodass die Sehne zitterte und die Spitze wieder ins Wasser tauchte. Hilflos sah sie mich an, ihr nasses Gesicht hell erstrahlt vom Mondlicht.

»Geh mit ihm in Richtung Ufer«, sagte ich.

Eine große Welle stieg vor ihr auf und klatschte gegen ihre Schultern.

»Hack, du Mistkerl!«

»Du musst diese Dinge lernen, um über deine Yankee-Kindheit hinwegzukommen«, sagte ich.

Sie versuchte, die Rute wieder unter ihren Arm zu klemmen und das Ende nach oben zu ziehen, aber der Fisch war in die Wellen geflüchtet und zog mit aller Kraft zum Grund. Ich kämpfte mich durch das Wasser zu ihr, griff mit beiden Händen die Schnur und watete rückwärts zum Ufer. Die Sehne spannte sich und schnitt in die Haut meiner Fingerknöchel. Als ich das flache Wasser erreicht hatte, konnte ich die längliche, blaue Kontur eines Welses sehen, der den Kopf hin- und herschlug, um die drei in seinem Maul verfangenen Hakenspitzen loszuwerden. Ich zog ihn auf den Sand, schob meine Finger vorsichtig um seine mit Stacheln besetzte Bauchflosse und führte mit meinem Taschenmesser einen Schnitt durch seine Kiemen und über seinen Rücken. Lautlos drehte er sich noch einmal und blieb reglos auf dem Boden liegen.

»Mein Gott, was ihr Typen hier im Süden nicht alles für ein bisschen Nervenkitzel tut«, sagte sie.

Aber in ihrem Gesicht konnte ich die Begeisterung und die Freude darüber erkennen, dass sie im Mondlicht und in schulterhohen Wellen diesen großen, wunderschönen, blauschwarzen Fisch gefangen hatte.

»In Texas ist es gegen das Gesetz, diese Art Fisch zu behalten«, sagte ich. »Vielleicht sollten wir ihn lieber wieder ins Wasser werfen.«

Sie trat an mich heran, stellte sich auf meine nackten Füße und kniff mir mit den Fingernägeln in den Arm. Ich drückte sie an mich, küsste ihr nasses Haar und trocknete ihr mit meinem Hemd das Gesicht ab. Ich konnte das Salz auf ihrer Haut schmecken und den Golfwind in ihrem Haar riechen, als sie von unten ihre Arme in mein Hemd schob und mir mit den Händen über den Rücken fuhr.

Wir gaben der mexikanischen Familie die Angelruten und die restlichen Garnelen zurück und schenkten ihnen auch den Fisch. Dann sammelten wir trockenes Holz und ein paar verwelkte Palmwedel und entzündeten im Sand ein Lagerfeuer. Der Wind fuhr in die Flammen und wirbelte tanzende Funken in den Himmel, und in der Glut knackten die von Sand überzogenen Palmwedel und die vom Meer glatt und geschmeidig geschliffenen Holzstücke. Wir tranken den Rest des Schaumweins und genossen die Wärme des Feuers, die kleine Dampfwolken aus unserer vollkommen durchnässten Kleidung aufsteigen ließ. Am südlichen Horizont sammelten sich dunkle Sturmwolken über dem Wasser. Der Mond stand hoch, und ich konnte sehen, wie ein starker Wind aus Richtung der mexikanischen Küste die wallenden Wolken zusammenschob und hohe, schaumgekrönte Wellen gegen die Gerüste der Bohrtürme trieb. Die Luft hatte sich abgekühlt und war durchzogen von einem nassen, elektrischen Geruch. Ich zündete mir eine Zigarre an, steckte den Korken in die Flasche und warf sie in hohem Bogen in die Brandung.

»Und morgen wird's ernst, oder, Babe?«, sagte ich.

Aber sie starrte nur ins Feuer und tippte unentwegt mit ihrem Finger auf meinen Handrücken.

Es ging ein böiger Wind, als wir am nächsten Morgen an der Verladerampe der Konservenfabrik ankamen, wo die Streikposten in Stellung gehen sollten. Die von den wallenden Staubwolken der Felder eingehüllte Sonne stand braun am Himmel, und ich hatte immer noch den nassen, elektrischen Geruch eines bevorstehenden Gewitters in der Nase. Entlang der Bahngleise parkten Dutzende Autos, ausnahmslos heruntergekommene Klapperkisten und Pick-ups mit primitiven

Holzaufbauten auf den Ladeflächen. Die schwarzen und mexikanischen Feldarbeiter hatten sich in einer langen Reihe aufgestellt und blockierten die Rampe, an der die Erntelaster entladen werden sollten. Ihre Protestschilder verbogen sich im Wind. Sand und Staub wehte in ihre Gesichter, und über ihnen lief ein Mann in Anzughose, Hemd und Krawatte auf der Rampe hin und her, fuchtelte wild mit den Armen und forderte sie auf, das Fabrikgelände zu verlassen. Der Wind hatte dem Angestellten den Binder über die Schulter geworfen und seine Brillengläser mit einem Schmutzfilm überzogen. Als er merkte, dass die Streikenden ihn ignorierten, holte er eine Kamera aus dem Gebäude und machte Fotos von den ungebetenen Gästen. Zwei Texas Ranger, braungebrannt, mit Sonnenbrillen, Stetson-Hüten und Uniformen, die so steif gebügelt waren, als wären sie aus Blech, lehnten an einem Dienstwagen und beobachteten mit ausdruckslosen Mienen das Treiben. Der Pfarrer, in schwarzem Hemd und Kollar, stand mit hochgekrempelten Ärmeln auf der Ladefläche eines Pritschenwagens und verteilte Protestschilder an die Neuankömmlinge. Als ich wieder zu den Rangern hinüberschaute, sah ich, wie einer von ihnen auf den Pfarrer zeigte und etwas zu seinem Partner sagte.

»Hätte nicht gedacht, dass diese Nummer was für dich wäre, mein Whiskeybruder.«

Es war der Schwarze aus dem Gewerkschaftsquartier, und er war immer noch betrunken. Sein glattes Gesicht war von Staub bedeckt, unter seiner Lippe wölbte sich die Haut vom Dip-Kautabak in seinem Mund.

»Wie heißt du eigentlich, verdammt?«, sagte ich.

»Was sind schon Namen?« Er zog eine Flasche Portwein aus seiner Gesäßtasche und schraubte den Deckel ab. »Sam. Tom.

Hey du. Die Leute geben mir alle möglichen Namen. Aber mir gefällt Mojo Hand am besten. Das ist ein Name, der was hermacht und Glanz hat. Fühlt sich gut im Mund an, genauso wie diese süßen Traubensäfte.«

»Pack den Wein weg. Du kannst ihn später trinken«, sagte Rie.

»Die Bullen werden mir keinen Ärger machen. Die wissen doch genau, dass ein Nigger hier in der Gegend sowieso nichts zu melden hat. Ich glaube, die wollen heute ein paar weiße Schädel einschlagen.« Er nahm einen Schluck aus der Flasche und hustete wegen des Kautabaksaftes in seinem Mund.

»Die Presse wird alles ausschlachten, was sie in die Finger kriegt«, sagte Rie.

»Du weißt doch ganz genau, dass es scheißegal ist, was wir hier machen oder nicht machen. Die Story in den Zeitungen von morgen steht jetzt schon fest. Ist es nicht so, mein Whiskeybruder? Sie könnten Jesus persönlich mit ihren Gummiknüppeln ins Krankenhaus prügeln, und die Leute würden am nächsten Tag lesen, dass *Er* die Jungs in Uniform angegriffen hat.«

»Lass uns lieber später einen über den Durst trinken«, sagte ich.

»Hast du's immer noch nicht kapiert, Mann? Es gibt kein *später*. Diese Typen haben sich gerade erst warmgemacht.«

»Aber im Moment ist doch alles cool, oder?«, sagte ich.

»Aus den Augen, aus dem Sinn, richtig?« Er nahm noch einen Schluck und lachte. Der Wein lief ihm über die Lippen. »Aber gut, du hast recht. Man muss cool bleiben und cool denken, nicht wahr, Kumpel? Und man muss sich ein wenig Glanz in seinem Namen bewahren.«

»Eine Verhaftung vor dem Start der Aktion können wir uns nicht leisten«, sagte Rie. »Bleib bitte im Wagen, bis der Rest kommt.«

Aber der Schwarze schaute uns schon nicht mehr an. Seine roten Augen starrten über meine Schulter hinweg auf die Landstraße, und als ich mich umdrehte, sah ich zwei schwarzweiße Streifenwagen des Sheriffbüros, gefolgt von drei Autos voll mit Leuten aus der Stadt, die durch den Staub auf uns zurollten. Die gefederten Stabantennen auf den Dächern der Streifenwagen wippten vor und zurück, und aus den Fenstern der Fahrzeuge dahinter hingen muskelbepackte Unterarme heraus, die von außen gegen die Türen hämmerten. Der Wind drückte die Staubwolken auf die Straße, und so dauerte es einen Augenblick, bis zwei Wagen der Texas Ranger zum Vorschein kamen, die gerade zur Karawane aufschlossen.

»Das war's dann wohl mit cool, mein Whiskeybruder«, sagte der Schwarze.

Nachdem die Fahrzeuge im Schotterbett vor den Bahngleisen gehalten hatten, stiegen die Deputy Sheriffs und Texas Ranger aus und gingen ohne Eile zu den Kollegen mit den Sonnenbrillen, die immer noch an ihrem Wagen lehnten und zu dem Pfarrer hinüberschauten. Die anderen Männer sammelten sich derweil an einem Güterwaggon. Die Hände in die Gesäßtaschen gesteckt, die Gesichter angespannt, standen sie da, spuckten Tabaksaft auf den Schotter und starrten mit hasserfüllten Blicken auf die mexikanischen und schwarzen Landarbeiter. Sie hatten Kurzhaarschnitte, derbe, hölzerne Gesichtszüge und trugen T-Shirts oder Jeansjacken mit abgetrennten Ärmeln, die den Blick auf ihre Tätowierungen freigaben – hauptsächlich Südstaatenflaggen und Kreuze, Worte wie »Mutter« und »United States Marine Corps« oder Liebesschwüre an Billy Sue und Norma Jean. Selbst die Jüngeren unter ihnen hatten dicke Wänste, und insgesamt wirkte die Gruppe wie eine Clique von Highschoolabbrechern aus dem ländlichen Texas.

Dann sah ich meinen Freund aus dem Sheriffbüro. Er kam gerade hinter dem Güterwaggon hervor. Zwischen seinen Zähnen steckte eine Zigarre mit Filterspitze. Die Khakihose hatte er in die halbhohen Schnürschuhe gesteckt und den breiten Patronengürtel eng um seinen flachen Bauch geschnallt. Mit den Händen in den Hüften und einem Lächeln auf dem Gesicht sprach er leise mit den Männern in den ärmellosen T-Shirts und Jeansjacken. Mit einem Mal schaute die gesamte Gruppe in meine Richtung, und während seine Lippen die Zigarrenspitze zusammendrückten, strahlte in seinen grünen, gelb gefleckten Augen eine intensive Vorfreude auf.

»Besser, wir stellen uns in die Streiklinie, bevor es losgeht«, sagte Rie.

Ich ging mit ihr zum Pritschenwagen, wo der Pfarrer immer noch auf der Ladefläche stand und Protestschilder austeilte. Der Wind blies uns den Staub ins Gesicht, und am Horizont rollten dicke Regenwolken über den Himmel. Die Luft wurde kühler, und ich hörte ein erstes dumpfes Donnergrollen in der Ferne. Der Pfarrer wischte sich mit dem hochgekrempelten Hemdsärmel über das Gesicht und grinste uns an.

»Na, wie geht's, Mr. Holland? Leute aus dem Establishment können wir immer gut in unseren Reihen gebrauchen«, sagte er.

»Darauf würde ich jetzt am liebsten mit zwei markigen Worten antworten, Reverend«, sagte ich.

»Glauben Sie mir, von denen habe ich schon zur Genüge gehört.«

»Mojo ist betrunken. Sprich doch bitte mit ihm, damit er sich in den Wagen setzt«, sagte Rie.

»Er macht sich nicht sonderlich viel aus den Ratschlägen von Männern des Glaubens«, sagte der Pfarrer.

»Da hinten an dem Güterwaggon stehen ein paar richtig üble Gestalten rum«, sagte sie. »Und Mojo war nicht mehr nüchtern, seitdem ihn neulich diese Kids fertigmachen wollten.«

»Verstehe. Ich pass auf ihn auf«, sagte er.

»Und hab auch ein Auge auf diese Bande von Arschlöchern da. Einer der Cops hat sie vorhin heiß gemacht.«

Der Priester schaute zu einem der Texas Ranger hinüber, der gerade in das Mikrofon seines Funkgeräts sprach.

»Stellt euch besser zu den anderen in die Reihe. In ein paar Minuten machen sie ernst«, sagte er.

Rie griff sich zwei der an Holzlatten genagelten Pappschilder und reichte mir eins davon. Als ich mir das Schild ansah, platschte ein einzelner dicker Regentropfen auf den schwarzen Adler, unter dem das Wort »HUELGA« stand.

»Los, komm schon«, sagte sie.

»Zeit, um eine Zigarre anzuzünden, wird ja wohl noch sein, oder nicht?«, sagte ich.

»Wir können nicht riskieren, dass jemand außerhalb der Streiklinie verhaftet wird.«

»Schon gut, schon gut. Ich komme ja.«

Aus irgendeinem Grund hatte ich mich noch nicht ganz mit dem Gedanken angefreundet, dass ich an diesem Montagmorgen in eine Streiklinie treten würde. Der Wind zerrte an meinem Schild und schlug die Kanten der Pappe klatschend gegeneinander. Ich folgte Rie, und als ich mich in die lange Schlange der im Kreis laufenden Streikposten – ausschließlich Mexikaner und Farbige in abgewetzten Arbeitshosen, an den Hüften spannenden Kleidern und deformierten Strohhüten – einreihte, fühlten sich meine Knie weich und zittrig an. Die Regentropfen hinterließen runzlige Staubhügelchen auf dem Boden, und obwohl der kühle Wind in mein Hemd fuhr, schwitzte ich unter den Armen, und mein Gesicht brannte, als hätte ich gerade etwas Unanständiges in der Öffentlichkeit getan. Ich sah, wie mich die anderen – die Deputys, die Texas Ranger und die Schulabbrecher-Clique – anstarrten, und mit einem Mal wurde mein Kopf leichter, und die Zigarre schmeckte bitter und trocken in meinem Mund. Ich fühlte mich, als wäre ich gerade nackt auf eine Varietébühne getreten. Hinter mir ging eine dicke Schwarze, die ihre von Krampfadern überzogenen Beine unter gerieffelten Strümpfen verbarg. Auf dem linken Arm trug sie ein Kind in abgeschnittener Latzhose, mit der rechten Hand hielt sie ein Protestschild in die Luft.

»Keine Bange, den Kleinen wird nichts geschehen. Denen werden sie nichts tun«, sagte sie.

Ich löste meinen Blick von ihren braunen Augen und schaute zu dem Mann mit Hemd und Krawatte auf der Rampe. Er machte immer noch Fotos, und sein Gesicht bebte vor Ärger über diese unerhörte Missachtung des Privatbesitzes. Gewitterwolken schoben sich vor die Sonne. Plötzlich lagen die Felder im Dunkeln, Schatten zogen über die Konservenfabrik, die Güterwaggons und die Landstraße hinweg. Die Männer in den ärmellosen T-Shirts und Jeansjacken öffneten eine Bierdose nach der anderen und ließen sich beim Trinken den warmen Schaum über Hals und Brust laufen.

»Wie fühlst du dich?«, sagte Rie.

»Ich glaube, mein Respekt für die Streikenden ist gerade mächtig gewachsen.«

»Pass auf, wenn die Mistkerle Ärger machen, darfst du dich nicht wehren, okay?«

»Das hört sich für mich nicht besonders gut an.«

»Das ist mein Ernst, Hack. Die warten nur auf einen Grund, uns die Schädel einschlagen zu können.«

»In Ordnung, aber wann sind wir mit der Sache hier durch?«

»Wir sind doch gerade mal zehn Minuten hier, Babe.«

Dann sah ich einen TV-Übertragungswagen, der auf dem Schotterbett vor den Gleisen hielt. Zwei junge Männer, ausgerüstet mit halbmondförmigen Schultergurtsystemen, an denen die Kameras befestigt waren, stiegen aus dem Fahrzeug und gingen zu dem Streifenwagen, an dem sich die Gruppe der Gesetzeshüter versammelt hatte. Ihre Gesichter waren erfüllt vom selbstbewussten Wissen um den Inhalt ihrer Story, und zum ersten Mal in meinem Leben fiel mir auf, dass ich noch nie einen Journalisten erlebt hatte, der anders an die Sache herangegangen war. Als würden sie einer Routine folgen, wandten sie sich zuerst an die offizielle Quelle, bevor sie sich mit den Menschen auf der anderen Seite der Gleichung beschäftigten.

Einer der Reporter ging zu den im Kreis laufenden Streikposten, presste die Kamera eng an seine Schulter und schwenkte einmal, eher beiläufig als interessiert, von links nach rechts über die Szene. Dann senkte er die Kamera und schaute mich lange und ungeniert an, mit einem Gesicht so leer und ausdruckslos wie eine Bratpfanne. Ich warf meine Zigarre auf den Boden und erwiderte seinen Blick mit einem gemeingefährlichen Starren der Kategorie »Zeit fürs neunte Inning, Bursche«. Er ging zurück zu seinem Kollegen, und während die beiden miteinander sprachen, schauten sie in meine Richtung.

»Ich glaube, da haben sich zwei junge Reporter gerade eine Gehaltserhöhung verdient«, sagte ich.

»Ich könnte mir vorstellen, dass du richtig toll im Fernsehen aussiehst«, sagte Rie.

»Und da kommen sie auch schon. Willst du dieses Mal für mich die Öffentlichkeitsarbeit übernehmen?«

Bevor die Reporter nah genug waren, um mir eine Frage zu stellen, surrte bereits die Kamera. Sie hatten Blut geleckt. Die Cops waren vergessen, die vielen Wanderarbeiter ebenfalls. Stattdessen waren die beiden voll und ganz auf das offensichtliche Skandälchen konzentriert, mit dem sie in den Sender zurückkehren würden.

»Treten Sie jetzt auch in diesem Wahlkreis an, Mr. Holland?«, fragte einer der beiden. Seine Stimme klang gutmütig, und auf seinem Gesicht lag ein breites Collegeboy-Lächeln.

»Nein, nein«, sagte ich, um einen möglichst heiteren Ton bemüht.

»Glauben Sie, dass Ihre Unterstützung der Gewerkschaft einen Einfluss auf Ihr Abschneiden bei den Wahlen haben wird?« Er hielt ein Mikrofon in meine Richtung, aber seine Augen waren auf Rie gerichtet.

»Das kann ich nicht sagen.«

»Die Agrarunternehmen halten diesen Streik für illegal. Was sagen Sie dazu?«

»Mir ist nicht klar, wie es illegal sein kann, eine Lohnerhöhung zu verlangen.«

»Plant die Gewerkschaft in Ihrem eigentlichen Wahlbezirk

nun auch Streiks?« Er begann den Druck zu erhöhen, aber sein Gesicht wirkte nach wie vor so ehrlich und wissbegierig wie das eines ehrfurchtsvollen Schuljungen.

»Nicht, dass ich wüsste.«

»Bedeutet das, dass die Arbeitsbedingungen für Wanderarbeiter in Ihrem Wahlbezirk besser sind als anderswo?«

»Nein, das bedeutet es nicht«, erwiderte ich. »Aber ich sag dir was, Kumpel: Und zwar könnte ich dringend eine Zigarre vertragen, nur krieg ich das Ding bei diesem Wind nicht mit einer Hand angezündet. Wie wär's, wenn du kurz mal das Schild hier hältst, damit ich mir einen dieser Sargnägel anstecken kann, und dann unterhalten wir uns weiter? Ja, so ist's richtig. Einfach die Hand um die Holzlatte schließen und gut festhalten.«

Die Kraft des Windes ließ die Hand des Reporters zittern. Er wurde blass und schaute zu seinem Partner und den Cops an den Eisenbahnschienen hinüber. Ich ließ mir Zeit und riss drei Streichhölzer beim Anzünden der Zigarre an, während der Reporter gegen die vom Himmel fallenden Regentropfen blinzelte und sein Gewicht permanent von einem Fuß auf den anderen verlagerte.

»Sehr nett, danke schön«, sagte ich. »Wie wär's, wenn ihr mal die Kerle drüben bei dem Güterwaggon interviewt? Ich wette, da würden ein paar zeitlose Zitate herausspringen.«

»Wir machen hier nur unseren Job, Mr. Holland.«

»Na klar, und irgendwann werdet ihr bestimmt auch richtig gut darin sein«, sagte ich.

»Wollen Sie noch etwas hinzufügen, Sir?« Sein Gesicht wirkte mit einem Mal niederträchtig, seine Augen trüb.

»Ich denke, du hast eine ganze Filmrolle voll mit guten Aufnahmen, Kumpel.«

Er wandte sich von mir ab und hielt Rie das Mikrofon hin. Sein Partner rutschte hinter ihm herum, sodass er Rie und mich zusammen filmen konnte. Bis auf ein schmales Band gelben Lichts über den weit entfernten Bergen war der Himmel jetzt fast vollkommen dunkel.

»Glauben Sie, dass die Familien in den Farmarbeiter-Camps unter dem Streik leiden werden?«

»Warum verpisst ihr euch nicht einfach, Mann?«, sagte Rie.

Aus der Gruppe am Güterwaggon kam eine leere Bierdose geflogen, die knapp am Kopf einer schwarzen Frau vorbeizischte und scheppernd gegen die Verladerampe knallte. Die beiden Reporter traten zurück und entfernten sich von uns mit laufender Kamera. Kurz darauf kamen drei weitere Autos an, voll mit Männern aus der Stadt, die sich sofort zu der Gruppe am Güterwaggon gesellten. Einer von ihnen trat aus der Gruppe hervor und kam auf uns zu. Der Rest folgte ihm. Er trug einen Aluminium-Bauhelm, den er auf seinem rasierten Schädel leicht nach hinten geschoben hatte, dazu Arbeitsschuhe mit Stahlkappen und Arbeitskleidung aus Denim, übersät von den für die Arbeit auf einem Bohrturm typischen Öl- und Dreckflecken. Seine Augen hatten einen feuchtgelben Glanz, seine Vorderzähne waren braun vom Kautabak. Zwischen seinen kräftigen Oberschenkeln zeichnete sich sein Gemächt gegen den Jeansstoff ab. Er streckte seine riesigen Arme aus, ballte die Hände zu Fäusten, als wäre er gerade aus dem Schlaf erwacht, und spuckte einen Strahl Tabaksaft auf den Boden.

»Hey, Kumpel«, sagte er zu mir. »Schleckst du eigentlich Mexen-Pussies?«

Ich schaute stur geradeaus, mein Gesicht brannte.

»Dann wisch dir wenigstens die Chilipaste von der Lippe, Mann«, sagte er.

»Lass den Kerl zufrieden, J. R.«, rief ein anderer. »Du weißt doch, dass ein Anwalt keine Pussies lecken muss.«

»Der hier schon, glaub ich.«

Ich starrte durch den leichten Regen auf die Umrisse der Konservenfabrik und die Silhouetten der verwitterten Güterwaggons. Sie pulsierten vor meinen Augen, wurden mal größer, mal kleiner. Gleichzeitig färbten sich meine Fingerknöchel weiß, und mir stockte der Atem im Hals.

»Pass auf, dass er dich nicht mit seinem Pappschild totschlägt, J. R.«

»Und wie steht's mit den Nigger-Girls? Lassen die dich mal ran?«, sagte der Ölarbeiter.

Meine Augen wurden feucht, und ich hatte innerlich schon zum Sprung angesetzt, aber mein Körper bewegte sich nicht, mein Blick starrte weiter geradeaus. Die Männer hinter dem Wortführer johlten und lachten aus rauen Kehlen, woraufhin er sich zu ihnen umdrehte und mir seinen breiten Rücken zuwandte.

Im selben Moment stieg Mojo, der bis zu diesem Zeitpunkt in der Fahrerkabine des Pritschenwagens gesessen hatte und mit seiner Weinflasche beschäftigt gewesen war, aus dem Wagen, um sich zu den Streikposten zu gesellen. Das Hemd bis zur Hüfte geöffnet, die Socken unter die Knöchel gerutscht, stakste er auf die Streikenden zu, als wären in seinen Knien defekte Scharniere verbaut worden. An seinem Mundwinkel hing ein Fetzen Dip-Kautabak, und die in Rinnsalen über seinen glatt rasierten Schädel laufenden Regentropfen sahen aus wie Adern schwarzen Elfenbeins. Mit einem Mal kam aus der Schulabbrecher-Clique eine volle Bierdose geflogen und traf ihn über dem Auge. Er taumelte ein paar Schritte rückwärts, blieb aber auf den Beinen und presste seine Hand, so rund und hohl wie ein Baseballhandschuh, gegen den Kopf. Blut troff von seinen dunklen Fingern herab, und sein weit aufgerissenes, unverletztes Auge war von Schmerz und Schock erfüllt.

»Verdammt«, sagte ich.
»Lass es, Hack«, sagte Rie.
»Aber die haben ihn gerade arg erwischt.«
»Bleib hier, in der Reihe«, sagte sie.

Mojo beugte sich nach vorn, von seinem Unterarm tropfte das Blut auf den Boden, und schleppte sich weiter in unsere Richtung. Seine Bewegungen sahen aus, als würde er einen rissigen Blumentopf durch die Gegend tragen. Ein Mann mit khakifarbener Arbeitsmontur und grüner Stoffmütze, dem ein Uhrenketten-Anhänger der Baumaschinenfirma Lima aus der Hosentasche baumelte, trat aus der Gruppe hervor und stellte sich Mojo in den Weg. Er holte Schwung und trat dem Schwarzen die Beine weg, der mit dem Kopf voran auf dem Boden landete, das Gesicht von einer Schicht aus Staub und Blut überzogen.

»Das reicht jetzt aber verdammt noch mal, Rie«, sagte ich.
»Bleib in der Reihe. Andernfalls schlagen sie ihn tot«, sagte sie.

Mojo drückte sich vom Boden hoch und richtete sich auf. Unter der ausgefransten Platzwunde war bereits eine beachtliche Schwellung zu sehen, rund wie ein Baseball. Der Wind fuhr in sein Hemd und blähte den Stoff auf. Seine Brust bebte, seine Nasenflügel weiteten sich bei jedem Atemzug.

»Mich könnt ihr jetzt vielleicht kleinmachen, weil ich einen über den Durst getrunken habe, aber diese Leute hier ...«, sagte er, »… all diese Leute hier könnt ihr nicht kleinmachen. Es sind zu viele, und sie werden noch hier stehen, wenn ihr schon längst wieder verschwunden seid.«

Der Ölarbeiter ging auf Mojo zu. Bei jedem Schritt zeichneten sich seine angespannten Gesäßmuskeln gegen den Stoff der Bluejeans ab. Doch plötzlich traten zwei Deputy Sheriffs an Mojo heran, packten ihn an den Armen und führten ihn zu ihrem Wagen. Bevor sie ihm Handschellen anlegten, zogen sie ihm das Hemd aus und wickelten es um seinen Knopf. Dann fuhren sie auf der Straße davon. Mojo saß hinter dem Gitter auf der Rückbank, und das blutgetränkte Hemd um seinen Kopf sah aus wie eine dunkle Schliere auf der Heckscheibe.

Als Nächstes war der Pfarrer dran, gegen den die Gruppe als katholischen Geistlichen einen besonders großen Groll hegte. Der Mann in der Khakimontur schüttelte eine der Dosen und bespritzte den Pfarrer mit warmem Bier. Daraufhin trat der Ölarbeiter so nah an den Geistlichen heran, dass diesem der heiße Atem des Arbeiters ins Gesicht schlug, und ließ alle Gossenschimpfwörter vom Stapel, die ihm einfielen. Mehrere Frauen hatten sich zu der Meute gesellt und zischten nun den Pfarrer an. Ihre Stimmen waren heiser, ihre Gesichter verzerrt, ihre Augen durch die Raserei tief in den Schädel gesunken. Plötzlich trat eine der Frauen hervor. Sie war klein, hatte eine verkümmerte Statur und dünne Arme mit verschrumpelter Haut an den Achselhöhlen, und ihr zerzaustes Haar war in einer Art Knäuel nach hinten gebunden, um die lichten Stellen auf ihrem Kopf zu überdecken. Sie sammelte all die Energie und Flüssigkeit, die sie ihrem verdorrten Körper entlocken konnte, und spie sie dem Priester in Form eines widerlichen Strahls auf das Hemd.

Der Priester kniff die Augen zusammen, als sie ihn bespuckten und beschimpften, aber sein Gesicht blieb nach vorn gewandt, seine großen Hände eng um die Holzlatte seines Schildes geschlossen, und er verließ nicht einmal seinen Platz in der Schlange der im Kreis laufenden Farmarbeiter. Seine Standhaftigkeit erzürnte die Frauen so sehr, dass sie nicht von ihm abließen. Die Köpfe weit nach vorn gestreckt wie Schlangen, die Halsschlagadern prall gefüllt, überzogen sie ihn mit unverständlichem Gezeter. Dann trat der Deputy Sheriff, der mich am Gewerkschaftshaus festgenommen hatte, von hinten an den Mob heran, legte seine Hand auf die Schulter des Ölarbeiters und zeigte in meine Richtung. Hinter den Bahnschienen sah ich zwei große Polizeitransporter mit Gittertüren, die von der Landstraße abbogen und durch das Tor der Konservenfabrik fuhren. Gleichzeitig kam die Meute in meine Richtung.

Ihre Züge waren von Wut verzerrt, ihre Lippen trocken, ihre Augen heiß und in die Höhlen gesunken, als hätte die Raserei das letzte bisschen Flüssigkeit aus ihren Körpern gesogen. In der Dunkelheit und dem stiebenden Regen sah die Haut auf ihren Gesichtern weiß aus und wirkte wie über die Knochen gespannt. Blitze zuckten über den Bergen auf, und der Wind riss die ersten Baumwollbüschel von den Pflanzen auf den Feldern.

»Wir haben keine Zeit für deinen Mist, Anwalt. Weißt du, was ich jetzt tun werde?«, sagte der Ölarbeiter und steckte sich einen halben Priem in den Mund. Er presste den Kautabak mit der Zunge in die Wangentasche, zermalmte ihn mit den Backenzähnen zu Brei und wischte sich mit dem Finger den Saft von der Lippe. »Siehst du, ich muss dich noch nicht mal anfassen, um dir zu zeigen, was wir hier mit Flachwichsern wie dir machen. Wenn's dir zu viel wird, brauchst du bloß dein Pappschild wegzuschmeißen und zu deinem Auto zu gehen. Niemand wird dir ein Haar krümmen.«

»Hör zu, du Arschgeige«, sagte ich. »Spuck mich an, und ich reiß dir den Kopf ab.«

Daraufhin fuhr der Mann mit der Khakimontur und der grünen Stoffmütze den Arm aus, und obwohl er aus dem Gleichgewicht geriet und aussah, als würde er auf einen fahrenden Zug aufspringen wollen, traf mich sein nach unten gerichteter Schlag auf die Nase. Der Ring an seinem Finger schälte mir die Haut vom Nasenrücken, und ich spürte sofort, wie das Blut in die Wunde schoss. Ich war wie benommen. Das Schild fest umklammert, starrte ich die Männer an, während sich ein feuchter Film auf meine brennenden Augen legte.

»Willst du jetzt vielleicht Leine ziehen, du Lackaffe?«, sagte der Ölarbeiter und grinste mich an.

Die Frau, die den Pfarrer angespuckt hatte, schnipste mir eine brennende Zigarette ins Gesicht, und dann traf mich ein zweiter Schlag. Irgendetwas Rundes aus Holz krachte auf meinen Schädelknochen, und plötzlich erfüllte das dröhnende Donnern des Ozeans mein Ohr. Ich taumelte zur Seite und musste mich mit Knie und Ellbogen auf dem Boden abstützen. Mein Ohr und die Seite meines Schädels standen in Flammen. Ich schaute durch die unrasierten Waden und die von Ölflecken und Kuhdung verdreckten Hosenbeine nach oben und sah einen dünnen, muskulösen Jungen von etwa neunzehn Jahren, der einen Holzknüppel in der Hand hielt, einen Riegel, wie man ihn zum Absperren der Güterwaggontüren benutzte. Jemand riss mir das Hemd aus der Hose und kippte Bier über meinen Rücken, ich spürte die Spitze einer brennenden Zigarre in meinem Nacken, und eine Frau begann wie von Sinnen mit einem Schuh auf meinen Kopf einzuschlagen. Ich versuchte, meine Arme hochzureißen, aber jemand trat mir auf die Hand. In dem Gemenge stolperte der Mann in der Khakimontur und stürzte über mich. Ich hörte Ries Stimme, die irgendwo hinter der mich umkreisenden Meute stand und mir etwas zurief. Dann tauchte plötzlich der Deputy Sheriff vor mir auf, packte mich am Kragen und zog mich nach oben, wobei er mir mit einer schnellen und gewandten Bewegung sein Knie ins Auge rammte. Dunkelrote und lilafarbene Kreise explodierten vor meinem Gesicht, und ich presste meine Hand auf das getroffene Auge, als hätte ich Sandpapier unter den Lidern. Obwohl ich nur noch verschwommene und verzerrte Bilder sah, konnte ich doch seine in die halbhohen Schnürschuhe gesteckte Khakihose erkennen, ebenso den Patronengürtel und das Holster, die wie auf seinen flachen Bauch und die schmalen Hüften geschweißt schienen. Ich drückte mich auf einem Knie nach oben und legte all meine Kraft in einen linken Haken, den ich vom Boden aus nach schräg oben führte. Ich traf seinen Bauch ein paar Zentimeter über dem Gürtel und spürte, wie seine Muskeln unter den Fingerknöcheln meiner Faust nachgaben. Es war, als würde man ohne Vorwarnung eine Tür eintreten. Sein Gesicht war weiß, sein Mund zu einem breiten O verformt. Er beugte sich vornüber, und anstatt zu atmen, presste er trockene Röchellaute aus seiner Kehle hervor, fiel auf die Knie und landete im Matsch. Seine Augen waren voller Tränen, auf seiner Wange klebte ein Speichelfaden. Schweigend trat der Mob zurück, als hätte ihnen jemand eine zerbrochene Heiligenfigur vor die Füße geworfen.

Unmittelbar danach gingen die Texas Ranger, die Beamten der City Police und die Männer des Sheriffs ans Werk und verhafteten jeden, den sie zu fassen bekamen. Nachdem sie mir vor laufender Kamera die Hände hinter dem Rücken gefesselt hatten, zogen sie dem Deputy eine Sauerstoffmaske über das Gesicht, trieben die streikenden Farmarbeiter unter Einsatz von Gummiknüppeln in die Häftlingstransporter, bis dort kein Platz mehr war, beschlagnahmten den Pritschenwagen und verhafteten versehentlich auch den Mann mit dem Fotoapparat auf der Verladerampe. Zwei Deputys packten mich grob an den Armen und führten mich mit Gesichtern, die wie aus hartem Wachs schienen, zum Polizeitransporter, während die TV-Reporter sich alle Mühe gaben, meine mit Handschellen gefesselten Hände und mein geschwollenes Gesicht auf Zelluloid zu bannen. Der Regen wurde stärker, und die Schotterstraße war von weißen Baumwollbüscheln und den Blättern der Zitrusbäume bedeckt. Der Wind zerrte am Blechdach der Konservenfabrik, dass es schepperte, und die Ränder der Straßengräben waren glitschig und braun vom Wasser, das von den Feldern ablief. Ich war der Letzte, den sie in den zweiten Polizeitransporter steckten. Die Deputys nahmen mir die Handschellen ab, schoben mich zu den Mexikanern und Schwarzen in den Wagen und schlossen die vergitterten Türen. Der Motor sprang an, und der Wagen holperte über die Bahngleise und bog durch das Fabriktor auf die Landstraße.

Die Männer in dem Transporter versuchten, sich an den Wänden oder an ihren Nachbarn abzustützen, und rollten während der Fahrt Zigaretten oder zogen fein geschnittenen Tabak von Bull Durham aus ihren Tabaktaschen und schoben ihn zusammengedrückt zwischen Zahnfleisch und Unterlippe. Weiter hinten weinte ein Kind. Ich hatte mich gegen die Tür gelehnt und schaute auf die kurvige Straße hinter dem

Wagen zurück, während draußen der Wind am Stacheldraht der Zäune zerrte und das Unkraut entlang der Bewässerungsgräben flach auf den Boden drückte. Plötzlich hörte ich Ries Stimme hinter dem Menschenpulk. Sie quetschte sich zwischen ein paar Mexikanern hindurch, und als ich in ihr Gesicht und ihre Augen sah, blieb mir fast das Herz stehen. Sie umarmte mich, fuhr vorsichtig mit ihren Fingern über die Beule an meinem Kopf, zog meine Arme enger um sich und gab mir einen Kuss auf die Wange.

»Ich bin sehr stolz auf dich, Hack«, sagte sie.

»Ich fürchte nur, dass ich euch gehörig den Streik vermasselt habe. Die Nummer, die ich da gebracht habe, nennt sich nämlich Körperverletzung und tätlicher Angriff.«

Sie drückte meinen Arm noch fester an sich. Draußen ging der Regen in Strömen auf die Felder nieder und drückte die langen Pflanzenreihen in den Boden, und in der Ferne konnte ich sehen, wie der Wind durch die Zitrusbäume peitschte und ihre Blätter durch die Luft wirbelte.

Kapitel 10

Als die Polizeitransporter am Gerichtsgebäude ankamen, standen die Straßen der Stadt größtenteils unter Wasser. Bierdosen und andere Abfälle trieben schaukelnd am Bürgersteig entlang, und der Rasen war bedeckt von abgebrochenen Ästen und den Blättern der Eichenbäume. Die Deputys, die nun Regenmäntel trugen und Plastiküberzüge über ihre Hüte gestülpt hatten, ließen uns in Zweierreihen antreten. Der Regen schlug uns in die Gesichter, während sie uns in das Gerichtsgebäude führten. Der Empfangsbereich der Polizeistation war relativ klein, und so dauerte es drei Stunden, bis die Beamten unsere Fingerabdrücke genommen und unsere Schnürsenkel, Gürtel, Münzen und Portemonnaies eingesammelt und in braunen Umschlägen verstaut hatten. Der Großteil der gegen uns erhobenen Anzeigen lautete auf unbefugtes Betreten von Privatbesitz und Verstoß gegen die vorgeschriebene Anordnung der Streikposten, nach der zwischen zwei Streikenden ein Mindestabstand von fünfzehn Metern einzuhalten war. Nachdem der Sheriff meine Finger über das Stempelkissen gezogen und auf das Formular gedrückt hatte, trug er persönlich die gegen mich erhobenen Vorwürfe in das dafür vorgesehene Formular ein. Er brauchte gute fünf Minuten dafür, und während aus meiner Kleidung das Wasser auf den Boden tropfte, beobachtete ich ihn. Ich schaute auf die gerahmten Brillengläser und die roten Knoten und Pickel in seinem Gesicht, sah, wie seine Finger den Stift so fest umklammerten, dass sie weiß wurden und gegen Ende des Formulars die Mine durch das Papier drückten. Dann nahm er sich eine Zigarette aus der Schachtel auf seinem Schreibtisch und zündete sie an.

»Wollen Sie mal hören, was gegen Sie vorliegt?«, sagte er.

»Ich schätze, Sie haben eine ganz hübsche Liste zusammengetragen«, sagte ich.

»Körperverletzung und tätlicher Angriff auf einen Vollstreckungsbeamten, Behinderung der Staatsgewalt, Widerstand gegen die Ingewahrsamnahme, Aufruhr und Anstiftung zu Ausschreitungen. Ein paar Sachen halte ich mir noch offen, aber ich kann Ihnen jetzt schon versprechen, dass dieser Fall ganz bestimmt nicht vor einem Bundesgericht verhandelt wird. Sie kommen hier bei uns, in diesem County, auf die Anklagebank, und dann werden Sie lernen, dass auch die Scheiße eines Anwalts stinkt.«

»Mir steht ein Telefonanruf zu.«

»Der Apparat funktioniert nicht.«

»Vor fünf Minuten hat's aber noch geklingelt.«

»Schaff ihn runter«, sagte er zu seinem Trusty.

Ich wurde in den Keller gebracht und in die Ausnüchterungszelle am Ende des Korridors geschoben. In der Zelle hockten bereits viele der Männer, die zusammen mit mir verhaftet worden waren, und wrangen ihre nassen Kleidungsstücke aus. Ihre dunklen Körper glänzten im schummrigen Licht. In der Ecke des Raums gab es zwei Toiletten, beide ohne Sitz und von einer Dreckschicht überzogen, und die Trunkenbolde, die über das Wochenende hier gelandet waren, stanken immer noch nach saurem Bier und Muskatellerwein. Durch die Gitterstäbe konnte ich den Maschendrahtverschlag sehen, in dem ich mit Art gesprochen hatte, ebenso die Einzelzellen mit den Eisentüren und den Schlitzen für die Essensausgabe. Die Steinwände glitzerten feucht, und unter der Decke hing in dicken Wolken der Qualm handgerollter Zigaretten. Ein alter Mann mit schrumpeliger Haut, der nur eine Unterhose trug, ging zum Lokus und begann zu würgen.

Rie hatte man zusammen mit den anderen Frauen in die Nachbarzelle gebracht, die durch eine Mauer von unserer Zelle getrennt war. Im Mauerwerk befand sich ein Loch, das irgendjemand mal durch den Mörtel getrieben hatte. Nun hockte ein Mexikaner davor, das Gesicht eng an die Wand gepresst, und sprach mit seiner Frau. Hinter ihm standen bereits andere Männern an. Ich wollte unbedingt mit Rie sprechen, aber die Schlange der Wartenden wurde ständig länger, und oftmals war es unmöglich, im Chaos der Namen und Sprachen auf der anderen Seite die richtige Person vor das Loch zu bekommen. Zwei Mal im Verlauf des Nachmittags wurden neue Gefangene in die Zelle geschoben, und immer wenn der Deputy mit seinem triefenden Regenmantel an die Gitterstäbe trat und die Tür aufstieß, sprang im hinteren Teil der Zelle ein harter Kerl mit freiem Oberkörper auf, dem sechs Jahre in Huntsville bevorstanden, und rief: »Frischfleisch!« Um fünf Uhr schob der Trusty den Wagen mit unserem Essen und den Blechtellern an die Zelle. Es gab Spaghetti, Bohnen und Brot, dazu in Wasser aufgelöstes Getränkepulverkonzentrat der Marke Kool-Aid. Durch die Essensausgabe löste sich die Warteschlange vor dem Loch in der Wand auf, und ich versuchte mein Glück. Leider verstand die Mexikanerin auf der anderen Seite kein Englisch, und mein schlechtes Spanisch reichte nicht aus, um ihr mitzuteilen, mit wem ich sprechen wollte, also ließ ich es bleiben.

In der Nacht zog ich meine Strohmatratze vor die Gittertür und legte mich mit dem Gesicht in Richtung Korridor, um so viel frische Luft wie irgend möglich zu atmen und dem Mief der offenen Toiletten sowie dem schweren, süßlichen Schweißgestank zu entkommen. Ich hatte noch eine feuchte Zigarre übrig, die ich mir nun ansteckte, während ich auf die grauen Eisentüren der gegenüberliegenden Zellen starrte. In einem dieser Löcher hockte Mojo, und es kam der Moment, in dem ich glaubte, durch einen der Essensausgabeschlitze sein schwarzes Gesicht gesehen zu haben.

Noch nie war ich derart müde gewesen. Ich war körperlich vollkommen entkräftet und fühlte mich, als hätte ich zehn Innings hinter mir und alle Pitches aus meinem Arsenal abgefeuert. In meinem Nacken hatte sich eine mit Flüssigkeit gefüllte Blase gebildet, die von der Verbrennung durch die Zigarrenspitze stammte, und eine längliche Beule, die sich anfühlte wie ein neu gewachsener Knochen, zog sich dort, wo der Junge mich mit dem Holzriegel erwischt hatte, über die Seite meines Schädels. Ich nickte mit der erloschenen Zigarre in der Hand ein und schlief durch bis zum nächsten Morgen, ohne Traum oder unterbewusste Ahnung, wo ich mich befand. Es war fast so, als wäre ich durch den Stein gesickert und in einem dunklen Fluss unter der Erde versunken.

Ich wachte erst auf, als der Trusty mit dem Essenswagen gegen die Gitterstäbe stieß und das große Schloss der Zellentür öffnete. Aus den Edelstahlbehältern stieg der Dampf von gebratenen Fleischwurstscheiben, Maisgrütze und Kaffee empor. Die Männer erhoben sich von ihren Strohmatratzen; sie husteten, spuckten, erleichterten sich oder wuschen ihre Löffel unter dem Wasserhahn ab und stellten sich in einer Reihe für die Essensausgabe an. Ich musste meine Matratze beiseiteschieben, damit der Trusty den Wagen in die Zelle rollen konnte, und als ich aufstand, merkte ich, dass ich mich so ausgeruht und frisch wie ein Mann in Bestform fühlte. Dann schaute ich den Steinkorridor entlang und konnte meinen Augen nicht trauen, als mein Blick auf den Mann fiel, der an der Seite des Sheriffs in unsere Richtung kam. Gewachste Cowboystiefel in gelber Farbe, dunkel gestreifter Westernanzug, Uhrenkette an kunstvoll verziertem Ledergürtel, Schnürsenkelkrawatte, Cowboyhemd mit Druckknöpfen auf den Taschen und schmalkrempiger, leicht nach hinten geschobener Stetson – es gab nur einen Mann in Texas, der sich so kleidete. Durch das fehlende Unterhemd konnte man die Haare an dem über die Gürtelschnalle quellenden Bauch sehen, und das gepuderte Gesicht des Mannes war so rund und glatt wie das eines Babys. Kein Zweifel, er war es wirklich: R. C. Richardson.

»Hack, sag mal, hast du den gottverdammten Verstand verloren? Was zum Teufel hast du in diesem Loch zu suchen?«, sagte er im breiten Osttexas-Akzent der Bewohner von Piney Woods.

»R. C., alter Mistkerl!«, sagte ich.

»Eigentlich bin ich ja nur hier runtergefahren, um ein paar Erdölkonzessionen zu kaufen. Doch dann komm ich gestern Abend zurück ins Motel, schalte die Kiste an und kann meinen Augen kaum trauen. Was soll das eigentlich werden, wenn's fertig ist, mein Junge?«

»Besorg mir einen Kautionsagenten, R. C.«

»Schon erledigt. Hab seinen Arsch gegen Mitternacht aus dem Bett geklingelt, aber der Kerl wollte partout erst heute früh herkommen. Hast du irgendeine Vorstellung, wie hoch deine Kaution ist? Zehntausend Dollar, mein Lieber. Beim Allmächtigen, du bist echt 'ne Marke, Hack.«

»Ich warne Sie, Mr. Richardson«, sagte der Sheriff, »wenn Sie für diesen Mann bürgen, sind Sie auch für ihn verantwortlich. Ich will ihn hier auf keinen Fall wiedersehen.«

»Ich garantiere Ihnen, dass er keinen Ärger machen wird«, sagte R. C. »Möglich, dass wir heute Nachmittag einen Abstecher nach Süden machen und das Chili auf der anderen Seite des Flusses probieren, aber danach fahren wir zurück nach DeWitt.«

»Holst du mich jetzt hier raus, R. C., oder willst du dir nur die Beine in den Bauch stehen?«, sagte ich.

»Nur die Ruhe, mein Junge. Der Kautionsagent wird gleich kommen«, sagte er. »Er weiß, dass ich ihm gehörig in den Arsch trete, wenn er nicht fünf Minuten nach mir hier aufläuft.«

»Du musst die anderen auch auf Kaution rausholen«, sagte ich.

»Weißt du, ich glaube, dein Bruder hat doch recht. Der Whiskey zerfrisst dir langsam das Gehirn.«

»Eine Frage, R. C.: Wie lange sorge ich mittlerweile dafür, dass du nicht ins Kittchen wanderst?«

»Verdammt noch mal, Hack, was glaubst du denn, mit wie viel Bargeld in der Tasche ich hier durch die Gegend marschiere?«

»Ganz bestimmt genug, um dieses County zu kaufen und ein paar andere noch dazu.«

»Hack, das geht wirklich nicht. Da sitzen bestimmt fünfzig Leute mit dir in der Zelle.«

»Nebenan gibt's noch mehr«, sagte ich.

»Wenn die hier rauskommen, sind die ruckzuck in ganz Mexiko verstreut und werden garantiert nicht zu ihren Gerichtsterminen erscheinen.«

»Kannst du jetzt bitte mit dem Gelaber aufhören und einfach die Kaution bezahlen?«

»Du bist nicht nur 'ne Marke, Hack, du bist der verrückteste Typ, den ich kenne. Aber gut, ich mach's trotzdem, und dieses Mal werde ich deinem Bruder zur Abwechslung mal eine Rechnung schicken. Und ich sag dir, wenn er die sieht, werden ihm die Augen rausfallen.«

»Gut, mach das. Und jetzt gib mir doch bitte eine Zigarre.«

Als der Kautionsagent kam, schrieb R. C. auf der Steinwand einen Scheck über den gesamten Betrag aus. Der Agent, ein kleiner Mann mit einem von Gier und Argwohn geprägten Gesicht, dachte wahrscheinlich, dass R. C. betrunken oder übergeschnappt war. Er hielt den Scheck mit der noch feuchten Tinte zwischen Daumen und Zeigefinger und warf R. C. einen skeptischen Blick zu.

»Wenn Sie mir nicht trauen, rufen Sie die First National Bank in Dallas an und fragen Sie dort nach mir«, sagte R. C. »Andernfalls machen Sie sich jetzt langsam an die Arbeit, oder ich suche mir im Handumdrehen einen neuen Kautionsagenten.«

Wir mussten zehn Minuten warten, dann öffnete der Sheriff die Gittertüren der beiden Ausnüchterungszellen, und der Korridor füllte sich mit Menschen, die sich freudig auf Spanisch unterhielten. Ein Deputy schloss eine der gegenüberliegenden Eisentüren auf, aus der Mojo herauskam. Barfuß und mit seinen schürsenkellosen Schuhen in der Hand, trat er ins Licht und kniff die roten Augen zusammen.

»Was ist passiert?«, sagte er. »Hat die weiße Obrigkeit etwa schon genug von uns?«

Ein Mexikaner legte den Arm auf Mojos Schulter und zog ihn in den Pulk der zur Treppe drängenden Menschen hinein.

Er sprach nur Spanisch, aber als er die Hand hob und in einer Trinkgeste mit dem Daumen in seinen Mund wies, schienen die beiden einander zu verstehen.

»Du hast es erfasst, Bruder«, sagte Mojo.

Der Sheriff, in dessen Gesicht die roten Knoten hervorgetreten waren, starrte uns finster an.

Ich schlich von hinten an Rie heran, schlang meine Arme um ihre Hüften und küsste die kühle Haut ihrer weichen Wange. Als sie sich zu mir umdrehte, küsste ich sie noch einmal und fuhr mit der Hand durch ihr Haar.

»Wie hast du das geschafft, Babe?«, sagte sie.

»Ich möchte dir gern R. C. Richardson vorstellen«, sagte ich.

Mit einer langsamen, wohlkontrollierten Bewegung nahm R. C. den Stetson ab, vollführte eine leichte Verneigung und strahlte mit einem Ausdruck südstaatlicher Wertschätzung des weiblichen Geschlechts. Er zog den Bauch ein und streckte die Schultern durch, und für einen Moment hätte man fast die Schnürsenkelkrawatte und die gelben Cowboystiefel übersehen können.

»Es freut mich sehr, Sie kennenzulernen, Miss«, sagte er.

»Rie Velasquez«, sagte sie mit einem Lächeln in den Augen.

»Ich habe Hack gerade erzählt, dass ich noch kein Frühstück hatte. Was halten Sie davon, wenn wir in das Café auf der anderen Straßenseite gehen und uns ein Steak genehmigen?«

Seine Augen erforschten Ries Gesicht, und ich wusste, dass es ihn unheimliche Anstrengungen kostete, seinen Blick nicht weiter wandern zu lassen. Er trat zur Seite und ließ uns vorangehen, der Menschenmenge hinterher und die Treppe hinauf. Ich wusste, dass R. C. gerade dabei war, eine seiner Vorstellungen zu beginnen. Er hatte verschiedene Rollen und spielte sie alle wunderbar. So konnte er den gutmütigen Ölmann geben, wenn er Erdölkonzessionen kaufte, aber auch den bescheidenen Kiwani und Patrioten mimen oder den Kumpeltyp mit einer Tasche voll nicht registrierter Telefonnummern. Aber jetzt war er ein Gentleman und Rancher, eine Vaterfigur, ein älterer Freund, der sich für Bekannte mit Problemen einsetzte. Bevor wir gehen konnten, mussten wir noch darauf warten, dass einer der Deputys die braunen Umschläge mit unseren Wertsachen austeilte. Der zuständige Beamte war ein junger Bursche mit wenig Erfahrung, dem es zudem schwerfiel, die Handschrift seiner Kollegen zu entziffern, die uns am Vortag registriert hatten.

»Jetzt leg mal 'nen Zahn zu, Bürschchen«, sagte R. C. »Wir wollen hier keine Wurzeln schlagen.«

»Denk dran, R. C., noch haben wir gute zwanzig Meter bis zur Tür vor uns«, sagte ich.

»Entweder macht man seine Arbeit oder nicht«, sagte er. »Aber das ist ja überall das Problem in diesem Land. Da muss man sich bloß diesen abgebrochenen Kautionsagenten von vorhin anschauen. Der Kerl spuckt nicht mal auf den Boden, ohne sich vorher hinzusetzen und drüber nachzudenken.«

Wir quittierten den Erhalt unserer persönlichen Gegenstände, und da es draußen immer noch goss, hängte R. C. seinen Regenmantel über Ries Schultern. Wie wallende Vorhänge fiel der vom Wind getriebene Regen vom Himmel und fegte über den unter Wasser stehenden Rasen vor dem Gerichtsgebäude hinweg. Einige der Eichenbäume waren schon fast entlaubt, und ihre Blätter trieben in kleinen Inseln gegen die Stämme der Bäume. Auf der Straße standen stehen gebliebene Autos und Pick-ups. Ihre Scheinwerfer wirkten kraftlos hinter dem peitschenden Regen, und eine scheinbar eingeklemmte Autohupe tutete ohne Unterlass. Die neonfarbene Leuchtreklame über dem Café wirkte in dem unscharfen Licht wie farbiger Rauch.

R. C. öffnete einen großen Regenschirm über unseren Köpfen, und wir liefen auf dem überfluteten Bürgersteig zum Café. Die Luft roch rein und kühl, und selbst der Regen, den der Wind unter den Schirm trieb und über unsere Haut sprühte, fühlte sich nach dem Gefängnisaufenthalt wie eine Absolution an. Der Geruch in einem Gefängnis ist einzigartig, und wenn man danach in einen kräftigen Regenguss hinaustreten und ihn endlich hinter sich lassen kann, fühlt man sich, als hätte man das alles gar nicht erlebt.

Das Wasser stand kniehoch auf der Straße. R. C. führte Rie am Arm und hielt den Regenschirm über unsere Köpfe, ohne sich selbst vor dem Regen zu schützen. Das Wasser troff vom Rand seines perlgrauen Stetson, sein Westernanzug war durchnässt. An seinem Hemd waren weitere Knöpfe aufgegangen, und sein nackter Bauch lugte nun wie ein nasser Teigklumpen hervor. Er war ein alter Gauner und ein Lustmolch dazu, aber auf irgendeine eigenartige Art und Weise mochte ich ihn. Vielleicht hatte es damit zu tun, dass er niemandem etwas Böses wollte und selbst in seiner Unehrlichkeit treu gegenüber dem verlogenen System war, dem er diente. Zudem war da seine spitzbübische Art, die etwas Humor in die Sache brachte. Sicherlich, das waren eigenartige Gründe, jemanden zu mögen, aber in der Ölbranche hatte ich bereits sehr viel schlimmere Männer als R. C. Richardson kennengelernt.

Er öffnete uns die Tür des Cafés, und nachdem wir eingetreten waren, sprühte hinter uns der Regen durch das Fliegengitter. Männer in Cowboystiefeln und Bluejeans saßen am Tresen und tranken Pearl und Jax aus Flaschen. Im hinteren Teil stand ein Schwarzer über einen Pooltisch gebeugt und ordnete gerade unter einem Lampenschirm aus Blech die Billardkugeln für ein neues Spiel an. Die Jukebox mit dem angeschlagenen Plastikgehäuse spielte ein Lied, das von verlorenen Frauen und der wilden Seite des Lebens erzählte. R.C. nahm Rie den Regenmantel ab und zog ihr den Stuhl zurück, als sie sich an einen der mit Wachstüchern bedeckten Tische setzte. Er wirkte unbeholfen in seiner Zuvorkommenheit und bewegte sich wie ein Mensch mit eingerosteten Gelenken, was aber nicht verwunderlich war, da er selten bessere Manieren an den Tag legen musste als die, die er im Dallas Petroleum Club zeigte.

»R.C., am Ende bist du wohl doch nicht der Mistkerl, für den dich alle halten«, sagte ich.

Er hatte seine dicken Hände auf den Tisch gelegt und warf mir einen verdutzten Blick zu.

»Ich kann nur hoffen, dass dein Bruder gestern Abend seine braune Buxe anhatte, als die Spätnachrichten liefen«, sagte er und schaute blinzelnd und mit einem unsicheren Ausdruck auf dem glatten Gesicht zu Rie. »Entschuldigung. Manchmal vergesse ich, dass ich nicht auf einem Ölfeld stehe.«

Sie lächelte ihn an. Er atmete tief ein und öffnete seine Finger. Wir hatten im Gefängnis kein Frühstück gegessen, und ich konnte die Schweinekoteletts und die in der Pfanne brutzelnden Schinkenstreifen riechen. Wir bestellten Steaks und Rührei, dazu Hash Browns und Tomaten als Beilagen.

»Du musst dem Kerl deine Faust bis hoch zum Ellbogen in den Magen gerammt haben«, sagte R.C. »Ich habe noch nie einen Mann gesehen, der so blitzartig zusammengeklappt ist.

Für einen Moment dachte ich, er würde ersticken, wie er da so am Boden lag.«

»Die Burschen mit den Kameras scheinen ja hervorragende Arbeit geleistet zu haben«, sagte ich.

»Worauf du wetten kannst. Sie haben wirklich alles aufgenommen. Sogar dein Lächeln, während diese beiden Cops dich an den Armen gepackt und in Handschellen abgeführt haben. Ich hoffe, dass Bailey ein Beatmungsgerät neben dem Fernseher stehen hatte.« R. C. lachte und zündete sich eine Zigarre an. »Gott verdamm mich, ich würde sogar das Kautionsgeld abschreiben, nur um sehen zu können, wie er zum Telefon gehastet ist.«

Der Kellner brachte unsere Steaks mit Rührei und stellte eine Kanne Kaffee auf einen Untersetzer in der Mitte des Tisches. Ich schnitt ein Stück vom Steak ab und schob es mir mit einer Scheibe gepfefferter Tomate zum Mund. R. C. lachte weiterhin, die Zigarre noch zwischen den Lippen.

»Was meinst du, ob er schon die Klapsmühle in Austin angerufen hat?«, sagte er.

»Du scheinst dich heute Morgen ja wirklich prächtig zu amüsieren«, sagte ich.

»Hack, jetzt lass mir doch den Spaß. Ihr beide habt mir all diese Jahre immer wieder gehörig den Marsch geblasen, und bei Gott, ich krieg wirklich nicht alle Tage die Chance, meinen Anwalt aus dem Knast zu holen.«

»Wie schlimm wird es für dich werden, Hack?«, sagte Rie.

»Ich weiß nicht.«

Die Tür ging auf, und der Regen klatschte auf den Boden. In meinem Nacken spürte ich den kalten Luftzug.

»Miss Rie, machen Sie sich keine Sorgen. Für gewöhnlich geht Hack als Gewinner aus dem Gerichtssaal.«

»Dieses Mal könnte es etwas schwieriger werden«, sagte ich.

»Ach was! Ich erinnere mich noch daran, wie ich quasi schon mit einem Bein auf den Baumwollfeldern der Sugarland Farm stand, aber du hast nur eine Woche gebraucht, damit das Verfahren eingestellt wurde.«

Auch ich erinnerte mich noch an diesen Fall – es waren allerdings eher unangenehme Erinnerungen. Vor vier Jahren hatte R. C. in einem Erdölfeld der Regierung bohren lassen und dabei drei Staatsbeamte geschmiert, von denen einer ins Zuchthaus wanderte.

»Er marschiert mit diesem weißen Anzug in den Gerichtssaal, und keine fünf Minuten später liegen ihm die Geschworenen zu Füßen.«

Als Rie mich daraufhin anschaute, senkte ich den Blick.

»Einmal hat er einen Farbigen rausgeboxt, der wegen Vergewaltigung einer weißen Frau angeklagt war. Und ich schwöre beim lieben Herrgott, die Geschworenen wussten später nicht, warum sie den Kerl eigentlich freigesprochen hatten.«

»Ist schon fast Mittag. Wie wär's mit einem Bier?«, sagte ich.

»Du weißt doch genau, dass du nicht einfährst, Hack. Warum soll sich das Mädchen Sorgen machen?«

»Bestell uns doch bitte ein paar Bier, okay?«

»Glaubst du wirklich, dass sie jemanden aus deiner Familie ins Zuchthaus stecken würden?«

»Warum hältst du nicht einfach die Klappe, R. C.?«

Sein Gesichtsausdruck verriet, dass ich ihn verletzt und in Verlegenheit gebracht hatte. Rie griff unter dem Tisch nach meiner Hand.

»Sie verraten all seine Geheimnisse«, sagte sie. »Er hasst es, wenn andere Leute herausfinden, dass er nicht nur ein linkischer Anwalt vom Land ist.«

Er sah ihr in die Augen, und mit einem Mal war die Kränkung aus seinem Gesicht verschwunden, als hätte ein sanfter Windhauch sie hinfortgeweht. Er war in sie verliebt, und wenn ich nicht im Café gewesen wäre, hätte sein Verhalten wahrscheinlich absurde Züge angenommen.

Als wir fertig waren, übernahm R. C. die Rechnung und ließ drei Dollar Trinkgeld auf dem Tisch. Wir überquerten die unter Wasser stehende Straße und gingen zu seinem Mercedes. Er öffnete Rie die Tür und hielt ihr den Regenschirm, bis sie eingestiegen war. Das Innere des Wagens war mit gelbem Leder verkleidet, die schwarzen Sitze mit einer goldfarbenen Stickerei, der Silhouette des Texas Longhorn, verziert, und auf dem Armaturenbrett stand neben einem Kugelkompass ein leeres Whiskeyglas. Langsam fuhren wir aus der Stadt. Die Bugwelle des Wagens spülte das Wasser über den Bordstein, und R. C. zog eine Halbliterflasche Four Roses aus der Jackentasche und bot sie uns an.

»Wow, das muss das erste Mal sein, dass ich sehe, wie du einen Drink ablehnst«, sagte er und trank aus der Flasche, als enthielte sie Selterswasser.

Die Ränder der Landstraße zur Konservenfabrik waren durch das überfließende Wasser aus den Straßengräben an einigen Stellen unterspült, und auf den Feldern hatte der Regen die Pflanzenreihen davongewaschen oder zu Matschhügeln reduziert. Der böige Wind überzog das braune Wasser mit Kringeln und Linien, sodass es wie eine faltige Hautfläche aussah, und an den Zedernholzpfeilern hatten sich kleine Strudel gebildet, in denen nun die abgerissenen Baumwollbüschel und Zweige kreisten. In der Ferne sah ich eine im Schlamm versunkene Kuh, die sich zu befreien versuchte.

Der Sturm hatte einen Großteil des Fabrikdachs hinweggerissen. Nun klaffte dort ein großes schwarzes Loch mit zerfetzten Rändern, an denen das Blech wie eine Reihe in sich verdrehter Messer steil nach oben zeigte. Vor meinem Wagen lagen jede Menge Protestschilder auf dem Boden herum, und der Regen prasselte mit dröhnendem Lärm auf das Gebäude, die Verladerampe und die Güterwaggons herab. R. C. parkte so nah es ging an meinem Cadillac, stieg aus dem Wagen und ging mit dem Regenschirm zu Ries Seite hinüber. Die Hose seines Westernanzugs war bis zu den Knien mit Matsch bespritzt, und die Regentropfen kullerten von seinem weichen Gesicht herunter. Als Rie in meinem Wagen saß, schloss er hinter ihr die Tür und begleitete mich zur Fahrerseite. Über unseren Köpfen trommelte der Regen auf den Stoff des Schirms.

»Pass auf, Hack. Ich weiß, dass es eine ganze Stange Geld kosten wird, um die Sache durchzustehen«, sagte er. »Und ich weiß auch, dass du jede Menge Schotter hast. Aber falls du doch was brauchen solltest, ruf einfach an. Und noch was: Gib gut auf das Mädchen acht, hörst du?«

»In Ordnung, R. C.«

»Eine letzte Sache muss ich noch loswerden. Kann gut sein, dass du deine politische Karriere jetzt abschreiben kannst, Hack. Aber ich war mächtig stolz auf dich, als ich dich im Fernsehen gesehen hab. Dieser Cop sah aus wie ein einziger stahlharter Muskel, aber du hast es ihm gezeigt, verdammt! Ich hab Bailey oft gesagt, dass ich dich für einen ziemlich durchgeknallten Typen halte, aber unterm Strich bist du ein verdammt feiner Kerl.«

Er schlug die Tür zu, drückte das Kinn gegen die Brust, um sich vor dem Regen zu schützen, und watete durch den Matsch zurück zu seinem Wagen. Wir folgten ihm durch das

Fabriktor, und als wir auf der Landstraße waren, sah ich, wie die leere Whiskeyflasche durch das Autofenster segelte und in einem Bewässerungsgraben landete. Dann drückte er das Gaspedal durch, und der Mercedes verschwand hinter einer Fontäne aus Matsch und braunem Wasser.

»Ein wundervoller Mensch«, sagte Rie.

»Ich glaube, er mochte dich auch ein wenig.«

»Wo fährt er hin?«

»Zurück in sein Motel, wo er sich in Unterwäsche aufs Bett setzen und in einem Anfall von Gefühlsduselei volllaufen lassen wird. Wenn's dunkel ist, fährt er über die Grenze und versucht, einen ganzen Puff zu kaufen.«

»Könnten wir ihn nicht zu uns einladen?«

»Ich denke, er fühlt sich besser, wenn der Tag weiter nach seinem Plan verläuft. Es würde wahrscheinlich nicht gut ausgehen, wenn wir den ganzen Tag zusammen verbringen.«

An den unterspülten Straßenrändern war nur noch loser Schotter zu sehen, der teilweise schon bis zu den immer tiefer werdenden Löchern in der Straßenmitte reichte. Im Wagen spürte man, wie der weiche Boden unter den Rädern nachgab.

»Ich hoffe, er hatte recht, als er meinte, dass niemand aus deiner Familie jemals im Zuchthaus landen würde«, sagte sie.

»Nun, der Deputy hat schon meine Klage wegen Verstoß gegen die Bürgerrechte am Hals, und wenn die Jungs mit den Kameras irgendwas taugen, dann haben sie auch gefilmt, wie er mir das Knie ins Auge gerammt hat. Damit hätte ich bei einem Verfahren gute Argumente. Trotzdem besteht eine große Chance, dass ich meine Lizenz verliere.«

»Oh nein, Hack.«

Ich legte meinen Arm um ihre nassen Schultern und zog sie an mich.

»Mach dir keine Sorgen, Babe. Mein Großvater hat John Wesley Hardin aus dem Sattel gefegt, und Hardin war um einiges härter als die texanische Anwaltskammer.«

»Trotzdem. Ich habe mich mit dem Streik und der Gewerkschaft gebrüstet und mich über dich lustig gemacht. Und jetzt bist du möglicherweise derjenige, den es am schlimmsten von uns allen trifft.«

Ihr Rücken fühlte sich kalt unter meinem Arm an. Ich gab ihr einen Kuss auf den äußeren Augenwinkel und drückte sie noch näher an mich.

»Weißt du denn nicht, dass echte Revolverhelden niemals verlieren?«, sagte ich.

Sie legte ihre Hand auf meine Brust, und ich konnte meinen Herzschlag unter dem leichten Druck ihrer Handfläche spüren. Dann schaute sie zu mir auf, legte ihren Kopf auf meiner Schulter ab und schmiegte sich für den Rest des Weges an mich.

Die unbepflanzten Vorgärten im Armenviertel standen bis zu den Veranden unter Wasser, die Bugwellen meines Wagens schwappten durch die Maschendrahtzäune und schlugen gegen die Häuser. In den Gräben neben der Straße schwammen Blechdosen, Müllreste und halb versunkene Baumstämme, und an einem Telefonmast lag, verwickelt in einem Haufen loser Abfälle, ein toter Hund, bei dem die rosafarbene Haut durch das Fell schimmerte. Am Gewerkschaftshaus hatte der Wind ein paar Schindeln vom Dach gerissen und das Gebäude leicht zur Seite gedrückt. Ich zog meine Stiefel aus, und wir wateten durch das Wasser zur Veranda.

Im Vorderzimmer saßen Mojo und ein Mexikaner mit einer Zweiliterflasche gelbem Wein auf dem Tisch. Mojo hielt ein Glas in der Hand und schwenkte es über einer Kerze hin und her. Die Flamme züngelte am Gefäß empor und ließ schwarze Rauchspiralen aufsteigen. Im Kerzenschein wirkten seine Augen klein und rot.

»Mein Bruder hier bringt mir gerade bei, wie der Spodiodi etwas Feuer bekommt«, sagte er. »Man kann richtig zusehen, wie es in der Farbe nach oben kriecht. Jetzt weiß ich wenigstens, was ich all die Jahre über falsch gemacht habe: viel gesoffen, aber ohne Stil.«

Langsam leerte er sein Glas und schenkte sich noch einmal nach. Ich konnte den Wein bis zum anderen Ende des Zimmers riechen.

»Hier, nimm, ein Telegramm für dich. Steckte in der Tür, als ich vom Knast zurückkam. Außerdem war noch ein Mann da. Der kam mit 'nem Taxi hier vorgefahren und hat nach dir gesucht«, sagte er. »Hat seinen Namen nicht verraten, sah aber genauso aus wie du. Für 'nen Moment hätte ich schwören können, dass er ganz dringend mal aufs Klo musste.«

Ich riss den Umschlag auf und las das spät am Vorabend aufgegebene Telegramm.

Ich weiß nicht, ob dich diese Zeilen erreichen. Ist mir ehrlich gesagt auch vollkommen egal. Zumindest Verisa könntest du anrufen. Natürlich nur, wenn es sich einrichten lässt. Oder vergiss es einfach und reiß das Telegramm entzwei.

Sogar auf eine Unterschrift hatte Bailey verzichtet.

»Was hat der Mann gesagt?«, sagte ich.

»Er ist Richtung Café gefahren. Dann ist er noch mal zurückgekommen und hat mir 'nen Dollar gegeben, damit ich dir auch wirklich ausrichte, dass er da war«, sagte Mojo.

Einfühlsam wie immer, der gute alte Bailey, dachte ich.

»Ich denke, wir sollten dem Kerl etwas von unserer warmen Medizin hier verabreichen, wenn er noch mal wiederkommt. Könnte er sicher gut gebrauchen«, sagte Mojo.

»Was der Kerl braucht, ist ein neuer Kopf«, sagte ich.

Rie ging nach hinten, um sich umzuziehen. Ich suchte im Eisschrank nach Bier, fand aber keins, und fuhr mit dem Cadillac zur Kneipe am Ende der Straße, wo ich ein Dutzend Flaschen Jax und einen Block Eis kaufte. Zurück in der Küche, griff ich mir eine leere Blechdose und schabte das Eis vom Block auf die Flaschen. Rie kam aus dem Schlafzimmer. Sie trug eine weiße Chinohose, Sandalen und ein Hemd mit Blumenmuster, dazu Ohrreife und eine indianische Perlenkette um den Hals. Das Haar mit den goldgelben Spitzen hatte sie nach hinten gekämmt.

»Hey, schöne Frau«, sagte ich und legte meine Arme um sie. Sie drückte ihren ganzen Körper fest an mich und schlang ihre Arme um meinen Nacken. Ich küsste sie auf den Mund und fuhr mit meinen Lippen über ihre Wange hinauf bis zu ihrem Ohr, wo ich den Regen in ihrem Haar riechen konnte.

»Musst du mit ihm nach Hause fahren?«, sagte sie.

»Nein.«

»Bist du sicher, Hack?«

»Wir geben ihm einfach was von Mojos Glühwein. Das ist alles, was er braucht.«

Sie streichelte mit den Fingerspitzen über meinen Nacken und vergrub ihren Kopf in meiner Brust.

»Mach dir keine Sorgen, Babe«, sagte ich. »Ich muss nur mit ihm sprechen.«

Sie atmete durch den Mund und hielt mich eng umschlungen. Ich küsste ihr Haar und drückte sanft ihr Kinn nach oben, sodass ich ihr ins Gesicht schauen konnte. Die eiserne Disziplin der Kämpferin war verschwunden.

»Ich könnte dich nie wieder verlassen, Rie«, sagte ich. »Bailey ist nur hier runtergekommen, weil er in seinem zwanghaften Wesen nicht anders konnte. Es hat nichts zu bedeuten.«

Ich hatte sie noch nie zuvor belogen, und es fühlte sich nicht gut an. Ich griff mir den mit zerstoßenem Eis und Bierflaschen gefüllten Eimer, und wir gingen raus auf die Veranda. Dort setzten wir uns in zwei an der Wand stehende Korbstühle, um nicht von dem Regen getroffen zu werden, den der Wind immer noch unter das Dach der Veranda trieb. Das schwere Grau des Himmels hatte sich in vorüberziehende Wolken aufgelöst, und in der Ferne konnte ich die schwachen, braunen Umrisse der Berge sehen. Der Rio Grande stand hoch und führte viel Schlamm, seine Oberfläche war von den Blasen der Regentropfen bedeckt. Die hohe Uferböschung auf der mexikanischen Seite schien im Begriff, sich aufzulösen, und fiel brockenweise ins Wasser. Ich öffnete zwei Bierflaschen und wischte mit der Hand das Eis vom Glas.

Es war schon lange her, dass ich den Regen so sehr genossen hatte. Der Wind war kühl und roch nach nasser Erde und dem tropfenden Laub der Bäume. Ich erinnerte mich daran, wie ich als Junge auf der Veranda hinter dem Haus gesessen und zugesehen hatte, wie der Regen auf die hüfthohen Baumwollpflanzen fiel. In der Ferne konnte ich damals Cappies graue Hütte vor dem Dunst des Flusses sehen, und auch wenn ich den Strom selbst nur erahnte, so wusste ich doch, dass die Barsche gerade nach oben kamen, um sich die Raupen zu schnappen, die der Regen aus den Weiden gewaschen hatte.

»Ist er wirklich so, wie du ihn beschreibst?«, sagte Rie.

»Ich weiß nicht. Vielleicht bin ich etwas unfair zu ihm.

Nachdem unser Vater gestorben war, musste er sich um die praktischen Dinge des Lebens kümmern. Ich spielte derweil Baseball für die Baylor University und verließ dann das College, um zur Navy zu gehen, während er sein Jurastudium zu Ende bringen und sich gleichzeitig um die Ranch kümmern musste. Seither dreht sich sein gesamtes Denken um Geldangelegenheiten und die Frage nach der Rechtschaffenheit seiner Mitmenschen, aber leider hat er in beiden Bereichen kein gutes Händchen. Manchmal habe ich Angst, dass er sich erschießen wird, wenn er herausfindet, in welche Dinge er den Großteil seiner Lebenszeit investiert hat.«

Ich nahm einen Schluck von meinem Bier und lehnte mich mit dem Stuhl gegen die Hauswand. »Hey, hey, baby, take a whiff on me«, hörte ich Mojo im Vorderzimmer singen.

»Glaubst du wirklich, dass sich Leute deshalb erschießen?«, sagte sie.

»Ich war eigentlich immer der Meinung, dass es auf dieser Welt keinen Grund gibt, um sich von einer Sekunde auf die andere das Leben nehmen zu müssen. Aber ich weiß natürlich um die Mittel und Wege, mit denen man über einen längeren Zeitraum das gleiche Ziel erreicht.«

»Hört sich so an, als wäre dein Bruder ein ziemlich bedauernswerter Mensch.«

»Er zieht eine gewisse Befriedigung aus seiner tragischen Weltsicht. Wenn er sich zum Beispiel mit mir vergleicht, fühlt er sich immer im Recht.«

»Hey, hey, everybody take a whiff on me«, sang Mojo.

Dann sah ich ein gelbes Taxi mit matschbespritzten Seitentüren, das auf die überflutete Straße einbog und in unsere Richtung fuhr. In den Wellen hinter dem Wagen schaukelten die auf der Straße treibenden Müllreste und Blechdosen.

»Soll ich mich in den Wagen setzen und eine Runde drehen?«, sagte sie.

»Nein. Ich möchte, dass du ihn kennenlernst. Es wird das Beste sein, was ihm seit langer Zeit passiert ist.«

»Irgendwie habe ich das Gefühl, dass ich nicht hier sein sollte, Hack.«

»Wer, wenn nicht du, sollte in deinem Haus sein, verdammt? Bailey etwa, den keiner von uns beiden eingeladen hat?«

Ich drückte ihre Hand, aber ich sah, dass ihr die Situation Unbehagen bereitete. Die Wellen des Taxis spülten durch den Vorgarten und schwappten gegen die Verandastufen. Bailey bezahlte den Fahrer und stieg aus dem Wagen. Regentropfen benetzten seine braune Windjacke. Seine rot geränderten Augen waren von eingesunkenen Ringen umschlossen, die Falten auf seiner Stirn vom Schlafmangel zusätzlich vertieft. Sein ganzes Gesicht wirkte gealtert, wie das eines Mannes in mittleren Jahren, und in gewisser Weise schien es, als hätte er hart daran gearbeitet, genau diesen Eindruck zu vermitteln. Den Kopf leicht gesenkt, den Mund zu einem schmalen Strich zusammengekniffen, stakste er durch das Wasser zur Veranda.

»Wie geht's dir, Bruderherz?«, sagte ich und nahm einen Schluck aus der Bierflasche.

»Ich habe einen Flieger am County-Flughafen.« Er starrte mich an, würdigte Rie aber keines Blickes.

»Komm raus aus dem Regen und nimm dir ein Bier. Ich will dir jemanden vorstellen.«

»Wir lassen dein Auto hier. Du kannst später noch mal herfliegen und es holen«, sagte er. In seiner Stimme klang dieser leise und bestimmte Ton der Rechtschaffenheit mit, den er sich für besonders tragische Situationen aufsparte und der mich schon immer auf die Palme gebracht hatte. Dieses Mal allerdings beherrschte ich mich.

»Ziemlich mieses Wetter für einen Flug, Bailey. Hättest vielleicht einen Tag warten sollen«, sagte ich und war einigermaßen überrascht, dass er überhaupt geflogen war, da er eine Heidenangst vor Flugzeugen hatte.

»Hast du noch irgendwas im Haus?«, sagte er.

»Nein.«

»Dann können wir uns ja auf den Weg machen.«

Er machte es mir wirklich schwer.

»Könntest du dich nicht wenigstens eine Minute setzen, verdammt noch mal?«, sagte ich. »Oder zumindest aus dem Regen treten?«

Er stieg die Stufen der Veranda hinauf und wischte sich mit dem Handrücken über die Stirn, Rie allerdings ignorierte er weiterhin. Ich holte einen Stuhl von der anderen Seite der Veranda heran und fischte ihm eine Bierflasche aus dem Eiskübel.

»Hier, setz dich«, sagte ich. »Das ist Rie Velasquez. Sie arbeitet als Koordinatorin für die Gewerkschaft.«

»Nett, Sie kennenzulernen, Ma'am.« Er schaute sie an, zum ersten Mal, und seine Augen verweilten länger auf ihrem Gesicht, als er es wahrscheinlich gewollt hatte. Rie schenkte ihm ein Lächeln, und für einen Moment vergaß er, dass er der fest entschlossene Bruder mit düsterer Miene war.

Ich öffnete die Bierflasche, an deren Hals Eisstückchen herunterrutschten, und reichte sie ihm.

»Nimm einen Schluck, Bailey«, sagte ich, als er die Flasche auf dem Geländer abstellen wollte. »Wenn du dir ab und an mal ein Bier genehmigen würdest, hättest du bestimmt nicht mit Magengeschwüren zu kämpfen.«

»Der Senator und John Williams sind auf der Ranch.«

»John Williams? Was hat dieser Bastard in meinem Haus verloren?«

»Er hat das Wochenende mit dem Senator verbracht und ist heute Morgen mit ihm runter zur Ranch gekommen.«

»Du weißt genau, dass der alte Herr ein Arschloch wie Williams nicht mal zur Hintertür reingelassen hätte.«

»Er hat gesagt, dass er immer noch gern für deine Kampagne spenden würde.«

»Besser, du schaffst ihn aus meinem Haus.«

»Warum kümmerst du dich nicht einfach selbst darum? Das hier ist nämlich mein letzter Botengang.«

»Ach ja? Können wir das vielleicht schriftlich festhalten?«, sagte ich.

»Weißt du überhaupt, was andere Leute alles auf sich nehmen für dich? Der Senator hält dir die Treue, und Verisa tut es ebenfalls. Aber ich sag dir was: Ich wäre nicht hier, wenn ich mich ihr gegenüber nicht verpflichtet fühlen würde.«

»Was für eine Art Verpflichtung soll das sein, Bailey?«, sagte ich.

»Ich werde mich besser mal ums Essen kümmern«, sagte Rie.

»Nein, bleib hier. Ich möchte, dass du von Baileys Gefühl der Verpflichtung erfährst. Also, Bruderherz, raus mit der Sprache, was steckt dahinter?«

Er schaute kurz zu Rie und nahm einen Schluck aus der Flasche.

»Vergiss einfach mal Anstand und Etikette oder die Gefühle anderer Menschen«, sagte ich. »Kotz es einfach aus, und dann schauen wir's uns an. Komm schon, Bailey, du kannst das.«

»Ich geh rein, Hack«, sagte Rie.

»Nein, gottverdammt noch mal. Lass uns hören, was Bailey zu sagen hat. Er ist den ganzen Weg von Austin gekommen, hat sich durch ein Luftloch nach dem anderen gequält, und jetzt muss es endlich mal raus.«

»Also gut«, sagte er. »Ich fühle mich ihr gegenüber verpflichtet wegen der sieben Jahre voller Enttäuschungen, die du ihr gegeben hast, wegen deiner Sauferei und den Entschuldigungen, die sie im ganzen Bundesstaat für dich machen muss. Jede andere Frau hätte dich schon vor Jahren in den Gerichtssaal geschleift und dir die Fingernägel rausreißen lassen. Sie musste übrigens gestern sediert werden, aber das wird dir wahrscheinlich ebenso gleichgültig sein wie der Rest deines Lebens.«

»Was meinst du damit, dass sie sediert werden musste?«, sagte ich.

»Eine Stunde nach der Fernsehsendung rief sie mich an. Sie war betrunken, und ich musste mit einem Arzt aus Yoakum zu ihr fahren.«

Rie zündete sich eine Zigarette an und schaute in den Regen hinaus. Ihre sonnengebräunten Wangen waren blass, ihre Augen glänzten. Ich wusste nicht, warum ich sie gezwungen hatte, sich all das anzuhören, aber jetzt konnte ich es sowieso nicht mehr ändern. Der Wind trieb den Regen auf die Veranda, wo er gegen Baileys Stuhl klatschte.

»Wie geht es ihr jetzt?«, sagte ich.

»Was denkst du denn? Sie hat eine halbe Flasche von deinem Whiskey getrunken, und der Arzt musste ihr eine Spritze geben, um sie überhaupt ins Bett zu bekommen.«

Die Bierflasche fühlte sich schwer in meiner Hand an, und ich fragte mich, was das für ein Arzt war, der alkoholisierten Patienten Beruhigungsmittel spritzte.

»Heute Morgen hat sie ihre Pillen weggeworfen und versucht, Frühstück für den Senator und Williams zu machen«, sagte Bailey. »Es fehlte nicht viel, und sie wäre zusammengebrochen. Ich habe sie wieder ins Bett gebracht und ihr ihre Medikamente besorgt.«

»Und dir ist nicht den Sinn gekommen, dass man Menschen mit Alkohol im Blut keine Medikamente gibt, oder?«, sagte ich, aber er hatte ganz offensichtlich nicht daran gedacht. Sein Gesichtsausdruck verriet mir, dass er in seinem von Moral und Anstand geleiteten Handeln glaubte, das Richtige getan zu haben.

»Fahr nach Hause mit ihm, Hack«, sagte Rie.

»Bailey, warum zum Teufel noch mal kommst du immer mit solchen Nummern an?«, sagte ich.

»Verwechselst du da nicht etwas?«, sagte er.

»Nein, tue ich nicht. Du hast ein Talent dafür, aus einer Mücke einen Elefanten zu machen.«

»Ich glaube, du brüllst gerade die falsche Person an.«

»Und zur Krönung legst du dabei immer diese coole Distanziertheit an den Tag. Das ist unglaublich. Denk mal drüber nach. Sind das nicht die Momente, in denen du dich am glücklichsten fühlst?«

»Das muss ich mir nicht bieten lassen.«

»Nein, das brauchst du natürlich nicht. Du lässt einfach nur die Handgranaten auf die Veranda fallen und schaust dabei zu, wie andere Leute sie durch die Gegend kicken.«

»Hack, ich habe dir gesagt, dass ich genug von diesem Quatsch habe.«

»Wie bitte? Erst verkaufst du meinen Arsch scheibchenweise im ganzen Bundesstaat, dann beklagst du dich ohne Unterlass über mich, und jetzt hast du auf einmal genug von diesem Quatsch? Hab ich das richtig verstanden, Bruderherz?

Ganz ehrlich, du machst mich gerade so wütend, ich könnte dir eine klatschen, dass du von der Veranda fliegst.«

»Hör auf damit, Hack. Flieg mit ihm heim«, sagte Rie. Ihr Gesicht war rot, ihre Finger klammerten sich zitternd um die Lehne des Korbstuhls.

»Soll ich etwa mit ihm um die Wette zum Flughafen laufen?«, sagte ich. »Vielleicht kann Bailey auch einfach die ganze Bande herholen, und wir setzen uns hier auf der Veranda zusammen und unterhalten uns darüber, was für ein Mistkerl ich doch bin.«

Rie rieb sich mit den Fingerspitzen an der Stirn und senkte den Blick, aber ich konnte ihre nassen Wimpern trotzdem sehen. Niemand sagte ein Wort. Der Regen trommelte monoton auf die Dachschindeln, strömte von der Traufe herunter und fiel vom Wind verweht zu Boden. Mir stand der Schweiß im Gesicht. Ich wischte mir mit dem Hemdsärmel über die Stirn und trank den Schaum aus der Flasche. Als ich Rie wieder anschaute, fühlte ich mich elend.

»Tut mir leid, Babe«, sagte ich.

Sie wandte ihren Blick von Bailey ab und steckte sich eine neue Zigarette in den Mund.

»Ruf mich heute Abend in der Bar an. Irgendjemand wird herkommen und mir Bescheid sagen«, sagte sie.

Der Wind ließ die Locken in ihrem Nacken tanzen, und ich konnte sehen, wie ihre Schultern zitterten. Aber Bailey war da, und so gab es nichts, was ich hätte sagen oder tun können. Ich ging ins Haus und bat Mojo, bis zu meinem Anruf bei Rie zu bleiben. Als ich wieder rauskam, stand Bailey immer noch auf der Veranda.

»Hattest du Angst, ich würde zur Hintertür rausschleichen?«, sagte ich, aber er verstand es nicht.

Er hatte sich an das Geländer gelehnt, wo der Regen seine Anzughose durchnässte, und tat gerade so, als würde ich ohne seine körperliche Präsenz nicht in den Wagen steigen. Ich wollte ihm sagen, dass er schon mal vorgehen, sich im Auto in eine Straßenkarte vertiefen und nicht aufschauen sollte, bis er das Klicken der Wagentür hörte. Aber ich wusste, dass er nicht mitgespielt hätte und der Streit von vorn losgegangen wäre. Als wir schließlich losfuhren, starrte Rie immer noch mit der nicht angezündeten Zigarette zwischen den Fingern in den Regen hinaus.

Auf der Fahrt zum Flughafen sagte keiner von uns ein Wort. Irgendwann fiel die Klimaanlage aus. Die Fenster beschlugen, der Schweiß rann mir über Gesicht und Hals und schließlich in mein Hemd. Ich war erfüllt von einer unbändigen Wut auf Bailey, einem Groll, den man nur für jemanden empfinden kann, mit dem man aufgewachsen ist, und während die Hitze im Wagen weiter zunahm, begann ich jede seiner Bewegungen zu hassen. Er öffnete das Fenster, und der Wind sprühte den Regen über die Ledersitze. Dann schloss er es wieder und versuchte, seine Windjacke auszuziehen, wobei er mir gegen den Arm schlug. Ich schaltete das Radio an, und wir hörten den Tiraden eines Evangelisten zu, der in einer Art Kreuzritter-Rhetorik gegen den kommunistischen Antichristen in Vietnam geiferte.

Die zweimotorige Maschine parkte am Ende der Piste, die Räder standen in einer Handbreit Wasser. Der Regen klatschte gegen die genieteten Platten des silberfarbenen Flugzeugrumpfes, und der Wind aus den Bergen drückte immer noch so stark gegen den Flieger, dass die Blöcke zur Sicherung der Flugzeugräder knarzten. Die Berge in der Ferne sahen so braun und glatt aus, als wären sie aus Lehm.

In der Kabine befanden sich drei an die Wand geschweißte Metallsitze mit alten Sicherheitsgurten aus Militärbeständen. Als der Pilot die Zündung betätigte, wollte der elektrische Starter des Backbordmotors nicht anspringen. Schließlich setzte sich der Propeller doch noch mit einigen stockenden Umdrehungen in Bewegung, und schwarze Abgaswolken wurden über die Tragflächen hinweg nach hinten getrieben. Das Motordröhnen versetzte das gesamte Flugzeug in Vibrationen, der Luftstrahl der Propeller drückte das auf dem Asphalt stehende Wasser zur Seite. Der Pilot fuhr langsam auf die Piste und drehte die Nase des Flugzeugs in den Wind. Bailey wischte sich in einem fort das Regenwasser und den Schweiß aus der Stirn nach hinten in die Haare und hielt sich mit der anderen Hand krampfhaft an seinem Oberschenkel fest.

»Ich werde sie schnell hochziehen«, sagte der Pilot über seine Schulter hinweg. »Über den Bergen da gibt's ein paar tückische Abwinde.«

Bailey griff unter seinen Sitz und zog eine Papiertüte hervor, in der sich eine Viertelliterflasche Schlehenlikör befand. Er trank, ohne mich anzuschauen. Das Flugzeug nahm Geschwindigkeit auf, das braune Wasser wurde an die Seiten des Runways gepresst, und an den Fenstern rauschten die überfluteten Felder und die silberfarbenen Hangars vorbei. Dann hoben wir plötzlich ab, dem grauen Licht entgegen, und die Maschine schaukelte im Gegenwind und vibrierte unter der Anstrengung der Motoren. Wir überflogen die Bergkämme, und einige Augenblicke später konnte ich durch das Fenster das gesamte Rio Grande Valley sehen, wie es sich unter uns ausbreitete. Die Felder waren nicht viel mehr als große braune Wasserflächen in viereckiger Form, die nicht vom

Sturm zerstörten Obstplantagen hoben sich dunkelgrün von der Umgebung ab, und der Fluss trug so viel Wasser, dass die Weidenbäume am Ufer fast verschwunden waren. Auf den Weiden ragten die steifen Beine toter Rinder und Pferde aus dem Wasser gen Himmel, die Stacheldrahtzäune waren vom Wind auf die Erde gedrückt worden. Melkställe waren zur Seite übergekippt, die Dächer vieler Farmhäuser hinfortgerissen. Ich hatte das Gefühl, ohne Erlaubnis in den privaten Lebensraum mir fremder Menschen hinunterzuschauen, auf ihre Esstische, in ihre Küchen und Schlafzimmer.

Baileys Gesicht war kalkweiß. Er nahm noch einen Schluck aus der Flasche und hustete. Sehr wahrscheinlich hasste er es, dass ich ihn trinken sah, aber seine Angst vor dem Fliegen war größer als die Sorge um sein Image oder seinen von Geschwüren geplagten Magen.

»In einer Stunde sind wir da«, sagte ich. »Die schlimmsten Turbulenzen haben wir überstanden.«

Bailey aber saß weiter steif in seinem Metallsitz, den Sicherheitsgurt eng über den Bauch geschnallt, die Finger auf die flache Flasche gepresst, und immer noch lief ihm der Schweiß über das Gesicht.

»Ich weiß nicht, welche Vereinbarung du mit Verisa und dem Senator treffen wirst, aber wir beide, du und ich, wir werden einen Deal über die Zukunft der Kanzlei machen«, sagte er. Seine Stimme klang trocken, sein Akzent schien durch die Angst verstärkt.

»Warum muss ich denn auf einmal mit aller Welt eine Vereinbarung treffen?« Ich kannte seine Antworten und Argumente bereits, aber darum ging es nicht. Bailey wollte sich unterhalten oder irgendetwas tun, um das Flugzeug und die Entfernung zur Erde vergessen zu können.

»Weil du gewissen Leuten eine Menge schuldig bist«, sagte er.

»Ist dir eigentlich noch nie aufgefallen, dass der Senator im Grunde genommen ein schlechter Mensch ist, der noch nie etwas für andere getan hat, bevor ihm nicht der Arsch gepudert wurde? Dass sich dieser Kerl seit dreißig Jahren für alle Schändlichkeiten verdingt, die in diesem Lande verbrochen werden? Dass er mich mehr braucht als ich ihn?«

Bailey nahm noch einen Schluck vom Likör, und als er die Flasche zuschrauben wollte, brauchte er eine Weile, denn der Deckel schabte wieder und wieder über das Gewinde hinweg.

»Ich hab's dir heute schon mal gesagt: Sprich selbst mit ihm«, sagte er. »Mir ist es scheißegal, in welches Bockshorn deine Paranoia dich nun schon wieder treibt. Morgen stelle ich dir einen Abfindungsscheck aus, und die Kanzlei gehört mir.«

»Okay, Bailey«, sagte ich und sah ihm dabei zu, wie er seinen Ärger zurückhielt, genauso wie seine verschrobenen Vorstellungen von einer korrekten Welt und den rechtschaffenen Menschen, die in ihr lebten.

Eigentlich hatte ich gedacht, wir würden auf einer der schmalen Pisten in Yoakum oder Cuero landen, aber Bailey hatte dem Piloten aufgetragen, die Maschine auf der Weide direkt hinter meinem Haus runterzubringen. Sie war eben, frei von Steinen und Felsbrocken und lag einige Meter höher als der Fluss, aber selbst aus der Luft konnte ich das Wasser im Gras stehen sehen. Wir drehten eine Runde über die Ranch, die Tragflächen der Maschine im Wind geneigt. Ich tippte dem Piloten auf die Schulter und beugte mich nach vorn gegen seine Rückenlehne.

»Vorsicht! Der Boden auf dieser Weide ist relativ weich, außerdem gibt es dort Erdhöhlen von Gürteltieren«, rief ich ihm durch den Motorenlärm zu.

Er drehte sich kurz zur Seite und nickte, senkte die Maschine, flog über den Fluss und setzte zur Landung an. Die Felder mit den vom Wind auf den Boden gedrückten Mais-, Tomaten- und Baumwollpflanzen rasten auf uns zu, und ich sah die sich auf- und abwärts bewegenden Kolbenstangen der Erdölpumpen, das im dünnen Regen wie ein Lichtblitz funkelnde Windrad, das graue Dach des Pferdestalls und die verwitterte Räucherkammer, die sich zu der daneben befindlichen Lagerkuhle für die Eichenholzscheite neigte. Dann erblickte ich das weiße Ranchhaus selbst, mit seiner Gitterwerk-Veranda, den Rosenbüschen und den Pappelbäumen entlang der Zufahrt. Hinter den Pfahleichen bei Cappies Hütte gingen wir runter und setzten auf der Weide auf, und im nächsten Moment sprühte eine Fontäne aus Matsch und Gras auf die Frontscheiben der Kanzel. Die Räder tauchten tief in den nassen Grund ein, sodass das Heck des Flugzeugs nach oben schnellte. Der Pilot riss das Gas auf, um die Maschine parallel zum Boden zu halten, auch wenn er nicht mehr sah, wohin er sie steuerte. Wasser und Matsch klatschten auf die Seitenfenster, eins der Räder versank in einer weichen Stelle im Boden. Die Maschine rutschte in einem Halbkreis und mit einem Motor in Segelstellung gegen den weißen Zaun zwischen der Weide und dem Garten.

Der Pilot brachte auch den anderen Motor in Segelstellung und wischte sich mit dem Ärmel übers Gesicht. Ich sah zu Bailey, der den Inhalt der Likörflasche über seine Hosenbeine verschüttet hatte.

»Haben Sie drinnen was Hochprozentiges?«, fragte mich der Pilot.

»Wenn Sie Jack Daniel's trinken.«

Ich öffnete die Kabinentür, und der Wind blies uns den Regen ins Gesicht. Wir kletterten über den weißen Zaun und liefen durch die Eichen im Garten zur Veranda. Auf der mit Kies bedeckten Zufahrt stand eine Limousine mit getönten Fensterscheiben, der Wagen des Senators. Die Pappeln bogen sich im Wind, auf dem Rasen lagen abgerissene Magnolienzweige und Rosenblüten. Einer von Verisas großen Blumentöpfen war von der Veranda im ersten Stock gefallen, sodass ein Haufen aus weicher Blumenerde und Tonscherben jetzt die Treppenstufen bedeckte. Es schien lange her, dass ich das letzte Mal zu Hause gewesen war. Vielleicht wirkte alles so fremd auf mich, weil der Wagen des Senators in der Zufahrt parkte. Andererseits sahen selbst die verwitterten Einschusslöcher im Verandapfeiler so frisch aus, als hätte Wes Hardin gestern erst die Kugeln im Holz versenkt.

Ich ging mit dem Piloten durch den Vorraum in die Bibliothek, öffnete ihm eine Flasche Whiskey und stellte einen mit Eiswürfeln gefüllten Eimer bereit. Mit einer nassen Zigarette im Mund setzte er sich auf meinen Lederstuhl und füllte das Glas bis zur Hälfte.

»Für gewöhnlich stelle ich meinen Passagieren keine persönlichen Fragen«, sagte er, das abgespannte Gesicht über das erhobene Glas gebeugt. »Aber mal ehrlich: Seid ihr Jungs auf einer Kamikaze-Mission oder so was?«

Ohne zu antworten, schloss ich hinter mir die Tür und ging ins Wohnzimmer. Der Senator saß auf einem mit Hirschleder bezogenen Stuhl neben der Bar. Er trug eine blaue Anzughose und ein graues Golfhemd. In dem Highballglas, das er auf seinen übereinandergeschlagenen Beinen abgestellt hatte und mit einer Hand festhielt, war gerade genug Whiskey, um das Wasser blassgelb zu färben. Er hatte etwas mehr Farbe seit unserem letzten Treffen bekommen, und sein weißes Haar bewegte sich leicht im sanften Luftzug der Klimaanlage. An der Bar lehnte der Mann mit der Sonnenbrille, John Williams. Groß stand er da, seine Gesichtshaut blass und so unnatürlich wie glatter Gummi. Sein gelbbrauner Anzug hing glatt und ohne Falte an ihm herunter. Auf der Couch saß Verisa in einem noblen Sommerkleid, das sie vor drei Wochen bei Neiman Marcus gekauft hatte. Sollte ihr der Alkohol oder die Beruhigungsspritze tatsächlich so sehr zugesetzt haben, wie Bailey berichtet hatte, so wusste sie ihre Beschwerden ziemlich gut zu verbergen. Ihr zurückgekämmtes rostbraunes Haar lag auf ihren Schultern, das Make-up in ihrem Gesicht gab ihr einen frischen, kühlen Look. Sie hatte sich bequem zurückgelehnt und hielt den Stiel eines Weinglases zwischen den Fingern, als wäre sie auf einer Cocktailparty der Töchter der Amerikanischen Revolution. Als ich den Raum betreten hatte, war ein Glitzern über ihre Augen gehuscht, und ich wusste, dass sie auf eine Vergeltung mit schmerzhaftem Ende für mich hoffte.

Der Senator erhob sich von seinem Stuhl und reichte mir die Hand. Die Haut an den äußeren Winkeln seiner eisblauen Augen kräuselte sich, wenn er lächelte, und seine Hand war so klobig und fest wie die eines Maurers.

»Ereignisreiches Wochenende, was?«, sagte er.

»Die Leute vom Fernsehen haben bestimmt etwas übertrieben«, sagte ich.

»Die Aufnahmen waren zumindest klar und scharf.« Die Haut um seine Augen kräuselte sich erneut, aber es war unmöglich, etwas darin zu lesen. »Aber gut, lassen wir das. John Williams haben Sie ja schon kennengelernt.«

»Mr. Holland«, sagte Williams und hob sein Glas zum Gruß.

»Hallo.«

»Ich erfreue mich gerade an Ihrem Geschmack in Sachen Whiskey.«

»Nehmen Sie sich doch ein paar Flaschen mit«, sagte ich.

»Danke für das Angebot. Ich denke, das werde ich annehmen«, sagte er und lächelte irgendwo hinter seiner Sonnenbrille.

»Ach, was rede ich denn? Nehmen Sie sich doch gleich eine ganze Kiste mit. Auf der Veranda hinter dem Haus habe ich noch eine Steige Limonen. Die gibt's obendrauf.«

Für einen Moment herrschte Stille. Bailey, dessen Windjacke noch dunkel vom Regen war, schaute auf den Boden und ging hinter die Bar. Er zog ein Mint-Julep-Glas durch den Kübel mit den Eiswürfeln.

»Willst du etwas Wasser dazu, Hack?«, sagte er.

»Gib doch lieber Mr. Williams das Glas. Mir ist gerade die Lust an meinem Whiskey vergangen.«

»Vielleicht warte ich besser auf der Veranda«, sagte Williams.

»Das ist nicht nötig«, sagte der Senator, und seine blauen Augen fokussierten wieder mein Gesicht.

»Auf keinen Fall soll er auf der Veranda warten!«, sagte ich. »Da draußen tobt ein richtiges Unwetter, Mr. Williams. Stark genug, um die Schaltkreise einer Interkontinentalrakete durchschmoren zu lassen.«

Ich verabscheue ihn und alles, wofür er stand, und jetzt ließ ich ihn die Wut spüren, die seine Anwesenheit in meinem Haus in mir hervorrief. Er leerte sein Glas und stellte es auf den Tresen.

»Ich denke, es ist wirklich besser, Allen«, sagte er.

»Schenken Sie John doch bitte noch einen Drink ein«, sagte der Senator zu Bailey.

»Und nicht, dass du die Limettenscheiben vergisst, Bailey«, sagte ich.

»Kannst du nicht einen Nachmittag ohne diese Theatralik in deinen Äußerungen auskommen?«, sagte Verisa.

»Ich hatte heute noch nicht sonderlich viele Gelegenheiten, mich zu äußern. Bailey hat mich nämlich in einer zweistündigen Zeremonie zum größten Mistkerl von Südtexas gekürt.«

»Die Sache muss nicht unangenehm werden, Hack«, sagte der Senator.

»Man kann nicht vernünftig mit ihm reden«, sagte Verisa. »Das würde gegen seine Prinzipien verstoßen. Die besagen nämlich, dass er andere Menschen so oft wie möglich beleidigen muss.«

»Gib Mr. Williams einen Drink, Bailey«, sagte ich. »Und schau mal nach dem Piloten. Ich befürchte, der gibt sich gerade die Kante.«

»Gut, dann kommen wir besser gleich zum Thema, Hack«, sagte der Senator. »Gestern Abend hat mich das texanische Parteikomitee angerufen und wollte wissen, ob wir Sie fallen lassen und dafür einen Jungen aus Gonzales ins Rennen schicken sollen. Ich habe denen gesagt, dass wir den Wahlbezirk so oder so gewinnen, unabhängig vom Kandidaten, und dass ich Sie, Hack, im Januar im Repräsentantenhaus sehen will.«

»Das ist nett von Ihnen, Senator, aber ehrlich gesagt frage

ich mich mittlerweile, warum sich alle Welt so sehr für meine politische Karriere engagiert«, sagte ich und schaute ihm direkt in die Augen.

»Weil ich mich Ihrem Vater gegenüber verpflichtet fühle, einem Mann, der mir ein guter Freund war. Ich denke, Sie haben verantwortungslos gehandelt, aber mit der Zeit werden Sie sehr wahrscheinlich einen guten Kongressabgeordneten abgeben.«

»Ich fürchte allerdings, dass ich genug vom Politzirkus habe.«

»Das fällt dir ja wirklich früh ein«, sagte Verisa.

»Ich glaube, Hack ist immer noch etwas verärgert über die Polizei von Rio Grande«, sagte der Senator. »Dabei ist es gut möglich, dass wir durch die ganze Aktion einige Stimmen von Gewerkschaftsanhängern hinzugewonnen haben. Und bei den Schwarzen und den Mexikanern dürfte Ihre Verhaftung auch eher gut angekommen sein. Wichtig ist jetzt vor allem, dass wir aus der Sache Kapital schlagen, bevor der republikanische Gentleman sie ausschlachtet.«

»Tut mir leid, Senator, aber ich denke, der Junge aus Gonzales ist die bessere Wahl.«

»Du übertriffst dich heute wieder selbst«, sagte Verisa.

»Wenn's nach dir ginge, hätte ich doch schon vor Jahren im Suff mit dem Wagen in den Zaun rasen sollen.«

»Reizend wie eh und je. Ich hätte mich nicht mehr auf deine Ankunft freuen können«, sagte sie.

»Ich will die Sache jetzt mit Ihnen zu Ende besprechen, Hack«, sagte der Senator. »Heute Nachmittag werde ich mit dem Komitee reden, und ich möchte diesen Leuten gern Ihre Zusicherung für einen reibungslosen Ablauf der Kampagne geben.«

»Ich denke nicht, dass Sie das tun sollten, Senator.«

»Um die Anzeige wegen Körperverletzung können wir uns kümmern«, sagte er. »Wahrscheinlich wäre ein kurzer Termin in Austin notwendig, aber das ist eine Kleinigkeit.«

Er weigerte sich immer noch, meinen Worten Gehör zu schenken, und ich spürte Wut in mir aufsteigen.

»Begreifst du denn nicht, was diese Leute für dich tun wollen?«, sagte Bailey von seinem Posten hinter der Bar. »Denk doch mal drüber nach. Du hast gestern eine Straftat begangen und könntest deine Lizenz verlieren oder sogar ins Gefängnis wandern.«

»Nein, ich begreife überhaupt nichts, verdammt noch mal. Ich weiß nur, dass dieses Engagement für meine Person nicht ausschließlich mit Nächstenliebe oder alten Freundschaften zu tun hat. Was denken Sie darüber, Mr. Williams?«

Er nippte an einem frischen Drink, in dem ein Minzezweig schwamm, legte seinen Arm auf dem Tresen ab und schaute mich durch seine Sonnenbrille hindurch an. Die Beschaffenheit seiner Haut war absolut unnatürlich; ich hatte noch nie etwas Vergleichbares bei einem anderen Menschen gesehen.

»Ich denke, es würde Zeit sparen, wenn man Ihnen das Ganze etwas direkter erklärt«, sagte er.

Der Senator schaute zu Williams, und im nächsten Moment sah ich dasselbe unbehagliche Flackern in seinen Augen aufblitzen, das ich schon in Washington beobachtet hatte, als mir klar wurde, dass es auch unter Raubtieren eine Hackordnung gab. Er pausierte einen Moment, schloss die Finger noch fester um das Highballglas und drehte sich wieder zu mir, bevor Williams etwas hinzufügen konnte.

»Möglicherweise sind Ihre Handlungsoptionen nicht so

klar und einfach, wie Sie jetzt vielleicht annehmen, Hack«, sagte er. »Sehen Sie, ich bin im Vorfeld dieser Wahlen einige Verpflichtungen eingegangen, die ich unbedingt einhalten will.«

»Es geht um einen Gesetzentwurf des Repräsentantenhauses zur Abschaffung der Sonderabschreibungen für Ölförderunternehmen, Mr. Holland. Genauer gesagt, um die dafür notwendigen Stimmen«, schaltete sich Williams ein. »Auch wenn Allen erst in zwei Jahren wieder zur Wahl steht, war es notwendig, verschiedenen Ölunternehmen zu versprechen, dass die richtigen Leute im entsprechenden Ausschuss sitzen und die Absenkung der Sonderabschreibungen verhindern werden. Momentan liegen sie bei siebenundzwanzigeinhalb Prozent, und dabei soll es auch bleiben. Wie Sie wahrscheinlich wissen, wird das kein Spaziergang werden, und deshalb haben gewisse Leute Allen relativ eindringlich nahegelegt, für die notwendige politische Unterstützung zu sorgen.«

Williams genoss das offensichtliche Unbehagen des Senators, aber mich kümmerte keiner der beiden. Ich fühlte mich mit einem Mal leer, so wie ein Highschool-Athlet, dem man gerade gesagt hat, er solle die Handtücher in der Umkleidekabine aufsammeln.

»Wusstest du von dieser Scheiße, Bailey?«, sagte ich.

»Nein.«

»Du hast meinen Arsch in ganz Texas verkauft und dich nie gefragt, worum es eigentlich geht?«

»Ich wusste es nicht, Hack.«

»Nun, Senator, da haben Sie wohl einen Dummen in mir gefunden.«

»Wirst du wegen dieser Sache jetzt ein Melodram aufführen?«, sagte Verisa.

»Nein. Aber ich denke, dass ich mit dem neunten Inning durch bin und jetzt vom Platz gehen werde.«

»Ich glaube, Sie sehen die Sache etwas zu eng. Die Sonderabschreibungen für die Erdölunternehmen sind im Interesse von ganz Texas«, sagte der Senator. »Außerdem zahlt jeder Amtsinhaber einen gewissen Preis, um seine Wählerschaft vertreten zu können.«

»Ich an Ihrer Stelle würde den Burschen aus Gonzales anrufen. Gib mir ein Bier, Bailey.«

»Ich denke, es ist an der Zeit, Mr. Holland über seine Alternativen aufzuklären«, sagte Williams und führte langsam seinen Drink zum Mund.

»Ich dachte mir schon, dass Sie sich etwas ganz Besonderes für derartige Situationen aufgespart haben«, sagte ich. Bailey gab mir ein Glas Bier, und ich nahm mir eine Zigarre aus der Eichenholzschachtel auf dem Kaffeetisch. Das Highballglas noch in der Hand, setzte sich der Senator wieder auf den Hirschlederstuhl und schlug die Beine übereinander, aber er sah mich nicht an.

»Ich tue das nicht gern, aber es gibt da einen Mann namens Lester Dixon in Kansas City, der eine eidesstattliche Aussage über seine Zeit in dem nordkoreanischen Gefangenenlager gemacht hat, in dem auch Sie inhaftiert waren«, sagte er. Er hatte die Augen auf die Spitze seines Schuhs gerichtet. Sein Blick wirkte nachdenklich, als würde er eine heikle Angelegenheit überdenken müssen, bevor er weitersprach.

Verisa nahm sich eine Zigarette aus ihrer Schachtel und steckte sie zwischen ihre Lippen. Ihr Arm lag nach hinten abgewinkelt auf der Couch, und unter dem Sonnenkleid hob und senkte sich ihr Busen im Rhythmus ihrer Atemzüge.

Ich zündete meine Zigarre an und starrte in das Gesicht des Senators.

»Was hatte Airman First Class Dixon denn zu berichten?«, sagte ich.

»Ich denke nicht, dass wir das hier bereden sollten«, sagte er.

»Oh doch, das sollten wir, Senator, denn Lesters Aussage wird sicherlich einiges gekostet haben.«

»Zwei Männer aus Ihrer Baracke wurden denunziert und aufgrund dieser Angaben hingerichtet.« Er schaute auf, fixierte mein Gesicht und versuchte, den Blick zu halten. Doch ich starrte entschlossen zurück, und der Senator nahm einen Schluck aus seinem Glas.

»Hat er Ihnen gesagt, wie es abgelaufen ist?«, sagte ich.

»Ich habe ihn nie persönlich getroffen.«

»Dixon ist ein ziemlich interessanter Typ, wissen Sie. Vor einiger Zeit habe ich geholfen, ihn für fünf Jahre in den Knast zu schicken.«

»Seine Aussage umfasst zwanzig Seiten und wurde von zwei Anwälten beglaubigt«, sagte er. »Man hat sie mit dem Transkript seines Kriegsgerichtsverfahrens abgeglichen, und ehrlich gesagt glaube ich nicht, dass es Ihnen gelingen würde, seinen Bericht über Ihre Mitschuld am Tod zweier wehrloser Männer zu widerlegen.«

»Das Telefon steht im Vorzimmer, Senator. Neben dem Apparat liegt eine Liste mit Nummern, in der Sie auch die vom *Austin American* finden. Aber vielleicht genießen Sie einfach Ihren Drink und überlassen es Verisa, die Lokalredaktion an die Strippe zu bekommen.«

»Nein, es wird etwas subtiler ablaufen. Wahrscheinlich wird jemand aus dem Komitee etwas durchsickern lassen. Zu

Anfang ist es nur ein Gerücht, aber dann werden einem Reporter die Fakten zugespielt.«

»Sie haben wahrscheinlich Mittel und Wege, die ich mir nicht mal im Traum vorstellen könnte.«

»Das stimmt, aber in diesem Fall läuft es auf dasselbe Ergebnis hinaus.«

»Dann denke ich, dass wir uns an dieser Stelle alle voneinander verabschieden sollten.«

»Nein, da ist noch eine Sache«, sagte er, und in seinen Augen tauchte derselbe Ausdruck auf, den ich gesehen hatte, bevor er mir den Tennisball ins Gesicht schlug. »Im Moment genießen Sie sicherlich dieses Gefühl der Rechtschaffenheit. Mit einer übereilten Entscheidung haben Sie sich selbst zum Spartaner gemacht, der auf seinem Schild liegt, und ich denke, dass Sie dieses Selbstbild in den kommenden Wochen brauchen werden. Aber vorher möchte ich einige Ihrer Vorstellungen über das Thema Integrität im Amt zurechtrücken. Verhandlungen und Kompromisse sind Teil jeder politischen Karriere, und auch Ihr Vater hat diese Lektion während seiner ersten Amtszeit im Repräsentantenhaus gelernt.«

»Was meinen Sie?«

»Er hat eine Spende in Höhe von fünfzehntausend Dollar angenommen und im Gegenzug den Verkauf von öffentlichem Land an ein Erdölunternehmen in Dallas unterstützt. Der Kaufpreis lag bei lächerlichen fünfzig Dollar pro Morgen.«

»Bailey, möchtest du diesen Herren jetzt sagen, dass sie verschwinden sollen, oder willst du darauf warten, dass ich es tue?«

Er schaute nach unten auf den Tresen. Seine Stirn war blass.

»Bailey«, sagte ich.

Schweißperlen bedeckten die lichte Stelle auf seinem Kopf, und ich konnte die geschwollenen Adern auf der Rückseite seiner Hände sehen.

»Sieh mich bitte an«, sagte ich.

»Es tut mir leid, Hack. Ich wusste nicht, dass sie das tun würden.«

»Dann sag ihnen jetzt, dass sie verschwinden sollen.«

Er stützte sich auf seinen Arm und hatte das Gesicht immer noch zum Boden gerichtet, und ich spürte, wie mein Kopf leichter wurde, als hätte ich nicht genügend Sauerstoff im Blut.

»Gottverdammt, du bringst diese Männer in mein Haus, damit sie mir so etwas antun, und dann starrst du auf den Tresen?«, sagte ich.

»Er hätte die Ranch verloren, Hack. Er wusste, sein Herz würde ihn umbringen, und er hatte Angst, zu sterben und uns nichts zu hinterlassen.«

Der Regen prasselte gegen die Fenster, und ich konnte die vom Wind verbogenen Äste der Eichenbäume hören, wie sie über das Dach schabten. Das Licht in den Bäumen war grau, und die abgerissenen Blätter klebten an den nassen Stämmen. Meine kalte Zigarre fühlte sich wie ein Stock zwischen meinen Fingern an.

»Sie und dieser Mann werden jetzt gehen, Senator«, sagte ich.

»Vielen Dank für den Drink, Mr. Holland«, sagte Williams und stellte sein Glas auf den Tresen. »Ein wirklich schönes Haus haben Sie hier.«

»Vielen Dank auch an Sie, Verisa«, sagte der Senator. »Es tut mir leid, wenn wir Ihnen den Tag verdorben haben sollten.«

Die drei erhoben sich und gingen gemeinsam zum Vorzimmer. Man hätte meinen können, es handle sich um Menschen, die sich nach einem sonntäglichen Dinner voneinander verabschiedeten. Verisas Sommerkleid lag wie angegossen an ihrem glatten Rücken, und die Art, wie sie sich am Türrahmen festhielt, ließ sie wie ein kleines Mädchen wirken. Williams hob die Hand zum Abschiedsgruß, mit der Rückseite zu mir, und lächelte noch einmal irgendwo hinter den schwarz-grünen Gläsern seiner Sonnenbrille.

»Leben Sie wohl, Hack«, sagte der Senator.

Ich zündete meine Zigarre an und schaute nicht eher auf, bis ich hörte, wie die Tür ins Schloss fiel.

»Es tut mir leid«, sagte Bailey.

»Vergiss es und schenk mir einen Drink ein.«

»Dafür hätte ich dich doch nicht zurückgeholt.«

»Ich weiß. Drei Finger hoch und ein bisschen Wasser obendrauf.«

Er nahm ein hohes Shotglas, ließ den Whiskey aber über den Rand laufen. Dann begann er den Tresen mit einem Tuch abzuwischen und stieß dabei das Glas in die Spüle.

»Gottverdammt noch mal, Hack!«, sagte er.

»Alles in Ordnung.« Ich nahm das Glas, schenkte mir selbst ein und kippte den Whiskey unverdünnt hinunter.

»Du verfluchter Idiot«, sagte Verisa.

»Lass ihn zufrieden«, erwiderte Bailey.

»Dafür wirst du mit jedem Stein in diesem Haus bezahlen, mit allem, was du hast«, sagte sie.

Ich wandte mich von den beiden ab und ging zum Vorzimmer. Das Brummen der Klimaanlage und die Geräusche der über das Dach schabenden Äste dröhnten laut in meinem Schädel, und die Fußbodendielen schienen sich unter meinen Stiefeln zu verbiegen. Ich spürte, wie etwas Bedeutendes in mir in Bewegung kam, als hätte jemand einen Stein aus dem unteren Teil einer Mauer herausgezogen. Ich öffnete die Tür zur Bibliothek und nahm die Zigarre aus dem Mund. Der Pilot saß immer noch auf meinem Lederstuhl, im Schoß die halb leere Flasche Jack Daniel's. Sein Gesicht war farblos, und er hatte eine brennende Zigarette auf den Teppich fallen lassen.

»Wie sieht's aus, kriegen Sie die Kiste heute noch mal hoch?«, sagte ich.

»Klar doch, Kumpel. Wenn's Ihnen nichts ausmacht, dass ich besoffen fliege«, sagte er.

Wir gingen raus in den Regen, überquerten den Rasen und kletterten über den Zaun zum Flugzeug. Die Luft roch süßlich, nach nasser Erde, tropfenden Bäumen und den verdorbenen Tomaten, die vom Sturm zerdrückt in den Furchen lagen. Die Kette am Windrad war gerissen, das Wasser sprudelte weiß schäumend über den Rand des Trogs in den Paddock. Ich konnte die Weiden am Flussufer sehen, wie sie vom Wind verbogen in den Himmel ragten, weiter entfernt die Rinnsale des abfließenden Wassers, die sich in die Hänge der Berge schnitten, und auch das schmale Band des Sonnenlichts am Horizont. Die Kolbenstangen meiner Ölpumpen hoben und senkten sich in ihren immer gleichen, obszön anmutenden Bewegungen und glänzten schwarz im Regen. Die verwitterten Hütten der farbigen und mexikanischen Farmarbeiter wirkten wie vom Himmel gestürzte Streichholzschachteln, die in eigenartigem Winkel in der überfluteten Landschaft steckengeblieben waren.

Der Pilot zog seine Windjacke aus und befreite die Fenster der Kanzel von Matsch und Gras. Kurz darauf hob die Maschine über der Weide ab, und der Luftstrahl der Propeller wirbelte das Wasser vom Boden auf. Vor dem Fluss riss der Pilot den Steuerknüppel nach hinten und holte alles raus, was die Motoren hergaben. Die Maschine glitt über die Bäume hinweg, hinauf in den Himmel und drehte sich in den Wind. Der Fluss, die Weiden und die Pfahleichen unter uns wurden kleiner, dann verschwanden Cappies Hütte, das Ranchhaus und die tiefen Reifenspuren der Limousine des Senators auf der kiesbedeckten Zufahrt, und schließlich verlor ich auch die kleinen weißen Grabsteine auf dem Familienfriedhof der Hollands aus den Augen.

Epilog

Es gab keine Sieger beim Streik – weder die Pflanzer und die Agrarunternehmen noch die Farmarbeiter gewannen. Der Sturm hatte nichts übrig gelassen, das man hätte gewinnen können. Als das Wasser auf den Feldern versickert war, lagen die angeschlagenen Zitrusfrüchte auf dem Boden und verdarben in der feuchten Hitze, und schon bald war die Luft erfüllt vom Geruch vertrocknender Cantaloupe-Melonen, Wassermelonen und Grapefruits, die irgendwann zerplatzten. Die Reihen auf den Baumwollfeldern waren aufgeweicht und davongeschwemmt, die Felder selbst von einer Schlammschicht bedeckt, die die Hitze des späten August zu einem harten und glatten Belag brannte, sodass die Äcker aussahen, als wären sie nie bestellt worden.

Ich zog meine Kandidatur zurück, und wenig später gab ein Vertrauter des Senators die eidesstattliche Erklärung von Lester Dixon an eine texanische Nachrichtenagentur weiter. Aber niemand interessierte sich großartig dafür. Ein Journalist vom *Austin American* rief mich an und fragte, ob ich von der Erklärung wüsste und, falls ich sie nicht kannte, ob er sie mir vielleicht über das Telefon vorlesen sollte. Ich antwortete, das sei nicht notwendig, und er möge sich den Text doch bitte sonst wohin stecken. Danach hörte ich nie wieder von der Sache. Im Nachhinein kam ich zu der Überzeugung, dass die eigenen Vergehen und die persönliche Schuld – diese

Obsessionen, die wir ähnlich tief verbergen wie diesen hässlichen schwarzen Diamanten – für andere Menschen nicht wirklich wichtig sind.

Bailey übernahm meine Verteidigung bei der Anhörung in Pueblo Verde und schaffte es, dass die Anzeige wegen Körperverletzung fallen gelassen wurde – allerdings erst nachdem er dem Bezirksstaatsanwalt versprochen hatte, dass wir eine Klage gegen das Sheriffbüro einreichen und uns dabei auf die wunderschönen Einzelbilder in dem Nachrichtenfilm stützen würden, die das khakifarbene Knie des Deputys während seines Aufwärtskicks gegen mein Auge zeigten. Ich war richtig stolz auf Bailey. Er war ein besserer Strafrechtler, als ich gedacht hatte, zumindest an diesem Tag, und obwohl uns das Gericht nicht gerade freundlich gesinnt war und Bailey vom Richter scharf angestarrt wurde, als er sich an die Geschworenen wandte, war mein Bruder fest entschlossen, mir eine Gefängnisstrafe zu ersparen, und legte sich so sehr ins Zeug, dass der Staatsanwalt sich verhaspelte und in Widersprüche verstrickte. Ich bekam ein Jahr auf Bewährung für Widerstand gegen eine Festnahme und Ruhestörung. Nach der Verhandlung gingen wir zu einem Barbecue-Stand auf der anderen Straßenseite und tranken drei Stunden lang Bier im warmen Schatten einer Eiche. Zwei Wochen später erhielt ich eine schriftliche Verwarnung von der texanischen Anwaltskammer, die ich nach dem Lesen wieder zusammenfaltete und samt einer Eintrittskarte für die Rinderzuchtmesse in Houston an den Absender zurückschickte.

Verisa ließ sich von mir scheiden. Sie bekam den Cadillac, achtzig Morgen von meinem Land oben im Comal County und die zwei Ölquellen. Ich behielt die Ranch, das Haus und meine Rassepferde. Danach reiste sie sechs Monate durch

Europa, und ihr Name wurde gelegentlich auf den Society-Seiten der *New York Times* erwähnt – ein Empfang in der amerikanischen Botschaft in London hier, ein Besuch eines Pariser Nachtclubs mit einem Mitglied der Kennedy-Entourage da. Anschließend kehrte sie in ihre Geburtsstadt Dallas zurück und kaufte ein Penthouse-Apartment mit Blick auf die Skyline und die dahinterliegenden grünen Berge. Sie lud die ganze Welt zu ihren Partys ein, und von Zeit zu Zeit hörte ich Geschichten darüber, was für eine bezaubernde Gastgeberin sie war und wie viele außergewöhnliche und interessante Gäste zu ihren Events kamen. Irgendwann schickte sie mir eine Einladung zu ihrer Hochzeit. Zuerst wusste ich mit dem Namen des Bräutigams nichts anzufangen, dann jedoch erinnerte ich mich daran, ihn auf einer Cocktailparty der Demokraten in San Antonio getroffen zu haben. Er hatte die Mehrheitsanteile an einer Zeitung geerbt und das Blatt in der Folge zu einer rechten Schmähkanone gemacht, die gegen jegliche liberale Regung in Texas feuerte. Ich erinnerte mich in erster Linie an ihn, weil er nicht trank und weil sein glatt rasiertes Kinn stets nach oben zeigte, wenn er seinen Gesprächspartner ansah. Zur Hochzeit schickte ich den beiden ein Silberservice nebst einer Glückwunschkarte, die in knapper Form meine besten Wünsche enthielt. Vier Monate später kamen er und seine Beifahrerin bei einem Autounfall auf dem Fort Worth Highway ums Leben. Verisa erbte die Zeitung, und nach einer Zeit der Trauer begannen die Partys im Penthouse von Neuem. Verisa war regelmäßig in den Fotostrecken der Society-Seiten an der Seite eines jungen Bezirksstaatsanwalts zu sehen, der Gerüchten zufolge in zwei Jahren für den Posten des Gouverneurs kandidieren würde.

Rie und ich heirateten kurz nach meiner Scheidung und bekamen im folgenden Herbst Zwillinge, zwei Jungs. Sie waren ziemlich groß für Zwillinge, und ich nannte den einen Sam, nach meinem Vater, und den anderen Hackberry, da ich fand, dass es immer einen Revolverhelden in der Holland-Familie geben sollte. Bailey argumentierte zwar gegen eine Trennung und wollte unsere berufliche Partnerschaft fortsetzen, zahlte mir letztlich aber doch eine Abfindung für meine Hälfte der Kanzlei. Ich hatte genug von Mandanten vom Schlag eines R. C. Richardson und den Chefs großer Erdölunternehmen. Sieben Monate lang ließ ich meine Anwaltstätigkeit ruhen und verbrachte den Winter und das Frühjahr mit Arbeiten auf der Ranch. Ich hob Löcher für Zaunpfähle aus, spannte neue Drähte um die Weideflächen, erneuerte das vom Sturm beschädigte Schindeldach der Scheune, bohrte einen zweiten Brunnen, pflügte und bestellte fünfundsechzig Morgen mit Mais- und Tomatenpflanzen. Jedes Mal, wenn ich den Doppelspaten in den Boden rammte oder einen Nagel in das Holz schlug, merkte ich, wie die letzten Tropfen Jack Daniel's aus meinen Poren wichen und auf der Haut verdunsteten, und eine Kraft erfüllte meinen Körper, die ich seit meiner Zeit als Pitcher für Baylor nicht mehr gespürt hatte. Ich arbeitete hart, begann früh am Morgen, wenn die Sonne noch niedrig über den Weiden am Flussufer stand, und hörte erst spät am Abend auf, wenn der Schatten des Traktors sich über die Ackerfurchen legte und das lilafarbene Licht über den Horizont zog. Als ich die Drillmaschine über die letzten Furchen vor dem Zaun gezogen hatte, konnte ich bereits riechen, wie sich das neue Leben im Land festsetzte, und es dauerte nicht lange, bis nach dem nächsten Regen kleine grüne Pflänzchen in langen geraden Linien durch die Oberfläche des Bodens stießen.

Im Frühjahr fuhren Rie und ich mit meinem besten Dreijährigen hoch nach Lexington und meldeten ihn beim Rennen in Keeneland an. Dort verbrachten wir die Nachmittage in der Sonne, tranken Mint Juleps und schauten zu, wie die Pferde aus den Boxen preschten, mit Jockeys klein wie Spielzeugfiguren auf ihren Rücken, worauf sie in dichtem Pulk über die hintere Gerade jagten, die führenden Pferde immer hart an den Begrenzungsplanken. Wenn die Tiere dann unter dem anschwellenden Dröhnen der Hufe in die Kurve einbogen, ihre Körper schweißnass und glänzend, sprang Rie auf und hielt meinen Arm fest. Die Gerten sausten auf die Flanken der Tiere nieder, Grassoden flogen in die Höhe. Schließlich kam der Moment des Rausches, die Zielgerade, auf der die Jockeys alles aus ihren Pferden herausholten und das Donnern der Hufe lauter war als die Anfeuerungsrufe der Zuschauer. Wir gewannen ein Rennen, strichen dafür dreieinhalbtausend Dollar ein und wurden zwei Mal auf die Plätze verwiesen. Am Abend vor unserer Heimreise entführte ich Rie auf einen langen Ausflug in die Bluegrass-Region und die Cumberland Mountains. Die Kalksteinfelsen ragten steil aus den Tälern in die Höhe, und in den Spitzen der Weißeichen und Buchen tanzten die letzten Sonnenstrahlen, während die rollenden Hügel, die sich bis nach Virginia erstreckten, von einem violetten Dunst bedeckt vor uns lagen. Die zwei Wochen an der Rennbahn hatten mich erschöpft, aber auch mit einer Art innerer Ruhe erfüllt. Trotzdem begann mich ein Bewusstsein für die Zeit und ihren vergänglichen Charakter zu bedrücken, und es war, als würde man zu lange mit der Reparatur von Dingen zubringen, die man selbst durch Gleichgültigkeit und Zynismus beschädigt hat.

Zwei Tage nach unserer Rückkehr fuhr ich nach San Antonio, um fortan als Prozessanwalt für die ACLU zu arbeiten.

Jetzt ist wieder Sommer, und der Mais steht grün in den braunen Reihen der Felder. Meine Baumwollpflanzen wässere ich aus dem Brunnen, den ich gebohrt habe, und seit Kurzem ist das flauschige Weiß in den sich öffnenden Kapseln zu sehen. Abends kann ich die Feuchte der Erde in der Brise vom Fluss riechen, genauso wie die nasse Süße des Bermudagrases auf der Pferdekoppel. Kurz vor Sonnenuntergang treibt der Wind den Rauch von Cappies Holzherd herüber, und in der warmen Luft verbreitet sich ein Hauch von brennenden Eichenholzscheiten. Im Garten habe ich um einen Chinaberry-Baum ein großes, kreisförmiges Laufgitter gebaut, in dem die Kleinen spielen können, und nachmittags, wenn ich auf der Veranda sitze und über Verteidigungsstrategien für aussichtslose Fälle grüble, werde ich oft von dem Wechselspiel aus Licht und Schatten auf ihren braunen Körpern abgelenkt. Es sind zwei starke Jungs, denen es ganz und gar nicht hinter dem Laufgitter gefällt, und um mir ihren Missmut zu zeigen, schleudern sie ihre Stofftiere aufs Gras. Manchmal, wenn sie gerade von ihrem Nickerchen aufgewacht sind, rütteln sie so heftig am Laufgitter, dass Rie sie auf die Veranda holt, wo sie in den zusammengeknüllten Zetteln und Papieren zu meinen Füßen spielen. Wenn ich sie ansehe und meinen Vater und Old Hack in ihren Gesichtern erkenne, versuche ich, nicht zu den weißen Grabsteinen auf dem Familienfriedhof hinüberzuschauen, da ich andernfalls ein wenig schwermütig werde und ins Grübeln komme; über das alte Problem von Zeit und Verlust und die Unfähigkeit der Geschichte, ehemals begangenes Unrecht in der Folge wiedergutzumachen.

Nachwort zur deutschen Ausgabe

Ich begann diesen Roman 1969, fertig war er 1971. Es ist der erste in einer ganzen Reihe von Romanen über die Holland-Familie. Erstaunlicherweise sind die Themen und der soziale Kontext dieses Buches heute noch immer so relevant wie damals, und die Probleme, denen sich der Protagonist Hackberry Holland stellt, sind auch unsere Probleme: Legale und illegale Immigration; die Ausbeutung der Armen; demagogische Politiker, die Angst schüren und Hass predigen, sowohl religiös als auch rassistisch motiviert; die Neo-Kolonialisten, die den Interessen der Rohstoffindustrien dienen und die Kriegstreiber, die für die Waffenunternehmen arbeiten … sie alle sind noch da, entschlossen, gierig, ohne Scham oder Gewissen, gleichgültig angesichts des Leids, das sie über Unschuldige bringen.

In der Schlacht um den Changjin-Stausee und während seiner Zeit als Kriegsgefangener sah Hackberry Holland sowohl die tiefsten Abgründe als auch die hoffnungsvollsten Höhen der menschlichen Existenz. Wieder zu Hause, musste er erfahren, dass es Diktatoren verschiedenster Couleur gibt. Die größte Lektion für Hackberry bestand jedoch in der Erkenntnis, dass ein Diktator seine Agenda erst dann erfolgreich umsetzen kann, wenn er mithilfe einiger grundlegender Manöver eine Wählerschaft rekrutiert hat: Zuerst erschafft er dazu einen Feind, den die Wählenden für ihre Unzufriedenheit verantwortlich machen können; anschließend schärft er ihnen ein, dass sie weder der Regierung noch den Medien trauen dürfen; und zum Schluss schürt er ihre Ängste und billigt den Angriff auf die Schwächsten in ihrer Mitte.

In *Zeit der Ernte* geht es nicht um eine gesamtgesellschaftliche Antwort zu unseren Problemen. Ich hoffe jedoch, dass der Roman eine Lösung für das Individuum aufzuzeigen vermag. Manchmal ist das nämlich die einzige, die wir zu erlangen in der Lage sind. Hackberry ist ein mutiger Mann, der bei den Farmarbeitern, denen er zu helfen versucht, Demut lernt und seine Würde wiederfindet. Er lernt dort ebenfalls, dass er die Welt nicht verändern wird. Aber, was vielleicht noch wichtiger ist, er beschließt, dass diese Welt auch ihn nicht verändern wird.

Meiner Meinung nach finden alle Menschen, die guten Willens sind, die Antwort in sich selbst; in unseren Herzen, unserem Glauben, unserer Hingabe bei der Erhaltung der Natur und unserer Liebe für unsere Mitmenschen. Wenn mit dem Alter tatsächlich die Weisheit kommt, dann ist sie an mir vorbeigerast. Die großen Rätsel sind für mich auch weiterhin ungelöst. So verstehe ich weder die Absichten noch das Wesen Gottes. Und ich verstehe auch nicht, warum gute Menschen leiden müssen. Und doch erfüllt mich ein großartiges Gefühl der Zuversicht, denn ich weiß, dass wohlmeinende Menschen aus allen Teilen der Welt sich die Hände reichen können, um den Kräften entgegenzutreten, die andernfalls die Erde und die Menschheit zugrunde richten würden. Unsere Stärke liegt in unserem gemeinsamen Wunsch, den guten Kampf zu kämpfen, den Kampf des Apostel Paulus und des fahrenden Ritters und den Kampf all derer, die an Gerechtigkeit glauben und die Schönheit der Natur erhalten wollen.

Und so leisten wir unseren Eid, geben niemals das Feld verloren, streichen niemals die Flagge. Wie der Erzähler im Buch Kohelet schon sagt: »Die Erde aber bleibt ewiglich.« Sie wurde uns anvertraut, und wir werden sie uns nicht von Demagogen, Hetzern oder Scharlatanen nehmen lassen. Ich denke, dass ist ein ganz brauchbares Ethos, um es sich auf Schwert und Schild zu schreiben. Zumindest ist es das für mich.

James Lee Burke, Mai 2017